国家社会科学基金项目
北京市社会科学理论著作出版基金资助

布尔加科夫小说的神话诗学研究

ИССЛЕДОВАНИЕ
МИФОПОЭТИКИ ПРОЗЫ
М. БУЛГАКОВА

梁坤 等著

文学论丛

北京大学出版社
PEKING UNIVERSITY PRESS

图书在版编目(CIP)数据

布尔加科夫小说的神话诗学研究/梁坤等著. —北京：北京大学出版社，2016. 9

（文学论丛）

ISBN 978-7-301-27056-1

Ⅰ. ①布… Ⅱ. ①梁… Ⅲ. ①布尔加科夫（1891～1940）—小说研究 Ⅳ. ①I512.074

中国版本图书馆 CIP 数据核字（2016）第 079100 号

书　　名　布尔加科夫小说的神话诗学研究
　　　　　Buerjiakefu Xiaoshuo de Shenhua Shixue Yanjiu
著作责任者　梁　坤　等著
责 任 编 辑　李　颖
标 准 书 号　ISBN 978-7-301-27056-1
出 版 发 行　北京大学出版社
地　　址　北京市海淀区成府路 205 号　100871
网　　址　http://www.pup.cn　新浪微博：@北京大学出版社
电 子 信 箱　zpup@ pup. cn
电　　话　邮购部 62752015　发行部 62750672　编辑部 62754382
印 刷 者　三河市博文印刷有限公司
经 销 者　新华书店
　　　　　650 毫米 × 980 毫米　16 开本　21 印张　356 千字
　　　　　2016 年 9 月第 1 版　2016 年 9 月第 1 次印刷
定　　价　56. 00 元

献给布尔加科夫诞辰125周年

目　录

绪论

布尔加科夫研究概述

无论从创作思想，还是从小说艺术来看，布尔加科夫(Михаил Афанасьевич Булгаков，1891—1940)都堪称20世纪俄罗斯最无可争议的经典作家。才华横溢的布尔加科夫在小说和戏剧领域都有着过人的禀赋，曾自言“散文和剧作之于我，犹如钢琴演奏者的左右手”[1]。两种体裁相互因依，相互渗透，成就了一系列异彩纷呈、想象奇崛的作品。布尔加科夫创作的时间大约有20年，其小说创作大致可以划分为两个时期，前期即从作家开始踏入文坛至1927年，1928年至1940年为创作的后期，主要成就是长篇小说《大师和玛格丽特》。这部“夕阳之作”自20世纪60年代后期回归文坛起，就引发了持续经年的超越国界、超越文学领域的“布尔加科夫热”，并逐渐形成了“布尔加科夫学”。学术界纷纷聚焦于这部辉煌独具的作品，对它的阐释甚而成就了文学研

[1] Гудкова В.В. *Время и театр М. Булгакова*. М.,1988. с. 49.

究的一个方向。如今，其影响早已进入到社会意识范畴，在大众文化体系中的牢固地位使小说成为一部祭祀之书。但是，一个作家的创作就如同一个多棱体水晶，各个晶面的有机统一方可折射出它的全部光辉，若只是迷醉于《大师和玛格丽特》所散发出的炫目光芒，作家其它作品的光泽便可能被遮蔽。因此，有必要以《大师和玛格丽特》为重心，对布尔加科夫的小说创作进行系统的、整体的研究，以弥补相关研究的不足。

就创作本身而言，以基督教（尤其是东正教）和古代多神教为源头的宗教神话是布尔加科夫发挥艺术想象和确立道德理想的基础。其小说文本同创世记的联系表现于创世（《白卫军》《孽卵》《狗心》）、大洪水（《白卫军》《狗心》）等情节。同新约主题（从四福音书到启示录）的各个层面之间复杂的意义关系，构成了更广阔的神话诗学的隐喻场。神话与民间故事的联想、旧约与新约中重要的戏剧性片段构成了多神教与基督教的原型。它们在布尔加科夫的魔幻巨笔下联结成不间断的“超文化”的统一体。不应忘记的是，布尔加科夫独特的神话创造又是20世纪西方文学神话复兴大潮的一部分。

所谓神话诗学是诗学的一个分支，研究对象是特定作品及其结构、情节和形象的原型与象征，其方法论建立在研究叙事文本的基础上。这种叙事文本不同于将内容叠加到神话的哲理散文，而是在内容中发展了神话。这一方法自20世纪60年代起在俄罗斯学术界就得到了积极的运用。因此，对布尔加科夫作品的渊源与谱系研究（即互文性分析）自然成为众多研究者关注的主题。中国这方面的研究虽已初具规模，但和国外的相关研究比较还相当薄弱，远远无法穷尽布尔加科夫创作本身的丰厚蕴涵。

本书对布尔加科夫的小说创作进行整体研究，不仅深入探讨一些重要文本如《白卫军》及《土尔宾一家的日子》《孽卵》《狗心》《魔障》和《大师和玛格丽特》，其他作品如《吗啡》《中国的故事》《医生奇遇》《科马罗夫谋杀案》《红色冠冕》、特写《基辅城》、剧作《火红的岛屿》也有论及。在充分把握俄罗斯、西方和中国的布尔加科夫研究动态的基础上，首先从词源学的角度对一些重要的概念进行词义辨析，如“耶稣-耶舒阿”“魔鬼”“沃兰德”“索菲亚”“巫魔”“玛格丽特”“真理”“道路”等等，追根溯源，让研究建立在坚实可信的基础之上。在世界文化的宏阔背景下，将布尔加科夫及其小说创作还原到宗教神话的历史语境中，在理论和方法上将文化溯源、哲学探讨和文学文本分析相结合，运用主题学、形象学、神话原型研究和结构主义等批评方法，从俄罗斯文化传统中极其复杂的末世论、索菲亚学说、魔鬼学、圣母崇拜和大地母亲崇拜、巴赫金的狂欢化诗学，西方文化传统如基督学、柏拉图主义、骑士精神、巫魔传说等视角切入，阐释其宗教文化渊源及多重主题：末世论主题、恶魔主题、基督复活主题、女性形象主题。同时，通过结构主义的方法和福柯（Michel Foucault，1926—1984）的空间理论的视角，俯瞰布尔加科夫重要作品中表现出的稳定模式及其在《大师和玛格丽特》中的完美升华。这是布尔加科夫小说的神话诗学研究的基本命意所在，具有多视角、跨学科的特点与学术创新价值。

布尔加科夫出生于乌克兰基辅市的一个神学教授家庭，自幼喜爱文学、音乐、戏剧，深受果戈理、歌德等作家的影响。1916 年从基辅大学医疗系毕业后被派往农村医院，后转至县城，在维亚济马市迎接了十月革命。1918 年，布尔加科夫回基辅开业行医，经历了多次政权更迭，几度被征为军医，后被邓尼金分子裹胁到北高加索。1920 年起弃医从文，开始在《汽笛报》工作，发表一系列短篇、特写、小品文，以揭露并讽刺不良社会现象幽默和辛辣的文风著称。1921 年辗转来到莫斯科。1922—1923 年发表小说集《袖口手记》(*Записки на манжетах*)的第一、二部（1987 年出合订本），1925—1926 年发表短篇小说集《年轻医生手记》(*Записки юного врача*)，1924—1928 年间发表中篇小说《魔障》(*Дьяволиада*，1924)、《狗心》(*Собачье сердце*，1925)、《孽卵》（又译《不祥的蛋》*Роковые яйца*，1925），剧本主要有《普希金》[*Последние дни* (*Пушкин*)，1923]、《汉宫之火》(*Ханский огонь*，1924)、《佐伊金的住宅》(*Зойкина квартира*,1926)、《逃亡》(*Бег*,1926—1928)、《火红的岛屿》(*Багровый остров*,1928)。1925 年发表的长篇小说《白卫军》(*Белая гвардия*)描写 1918 年基辅的一部分反对布尔什维克的白卫军军官的思想和行动,次年改编为剧本《土尔宾一家的日子》(*Дни Турбиных*)并引起轰动和争论。1930 年,在斯大林的亲自干预下,他被莫斯科艺术剧院录用为助理导演。其后的作品主要有剧本《亚当和夏娃》(*Адам и Ева*,1931)、《莫里哀》[*Кабала Святош* (*Мольер*),1933],1962 年以《莫里哀传》[*Мольер* (*Жизнь господина де Мольера*)]为名出版长篇小说,还有《极乐之地》(*Блаженство*,1934,1966 年发表)、《伊凡·瓦西里耶维奇》(*Иван Васильевич*,1935)、《堂吉诃德》(*Дон Кихот*,1937)、《巴统》(*Батум*,1939)、未完成的歌剧剧本《彼得大帝》(*Петр Великий*,1937)、传记体小说《剧院情史》(*Театральный роман*,1937,1965 年发表)等。在 20 世纪 30 年代末到 50 年代初的俄罗斯文坛,布尔加科夫几乎销声匿迹,大部分作品受到严厉抨击,被禁止出版和公演。他生活贫困潦倒,精神十分苦闷,1940 年重疾而终。

在遭受批判和作品被禁的压力之下,布尔加科夫写出了传世之作《大师和玛格丽特》(*Мастер и Маргарита*,1928—1940),12 年间八易其稿。被尘封 26 年之后,小说于 1966—1967 年首次以删节本的形式在《莫斯科》杂志连载,犹如石破天惊,成为震撼 20 世纪世界文坛的重大事件。任加利福尼亚大学教授的俄侨诗人、批评家和翻译家格列伯·斯特卢威(Глеб Струве,1898—1985)称其为“布尔加科夫的回归”,认为这部早期不为人知的杰作是俄罗斯“地下文学”的范例。① 小说旋即被译成多种西方文字,布尔加科夫从一个文学弃儿变身为可以入选文选的作家。其主要作品如《大师和玛格丽特》《白卫军》《狗心》

---

① Struve G. The reemergence of Mikhail Bulgakov // *Rus. rev.* Stanford. 1968. Vol. 27, N 3. pp. 338-343. См. Юриченко Т.Г. Булгаков в русской критике за рубежом // *Михаил Булгаков: современные толкования. К 100-летию со дня рождения.* 1891—1991. Сб. обзоров / Отв. ред. Красавченко Т.Н. М.: АН СССР ИНИОН. 1991. с. 87.

《孽卵》《逃亡》《剧院情史》《吗啡》等在各剧院陆续上演且常演不衰，并一再被拍成电影或电视剧，《大师和玛格丽特》在俄罗斯、德国、波兰、南斯拉夫等多次被搬上银幕。1988 年，十卷本《布尔加科夫全集》问世，增补了曾被删节的部分。随后作家的两卷本散文（基辅：第聂伯河出版社，1989）、五卷本文集（莫斯科：艺术文学出版社，1989—1990）、《戏剧遗产》两卷本——20 年代和 30 年代剧作（圣彼得堡：艺术出版社，1989，1994）陆续出版，为布尔加科夫研究提供了文本准备。

1985 年，南斯拉夫权威的俄罗斯文学专家尤瓦诺维奇（M. Jованович）在布尔加科夫文集的前言中断言："现在在临近世纪终结的时候已经很显然，分析普鲁斯特、乔伊斯和卡夫卡小说的时代已经过去，马尔克斯的《百年孤独》和布尔加科夫的《大师和玛格丽特》则成为提交给我们时代的遗嘱和'世纪之书'。"[①]英国学者卡提斯（J. A. E. Curtis）宣称，《大师和玛格丽特》是一部"包罗万象的杰作，在俄罗斯和西欧文学中很难找到任何一部作品可与之媲美"。[②]

在苏联国内，作品却曾引起激烈论争。在文学的意识形态研究中，小说无法被纳入当时通行的党性、人民性、阶级性、历史主义方法等理论体系，作家的"神秘性"成为分析其作品的障碍。在 20 世纪 20—30 年代，作家曾被冠以"白卫军"和"内部侨民"的罪名而遭排斥，此时论者在小说中又发现了"摩尼教的异端邪说"，指斥作家将魔鬼学"世俗化"，写"撒旦之书"，是"同恶妥协"，表达在 30 年代"不合时宜"的抽象的人道主义。严厉的批评使人感觉小说的声誉似乎并非缘于卓越的艺术成就，而是因为作者对官方文化的立场及其悲剧命运。[③]此外，布尔加科夫还被列入 19—20 世纪的以小说为基本体裁的"批判

---

① Jovanovič C. Предисловие и комментарий к изданию: *Булгаков Михаил*. *Дела*. Београд, 1985. с. 5. там же. с. 150-151.

② Curtis J.A.E. *Bulgakov's last decade: The writer as hero*. Cambridge University Press, 1987. XI, p. 129. См. Галинская И.Л. *Наследие Михаила Булгакова в современных толкованиях*. М.: ИНИОН РАН, 2003. с. 113.

③ Дунаев М.М. Истина в том, что болит голова // *Златоуст*. 1991. № 1. с. 310, 316.

现实主义”作家的行列。也有论者肯定其创作在俄罗斯与世界讽刺文学发展中的重要成就，[①]这一批评视角遮蔽了诸多敏感问题而显得合乎时宜。而对作品的基督教解读、布尔加科夫与斯大林的关系等问题几乎则全都转给了地下出版物和国外的布尔加科夫研究。

随着作家遗孀对档案材料的披露和作家书信、著作、文集的陆续出版，文学研究掀开了新的一页。关于布尔加科夫个性及其诗学、散文作品和戏剧创作史的研究著作大量涌现，从饱含激情的解读转向具有学术价值的阐释，布尔加科夫作为苏联文学大师的地位得到充分肯定。《大师和玛格丽特》丰富的内涵为批评者提供了巨大的阐释空间，社会语境的深刻变化也为各种阐释提供了可能。研究方法主要有传记研究——作家档案、小说手稿及创作史研究；小说谱系及原型研究；小说文本分析；文学地方志或小说地形学。在后者研究基础上开辟了作家故居博物馆和游览专线，“布尔加科夫的莫斯科”因而具有了奇幻的魅力。

第一节　俄罗斯的布尔加科夫研究：批评的狂欢广场

自 20 世纪 60 年代后期回归文坛起，超越国界、超越文学领域的“布尔加科夫热”持续经年，并逐渐形成了“布尔加科夫学”。80 年代出现了一批专门研究布尔加科夫的学者。1984 年，在莫斯科成立了以布尔加科夫命名的“凤凰”俱乐部，专事有关布尔加科夫创作的书目整理、讲座、造型艺术和演出等文化推广活动。80 年代末，圣彼得堡成立布尔加科夫文学戏剧学会（即布尔加科夫研究会），举办了多次布尔加科夫学术研讨会并出版会议论文集，所探讨的问题突破了对剧作家布尔加科夫的研究框架。1991 年出版了国际书目《米哈伊尔·布尔加科夫，1891—1991。传记、散文、剧本、戏剧、音乐、电影艺术》、文集《米哈

① Золотуский И. *Исповедь Зоила*. М.，1989；Петелин В. *Родные судьбы*. М.，1976. и др.

伊尔·布尔加科夫与现代世界》、《现代世界中的米哈伊尔·布尔加科夫戏剧》。据2002年出版的图书目录《基督教与18—20世纪的新俄罗斯文学》统计，1967—2000年间，仅在俄罗斯国内，有关布尔加科夫的研究著述就有200多种。其作品的丰富蕴涵为批评和阐释提供了广阔的空间。围绕着布尔加科夫及其创作几乎形成了批评的狂欢广场，有时甚至需要拓展相关的理论概念。

一、传记研究：布尔加科夫学的起点

传记研究主要涉及小说手稿及其内容、作品版本变化同作者思想转变的关系。丘达科娃(М. О. Чудакова，1937—　)和雅诺夫斯卡娅(Л. Яновская，1940—　)是这一路向的主要代表。作家档案遗产的披露有助于发展其创作的文学史观，并首先提供了传记批评方法的可能性。布尔加科夫研究的领军人物丘达科娃做了大量修复性和开创性的工作，名著《米哈伊尔·布尔加科夫传记》(1988)是第一部关于作家的学术传记，也是布尔加科夫学的奠基之作。丘达科娃研究作家档案、手稿版本、同亲友们的谈话，作家藏书、阅读环境及其时代，修复了《大师和玛格丽特》的前几稿。她在直观的形象性层面上分析小说，注重文本的重拟经验，研究的重点在于通过研究不同版本的变异考察作家创作构思的演变。她认为在小说的各个版本中，人物世界的动态变化是由作者的经历和体验引起的，其命运在生命的最后十年被戏剧般地定型了。这一点在1930年3月写给斯大林的信和布尔加科夫关于自己从来都不是苏联作家的话所证实。关于耶舒阿和沃兰德的小说本身，在提问题的范围及彼拉多和耶舒阿参与事件的超时间性质等方面都打上了作家传记思维的印记。

雅诺夫斯卡娅不同意这一说法。这位学者从60年代起就研究布尔加科夫的创作，修复了《白卫军》《狗心》和《大师和玛格丽特》的全本。她的《米哈伊尔·布尔加科夫的创作道路》(1983)是第一部关于布尔加科夫的学术专著，阐释风格浪漫而富于激情。她认为只有布尔加科夫不同寻常的个性才是《大师和玛格丽特》艺术氛围的基础，其作品艺术形象的特征来自他的童年印象，沃兰德的形象那时就在他的想象中形成了。据作家的姐姐回忆，有一次他说自己一整夜没睡，因为被撒旦接见。作者从文献事实逻辑出发得出结论："布尔加科夫处理的不是神学问题，而是自己的艺术使命。"[①]此外，作者还在《关于米哈伊尔·布尔加科夫的札记》(2002)[②]中从版本和文献的角度研究小说的命运。

对布尔加科夫这位命运多舛、与时代息息相关的作家而言，传记研究尤为重要。它为后来的学术研究奠定了坚实的基础。

二、小说谱系及原型研究：互文性问题

正是布尔加科夫对世界文化语境的关注、对永恒形象和神话思维模式的运用，即"高度的互文性"成就了他的小说。小说的用典引起研究者们的充分重视。他们发现，作家以永恒的形象和神话模式为原型，在小说中汇集了某些文化与历史宗教传统：古希腊罗马的多神教、犹太教、早期基督教的成分、西欧中世纪的魔鬼学、斯拉夫神话观念（以东正教为中介，但是比正统宗教更接近民间创作）、隐含在《圣经》引文之下的同义异说、《浮士德》的变体、关于傻瓜伊万的俄罗斯传说等等。丰富的文学联想使传统更显得错综复杂，每一传统都会引起某些文化语境的特定联想。故而小说的人物和情节等诸多因素在每一文化层面上都拥有比较独立的意义。此外，欧洲与俄罗斯的经典作家（如但丁、歌德、果戈理、陀思妥耶夫斯基、安德列耶夫、布宁、霍夫曼等）也被认为是布尔加科夫文学、哲学和美学结构的渊源。

拜尔扎（И. Бэлза，1942—　）著有《大师和玛格丽特的谱系》《米哈伊尔·布尔加科夫的总谱》(1991)[③]等论文。他研究的主导性原则

---

① Яновская Л. *Творческий путь Михаила Булгакова*. М.: Сов. писатель, 1983. с. 248.

② Яновская Л. *Записки о Михаиле Булгакове*. Тель-Авив, 1997; М.: Параллели, 2002; Текст, 2007.

③ Бэлза И.Ф. Партитура Михаила Булгакова // *Вопросы литературы*. 1991. № 8.

是历史起源的原则，即通过对布尔加科夫艺术体系的形成产生直接影响的具有文学与文化意义的“事件”来考察布尔加科夫的作品。他认为，作家的创作和现实生活没有直接联系，文学作品的艺术世界带有间接性。沃兰德的名字出自歌德的《浮士德》。在某种程度上，斯克里亚宾（А. Н. Скрябин，1871/72—1915）的《撒旦诗篇》成为沃兰德形象的“创作动机”。批评家断言，正是来自对斯克里亚宾的交响曲的音乐印象帮助布尔加科夫“创作了撒旦晚会的鲜明画面”。“总谱性”就成为撒旦晚会上那场交响音乐会的表现形式。另一常用的表现形式是布尔加科夫在描写玛格丽特永远离弃的哥特式独家住宅时所采用的“建筑术”。将各种艺术形式（文学、音乐、建筑）整合为新的民族层面，形成小说同世界文化的谱系联系，这意味着通过布尔加科夫的创作保存了同历史的对话。

语文学博士伽林斯卡娅（И. Галинская）的两部著作《名著的奥秘》（1986）和《现代阐释中的米哈伊尔·布尔加科夫的遗产》（2003）均重点研究小说古代章节的文化渊源即互文性问题。她认为，德国作家穆勒（G. A. Müller，1866—1928）的著作《本丢·彼拉多，第五任犹太总督和拿撒勒的耶稣的审判者》“提供了关于彼拉多之罪的法律心理根源的历史资料和很多传说”，[①]大师（在古代教会典籍就那样称呼识字老师，亦即精通福音书情节的人）在《大师和玛格丽特》中化身为尘世、圣经和宇宙“三个世界”的理论的创造者。至于大师的原型，她在公认的作家本人、耶舒阿和果戈理之外又加上 18 世纪乌克兰哲学家斯科沃罗达（Г. С. Сковорода，1722—1794）。她发现二者在肖像和传记方面具有相似性（斯科沃罗达有一次疯狂地掩上自己不满意的书 Асхань 并将其烧毁）。生长在基辅的布尔加科夫如果留意他的环境（在他之后就读于基辅神学院的人，都重点读过斯科沃罗达的书，而作

---

① Müller G.A. *Pontius Pilatus, der fünfte Prokurator von Judäa und Richter Jesu von Nasareth*. Stuttgart, 1888. см. Галинская И. Л. Криптография романа «Мастер и Маргарита» Михаила Булгакова // *Загадки известных книг*. М.: Наука. 1986. с. 73.

家的父亲是那里的毕业生和教师),就不可能不表现出对流浪诗人和先知的兴趣。布尔加科夫的小说艺术实现了斯科沃罗达关于"外在的人"和"内在的人"的道德学说,关于"相似性的规律","相似的工作","不平衡的平衡",还有斯科沃罗达对幸福与安宁的探索:大师得到的不是为圣徒准备的光明,而是属于"真正的"人的光明。斯科沃罗达诗歌的抒情主人公亦幻想这样的结果。[①] 在她看来,斯科沃罗达在他翻译的《金罐记》前言,揭示在霍夫曼的中短篇小说中现实世界与幻想世界的互渗的"内在机械论",准备了布尔加科夫长篇和短篇小说的美学大纲。[②]

犹大之死的情节可能来自(中世纪法国南部的)游吟诗人的诗学。[③] "原稿是烧不毁的"的格言,确切地说,是原稿被点燃而没有烧毁。她在亚尔毕人的故事——关于多米尼加僧侣德·古斯曼(de Gusman,1170—1221)、未来的多明我修会奠基人和天主教圣徒的传说中发现了这一情景模式。最初这一格言在沃兰德口中就关系到对原稿的诠释性质,即对《圣经》的阐释(实际上大师的小说亦然),但后来的批评家和读者将其扩展到任何一部当下的天才作品。

库施琳娜(О. Кушлина)和斯米尔诺夫(Ю. Смирнов)在论文《〈大师和玛格丽特〉小说诗学的若干问题》(1988)中指出,布尔加科夫逐渐以《圣经》为渊源,将带有固定语义学底色的传统形象放在特殊的条件或者是经典模式的现代情节层面,使之具备近似神话的多义性。[④] 他们在小说的耶路撒冷事件中考察"黑弥撒"的语义学。小说中三次出现他心爱的美国作曲家文森·尤曼斯(Vincent Youmans)的狐步舞

---

① Müller G.A. *Pontius Pilatus, der fünfte Prokurator von Judäa und Richter Jesu von Nasareth*. Stuttgart, 1888. см. Галинская И.Л. Криптография романа «Мастер и Маргарита» Михаила Булгакова // *Загадки известных книг*. М.: Наука. 1986. с. 73. с. 84.

② Там же. с. 94.

③ Там же. с. 108.

④ Кушлина О. Смирнов Ю. Некоторые вопросы поэтики романа «Мамтер и Маргарита» // *М. А. Булгаков—драматург и художественная культура его времени* / Сост. А.А. Нинов. М., 1988. с. 302.

曲《阿利路亚》。它们作为现代黑弥撒的成分服务于魔鬼。而撒旦晚会的语义学与复活节仪式相反，是按照"生命——死亡——再生"的公式建构的，对于大多数舞会参加者而言则有着相反的结构："死亡——生命——死亡"。[①] 在耶舒阿受刑的场景中，绝望的利未·马太诅咒并否定了自己的上帝，进行完全相反的祈祷，他的诅咒和请求被听到，从西方飘来乌云。"在传统基督教宇宙观中西方是魔鬼居住的方向，东方则是上帝的居所。"[②]"被钉上十字架的流浪哲学家在自己死亡的时刻脸朝向东方，朝着生命的方向……他的死亡由沃兰德赋予，完全不是死，而是复活，转向永恒的生。"[③]

捷尔卡洛夫（А. Зеркалов，1927—2001）的专著《米哈伊尔·布尔加科夫的福音书——长篇小说〈大师和玛格丽特〉的古代章节研究经验》（2003）[④]主要从社会哲学进路阐释小说。作者通过小说文本的直接来源——经典福音书、《塔木德》、古代历史学家及晚近作者的著作研究《大师和玛格丽特》的耶路撒冷章节，认为这是理解小说的密码，而彼拉多是小说的关键人物。在专著《米哈伊尔·布尔加科夫的伦理学》（2004）[⑤]中，他从1937年的文学、政治和日常现实的层面更加广泛深入地研究布尔加科夫创作的伦理特征，其时正值小说最后一稿的写作时期。作者认为，这部"恶魔小说"是一个谜，谜底既在于上个世纪30年代的社会语境，也在于小说的书面渊源——从《约伯记》、果戈理的《可怕的复仇》、歌德的梅菲斯特到陀思妥耶夫斯基的伊凡·卡拉马佐夫的魔鬼。

---

① Кушлина О. Смирнов Ю. Некоторые вопросы поэтики романа «Мамтер и Маргарита» // *М. А. Булгаков—драматург и художественная культура его времени* / Сост. А.А. Нинов. М.，1988. с. 289.

② Там же. с. 290.

③ Там же. с. 29.

④ Зеркалов А. 为著名幻想小说家亚历山大·伊萨科维奇·米列尔（Александр Исаакович Мирер，1927—2001）的笔名。《米哈伊尔·布尔加科夫的福音书》（*Евангелие Михаила Булгакова*，М.：Текст，2003）在作者生前分别于美国和南斯拉夫出版，去世后首出俄文版。

⑤ Зеркалов А. *Этики Михаила Булгакова*. М.：Текст，2004. 240 с.

雅勃拉科夫(Е. Яблоков,1956—)的专著《米·布尔加科夫散文的主题》(1997)将布尔加科夫的全部创作作为一个拥有稳定的结构特征的统一的"布尔加科夫文本"整体来考察。他认为,文本作为被表现的艺术世界有着外在的一面(形象)和是它潜在的内在的一面(意义)。当它们结合的时候,文学文本创造"超文本",作家的创作由此成为世界文化"互文"的一部分。布尔加科夫同其他任何作家一样,制作出创作的特殊"模本"(матрица),它独立于其现实生活的任何客观原则,却直接关系着艺术风格的借用。借助那种字模开始创作道路后,作家创造了在题材类型和情节进程、主人公"外形"极其稳定的"类型"中描写的"不变式"体系,创造了丰富着"互文"诗学结构概念的文学文本。布尔加科夫的散文风格,首先是作家的创作同艺术文化的两个变种——在神话诗学传统和现代老作家方面——的互文关系。①

需要说明的是,布尔加科夫本人除了在小说里,从未公开透露过关于谱系与原型的资料。很多学者发现了小说的文学性。捷尔卡洛夫指出:"布尔加科夫用备好的砖砌成了一座房子,他用收集到的第一和第二种见解筑起了'第三种见解'的大厦。大胆率性是靠巧妙的接受刻意为之。"②在小说中,所有这一切都是通过怪诞、讽刺、污浊的莫斯科日常生活渗透出来的。神话人物在日常生活中获得了现实身份,在现代性之下狂欢化地乔装打扮,但在民间文化和世界艺术中具有稳定的谱系根源。神话故事和文学经典与现实情节形成一种同构关系,现实层面被历史的追光照亮从而获得了意义。

三、小说文本分析:以结构符号学方法为主导

文本分析包括形式(体裁、结构和叙事手法)与内容(主题与人物)两个方面。《大师和玛格丽特》独特的文体风格决定了形式分析的重

---

① Яблоков Е.А. *Мотивы прозы М. Булгакова*. М.,1997. с. 5.

② Зеркалов А. *Евангелие Михаила Булгакова*. Ардис,Ann Arbor,1984. с. 24.

要作用：在艺术形式中反映出作家关于世界的概念，即“被译成密码”；小说的内容（意义）层面——主题与人物特征及其平行关系都在这包罗万象的结构中得以确定。

迄今为止，对小说体裁的界定仍是众说纷纭。卡斯帕罗夫的“神话小说”之说为科尔图诺娃（M. Колтунова）、米娜科娃（A. Минакова）、科萨列娃和斯米尔诺夫等很多学者所认同。[①] 此外，还有“哲理小说”（В.Я. Лакшин[②]，И. Виноградов）、“散文中的抒情哲理诗篇”（Е. Сидоров）、“局部模仿古代的说教小说”（Г. Макаровская，А. Жук）、“自由的梅尼普”（М. Немцев，А. Улис，А. Казарскиный）等界说。就艺术手法而论，同样见仁见智：如“幻想现实主义”（М. Горкий，В. Свидельский）、“浪漫主义”（М. Ладыгин）、“俄国现实主义传统和象征主义的结合，并走向现代主义”（А. Казаркин，Дж. Кертис，Г. Режепп）、“魔幻现实主义”（А. Кораблев）、“古典现实主义”（Вс. Сахаров）……总之，有多少学者，就有多少种定义。拉克申认为，其原因在于“一切都被作者的创作意识改铸成某种统一的、令人震惊的新的东西”，[③]小说“没有屈从于完全匹配现有的范畴，这让它成为30年代苏联文学的一种综合现象”。[④]

《大师和玛格丽特》是形式主义方法研究的沃壤，从直观图解向复杂的符号文本的形式层面的转向是布尔加科夫研究的必然趋势。60年代以来，很多视角迥异的著作都首先把《大师和玛格丽特》作为一种美学现象，从小说的诗学结构切入来探讨布尔加科夫独特的创作个

---

① Минакова А.М. Об одном мотиве в филосовской прозе Булгакова // *Творчество Михаила Булгакова в литературно-художественном контексте: Тезисы докладов Всесоюзной научн. конф.* Самара, 1991. с. 12-13.

② Лакшин В.Я. О прозе Михаила Булгакова и с нем самом // Лакшин В.Я. *Вторая встреча: Вспоминания, портреты, статьи.* М., 1984. с. 306.

③ Лакшин В.Я. Мир Михаила Булгакова // *Литературное обозрение.* 1989. № 10. с. 23.

④ Проза С.В.М. Булгакова в оценке польской критики // *Вестник Московского университета.* Сер. Филология. 1989. № 10. с. 23.

性，从作家形象构思的艺术模式出发来证明自己观点的学术合法性。洛特曼（Ю.М. Лотман，1922—1993）走向文本结构分析的艺术符号学成为大部分布尔加科夫研究著作的基础。

结构主义流派认为，历史与文化间的对话具有永恒的意义。列斯吉斯（Г. Лесскис）在《〈大师和玛格丽特〉（叙事手法、体裁、宏观结构）》（1979）一文中研究布尔加科夫的“双体小说”时指出：“构成《大师和玛格丽特》的两部小说中的叙事方式，按可信性实现的原则形成对应关系，其中大师的小说是打上标号的部分，而关于大师的小说则是没打标号的部分（在这些概念的语义学和符号学意义上）。”[①]因此，符号学术语作为语言学的命名单位在他笔下获得了文学研究的意义。小说中各种形象的稳定性从中得以强化。一个类推是：耶舒阿·伽-诺茨里是大师在那样一种悲剧命运的基础上构想出来的，它由使世界和声化的“善的意志”的律令（在康德伦理学“范畴学的绝对律令”的意义上）所规定。“耶舒阿以双重身份出现——实体的、人的和神秘的、先验的”，并且“第二种身份是所有作品的主角，而他的对手就是沃兰德”[②]。这种评价导致关于耶舒阿个性的悲剧性矛盾的思考，因为“实体”与“先验”的不相容，决定了他永远都不能成为一个和谐的个性。其他形象的相似性也因为结合了符号学模式的成分而模式化了。将耶舒阿和大师作为同样的悲剧主人公直接比较，是很多研究《大师和玛格丽特》的著作的特征。

卡斯帕罗夫（Б. Гаспаров）在《文学主题》（1994）一书中列出专章“布尔加科夫的小说《大师和玛格丽特》的主题结构考察”，分析“柏辽兹”“别兹多姆内”“莫斯科”“火灾”“外汇”“沃兰德”“大师”等七个专题。“主题”作为艺术文本的结构要素被作为作品分析的基本“单位”。他断言这是一部神话小说：“小说文本作为‘真正的’版本被确定下

---

① Лесскис Г.А. Мастер и Маргарита（манера повествования，жанр，макрокомпозиция）// *Известия АН СССР*. Сер. Литературы и языка. Т. 38. 1979. № 1. с. 59.

② Там же. с. 56.

来。……神话变成现实,然而现实却变成神话。在《大师和玛格丽特》中这是通过情节联系的方式实现的:同样的现象在各种时间和情态结构、在过去和现在、在日常现实性和超现实性中同时存在。他认为,叙事对象的连续性和节奏感与其评价的连续性和节奏感紧密相连,善与恶、伟大与渺小、崇高与卑下、激情与嘲笑显得彼此不能分离……神话价值最原初的含混和多义性完全符合神话无穷再现的特征。”①卡斯帕罗夫用神话小说的这一特征说明拒绝确定小说唯一的绝对的价值和完整的主题思想的理由。应该说,卡斯帕罗夫的结构主义方法在作品研究中开辟了一定前景,但由于更多地关注叙述者,创造者作者受到忽视,其研究视域必然受到限制。

乌利斯(А. Вулис)提出的“镜像”原则与卡斯帕罗夫的“主题结构”非常接近。他在《镜子能反映什么?》(1987)一文中认为:“《大师和玛格丽特》的结构是镜像作用,其原则包含在含有另一幅图景的艺术图景的构成中——这一图景全部或部分地再现主要画面的重要细节,并创造与其一致的画面。”在人物层面这一原则表现为“形象的镜像对称”,“其目的在于把主人公成对地结合起来”。②

当下洛特曼学派的代表、塔尔图大学教授别洛博罗夫采娃(И. Белобровцева)的博士论文《布尔加科夫的小说〈大师和玛格丽特〉:文本组织的结构原则》(1997)是近年来一部相当深刻的专著。研究者详查细考,在实践中避免使用诠释法。她认为,作家建构其“游戏广场”,定出总的游戏原则。她在所有层面上确定了人物和小说成分的二重性,相对性因此渗透了作品的整体评价:“游戏是作为布尔加科夫价值哲学的一个重要概念被确定下来的。”③在此基础上,作者和她的同

---

① Гаспаров Б.М. Из наблюдений над мотивной структурой романа М.А. Булгакова «Мастер и Маргарита» //Гаспаров Б.М. *Литературные лейтмотивы, Очерки по русской литературе XX века*. М.: Наука, 1994. с. 30.

② Вулис А. Что может отразиться в зеркале? // *Вопросы литературы*. 1987. № 1. с. 180.

③ Белобровцева И.З. *Роман М. Булгакова "Мастер и Маргарита": Конструктивные принципы организации текста*. Дисс. ... докт. филол. н. Тарту, 1997. с. 96.

事库里尤丝(С. Кульюс)合著了《布尔加科夫小说评注》(2007)[①]。全书用相应的章节研究小说的创作史和出版史,介入文本结构和语义学领域激荡的诗学与历史文化代码;研究小说的基本文献,布尔加科夫的档案,特别是小说的备用材料和草稿;别洛博罗夫采娃与布尔加科夫的遗孀叶琳娜·布尔加科娃的谈话等等。这是迄今最为全面细致的一部评注,堪称理解布尔加科夫主人公及其形象世界的百科全书,是用结构主义方法把静态的文学文本结构和动态的文学创作史研究相结合、从分析走向综合的范例。在此,作者和叙述者同样受到关注。

雅勃拉科夫在专著《米哈伊尔·布尔加科夫的艺术世界》(2001)中分析《大师和玛格丽特》时,主要运用分层和"X 线体层照相"的方法。他认为,作品的每一个结构层次(人与世界、情节、空间与时间、日月等大自然的象征意义等等)只是改变"文化范畴"的"文化符号",它们具有自己的边界和功能。此外,他还分析了小说中的"切头术"主题(即头颅离开躯体)和"颅骨酒樽"的主题。[②]

洛特曼的文化符号学理论经历了符号—文本—文化—符号域的辩证发展过程。在后期思想的精华符号域(семиосфера)理论中他指出,艺术文本可以用空间关系的形式表达非空间的"世界图景",这是他有关文本空间模拟机制的核心所在。人类与生俱来思维逻辑中就有着将地理空间概念观念化的趋势。在《符号域》一书中,他以《大师和玛格丽特》为例,分析了其中"家"和"住所"的象征意义。布尔加科夫笔下的家是一个内在的、封闭的空间,带有安全、和谐的文化意义;"住所"尽管有"家"的面貌,但其实是"伪家",意指破坏、混乱和堕落。因此,在布尔加科夫的小说中"家"和"住所"是一组反义词,其主要特征——住人的地方,变得不重要了。"家"及"住所"成为文化空间的符

---

① Белобровцева И.З. С. Кульюс. *Роман М. Булгакова "Мастер и Маргарита". Комментарий.* М.: "Книжный клуб 36,6", 2007.

② Яблоков Е.А. *Художественный мир Михаила Булгакова.* М.: Языки славянской культуры, 2001.

号元素："这表现出人类文化思维的特征：现实的空间成为了符号域的图像形式，成为了表达各种非空间意义的语言。同样，符号域也按照自己的形象改变了人周围的现实空间。"①

还有一些研究者和音乐家讨论《大师和玛格丽特》同音乐作品的关联。他们试图确定的不仅是音乐与文学作品之间的主题联系，而且是功能与结构的联系。尼诺夫(А. Нинов)认为："布尔加科夫的小说是按照戏剧音乐的表现原则建构的；绘声绘色地点缀着幻想性的事件，把各个时代和不同文化的主人公结合起来。与他的任何前辈相比，布尔加科夫都更完整而一贯地在小说中体现了莎士比亚的理念：'整个世界就是一个剧场'……起源于基督受难的宗教历史神秘剧的、在杂耍剧场中被从未有过的表演实现的莫斯科滑稽表演，具有空前的启示性，还有，最积极地参与到大师的命运及其长篇小说中沃兰德和随从们的超自然法术——这些仿佛不是混杂了卑下与高尚，悲剧与可笑的剧场。"②克里莫维茨基(А. Климо-вицкий)考察小说的音乐结构特征；米里欧尔(Е. Миллиор)讨论小说同肖斯塔科维奇的第四交响曲结构的平行，拜尔扎、斯米尔诺夫、普拉捷克(Я. Платек)和马伽梅多娃(Д. Магамедова)等关注布尔加科夫提及的各种音乐主题和作品。

小说中的小说是《大师和玛格拉特》的独特结构之一。研究者们发现了耶路撒冷和莫斯科章节的某些关联。库施林娜和斯米尔诺夫在《长篇小说〈大师和玛格丽特〉中的诗学问题》中指出："在互映的莫斯科和耶路撒冷篇章中处理的是同样的永恒问题，照亮重要的、永恒

① 尤里·洛特曼：《在思维的世界里》，见《符号圈》，圣彼得堡：艺术出版社，2000年，第320页。转引自康澄：《文化及其生存与发展的空间——洛特曼文化符号学理论研究》，南京：河海大学出版社，2006年。

② М.А. *Булгаков-драматург и художественная культура его времени*, Сост. Нинов А.А. М. 1988. с. 35-36.

的东西。"[①]科尔图诺娃（М. Колтунова）在时空体（Хронотоп）[②]的层面上发现了在历史和现实章节之间的叙事关系。米娜科娃（А. Минакава）、伽林斯卡娅、拉克申、索科洛夫（Б. Соколов，1957— ）、丘达科娃等很多学者都划分出小说的三重结构：《圣经》（或耶路撒冷、或历史传说）、当代的莫斯科和魔鬼（或神秘）世界。涅姆采夫（В. Немцев）在《米哈伊尔·布尔加科夫：浪漫主义者的形成》（1991）一书中将由三个叙述者呈现出来的三个背景同三个层面进一步联系起来——"当代"章节中的讽刺小品、古代章节（大师的小说）中的历史小说和客观的、仅仅是叙述者的小说。相应地，主人公是沃兰德、耶舒阿和大师。涅姆采夫认为，所有的主人公都在结尾的一幕统一起来："在当之无愧的主人公得到救赎的结局，其余的人将要面对苦难，如果他们仍然没有追随的话。"[③]在此规则之外，涅姆采夫见出了小说开头的柏辽兹之死和得以进入结局的伊万·别兹多姆内的命运。这一见解对解释布尔加科夫艺术手法的折中性很有助益：每一位叙述者都把自己对事件及参与者的表现和描写方法带进了小说。科罗廖夫（А. Королев）认为在《圣经》的受难周和沃兰德造访莫斯科的一周之间存在意义的召唤。他发现莫斯科与耶路撒冷地形相似，事件也相符："两个城市呈现在永恒的地图上的一个神秘的点位。……在这种情况下作者的思考就一直在追索绝对的现实，不仅是布尔加科夫的莫斯科的 30 年代的日常生活，而且是千年遥远的现实。……幻象一部分是由布尔加科夫以文献语言创造出来，此外上面有明显的忏悔印记。"[④]

---

① Кушлина О. Смирнов Ю. Некоторые вопросы поэтики романа «Мастер и Маргарита», там же. с. 285.

② 时空体 Хронотоп（cronos-время，topos-место）——时间与空间的统一体。

③ Немцев В.И. *Михаил Булгаков：становление романиста*. Самара：Изд. Саратовского унита. Самарский филиал，1991. с. 106.

④ Королев А. Москва и Ершалаим：Фантастическая реальность в романе М. Булгакова "Мастер и Маргарита" // *В мире фантастики*：Сб. *Литературно-критических статей и очерков*. М.：Мол. гвардия：1989. с. 83.

小说中人物的平行性同样受到关注。索科洛夫在《布尔加科夫的长篇小说〈大师和玛格丽特〉：创作史札记》(1991)和《布尔加科夫百科全书》(1996)中执意重复三位一体或四位一体[①](如：彼拉多—沃兰德—斯特拉文斯基—里姆斯基；阿弗拉尼—法戈特—费多尔·瓦西里耶维奇—瓦列努哈)；科罗廖夫强调莫斯科和耶路撒冷形象、事件(沃兰德与柏辽兹的争论和彼拉多和耶舒阿的争论)、主人公形象(莫加雷奇和犹大)的平行；卡斯帕罗夫则在小说主题结构的基础上令人信服地证明，所有的主人公实际上都因主题而相互联系：这世界上的每一个人，无论他叫什么名字，生活在什么时代，都要经历自己的十字架道路，去到自己的各各他赎罪，都会死去并复活。

第二节　域外布尔加科夫研究：多元阐释景观

域外对布尔加科夫的发现和肯定要早于苏联国内。1929年，意大利斯拉夫学之父伽托(E. Lo Gatto)就高度评价布尔加科夫具有“非凡的才华，敏锐的洞察力和感受力”。布尔加科夫早期散文和戏剧创作在20—30年代就已经被译成世界各种文字并在很多国家上演。迄今为止，在世界各地用各种文字出版的相关学术著作、书评、札记、评注乃至仿作数以万计。据不完全统计，仅仅在1990年代，在西方相关的研究论著就达200余种。从1995年起，北美布尔加科夫研究会开始在堪萨斯出版定期刊物《布尔加科夫学会通讯》。布尔加科夫学术研讨会经常在俄罗斯和欧美各国举办。同在俄罗斯一样，域外布尔加科夫研究的重心也在于长篇小说《大师和玛格丽特》。

在同属斯拉夫语系的东欧，布尔加科夫研究当首推哲学美学研究。波兰的研究清晰地呈现出三条路向：通过作家的生活和命运及

---

① Соколов Б. *Роман М. Булгакова «Мастер и Маргарита»: Очерки творческой истории*. М.: Наука, 1991. с. 46; Соколов Б. *Булгаковская энциклопедия*. М.: Локид-Миф, 1998. с. 312-316.

其时代研究其创作的传记研究;倾向于确定布尔加科夫是散文家还是戏剧家的体裁美学研究;在作家的作品中分析其体裁风格特征的文学理论研究。这三种倾向经常交汇在一起。南斯拉夫学者尤瓦诺维奇在专著《米哈伊尔·布尔加科夫的乌托邦》(1975)中指出,在果戈理的传统中发展的长篇小说的日常生活描写与克尔凯郭尔的哲学具有共性。俄罗斯作家和丹麦哲学家都从自己的立场出发,批判地接受非理性的现实,在对"非理性——永恒的绝对的声音"的服从中,看到了克服日常陈词滥调的途径。在《大师和玛格丽特》的相同考察中,他看到了从日常活动的悲哀影响中拯救人的可能性。[①] 布尔加科夫否定现实的最大效应,是用永恒不朽来与其对照(永恒的"沃兰德"在此起到了特殊的作用)。研究者发现,各个时代的"日常现象",首先就是"无个性"和"庸俗"。他认为小说与歌德的《浮士德》存在原则上的辩论关系:从人生哲学上看,沃兰德是接受世界,梅菲斯特是要改变世界;同样与魔鬼订约,玛格丽特是为了爱情,浮士德是为了世界的知识。小说中的人物与陀思妥耶夫斯基的《卡拉马佐夫兄弟》也有很多相似之处。

西方学术界对《大师和玛格丽特》的阐释主要从社会政治和哲学美学两个维度进行。最初的英语研究中的社会学阐释具有简单图解作品的倾向,认为小说是对斯大林体制十年(1928—1938)或者是关于俄罗斯历史的寓意讽刺叙事,这种庸俗社会学的政治解码纯系无稽之谈。后来的哲学美学研究成就斐然。加拿大学者莱特(A. C. Wright)出版了布尔加科夫的第一部英语传记。他认为小说的思想反映在个人的精神世界与现实之间的冲突中。人努力从善的知识中解脱出来,这个过程导向诺斯替教以及对恶的膜拜,"而由此一步抵达摩尼教二

---

① C. Jovanovič, *Utopia Mihaila Bulgakova*. Beograd, 1975, s. 87.

元论善恶观的异端邪说。"[1]英国学者莱丝丽·米尔恩(Lesley Milne)著有《〈大师和玛格丽特〉：胜利的喜剧》(1977)和《布尔加科夫评传》(1977)[2]。施瓦尔茨(A. Шварц)于1988年发表的《米哈伊尔·布尔加科夫的生与死：文献记事》[3]以资料翔实取胜，书中广泛采纳了叶琳娜·布尔加科娃(E. C. Булгакова)的日记、口述和作家亲友的访谈。

美国学者埃瑞克森(E. E. Ericson-jr)认为，布尔加科夫虽然塑造了非正统的伪经形象耶舒阿基督，但仍然在基督教传统的框架内，因为关于彼拉多和耶舒阿的小说出自大师笔下，无论如何不能将作家布尔加科夫和大师混为一谈。很多批评者因此判定作家的世界观在基督教正统的界限之外，埃瑞克森不予认同。美国学者戴维·彼特(D. M. Beatie)认为，历史想象的形式决定了布尔加科夫小说的叙述形式，《大师和玛格丽特》结尾是对约翰《启示录》(16：8-9)的巧妙戏拟。他断言，在布尔加科夫笔下，历史同跑马场等同起来。在表现这种绝境时，几乎完全是遵循启示录的模式。[4]

新西兰学者巴列特(E. Barrett)《在两个世界之间：〈大师和玛格丽特〉批评概观》(1987)是1967—1990年期间英语布尔加科夫研究的优秀著作。他通过伪经诺斯替教和摩尼教的渊源来解读作品，认为这是一部"后象征主义的宗教小说"，是"充满黑色幽默的悲喜剧"。作者认为沃兰德不是《启示录》中的撒旦，而是诺斯替教的信使；他分析沃兰德同梅菲斯特的关系；双体小说的三重结构：沃兰德的小说、无家

---

① Wright A.C. *Mikhail Bulgakov: Life and interpretations*. Toronto etc., 1978. VIII, p. 165. см. Галинская И. Л. *Наследие Михаила Булгакова в современных толкованиях*. М.: ИНИОН РАН, 2003. с. 110.

② Milne L. *The Master and Margarita: A comedy of victory*. Birmingham, 1977.

③ Шварц А. *Жизнь и смерть Михаила Булгакова: Документальное повествование*, Нью-Иорк, 1988. 137 с.

④ Bithea D.M. *History as hippodrome: The apocalyptic horse and rider in the "Master and Margarita"* // Russ. rev. Stanford, 1982. Vol. 41, N 4. pp. 373-399. там же, с. 111.

汉的梦、大师的长篇小说。① 华盛顿大学教授纳托夫(N. Natov)讨论小说中关于地狱的隐喻,良心谴责的地狱和对罪的追忆是小说中的另一种地狱形态。人类生存的永恒主题——恶的诱惑与对恶的抵抗在小说中找到了新的阐释。作家基于宗教意识写下一系列精彩的情节,创造了非经典的世俗化的"布尔加科夫的福音书",创造了自己独特的伪经。

很多学者将布尔加科夫纳入欧洲的浪漫主义传统,1973 年,汤姆逊(E.M. Tomson)称其为伟大的浪漫主义哲学家。卡提斯(J.A.E. Curtis)认为作家是"最后一个浪漫主义者",其浪漫主义有别于包括象征主义者在内的 20 世纪大多数浪漫主义者,比较而言,他更接近阿克梅派。小说的浪漫主义因素表现为"浪漫的讽刺"、"把与作者的见解和经验相符的作家主人公纳入文本之中"、"描写在死亡的边缘接受上帝审判的主人公"。②

英国学者爱德华(T.R.N. Edwars)在《三位俄罗斯作家与非理性:扎米亚京、皮里尼亚克、布尔加科夫》(1982)一书中将这几位作家放在陀思妥耶夫斯基否定"技术乌托邦"传统中的俄罗斯作家系列。布尔加科夫具有"隐含而有力地否定苏联当下"的特征。作家在小说中确定,莫斯科的日常生活如此荒谬,理性地理解它是无意义的,它必定与另一种荒谬相遇。小说的中心思想确定人超验的精神性,所有的叙事线索都汇聚于此。在大师的小说的帮助下,布尔加科夫得以研究伴随着基督被钉上十字架的事件的意义。这是对陀思妥耶夫斯基和托尔斯泰等 19 世纪俄罗斯作家最重要的主题的发展。③

---

① Barrett A. *Between two words: A crit. Introd. tu* <*The Master and Margarita*〉. Oxford, 1987. VIII, 347.

② Curtis J.A.E. *Bulgakov's last decade: The writer as hero*. Cambridge Univ. Press, 1987. XI, 256 p.

③ Edwards T.R.N. *Three Russian writers and the irrational: Zamyatin, Pil'nyak, and Bulgakov*, Cambridge etc., 1982. p. 146. *Михаил Булгаков: современные толкования. К 100-летию со дня рождения*. 1891-1991. Сб. обзоров / Отв. ред. Красавченко Т.Н.; М.: АН СССР ИНИОН. 1991. с. 113-114.

法国和意大利的布尔加科夫研究起点是建立在俄罗斯国内研究的基础上，其核心问题在于批评方法的适当更新。他们发展了巴赫金(M. Бахтин，1895—1973)的传统，也同样借用了符号学、心理学、文化学和政治学的方法。从传统的学院的“文本批评”、精神分析和心理传记阐释到文学比较研究在法国都具有特别的意义。小说主人公在世界文学中的源头和先驱(从中世纪到浮士德)都是研究的广阔领域。

布尔加科夫研究专家、巴黎大学教授玛丽安娜·古尔(Marianne Gourg)的博士论文《〈大师和玛格丽特〉：长篇小说及其世界》(1987 年答辩，后成书出版)是一项引人注目的成果。她发现在俄罗斯文学中“布尔加科夫的双重处境”，其“文化边缘状态”在 20 世纪 30 年代文学进程中是非常罕见的，在对过去十年的先锋派的关系上显得明显保守；在很大程度上，布尔加科夫同世纪之交的颓废派和象征主义运动相关。但他不是神秘主义者。古尔还分析了小说同巴赫金概念中的狂欢化传统、同俄罗斯古典文学传统(格里鲍耶陀夫、普希金、果戈理、陀思妥耶夫斯基)、以霍夫曼为开端的浪漫主义散文，以及在互文性层面上的象征主义传统(别雷、索洛古勃、勃留索夫、梅列日科夫斯基)、同黑塞、同法国传统和所谓的“黑色小说”传统的关系，小说诗学、幻想成分和怪诞因素、戏剧和电影技巧、从浪漫构思向戏剧形式的转变，以复杂的时空关系和“游戏的”专名学为基础的新型小说、神话成分和小说构思相结合的伸向无限的“镜像”结构。

1989 年，《斯拉夫评论》杂志出版专刊，纪念《大师和玛格丽特》在巴黎歌剧舞台上演和布尔加科夫的作品在俄罗斯首发。其中刊载了五位法国学者的文章。有的探讨小说的开放性和未完成性，最终不过是形式上变成无家汉之梦的“表现体系”的建构；有的分析对于 20 世纪初俄罗斯知识分子具有共同“精神功能”的常见的宗教哲学根源；有的认为布尔加科夫在宗教思想方面是批判胜于神学、托尔斯泰主义和诺斯替主义胜于基督教；还有的研究巴黎歌剧舞台上的同名作品。

1984 年著名俄罗斯专家、日内瓦大学教授乔治·尼瓦(Georges

Nivat,1935—)在意大利举办的布尔加科夫研讨会上作报告《〈大师和玛格丽特〉与“游戏的人”》从不同角度分析小说,出发点是各种各样的游戏规则,只有一个人物——大师不受游戏限制(“因为创造力衰竭,他不游戏,他高于游戏,他知道没有什么比小说中表现出来的基督的仁慈更加伟大而崇高……”)在他看来,游戏是布尔加科夫作为拯救世界的手段提出来的。魔鬼的随从们是对的:不要信任不喜欢游戏的阴郁的人们。让人们重新成为孩子,游戏的人!其实,耶舒阿已经谈到这一点了。①

意大利早期的研究更关注拉克申开启的布尔加科夫的人道主义、高尚的伦理开端。20世纪70年代对小说的研究日趋学术化。在关注作者的唯心主义、作品的基本风格与叙事特征、“小说中的小说”的渊源、同经典福音书和伪经的相互关系之后,出现了作家同历史、政治意识形态问题的研究。罗马萨比因扎大学(Università La Sapienza)的卡罗·苔斯塔(Carlo Testa)在《〈大师和玛格丽特〉:狂欢化小说》中将小说作为一种“狂欢化”的结构来研究,作为文化原型的狂欢是小说运动的力量。《大师和玛格丽特》是乌托邦小说,在最后的结论中宣扬“艺术对于生活的最高价值”。

佛罗伦萨大学的帕格尼尼(S. P. Pagnini)的报告《作为神话传说的〈大师和玛格丽特〉的形态学》②用普罗普的方法在小说中找到了神话传说的品质。在这里,主人公是很现实的,情节则不可信,小说中所有发生的事情都是虚构的,而他的叙述则是适宜的;故事内容和小说风格的不协调产生了幽默的效果。

巴扎列理(E. Bazzarelli)在报告《〈大师和玛格丽特〉中作为存在

---

① См. Чудакова М.О. Михаил Булгаков и судьба его наследия во Франции и Италии // *Михаил Булгаков: современные толкования. К 100-летию со дня рождения* 1891—1991. М.: АН СССР. 1991. с. 216-217.

② Pagnini S.P. Морфология Мастера и Маргариты как волшебной сказки // Atti del convegno “Michail Bulgakov” (gargnano del garda, 17-22 settembre 1984). Milano, 1986. Там же. с. 223-224.

主义和美学原则的解脱》[1]中，认为解脱的主题渗透了小说的整个结构——从玛格丽特、弗莉达到大师莫不如此。普遍的解脱是虚幻的，支撑的结构却变得越发坚固——布尔加科夫"悲观的"逻辑就是如此。解脱来自彼岸力量，对主人公而言就是死亡的代价。在这里构成了小说的悲剧——得胜的不是解脱，而是死亡。作者考察了布尔加科夫小说同古代悲剧的相似之处：净化(catharsis)渗透小说的氛围，滋养了小说的形象，创造出希望、幻想、爱、诗歌的氛围，成就了他的诗化小说。

米兰大学的艾丽萨·卡托林(Elisa Cadorin)在报告《〈大师和玛格丽特〉中的绝对时间、相对时间与心理时间》[2]中指出，小说超过60处提到时间，主要表现为三种形态：绝对时间丝毫无涉并且不会影响人的命运；相对时间是建立在因果关系基础上的、由人们设置的；每个主人公都有自己的心理时间。沃兰德与随从生活在绝对时间里，有时进入相对时间；柏辽兹的作协生活在相对时间里(有时进入心理时间)；大师和玛格丽特是极少数被拣选进入绝对时间的人；其他人遇上绝对时间但不承认其规则，便以精神病和失去安宁告终。

波洛尼亚大学的劳拉·费拉里(Laura Ferrari)在报告《〈大师和玛格丽特〉中的精神分裂症情节》中同意那种观点，即恶的力量是闯入30年代莫斯科"粗俗、平庸、贫乏"生活的非理性和幻想力量的化身，并认为把小说作为"精神分裂症臆语的隐喻"来解读是可能的：几乎所有人物都患有各种各样的病症。无家汉伊万经历了全部使其复活的病症体验，换句话说，伊万的演变是"世界上的自我意识"的演变。唯一超越疾病寓意的是将要成为艺术家的大师：他很久以前就走过这条路，须知艺术是在世界上拥有"自我"意识(这符合存在主义区别于"虚假"的人的"真实"的人的概念)的个人"话语"。作者还将精神分裂症

---

① Чудакова М.О. Михаил Булгаков и судьба его наследия во Франции и Италии. Там же. с. 224,225,226.

② Там же. с. 224,225,226.

的寓意与成人仪式的步骤进行了比较。

德语的布尔加科夫研究创造了自己的解读传统。首先，经过包括打上社会学印记的几个阶段，把布尔加科夫从狭隘的事实功利的观念中解放出来，对他的个性和创作进行非政治化的解读，将其作为拥有全人类价值的文化审美现象来接受。其次，越来越多的学者摆脱过去将布尔加科夫作为讽刺作家、唱出痛苦音调的艺术家、恶毒讽刺与揭露的诗人的概念，在承认布尔加科夫抗议压制个性和同一化的体系是其世界观与创作的主要成分的同时，发掘其作品中艺术世界建构的生机勃勃的反熵成分，发现布尔加科夫对“生活物化”的抗议贯穿着乐观与希望。

芭芭拉·切林斯基(B. Zelinsky)评价布尔加科夫的《大师和玛格丽特》是苏联小说中最不苏联的一部。她为作品下了新的定义：像舞台世界一样组织艺术世界的全新风格，是散文的戏剧化，是以戏剧创作之笔写就的长篇小说，是剧场小说，作家的讲述者—导演的身份是完全独立的。[①]

玛格莱特·费希勒(M. Fieseler)的著作研究《白卫军》和《大师和玛格丽特》的主题、风格与结构特征。在她看来，布尔加科夫接受并采用的某些手法，应归为艺术“陌生化”的手法(什克洛夫斯基的术语)，令熟悉的情节产生“全新的”阅读。她同时研究作为获得小说结构统一的重要手段的主题系统。《大师和玛格丽特》的主题实现了重要的结构功能。作家把两个不同的小说的事件联系在一起，取得了陌生化的效应。借助对耶路撒冷事件的传统福音书版本的意想不到的偏离，通过遥远的过去时代迫切的问题与事件，在以往的异国的外衣下表现现代性；在莫斯科的舞台上陌生化效应产生于幻想主题的印象，为讥

---

① B. Zelinsky, Bulgakov-“Der Meister und Margarita” // *Der russische Roman* / Hrag. Von Zelinsky B. Düssel-dorf, 1979. s. 330-353. Дранов А.В. Протест, полный оптимизма и надежды (Немецкие литературоведы о творчестве Михаила Булгакова). Там же. с. 155-156.

讽现代性现象而描写的现实语境中。①

在东德，直到80年代末都是在马克思—黑格尔解释的历史事件的规律性的精神中来阐释作品，布尔加科夫的主人公是历史事件的参与者。60—70年代布尔加科夫是作为不同情革命的编年史作者被接受的，而在其作品中所有事件的发展都让读者相信“旧”世界毁灭和“新”世界胜利的必然性。

卡谢克(D. Kassek)认为布尔加科夫是早期苏联文学中最伟大的讽刺作家②。她研究作为主要文学风格传统的巴赫金关于“怪诞现实主义”和“狂欢化”的论点，作家没有意识到的超乎文学之外的渊源……《大师和玛格丽特》中各个层面的紧张对立因素(疯狂的楼房里的开放世界与封闭世界；地下室与格里鲍耶陀夫之家；光明与黑暗；太阳与月亮等等)；小说中具有颠覆价值的狂欢的笑。

罗尔伯格(P. Rollberg)③考察弗洛连斯基(П. А. Флоренский, 1882—1937)的哲学观与《大师和玛格丽特》的联系(与丘达科娃不同)，认为布尔加科夫不断寻找的出路是：创作是自我解放的直接行动，其开端就是语词。在这个语境下就很清楚，为什么在专制制度下文学对作家和读者会有那么大的意义。艺术语词是反对社会中熵的作用的进步因素。

《大师和玛格丽特》研究的历史只有四十年，却是众声喧唱，余音共鸣。各种批评方法在这里汇聚，相应的理论概念得以拓宽。事实上，在具体的研究中，各种方法也存在交叠，很难做严格区分。批评的狂欢促使布尔加科夫学日趋繁荣，《大师和玛格丽特》这部现代经典亦

---

① Fiesiler M. Stilistische und motivische Untersuchungen zu Michail Bulgakovs Romanen 《Belaja gvardija》 und 《Master i Margarita》. Hildeshim etc. ,1982. 100 S. Там же. с. 158-159.

② Kassek D. Gedanken zum Karnevalesken bei Bulgakov // Michail Bulgakov: Vaterialien zu Leben u. Werk / Leipzig, 1990. s. 33-41. Там же. с. 169.

③ Rollberg P. Annäherung an Bulgakovs Metaphysik // Michail Bulgakov: Vaterialien zu Leben u. Werk/ Leipzig,1990. S. 42-57. Там же. с. 171.

在与批评的互动中不断获得意义的延展。一方面，小说意义空间的丰富性需要研究者考察每一个概念问题，这必然导向意义的探索；另一方面，试图对小说进行局部分析或分成独立的层面，将部分绝对化，又与小说的内在结构相矛盾，导致对问题的片面理解。布尔加科夫在小说中创造的新型的艺术体系不仅是一种变换结构形式的美学现象，更重要的，是确立了善与爱这一人类生存之本真的精神价值。

第三节 中国的布尔加科夫研究：初具规模

在中国，对布尔加科夫的译介始于20世纪80年代，自荣如德翻译剧本《土尔宾一家的日子》(原译名为《屠尔宾一家》，《外国文艺》1982年第4期)肇始，国内开始接连翻译并出版了布尔加科夫的主要作品。钱诚于1985年译出《大师和玛格丽特》(节选)(载《苏联文学》第5—6期)，1987年译出《狗心》(载《苏联文学》1987年第6期)，同年，译《莫里哀传》，南开大学出版社出了单行本。值布尔加科夫百年诞辰之际，《世界文学》于1991年第4期刊出布尔加科夫早期的九部中短篇作品。同年，钱诚和吴泽霖译出《不祥之蛋》(《苏联文学联刊》第3期)。1992年，理然、王燎翻译《袖口手记——自传体小说》，由广州花城出版社出版。1998年，作家出版社出版《布尔加科夫文集》四卷本，收录由石枕川、曹国维和戴骢、许贤绪译的《白卫军》《剧院情史》《狗心》《不祥的蛋》《恶魔记》等中短篇小说。1999年，解放军文艺出版社出版《孽卵》(周启超译)，收入《孽卵》《魔障》《吗啡》三部作品。至此，布尔加科夫的主要代表作均与我国读者见了面。2004年，厦门大学出版社出版《逃亡：布尔加科夫剧作三种》，由陈世雄、周湘鲁翻译。2006年，张建华编译的《狗心——布尔加科夫中篇小说》出版。2007年，中国文联出版社出版周启超选编的《布尔加科夫中短篇小说选》。

《大师和玛格丽特》有多个中译本：钱诚译《大师与玛格丽塔》，外国文学出版社1987，浙江文艺出版社1999。钱诚译《大师和玛格丽特》，外国文学出版社 1999，人民文学出版社 2004/2006。徐昌翰译本名为《莫斯科鬼影》，春风文艺出版社 1987，其另一译本《大师和玛格丽特》，北方文艺出版社 2002。王振忠译《大师和马格丽达》，中央民族大学出版社 1996。寒青（即严永兴）译本名为《撒旦起舞》，作家出版社 1998，严永兴译《大师与玛格丽特》，译林出版社 2000。伍景译《大师和玛格丽特》，远方出版社 2004。高惠群译《大师和马加丽塔》，上海译文出版社 2005/2007。曹国维与戴骢译的《〈大师与玛格丽特〉插图本》2008。王男栿译《大师与玛格丽特》，长江文艺出版社 2008。苏玲译《大师与玛格丽特》，山东文艺出版社 2009。王庆平译《大师与玛格丽特》，北方文艺出版社 2012。

同时，布尔加科夫的研究在我国也开始起步，最早介绍布尔加科夫的是童道明。1982 年，他在《中国大百科全书——外国文学卷》中，为小说家和剧作家的布尔加科夫撰写了词条，同年又在《苏联文学史论文集》中撰写了《布尔加科夫及其创作》的文章，为叶水夫主编的《苏联文学史》第三卷撰写《布尔加科夫》专章。彭克巽在其《苏联小说史》中较为系统地介绍了《大师与玛格丽特》。陈世雄在《苏联当代戏剧研究》中，将布尔加科夫单列到第二章第三节“剧坛新貌——受迫害的戏剧家恢复名誉”中，作者另外发表了《布尔加科夫戏剧的历史命运》（《外国文学》1998 年第 1 期）。雷成德主编的《苏联文学史》、曹靖华主编的《俄苏文学史》等均论及布尔加科夫。刘亚丁著《苏联文学沉思录》（1996），李明滨主编《俄罗斯 20 世纪非主流文学》（1998），李辉凡、张捷著《20 世纪俄罗斯文学史》（1998），李毓榛主编《20 世纪俄罗斯文学史》（2000），杜文娟译的《布尔加科夫评传》（2001），谭得伶、吴泽霖著《解冻文学和回归文学》（2001），梁工主编《基督教文学》（2001），吴元迈主编《20 世纪外国文学史（第三卷）：1930 年至 1945 年的外国文学》（2004），郑体武著《俄罗斯文学简史》（2005），任光宣主编《俄罗斯文学简史》（2006），陈建华主编《中国俄苏文学研究史论（第一卷）》（2007），张敏著《20 世纪俄罗斯现代主义小说研究》（2008）与《白银时代俄罗斯现代主义作家群论》(2008),童道明著《阅读俄罗斯》(2008),苏泽坤、潘金凤著《俄罗斯文学史简编》(2009),梁坤主编《新编外国文学史——外国文学名著批评经典》(2009),刘文飞编著《插图本俄国文学史》(2010),钱诚著作家传记《米·布尔加科夫》(2010),李毓榛著《俄国文学十六讲》(2010),陈世雄著《现代欧美戏剧史》(2010)等等,对布尔加科夫的生平和创作予以客观介绍和精辟分析。

除了文学史和概述性的专著对布尔加科夫进行评价之外,相关的学术论文也陆续发表。早期较有见地的有吴泽霖的《精神支柱的求索——〈大师与玛格丽特〉阅读札记》(《苏联文学》1987 年第 1 期)、《公猫——布尔加科夫的笑声》(《苏联文学》1988 年第 2 期)、《布尔加科夫创作的思想风格和他的〈不祥之蛋〉》(《苏联文学》1991 年第 1 期)。刘亚丁的《谈米·布尔加科夫的〈大师与玛格丽特〉》(《四川大学学报》1992 年第 2 期),余华的《布尔加科夫与〈大师和玛格丽特〉》(《读书》1996 年第 11 期),曾予平的《论布尔加科夫的讽刺艺术》(《国外文学》1997 年第 4 期)等等。

进入 21 世纪,布尔加科夫研究的范围和方法都有所扩展,在对《大师和玛格丽特》的研究中,主要有三类取向甚为凸显:

一、宗教神话方面的研究:刘锟《〈大师和玛格丽特〉的宗教神话主题》(《学术交流》2005 年第 4 期)分析了该小说对《圣经》故事的演绎和神话式的浪漫情节背后的西方基督教文化背景;夏晓方《〈大师和玛格丽特〉与俄国宗教哲学思想》(《俄罗斯文艺》2002 年第 5 期)揭示了布尔加科夫与俄罗斯宗教哲学思想传统的关系,将其视作一部为宗教真理辩护的小说;耿海英的《〈大师与玛格丽特〉与〈圣经〉》(《天津外国语学院学报》2003 年第 2 期),宋洪英的《论俄罗斯宗教文化的特点——以〈大师与玛格丽特〉为例》(《河南大学学报》2012 年第 2 期)也从作品的基督教主题中抽绎出俄罗斯多神教的特色。梁坤的《20 世纪俄罗斯文学中的基督复活主题》(《基督教思想评论》2009 年第十辑)认为布尔加科夫以伦理学家的价值判断和唯美笔法重叙福音书的故事,通过在小说中创造的新伪经文本，以历史之光映照现实，创造出了人化的基督的形象，进而使其成为现实世界的大师和魔幻世界沃兰德的精神归宿。

二、艺术风格方面的研究：谢周的《〈大师和玛格丽特〉的象征与神话叙述》（《四川外语学院学报》2007 年第 6 期）通过叙事研究方法介入文本，发现作品中象征与神话相互交织、密不可分，共同体现了象征与神话的叙述特征。唐逸红的《论布尔加科夫的小说〈大师和玛格丽特〉中的讽刺性模拟》（《俄罗斯文艺》2007 年第 1 期）发现该小说是一部“小说中的小说”，也即是一部小说对另一部小说的讽刺性模拟，以此为切入点进而把握布尔加科夫再现现实的新方法。此外，用巴赫金的狂欢化理论来研究布尔加科夫也是重要的方法，比如王剑青的《〈大师和玛格丽特〉与狂欢化》（《俄罗斯文艺》2003 年第 6 期）与王希悦的《试析〈大师和玛格丽特〉的狂欢特点》（《中国俄语教学》2005 年第 2 期）即是由此出发解读文本。

三、作品中人物的精细解读：杨海成的《谁是我们真正的大师？——读布尔加科夫〈大师和玛格丽特〉》（《俄罗斯文艺》2005 年第 4 期），分析了小说中存在的四位“大师”——大师、沃兰德、约书亚及布尔加科夫本人及其相互之间的关系。梁坤的《玛格丽特：永恒女性的象征——〈大师和玛格丽特〉的宗教文化阐释》（《外国文学研究》2005 年第 6 期）与《玛格丽特互文性研究——兼论玛格丽特的魔性特征》（《外国文学》2005 年第 4 期），分别以俄罗斯宗教哲学的核心索菲亚学说来阐释布尔加科夫小说主人公玛格丽特形象圣性的一面，从巫魔传说的视角和巴赫金相关诗学理论阐释圣魔合体的玛格丽特形象魔性的一面。此外，还有谢明琪的《魔王沃兰德随从的宗教神话溯源——浅析〈圣经〉伪经次经及神秘传说在〈大师和玛格丽特〉中的体现》（《俄罗斯文艺》2009 年第 4 期）。

布尔加科夫的其它作品也受到关注，如王宏起的《〈魔障〉：怪诞小说的精品》（《外国文学评论》2003 年第 3 期），《〈白卫军〉中的梦幻解析》(《四川外语学院学报》2003 年第 6 期)与周启超的《关注着"远处的沉船、冰山"——重读米·布尔加科夫的〈孽卵〉》(《外国文学评论》2007 年第 1 期)、温玉霞的《荒诞的戏仿 辛辣的讽刺——布尔加科夫〈狗心〉解读》(《外语教学》1999 年第 3 期)等等。另外,比较研究、互文研究的方法也进一步拓展了对布尔加科夫创作的理解,比如许志强的《布尔加科夫与果戈理:文学史的对话》(《外国文学评论》,2005 年第 1 期),温玉霞的《传承、借鉴、再造——〈大师与玛格丽特〉与〈浮士德〉比较》(西北大学学报 2005 年第 2 期)等。

在进入新世纪之后的十多年中,出版了四部以布尔加科夫的创作为研究对象的专著:唐逸红著《布尔加科夫小说的艺术世界》(辽宁师范大学出版社,2004),温玉霞著《布尔加科夫创作论》(复旦大学出版社,2008),谢周著《滑稽面具下的文学骑士——布尔加科夫小说创作研究》(重庆出版社,2009),周湘鲁著《与时代对话:米·布尔加科夫戏剧研究》(厦门大学出版社,2012)。四本著作都在较为开阔的、系统化的视野中探讨了布尔加科夫的创作道路、思想发展与艺术特征,涉及小说、散文、戏剧等各种文学体裁。

国内研究布尔加科夫博士论文与硕士论文也如春笋涌现。1996 年,北京大学的曾予平博士撰写了学位论文《论 M.A. 布尔加科夫的创作》,作者结合布尔加科夫的一生较为全面地论述了布尔加科夫创作的主题内容、艺术形式等方面。此外,还有南京师范大学的朱建刚的《米·布尔加科夫及其小说思想研究》(2001)等论文都是从这个角度切入文本的。

另一些论文通过解析文体风格,挖掘布尔加科夫创作的独特个性。中国社会科学院研究生院王宏起的博士论文《布尔加科夫小说的虚幻世界》(2002),硕士论文如四川大学杨黎兰的《布尔加科夫的创作与文学传统——论〈大师和玛格丽特〉文体与风格特征》(2003),南京师范大学许英的《布尔加科夫小说的叙事艺术分析》(2011),王双双《〈白卫军〉中的"记忆"初探》(2011),哈尔滨师范大学刘玉瑛的《布尔加科夫中篇小说时空体研究》(2011),吉林大学李娜的《布尔加科夫长篇小说〈大师和玛格丽特〉的魔幻现实主义色彩》(2007),石莹的《运用“二元对立”原则解读〈大师与玛格丽特〉》(2012),中国人民解放军外国语学院杨军的《布尔加科夫〈狗心〉体裁诗学研究》(2007),黑龙江大学刘净娟的《布尔加科夫作品中的讽刺艺术》(2010)、卢烨的《论布尔加科夫作品中的“梦”》(2011),华东师范大学李莹的《解读布尔加科夫的小说〈狗心〉》(2006),以及山东师范大学代鹏的《论〈大师与玛格丽特〉的艺术创新》(2011)等。

此外,还有聚焦于宗教文化研究者,如南京师范大学沈玲的《〈大师和玛格丽特〉中的宗教意蕴》(2005)、常培艳的《〈大师和玛格丽特〉的神话原型探索》(2008)、浙江大学王雪艳的硕士论文《传统与现代的融合》(2008)、西南大学吴雪梅的《〈大师和玛格丽特〉人物的宗教文化阐释》(2009)、云南大学戴小清的《救赎之路》(2010)等。

历经三十多年的积累,中国的布尔加科夫的研究已经初具规模,在综合性和系统性方面有所提高,研究视野从《大师和玛格丽特》有所扩展。但因为一手资料不足和一些学者的浮躁心态,导致研究的深度还很不够,真正有创见的、高质量的著述不多,这就为后继的研究者留下了进一步阐发的空间。

第一章

宗教想象与末世狂欢

末世是一种预警，狂欢意味着颠覆。布尔加科夫的小说充溢着一种末世情怀。在《白卫军》《孽卵》《狗心》中，作家通过洪水、暴风雨、火灾、蟒蛇蔓延等启示录式的末世图景表现世纪初的社会动荡带来的忧患、痛苦、流血、饥饿、瘟疫和混乱。在《大师和玛格丽特》中，20 世纪 20—30 年代的莫斯科被表现为一个充满了自私、贪婪、伪善、欺骗和谎言的世界。从杂耍游艺场的黑弥撒那现实性狂欢的顶点，瞬间转入“撒旦晚会”那末日审判的悲剧性氛围。小说将诙谐与严肃、哲理与荒诞、讽刺性的模拟和浪漫抒情的幻想糅合在一起。在无神论占主导地位的官方意识形态背景下，布尔加科夫却以宗教神话的想象为前提，运演了一场人物与主题、文体与结构的多重狂欢。用巴赫金的话表述，其目的正在于“摆脱流行的世界观、摆脱习俗和陈词滥调”，创造“一种崭新局面、秩序的可能性”。恣肆的狂欢与颠覆的深刻基础正是俄罗斯东正教哲学中的末世论思想。

第一节 俄罗斯宗教哲学与文学中的末世论思想

在形而上的层面，俄罗斯文学深刻地体现了俄罗斯思想的终极性与末世论的特征。与西方相比，俄罗斯的宗教思想更多地体现了末世论意识，或者说末世论是俄罗斯宗教哲学的一个基本内容。危机时代的俄罗斯哲学与文学总是面向末世论神话：每逢历史处于转折时代，在世纪的交汇点上，在危机与动荡时期，便总会有末世论神话的复活。19世纪末20世纪初，十月革命时期，20世纪末，每个时代都赋予这个神话以自己的变体。在俄罗斯思想的末世论情怀中，对永恒的天国理想的期待与对现世此岸的关注往往并行不悖，同时兼有超越与入世的双重品格。我们在Вл.索洛维约夫（Вл. Соловьев，1853—1900）、列昂季耶夫（К.Н. Леóнтьев，1831—1891）、费奥多罗夫（Н.Ф. Фёдоров，1829—1903）、别尔嘉耶夫（Н.А. Бердяев，1874—1948）、弗兰克（С.Л. Франк，1877—1950）、弗洛罗夫斯基（Г.В. Флоровский，1893—1979）等重要思想家的论述中都可以发现这一特征。

末世论探讨的是借助于《圣经》的宗教道德标准，通向天国，通向心灵的永恒居所，通向地球上的人与人类的终极生命的道路。它从犹太教的主要神学命题——论述世界末日的情景和世人的最终结局演变而来。随着非犹太人基督教的崛起，弥赛亚的末世论逐渐被基督教的救赎说取代，虽然基督教末世论也主要指向末日审判，但已将天国理想从犹太教的此岸搬到了具有超越性的彼岸。

“俄罗斯民族，就自己的类型和灵魂结构而言，是信仰宗教的人民。即使是不信宗教者也仍然有宗教性的忧虑，俄罗斯人的无神论、虚无主义、唯物主义，都带有宗教色彩。俄罗斯人即使离开了东正教，也仍然会寻找神和神的真理，寻找生命的意义。”[①]别尔嘉耶夫的这段话道出了俄罗斯人独特的思维理路。素与神学联系紧密的俄罗斯宗教哲学更偏重经验事实而缺乏抽象的体系，对生命的解说充盈着宗教情感；俄罗斯文学对生命对世界的哲学探究使之具有了宗教意味，并成为最深刻最重要的俄罗斯思想的表达方式。别尔嘉耶夫同时还指出："俄罗斯文学不是诞生于愉快的创造冲动，而是诞生于人和人民的痛苦及其灾难深重的命运，诞生于拯救全人类的思考。”[②]俄罗斯哲学同样如此，这正是俄罗斯思想的价值与魅力所在。他们始终面向终极，面向永恒，关注人生的意义、世界与人类的终极命运问题。

俄罗斯思想中普世拯救的激情具有深刻的历史渊源。从宗教发展的历史来考察弥赛亚意识的缘起，应追溯到犹太教《旧约》中关于巴比伦俘囚时期的救世主期待。他们强烈地渴盼救世主到来，为水深火热中的犹太人带来千禧年。在基督教《新约》里，上帝以人间之子耶稣的自我牺牲为赎罪祭，赎洗了世人的罪过。耶稣就是弥赛亚(受膏者、救世主之意)。俄罗斯人最早从基督教那里接受了救赎说。从 988 年弗拉基米尔大公接受东正教，经过 6 个世纪的推广，东正教终于成为民族宗教，但是一直以来主教和大主教都是希腊人担任，君士坦丁堡不承认罗斯人自己推选的主教。1439 年，由于奥斯曼帝国的威胁，佛罗伦萨宗教会商议通过了一个东西方教会联合的决议。事隔不久，君士坦丁堡沦陷，拜占庭帝国灭亡。在罗斯人看来，这是因为希腊人对西方教会投降、对上帝不虔诚而受到的惩罚，在这种背景下出现了“莫斯科是第三罗马”的观念。1510 年，普斯科夫修道院院长费洛菲(Старец Филофей)上书瓦西里三世(Василий Третий，1505—1533)说："旧罗马被不信神的野蛮人攻陷了，第二罗马由于改弦易辙被阿加尔人的战斧劈开，现在这里是新的罗马，全部基督教归于您，两个罗马垮

① 汪剑钊编选：《别尔嘉耶夫集》，上海：上海远东出版社，1999 年，第 5 页。
② 同上书，第 6 页。

掉了,第三个罗马屹立着,第四个罗马不会有了。”1597年,库尔布斯基王公在通信中第一次使用了“神圣罗斯”这个称呼,“第三罗马”与“神圣罗斯”的意思是一致的,都是表示俄国是世界上真正东正教信仰的惟一捍卫者,西欧文明是对东正教的损害和叛离,由于俄罗斯人是最虔诚、最坚定的民族而成为被上帝拣选的民族,被赋予使命与力量来拯救人类,是各民族的弥赛亚,当人类出现危机的时候,弥赛亚民族将起到擎天柱的作用。这一论点得到很多思想家的认同。除了序言中提到的陀思妥耶夫斯基的相关论述外,费奥多罗夫也宣称:“斯拉夫民族无权永远甘于平庸和对世界历史无所作为,虽说这种状况更轻松。”[①]别尔嘉耶夫对他倡导的积极末世论给予高度评价:“尼·费奥多罗夫的天才在于,他或许是第一个尝试对启示录作积极的诠释和承认世界的终结依赖于人的积极性。启示录的预言是假设的,而不是命中注定的;而正在基督教的‘共同事业’的途中的人类,可以避免世界的毁灭、可怖的审判和永恒的判决。尼·费奥多罗夫浸润着普世拯救的激情,在这一点上他远远高于在复仇中看到自己的正统性的复仇基督徒。”[②]

在苏联革命时期,拯救全人类的使命意识获得了另一种表达方式,“第三国际”与“第三罗马”之间便存在着某种隐含的联系。随着东正教的复兴,20世纪90年代以来,普世拯救的历史回声更是随处可闻:巴纳林(А.С. Панарин,1940—2003)相信俄罗斯的全部精神传统能够使她成为全球性转折的倡导者之一,他在《历史的报复》一书中自信地说:“我相信俄罗斯文化的创造能力,相信俄罗斯将在‘绝望’的时候为她自己和整个世界找到拯救的道路。”[③]著名哲学家梅茹耶夫在《论民族思想》一文中指出,在西方工业文明引发消费享乐主义泛滥,

---

① 转引自徐凤林:《费奥多洛夫》,台北:东大图书公司,1998年,第149页。

② 汪剑钊编选:《别尔嘉耶夫集》,上海:上海远东出版社,1999年,第423页。

③ 参见安启念:《俄罗斯向何处去——苏联解体后的俄罗斯哲学》,北京:中国人民大学出版社,2003年,第296页。

导致生态与精神危机的背景下，能够担当起在全球范围内把不同的人和不同的民族团结在一起的重任的只能是俄罗斯文化，“因为它拥有与‘新教伦理’完全不同的集体拯救的伦理观念。这样的观念可以被称为‘东正教伦理’，俄罗斯思想要以此作为建构世界性社会的‘精神’”①。

C. 布尔加科夫（C. Булгаков，1871—1944）在《启示录与社会主义》(1910)中强调，将世界历史进程作为悲剧来理解是现代启示录和末世论的使命。早在19世纪上半叶，恰达耶夫《哲学书简》最后一封信(1835)的结尾，就出现了尘世之外在“世界戏剧，伟大启示录的综合”的形式中存在着道德戒律的幻象。白银时代又出现了卷帙浩繁的现代启示录：E. 伊万诺夫的《青铜骑士》(1907)、萨文科夫的《白马》(1909)、罗赞诺夫的《现代启示录》(1917—1918)、《最后的落叶·俄罗斯文学启示录》(1918)和《野兽的数字》(1903)、克鲁乔内的《俄罗斯文学中的启示录》(1917—1918)、别雷的神秘剧《敌基督》(1898)、小说《第一交响曲》(1900)和论文《俄罗斯诗歌中的启示录》(1905)、弗洛连斯基的论文《末世论拼图》(1904)，以及大量以启示录的术语和象征论述革命混乱的著作。其时，在“启示录论者联盟”内部成立了“基督教斗争团体”(埃恩、叶尔恰尼诺夫、斯文切茨基)，出现了文化启示学等著作；Г. 费多托夫（Г. Фёдотов，1886—1951）与之对立，创造了为与圣灵同在的创造进行辩护的文化神学。苏联时期，启示录期待并没有被剧烈变幻的时代风云所湮没，而是通过变形和改造以或隐或显的形式继续存在，文学作品也因此而获得了历史的深度与前瞻的高度。如布尔加科夫的早期小说和“夕阳之作”《大师和玛格丽特》(1929—1940)、帕斯捷尔纳克的小说《日瓦戈医生》(1948—1956)、阿斯塔菲耶夫的《鱼王》(1972—1975)、拉斯普京的《告别马焦拉》(1976)以及别尔嘉耶

① 参见安启念：《俄罗斯向何处去——苏联解体后的俄罗斯哲学》，北京：中国人民大学出版社，2003年，第303页。

夫的《末世论形而上学》(1944)、叶夫多基莫夫《俄罗斯思想中的基督》(1970)等等在国外出版的哲学著述。随着宗教复兴在20世纪末90年代的出现,启示录思潮再次涌动,出现了一批带有启示录印记的作品,如斯拉波夫斯基《第一次第二次降临》(1993)、列昂诺夫的《金字塔》(1994)、阿纳托利·金的《昂里利亚》(1995)、佩列文的《黄箭》(1993)、瓦尔拉莫夫的《诞生》(1995)、《沉没的方舟》(1997)和《教堂圆顶》(1999)、邦达列夫的《百慕大三角》(1999)、库兹涅佐夫的长篇叙事诗《基督之路》(2000)、尼古拉·戈尔巴乔夫的《世界末日来临前》等等。同时,一大批相关的文学与哲学的著述也相继问世,如卡契斯的《俄罗斯末世论与俄罗斯文学》(2000)、莫伊谢耶夫的《文明的命运·理性的道路》(2000)等等。仅从题目上就可以见出,末世论思想不断被注入新的时代主题。

第二节 布尔加科夫早期作品中的末世图景

布尔加科夫的艺术思维是"原型化的",即永远针对各种文化时期的比较和文化的"符号"功能。现实和历史的反复观照令小说结构呈现出"多层次性"的特征。他笔下的现代情节事件可以引发三个历史时期的联想:古罗马帝国时期、基辅罗斯和18—19世纪之交的欧洲历史。透过作家的末世论世界观可以见出,他所处的时代与这些相隔久远的历史时期有着"类型学"上的相似,凸显出文化层面动荡和文化模式交替的相同背景:在20世纪初俄罗斯战争与革命的时期,虽然出现了俄罗斯苏维埃国家这一世界历史新纪元开端的幻象,但更真实更强烈的是第一次世界大战、俄国二月革命至全面内战和革命后的社会现实所引发的末世期待。布尔加科夫在1927年之前创作的早期作品中即充满了对末日的预感,通过对清账之日人世罪孽、惩罚和救赎的描画勾勒出一幅幅末世图景。

一、“兽”的崛起

《新约·帖撒罗尼迦后书》(2：3-4)中将“沉沦之子”的崛起视为末日来临的前兆：“因为那日子以前，必有离道反教的事，并有那大罪人，就是沉沦之子，显露出来。他是抵挡主，高抬自己，超过一切称为神的和一切受人敬拜的，甚至坐在神的殿里自称是神。”这里，“那日子”指的就是末日，“沉沦之子”则是基督的敌人，他们以破坏之力和诡诈之术震慑民众、垄断权力，抬高自身妄图超越上帝，好使自己成为人们心中唯一的真神，并以各种异能、“神迹”和一切虚假的奇事迷惑人心。在《启示录》中也将这些“沉沦之子”称为“兽”，认为他们将在末日来临之时得到红龙撒旦的能力，迷惑万民，让他们跟随自己与圣徒交战。

基督与“兽”的交战是俄罗斯文学中的重要母题，索洛维约夫的《关于敌基督的小故事》，陀思妥耶夫斯基的《宗教大法官》，梅列日科夫斯基的三部曲《基督与敌基督》、《野兽的王国》等众多作品都是围绕着这一母题展开的。在布尔加科夫早期小说的末世图景中，“兽”的崛起和“兽”统治下的民众形象也占有重要地位。

1. 世俗权力的腐坏

《圣经》对于世俗权力基本持否定态度，《出埃及记》中下令诛杀希伯来男孩的法老王，《但以理书》中将先知但以理投入狮坑中的大流士，四福音书中同样屠杀伯利恒男婴的大希律王，对于这些君主的刻画直接表现出世俗权力专制、残暴的特征，而在《新约·启示录》，基督的敌人，第一只与龙联合的“兽”也作为世俗权力的巅峰罗马帝国的代表出现，它的腐朽正是末世图景中不可或缺的重要一环。

狂欢是加冕和脱冕的合一，使日常生活中被凝固化、确定化的认知变得不定，布尔加科夫惯于用“双面人”形象来完成狂欢，以说明任何制度和秩序，任何权势和等级都具有令人发笑的相对性。拉普总书记阿维尔巴赫曾经这样评价：“布尔加科夫的短篇小说整体上均连贯一致，贯穿着一种基调、一个主题。那主题是苏联生活方式的沉闷的无意义状态、混乱状态以及毫无价值，试图创造一个新社会的共产党员中产生的混乱。”[1]虽然这是对布尔加科夫的批判，却也说明了一个真实的状况——他的小说披露了大量新生苏维埃无产阶级政权的崩坏之处，这种披露则采用了直接描述和以狂欢化手法间接讽刺相结合的方式。

小说《魔障》的副标题是“一对双胞胎怎样害死一个干事的故事”，其中的两个卡利索涅尔更像是一个官僚的两面——一面对下属声嘶力竭、睚眦必报；一面对上级温声细语、斯文有礼，像魔鬼一般善于伪装和变化，用恐吓和诱惑的双重手段玩弄人心。主人公柯罗特科夫在“火材中基”做文书，生活本来安逸平静，但这一切却被一件令人啼笑皆非的事情打破——经济困难的苏维埃时代要以实物代替薪酬，柯罗特科夫拿不到工资却领回了十三盒火柴。为了验证火柴的质量，他开始划火柴进行试验，结果却被火星烫伤了左眼，只得打着绷带去上班，在送报告的时候遇到了新任站长卡利索涅尔。卡利索涅尔的外貌具有传统恶魔的诸多特征——跛脚，秃头，身上还带着硫磺味，他的脸被刮得发青，一丝胡茬也没有，嗓门则活像铜盆发出的响声。柯罗特科夫被他莫名其妙地呵斥了一顿，终于拿到了报告回执，却在撰写时错将卡利索涅尔的名字看成“衬裤”，因而被开除了。

为了挽回工作，柯罗特科夫前往设备中心找卡利索涅尔解释，却发现这里的工作人员没有一个在认真工作：有的花花公子般躺在办公桌上冲电话筒嬉笑，有的女巫般在称一条气味难闻的干鱼的分量，有的则像荡妇般笑闹。而此处的卡利索涅尔的形象和性格竟然发生了突变，本来光洁的脸上长出了大胡子，金属般浑浊的声音也变成了温柔的男高音。可一出了设备中心大楼，大胡子卡利索涅尔又恢复原

[1] 莱斯莉·米尔恩：《布尔加科夫评传》，杜文娟、李越峰译，北京：华夏出版社，2001年，第61页。

状，脸刮得发青，一副令人生畏的模样。

柯罗特科夫不但没能得到卡利索涅尔为他复职的答复，还丢失了证件，他想要补办证件，却发现办公室门口贴着"由于办丧事，不开证明"的告示，只得转而再回"火材中基"碰运气，却在自己原先的办公室看到了温柔的大胡子卡利索涅尔，与此同时，没胡子的铜盆嗓子卡利索涅尔也出现在他面前，并将他当成了另外一个叫柯洛勒科夫的人。这个柯洛勒科夫是个恶棍，偷窃成瘾、贪财好色，偏偏受上级喜爱，官运亨通，被站长卡利索涅尔提升为站长助理。柯罗特科夫没有证件证明身份，处于百口莫辩的尴尬境地，被这两个卡利索涅尔弄得几近疯癫。

其后，布尔加科夫又在柯罗特科夫会见德日金的场景中再次强化了官僚的"双面人"形象：面对有着"红色拳头"的上级阿尔杜尔·季克塔杜雷奇（俄语中这个词有"独裁"之义）的质问，德日金"顿时妖术般地从凶神恶煞的德日金变成了和气老实的德日金"[①]，被狠狠地打了耳光之后也不反抗，可一旦职位远低于他的柯罗特科夫对他动手，他便立即大叫大嚷，喊人来逮捕柯罗特科夫。可见布尔加科夫所说的"双胞胎"实际上就是官僚"双面人"，逼迫柯罗特科夫也是这股势力，它们在高低姿态之间来回变换，欺下谄上的嘴脸正是世俗政府的嘴脸。

布尔加科夫除了在《魔障》中揭露红色政权的人员腐坏和独裁专制，还在小说《孽卵》中对其无知和冒进进行了批判。为了复兴养鸡业，压倒外国的不利舆论，政府异想天开地建起了红光模范国营农场，并派场长罗克[②]向佩尔西科夫教授索要红光，准备在没有任何此类实验基础的情况下贸然用红光孵蛋。就连庄稼人都知道"用机器来繁殖

① 布尔加科夫：《布尔加科夫中短篇小说选》，周启超选编，北京：中国文联出版社，2009 年，第 45 页。

② 罗克俄语为 Рок，作者自造的姓氏，即"孽卵"Роковые яйца 之"孽"的词根，意为"厄运""劫运""劫数"。

可是罪孽”,[1]政府却急功近利,不顾后果,而罗克更是无知到将蛇卵上的斑纹错当成鸡粪,如果说佩尔西科夫教授埋下了末日的种子,政府就是狂蟒横行惨剧的培植者,必将在末日来临时因这份罪孽受罚。

2. 渎神的科学

人类文明一直明晰科学这把双刃剑的双重性,但对于科学的膜拜从其产生的那一刻起就不曾停止,它带来的异能与奇迹令人惊叹、生畏,它将人类从苦难中解放出来,赐予他们舒适、富足的生活。随着科学发展的步伐日益加快,科学家开始尝试替代上帝行使创造的职能,这种渎神的尝试在令人恐惧的同时也带来了巨大的诱惑,使得人类无视灾难的隐患拜倒在科学脚下,奉它为神。在小说《孽卵》和《狗心》中,布尔加科夫通过讲述两个科学实验的完败向我们揭示了科学的僭越行为所带来的末日灾祸,以及这匹渎神异兽的最大弱点。

在小说《孽卵》中,生物学教授佩尔西科夫在显微镜的光圈里意外地发现了一种能够大大加速生命繁殖速度的红光,但在这一发现之初就已露出了“不祥”的端倪。布尔加科夫将这种神奇的光比作“红色的利剑”,这个比喻说明了红光的双重性——带来生命和毁灭,也预示着红光将像达摩克利斯之剑一样随时随地都可能落下来斩断人类的头颅,而在描述因红光而加速繁殖所得的生物体时,布尔加科夫又极力展现它们的残暴:“新生的变形虫凶猛地相互攻击,把对方撕成碎段,加以吞食。新生的变形虫中间布满死于为生存而斗争的同胞的尸体。强壮的胜利了,而这些强壮的是可怕的。首先,它们的身材比普通变形虫几乎要大一倍;其次,它们特别凶狠,特别不安分守己。”[2]这预示着红光中诞生的生命的可怕,也使得其后本就肆虐成灾的蟒蛇、鳄鱼更趋近于末世来临时人世罕有的可怕生物。而红光只能在电灯光中

---

① 布尔加科夫:《布尔加科夫中短篇小说选》,周启超选编,北京:中国文联出版社,2009年,第118页。

② 布尔加科夫:《狗心》,见《布尔加科夫文集》(第二卷),曹国维译,北京:作家出版社,1998年,第115页。

取得，在太阳光谱中却不存在，则表明了红光的非自然属性，红光之下的造物也必然是非自然的、异化的、走向毁灭的，即使罗克没有将蛇卵错当成鸡蛋孵化，最后的结局也仍会是一场灾祸。

佩尔西科夫教授的形象也随着红光的发现和毁灭而不断变化，一开始他只是被描画成一位古板严苛、脾气暴躁的学者，发现红光之后，助手不甘心地称这种光为"生命之光"。光是上帝创世之初的第一个造物，捕风捉影的媒体因此大肆宣扬，将教授奉若神明。教授也渐渐沾沾自喜，自视甚高起来，而后来佩尔西科夫教授的形象逐渐恶魔化，"仪器里边好似地狱一般，由透镜放大了的红光闪动不已。坐在转椅里的佩尔西科夫，又恰恰位于反光镜投射出来的那束强光的光尖之外的昏暗中，显得既古怪且又高深莫测。"[①]小说末尾，当大灾难即将袭来之际，教授又变回了一个人类，而且是一个软弱无助的人类，面对自己惹下的祸事，他无法扭转乾坤，面对愤怒的暴民，他也无力反抗，只能接受死亡，成为科学的牺牲品，而他的研究所也被大火焚毁。

末日清账与《创世记》中的灭世不同，后者是用四十个昼夜的大雨和泛滥的洪水，前者则是火："第一位天使吹号，就有雹子与火搀着血丢在地上；地的三分之一和树的三分之一被烧了，一切的青草也被烧了。第二位天使吹号，就有仿佛火烧着的大山扔在海中；海的三分之一变成血，海中的活物死了三分之一，船只也坏了三分之一。"（《启示录》8：7—9）火通过焚烧与毁灭达到一种对不洁的净化，研究所这个灾祸的根源承担了上天的愤怒，在大火中永远地消失于世上，这就是妄图僭越和分享上帝权能的下场。

与佩尔西科夫教授相似，《狗心》中的普列奥布拉任斯基教授也是在一次意外中获得了惊人的发现，他为狗换上人的脑垂体和性腺本来是为了研究恢复人体青春的方法，却出乎意料地将狗变成了人。这两

① 布尔加科夫：《布尔加科夫中短篇小说选》，周启超选编，北京：中国文联出版社，2009年，第102页。

次的“意外”并不是布尔加科夫的随意之举，而是显示了作者的良苦用心——暗示科学的不可控性，这种强大而神秘的力量随时随地都能脱离人类的掌控，朝着无法预期的方向发展。本来占据主动的、主人般的人类，最终很可能被其推入无底深渊，死不瞑目。

但与佩尔西科夫教授不同的是，普列奥布拉任斯基教授在生活中是个圣人，他为人谦和，风度翩翩，善待下属，反对暴力，就连野狗沙里克也为他心折，称他为上帝，在谈到如何赢得动物的喜爱时，他说道：“爱抚呗，这是和动物打交道的唯一办法。恐怖对于动物毫无作用，不管这种动物处于哪个发展阶段。我以前这么说，现在这么说，将来还是这么说。他们想错了，以为恐怖可以帮他们成功。不，不，恐怖不管白色的，红色的，甚至褐色的，都帮不了他们。恐怖只会麻痹神经系统。”[①]这句话一方面说明教授认为善意比恶意更能赢得承认，另一方面也说明，虽然身为一名医治人类身体的医生，佩尔西科夫教授重视内心胜于重视生理。

可一进入科学研究领域，圣人就变成了恶魔，他罔顾沙里克的反抗，强行将之作为实验对象押上手术台。虽然他站在检查室灿烂的白光中，带着主教帽形状的白帽，一身白衣，外面罩着类似神甫胸前绣着十字架长巾的白布，宛如基督降世，却难以掩盖因为兴奋而发亮的双眼、龇着的白牙和满脸的狰狞之相，手术完后则“像吸足了血的魔鬼”[②]一样满足地离开，主教帽形状的白帽也被血染得鲜红。

比起带来“狂蟒之灾”、威胁到国家安全的佩尔西科夫教授，普列奥布拉任斯基教授引发的灾难似乎小得微不足道，那个外表丑陋、内心同样卑鄙的“狗人”只给教授自己和他周围的人带来了灾难，充其量不过是一场小规模的“洪水灭世”，普列奥布拉任斯基最后也运用自己的能力将“狗人”变回了一只狗，但他留下的隐患却还存在于世，那就

① 布尔加科夫：《狗心》，见《布尔加科夫文集》(第二卷)，曹国维、戴骢译，北京：作家出版社，1998年，第207页。

② 同上书，第243页。

是他的那些身份高贵的病人。教授的病人期望永葆青春的目的并非为了工作和信仰，而是清一色地因为不可告人的肉欲，这与“狗人”由狗变成人之后没能延续做狗时的善良和忠诚，反而越发堕落一样。这表达了作者的担忧——科学能都让一个老人重获青春，让一个死人在狗的身上复活，却永远无法改变和净化心灵。教授曾经和他的助手一同做过一个假设：如果移植的脑垂体属于斯宾诺莎一类的伟人，而非一个无赖，那么自己的这个实验是否能变得有意义？答案仍旧是否定的：“干吗要人为地制造斯宾诺莎，既然普通的婆娘不定什么时候可以把他生下来。”[①]教授的姓氏普列奥布拉任斯基（Преображенский），在俄语中有“变形”“易容”的意思，但他注定只能强化人类的身体，而无法从内在创造一位对社会有用的天才，延续那些内心不堪的社会渣子的生命没有任何价值，反而随时可能造成一场又一场的灾难，科学只与人尘世的部分相关，却对人的灵魂束手无策，这是科学无法取代上帝的最大原因。

3. 被兽印记的民众

> 它又叫众人，无论大小贫富，自主的、为奴的，都在右手上或是在额上受一个印记。除了那受印记、有了兽名或有兽名数目的，都不得做买卖。
>
> ——《启示录 13：16—17》

贫穷、饥饿、病痛，尘世的苦难令人恐惧，享乐和权力则令人向往，这一切人类身上向下的、世俗的部分使得曾经虔诚的民众甘愿冒着末日审判时永沉火湖的危险背弃上帝，拜倒在一切能为他们消除苦难、提供享乐的力量脚下。“兽”就是这样乘虚而入，以肉体的舒适和世俗的享受迷惑人类，进而实行统治。布尔加科夫对于这些放弃自由、安于统治的民众并没有丝毫怜悯，他带着嘲讽记述着他们的罪孽和丧失

---

① 布尔加科夫：《狗心》，见《布尔加科夫文集》（第二卷），曹国维、戴骢译，北京：作家出版社，1998年，第288页。

自由后卑微的生活状态。

《狗心》中，野狗沙里克浪迹于莫斯科的街头巷尾，虽然卑贱，却正直、善良，即使在被炊事员用开水泼伤、生命垂危的时候，仍然对和自己同样命运悲惨的女打字员抱有深切的同情。就在沙里克濒临死亡之际，从事改善人种和"恢复青春"问题的教授普列奥布拉任斯基从天而降，将它带回了家，为它治伤，还给与了它食物和一个温暖的栖身之所。为了食物和住所，沙里克放弃了自由，将教授视为主人甚至上帝，心甘情愿被宠物项圈印记，并认为自己带上了项圈就像人类挎上皮包，从此就能高人一等，因而沾沾自喜。即使偶尔回忆起从前的自由生活——"普列奥布拉任斯基哨卡附近一座阳光明媚的大院子，空酒瓶里太阳的碎片，破碎的砖块，自由自在的野狗"①，也会立即对自己的这种怀旧思绪嗤之以鼻："再说，自由是什么？是烟幕，是幻想，是假相……是那些惹麻烦的平民百姓的胡话。"②可见，就连一条狗都知道，自由意味着麻烦，不被印记就会被整个世界视为异类，最后被抛弃。

经过脑垂体和性腺移植，犬类沙里克开始向人类沙里科夫转变，而这个"被造"的"人类"很快表达了被印记的渴望，要求普列奥布拉任斯基教授为他办证件和登记户口。就这样，一个人不人、狗不狗的实验品竟然成为了一位正式公民、光荣的劳动人民的一员，享受政府保护，即使犯罪也会因无产者的良好出身而被释放——就像脑垂体的原主人，三次犯罪都因为无产阶级出身而逍遥法外的丘贡金一样。

兽的印记不会令人免于毁灭，相反将催化堕落。沙里科夫本就扭曲的价值观更是彻底颠倒，他不以自己的低下和缺乏教养为耻，反而以耍无赖和厚脸皮为荣；他嗜酒、偷窃、撒谎、说脏话、调戏女人；每当教授的助理想要好好教训他一番时，他都会色厉内荏地抬出"我们"二字，好像他背后的无产阶级政府会为他这一系列的下作行为撑腰。他

① 布尔加科夫：《狗心》，见《布尔加科夫文集》(第二卷)，曹国维、戴骢译，北京：作家出版社，1998年，第236页。

② 同上书，第236页。

开口闭口都是“现在每个人都有自己的权利”，但一提到公民服兵役的义务就立马表示“哪儿打仗我都不去”，活脱脱一个缩在“大集体”背后的胆小鬼、自私鬼。

教授厌恶沙里科夫的恶行，但却以为这只是因为他初具人形、智力低下，所以一举一动才会如此粗鲁不堪，只要耐心驯化，总有一天能使其内在焕然一新，于是想尽办法引导他、不遗余力地纠正他，结果却是屡次失败。直到弄得整个家里乌烟瘴气，自己也身心俱疲，这才终于意识到：“问题的可怕在于他现在长的恰恰是人心，而不是狗心，在自然界各种各样的心里面就数人心最坏！”[①]

就是这样一个社会的渣子却也成了官员：“兹证明波利格拉夫·波利格拉福维奇·沙里科夫同志确系莫斯科公用事业局清除无主动物（野猫之类）科科长。”[②]沙里科夫最初的身份就是无主动物——一只野狗，可一旦得到了权力，就开始残杀自己曾经的同类，这令普列奥布拉任斯基教授感到深深的恐惧。最令教授痛心并最后下定决心除掉沙里科夫的原因是，这个造物竟然在公寓管理委员会主任施翁德尔的怂恿之下向当局控告自己的主人。教授终于对自己的造物绝望了：他亲手烧毁了研究手稿，并将这个堕落的人类还原成了一只狗。

布尔加科夫用沙里克由狗变人的整个过程来讽刺布尔什维克创造具有集体人格的“新人”的过程。这些“新人”大多是过去的下层民众，他们曾经游离于体制之外，饱受贫困和欺凌，虽然生活艰辛，却尚能保存一份良心和自由。革命之后，这些底层人民进入体制，被打上印记，成了名义上的统治阶级，不仅解决了温饱，还获得了一定的权力，便从此视自己的同类为低自己一等的异类，肆意践踏，而缺乏素养也使得他们被体制左右，失去了应有的良知和价值判断，被推搡着前进，成为一股盲目却又可怕的力量。

---

① 布尔加科夫：《狗心》，见《布尔加科夫文集》（第二卷），曹国维、戴骢译，北京：作家出版社，1998年，第290页。

② 同上书，第294页。

布尔加科夫还在他的短篇小说《中国的故事》中表达了同样的忧虑。主人公辛景波莫名其妙地漂泊到远离故乡的异国俄罗斯，他不会俄语，只通过一个久居俄罗斯、但同样也搞不清状况的老中国人那里模糊地了解了一些情况。为了尽快解决温饱问题，他懵懵懂懂地加入了红军，上了战场，最后为了奖金死于非命。布尔加科夫用一个外乡人稀里糊涂的死亡事件来讽刺那些盲目参战的俄国人，他们和这个连俄语都不懂的中国伙计一样，参战只是为了能吃饱穿暖，战争对他们而言没有任何形而上的崇高意义，"红色"这个词也只不过是一块敲门砖。

在兽的统治下，人们争先恐后地乞求被印记，仿佛这印记代表着一种强大而神秘的力量，这种力量将随时随地站在他们身前，为他们遮挡一切风雨苦难；而一旦失去，他们将变得孤立无援，就连自己存在于这个世上的证据也消失了。所以，布尔加科夫的小说《魔障》中，柯罗特科夫在成为"火材中基"成员的十一个月之后，就认定自己"将在这个基地供职直至他在这地球上的生命终结"[①]，却很快在官僚体制之下成了替罪羊，丢了工作，丢了证件。没有了证件他就什么也不是，什么也做不了，连报案抓那个偷盗他证件的人都不行——报案需被害人柯罗特科夫本人，而柯罗特科夫又必须出示那份已经被偷了的证件来证明自己正是柯罗特科夫本人，在这个循环着的悖论中，他势必失败。

印记是兽对人的统治方式，这种方式死板、数理化、抛弃了感性作用，且具有强烈的排他性。它扼杀人的自由和个性，将活生生的人变成了一张张印着铅字、盖着公章的纸，这便是末日来临之时人被异化的途径，就像布尔加科夫在《大师和玛格丽特》第二十四章中说的那样，"没有了证件，人也就不存在了。"[②]

① 布尔加科夫：《布尔加科夫中短篇小说选》，周启超选编，北京：中国文联出版社，2009年，第3页。

② 布尔加科夫：《大师和玛格丽特》，钱诚译，北京：人民文学出版社，2004年，第298页。

二、躁动与不安

那是一段传奇般的岁月，那时在我国最美丽的城市的花园中生活着一代无忧无虑的年轻人。这一代人的心中便诞生了一个肯定的想法，即生活的全部就是静静地平和地绽放的白花、黎明、夕阳、第聂伯河、克列什恰季克、夏日阳光普照的街道……但情况急转直下。传奇般的岁月突如其来、可怕地中断了，历史入侵了。(见图 1)①

图 1　基辅第一中学

校长是著名外科医生和教育家皮罗戈夫，教学质量很高，出了很多从事科学、文学、特别是戏剧工作的人。布尔加科夫在这里度过了他的黄金时代。

这是布尔加科夫对于战前基辅安宁生活的追忆，他将这种对安宁状态的哀吊和对躁动世界的痛恨融入到自己的早期作品之中，使之转化为末日清账时上帝对于人类的惩罚。

① 莱斯莉·米尔恩：《布尔加科夫评传》，杜文娟、李越峰译，北京：华夏出版社，2001 年，第 6 页。

1. 安宁：一剂吗啡

“安宁”作为俄罗斯东正教传统的重要境界源于《创世记》。上帝在创造天地万物之后，赐福给第七日，将之定为安息日，安宁的状态正是作为安息日的象征而被神圣化。因而东正教强调“静修”，认为人可以通过安宁的状态达到与上帝的交融，从而超越时间，得到永恒，充满复活的希望。

在布尔加科夫小说的末世图景中，“绿灯”、“田园”的意象屡屡出现，作为安宁的象征成为末日的前奏和间奏，然而却多以回忆、梦境等虚幻的方式呈现，其前后则伴随着大混乱的末日景象，这一方面是在进行对比，以凸显末日的混乱与躁动，另一方面更是在表达作者的一种态度——末日中的安宁是短暂而虚幻的，可以带来些许慰藉，却无法引领人走向救赎之路。这种对安宁的深沉哀悼与追思情绪一直弥漫在布尔加科夫的早期小说中，只有在《白卫军》的结尾才略有不同，开始逐渐显现出希望。

“绿灯”在布尔加科夫的作品中出现频率极高，特别是在其带有半自传性质的短篇小说中更是如此，这与他早年的生活相关。那时，他那位研究神学的父亲总会在一盏绿灯下伏案夜读，客厅中回荡着悠扬的钢琴曲。这给布尔加科夫留下来极深的印象，并将之浓缩成“绿灯”的意象，反复出现在文本之中。

“年轻医生手记”系列中，绿灯总与主人公相伴，与其共享心灵的宁静：《公鸡绣花巾》中，主人公第一次作为乡村医生独当一面，心中忐忑恐惧，唯恐遇到疑难杂症束手无策，但当接手掉入揉麻机中的姑娘时，却奇迹般地用截肢手术拯救了她。手术成功后，主人公回到住所，坐在绿灯下，觉得自己不再像僭主德米特里，而是一个成熟的、真正的医生，内心终于感受到了安宁。《铁喉管》和《黑暗之灾》中，主人公孤独地呆在被暴风雪掩埋的房舍中，好像身临末日，只有一盏绿灯相伴。这让他渐渐回想起曾经的安逸生活，得到些许慰藉。《吗啡》中，主人公调到了县城医院，有明亮的电灯照明，但那盏煤油绿灯还是经常闯入他的脑海，让他回想起自己在乡下救死扶伤的往事。可见，布尔加科夫表现的安宁并不只是一种单纯的场景和外在状态，也是一种内心的圆满，是达到预期和完成责任之后的平和。主人公从一个怯懦的小医生摸索着成长为一位受人尊敬的真正医生，但其自身的不足和外界的躁动环境却反复打破他内心的安宁，这让他落入一个“躁动——安宁——躁动”的无限循环之中，暴风雪总包裹着主人公所在的医院，似乎预示着主人公处于一个无法逃离的躁动空间之中。

与“绿灯”这一个人色彩很浓的意象不同，“田园”则属于俄罗斯甚至整个人类。“田园”代表自然、代表人类最初的、理想的生活状态——在与自然的和谐中达到内心的安宁，同时也代表家园，是人类的根与归宿。布尔加科夫通过在末世图景中穿插田园意象来表达大灾难中人类对于宁静生活的深沉渴望和无果追求。

短篇小说《中国的故事》的开篇，刚来到俄罗斯的中国伙计辛景波抬头看着高耸的烟囱和“糟得不能再糟”的灰色天空，回想起家乡火热的太阳、黄尘飞扬的路和路旁金色墙壁般的高粱，却不得不在异乡的灰色天空下讨生活；小说末尾，辛景波在被杀之前眼神闪现的情境仍旧是家乡斑驳的树荫和金黄的高粱苗，想要回到那片田园，可内心却清楚地知道希望正在破灭。

《孽卵》中，对田园的描写出现在小说的中间部分，蛇卵刚刚放入红光中进行孵化，狂蟒食人的末日惨剧尚未发生，夜晚的红光国营农场，昔日的舍列梅捷夫庄园被月色装点：

> 宫殿似的国营农场，仿佛是由一个个糖块建造起来的，晶莹透亮。花园里，树影在浮动在摇曳，池塘里，水波开始平分两种颜色，——半是被折射的月光那洁白的光柱，另一半则是无底深渊般的黑暗。①

① 布尔加科夫：《布尔加科夫中短篇小说选》，周启超选编，北京：中国文联出版社，2009年，第115页。

罗克场长也不守在红光旁边，而是吹起了长笛，罗克太太则穿着宽大的白色睡袍，仰望皓月遐思。可就在这段田园诗歌之后，不祥的聒噪声骤然响起，村子里那些本应入睡的狗突然狂吠起来，随后又开始令人毛骨悚然的嗥叫，池塘里数以百计的青蛙也随之鸣叫，预示着灾难的临近。《白卫军》中，酒醉的土尔宾梦见了城市里星罗棋布的花园，以及被花园装点着的美丽群山："一种在世界上任何城市里都没有的安静降临在这座城市的大街小巷之中"①。

而紧接着描写的梦境之外的现实则是一片慌乱：逃难的人潮不断拍打着城市，沉闷的炮声时常在周围响起，曾经恬静的田园生活只存在于梦中，混乱和恐慌才是现实的真实。而小说的结尾，瓦西丽萨梦见自己在菜园中悠闲地沐浴着阳光，看着即将长出来的蔬菜，却突然出现了一群粉红色的小猪拱掉了菜畦，泥土像喷泉般飞起，这些都表现出在躁动世界中安宁转瞬即逝。

2. 躁动的世界

布尔加科夫的小说世界充满混乱的杂音：卡利索涅尔逃跑时管风琴雄狮般的怒吼声、打击乐器清脆悦耳的叮咚声、小汽车的鸣笛声、洪钟般低沉的歌唱声；佩尔西科夫教授走过的大街上报童声嘶力竭的叫卖声、扩音器刺耳的尖叫声、汽车的嘶鸣声、人群的讪笑声；基辅市逃难人群的嘈杂与叫骂声、车轮的轧轧声、大炮的轰鸣声、暴风雪的呼啸声……在这些或优美或刺耳的声音堆叠而成的杂乱的背景音中，羔羊揭开书卷的七个封印，唤来分别代表战争、杀戮、饥饿和死亡的天启四骑士，整个世界随着末日灾难的降临而躁动不安。

在布尔加科夫的小说中，战争似鬼影般游荡不去，《医生奇遇》《中国的故事》《红色冠冕》一类的小说虽然很少着笔从正面刻画战争场景，却通过描写战争给带给人民的苦难彰显其残酷：医生在炮声中反

① 布尔加科夫：《白卫军》，见《布尔加科夫文集》(第三卷)，许贤绪译，北京：作家出版社，1998年，第54页。

复“被”入伍、中国伙计辛景波惨死刀下、骑兵的哥哥因送弟弟参军而负疚疯癫，这无一不是战争的恶果。在末日气氛最浓烈的《白卫军》中，布尔加科夫以乌克兰大地上三股政治军事势力的交战为背景，以土尔宾一家在战争中的种种际遇为线索，展现了一幅躁动混乱的人间末日图景。

小说开篇，名为“战神”的火星就蠢蠢欲动，暗示着战争将至，暴风雪使黑暗的天空与雪的海洋混成一片，好像《启示录》中“天就挪移，好像书卷被卷起来”(《启示录》6：14)的末世图景。因为革命而从俄罗斯逃往基辅的人们使这座本来美丽安宁的花园城市变得混乱不堪，而战争则像一只潜藏在城市背后的猛兽，偶尔发出枪声和炮声的恐吓，却总不露面，似乎在图谋着致命的一击。

随着秃山火药库的爆炸，大战的预兆愈发明显，饥饿流行：“一钱银子买一升麦子，一钱银子买三升大麦”(《启示录》6：6)，牛奶在前天还是四十，今天就变成了五十，集市上则要一百；德军随意拿走农民辛辛苦苦得来的食物，只是留下一张讽刺性的无效收据——“凭此条付给俄国猪猡25马克以作为向其购买一口猪猡的代价”①。杀戮与死亡横行，驻乌克兰的德军总司令被杀，而刺杀他的工人二十四小时之后也上了绞架，连同载他到出事地点的无辜车夫；接着是真正的屠杀：白卫军的一些军官在波佩留哈被彼得留拉军队包围、被杀，眼睛被挖掉，肩章被割掉。布尔加科夫一反常态，开始从正面刻画战争与死亡。在纳伊-土尔斯上校中弹时的场景，这位英雄人物以近乎小丑的滑稽的死亡方式脱下了英雄的冠冕，完成了一种对生命本身的嘲讽：“他一只脚跳了一跳，另一只脚挥舞一下，像在跳华尔兹舞，又像在舞会上一样露出一个不合时宜的笑容”②，然后倒在了尼科尔卡脚边。其他士兵也被密集的子弹穿过身体，永远地倒在了地上，鲜红的血染红白雪；

① 布尔加科夫：《白卫军》，见《布尔加科夫文集》(第三卷)，许贤绪译，北京：作家出版社，1998年，第69页。

② 同上书，第173页。

尼科尔卡寻找纳伊-土尔斯上校尸体的那一段描写更是令人触目惊心：在那间放置尸体的解剖室里，尸体像柴火一样赤裸着堆在一起，发出腐尸特有的恶臭。那种死亡的味道无处不在，甚至可以被看见。教授面前放着人的头颈和下巴，上面布满了血管和青筋，插着挂着几十把剪刀和钩子，看门人毫不在意地翻动着尸体："他抓住一具女尸的一只脚，滑溜溜的女尸咚的一声滑到了地板上。"[①]他们已经不是人了，无论曾经多么高贵，都再也不会得到生前的尊重。他们只是物品，死亡抹去了他们的意义。只有当家人前来寻找尸体时，他们的尊严才能恢复。但在混乱的世界里，又有几个人会像纳伊-土尔斯上校的亲友那样为一个死去的人冒险呢？

战争中，每个人都身不由己地被卷入罪孽的深渊，那么，在所谓的"和平年代"里，世界是否将是一片安宁祥和？恰恰相反，混乱仍在上演。教授们相继抱怨紧缩住房问题，每个月至少停电一次；饥饿仍旧困扰着人们，食物供给困难，就连实验室的蟾蜍都因为缺乏饲料而死；杀戮还在继续，《科马罗夫谋杀案》中的凶手因为有利可图独自杀掉了35个人，受审时却毫无悔过之心，视人如牲畜一般恶心；暴风雪在"年轻医生手记"中从不曾停下，它的冰冷和恐怖的呼啸声永远缠绕着世界，将人困于其中，无法逃离。混乱是末日来临时神的惩罚，正如《启示录》(14：11)中所预言的："那些拜兽和兽像，受它名之印记的，昼夜不得安宁。"

3. 不安的良心

人若犯了罪便当接受惩罚，但所谓的惩罚并不仅仅是针对肉体的，更为重要的还是精神折磨。《暴风雪》中主人公眼见病人死去却无力回天之后的急于离去，《孽卵》中教授得知狂蟒真相之后的呆滞，《白卫军》中土尔宾得知自己可能杀了人之后反复出现的梦境，都是自己良

① 布尔加科夫：《白卫军》，见《布尔加科夫文集》(第三卷)，许贤绪译，北京：作家出版社，1998年，第293页。

心的谴责。在短篇小说《红色冠冕》中,“我”更因良心的惩罚而疯癫。

《红色冠冕》是主人公“我”的自述,好像一篇没有逻辑的、夹杂不清的呓语:我送弟弟去参军,而年迈的母亲求“我”去将弟弟带回来。“我”勉强答应了,却没能劝说一向听话的弟弟回心转意。等到再见面时,弟弟已经身受重伤,最后不治身亡。从此,“我”的良心开始自我折磨,总是梦见弟弟从墙里走出来,带着死前那顶被鲜血染红的、好像红色冠冕一样的帽子,受伤的眼睛像两个血窟窿。他穿着军服,向“我”敬军礼,然后说“哥哥,我不能离开骑兵连”。至此,“我”尤其害怕黄昏和黑夜,因为黑暗中独有的静谧使之成为人自我审视和拷问的时间,人将与自己内心最隐秘、最孤独的罪孽进行交流,而后以噩梦的方式显现。这会令“我”愈加痛苦,但“我”又不让点灯,一旦灯光亮起,就会整夜哭号,因为“我”在等待一个安宁的美梦。

在梦中,战争似乎还没有爆发,“我”也没有将弟弟送去骑兵队,一切都美好而宁静。场景是在家中的客厅里,有安乐椅、鲜花,还有打开琴盖的钢琴。弟弟站在门口,穿着学生制服,一只胳膊上还蹭上了粉笔灰,明亮有神的眼睛调皮地微笑着。这个能消除心灵重负的美梦只出现过一次,“我”只好在痛苦中等待着她的重现,却只是徒劳。

在疯子呓语中还有一个场景经常出现:将军将一个布尔什维克吊死在路灯上。每次提到,布尔加科夫都要强调这个布尔什维克的脸上涂了烟油。但布尔加科夫不是在暗示受膏者耶稣,而是将“我”、将军和下令处死无辜者耶稣的本丢·彼拉多(Понтий Пилат)联系起来。在斥责战争和暴力的同时,更在于说明无论犯罪的人是平民、将军还是总督,无论为了怎样看似崇高的信念和不得已的苦衷,只要害死了一个无辜的生命,都将遭受良心的永恒责罚,这条线索在《大师和玛格丽特》中成为本丢·彼拉多的主题。

三、黎明的预示

布尔加科夫的早期作品中充斥着末日来临时人类的罪孽,弥漫着讽刺性的悲凉和无情的惩罚。小说或以主人公的死亡、疯癫为结局（如《魔障》《中国的故事》《红色冠冕》），或以灾难的暂时平息为结局（如《狗心》《孽卵》），鲜少对救赎与希望的表达。只有在《白卫军》这个在罗斯受洗之地发生的故事中才偶尔流露出希望的曙光。这丝曙光成为黎明的预示，将在他后期的扛鼎之作《大师和玛格丽特》中放大，照亮整部作品。

叶莲娜和尤莉娅是布尔加科夫早期小说中不可多得的女性角色。与作家惯于描画的充满肉欲、引人堕落的魔女或逆来顺受、势单力薄的弱女不同，她们是具有永恒女性索菲亚品格的形象，能够以爱对抗无序和混乱，让灾难中的人们得到庇护与拯救。

图 2　布尔加科夫中学时代，基辅安德列耶夫斯基斜坡 13 号的家，“土尔宾之家”的原型。

叶莲娜在震天的炮声中为家人和朋友坚守着安德列耶夫斜坡 13 号（见图 2）这艘诺亚方舟。她努力克制惊恐与担忧，力图像平常一样打理生活，营造一种安宁平和的氛围，迎接从战场上归来的亲人。正是这份安宁的归家感让战败后不愿离开祖国的白卫军军官梅什拉耶夫斯基、卡拉西、舍尔文斯基等先后聚集到这里，在整个城市都陷入骚乱时仍然享受这珍贵的宁静，悠闲地玩牌、喝酒。

大哥阿列克谢带伤回到家中，持续高烧不退而濒临死亡，连医生都束手无策，其他人也都放弃了希望。只有叶莲娜虔诚地跪在地上，看着眼睛明亮的圣母头上的光轮，不断祈求她与上帝和耶稣沟通，拯救自己的哥哥："我们大家都有罪，但是您不要惩罚。不要惩罚。"[①]她祈求了很久，在圣诞节这个特殊的日子，基督终于在棺材旁复活并向她显现。之后不久，阿列克谢便睁开了双眼。这一奇迹似乎验证了俄罗斯人对圣母作为上帝与人世之间的桥梁以及基督宽恕人类罪孽的信仰。

尤莉娅的第一次出场就像个平常的妇人，她裹着毛巾对刚刚欢好过的爱人说自己无法理解战争。第二次出场却如神的显现：军医阿列克谢被敌军死命追击，身受重伤。绝望之际，奇迹发生了：一个女人突然从一旁的花园中伸出手，引领他躲了进来。这个迷宫般的白色花园似乎与战争和灾难无关，外面响着枪声，里面却一片安宁，一丛丛丁香安静地呆在雪下面，门外的玻璃灯平和地发着光。女人将土尔宾安置在这里为他治伤。当她的手抚摸他的头时，剧烈的疼痛被一种甜蜜的热流代替，睡眠也变得安稳、香甜。阿列克谢对尤莉亚的爱与依恋并非单纯的尘世男女之爱，而是非世俗的、精神的爱恋，对其所象征的美与安宁的爱恋。

苦难对于基督教的救赎观而言具有重大意义，正如费尔巴哈在《基督教的本质》一书中定性的那样，基督教是苦难之宗教，拯救是苦难的结果，受难是拯救的根据。《白卫军》中也对苦难和救赎进行了讨论，其中最突出的是鲁萨科夫。

鲁萨科夫起初并不相信上帝，甚至曾为自己发表过一首反上帝的诗歌而洋洋自得。他穿着山羊皮大衣，抱着街灯旋转犹如一条游蛇，活像个魔鬼。但当这个梅毒患者在夜晚赤裸上身，从镜子中看自己满是星状疹的身体时，他开始憎恨自己渎神，撕扯着反对上帝的诗歌并将之扔到一旁："请原谅我，我曾以为你是不存在的：如果你是不存在的，我现在就是一条可怜的没有希望的癞皮狗。但是我是一个人，我

① 布尔加科夫：《白卫军》，见《布尔加科夫文集》（第三卷），许贤绪译，北京：作家出版社，1998年，第301页。

有力量只是因为你存在，而我在每一分钟都向你祈求帮助。”[1]苦难会坚定人对于上帝的信仰，只有承受苦难才能认识并摒弃世间的恶，归入永不会抛弃罪人的仁慈基督的怀抱。

上帝没有医治鲁萨科夫的身体，却治好了他的灵魂。他不再吸毒、滥交，远离了撒旦般邪恶且善于诱惑人心的什波良斯基，像俄罗斯文学中经常出现的“圣愚”一样，拖着破败而肮脏的身体，说着别人听不懂但属于上帝旨意的话。他在黑夜中庄重地阅读新的《启示录》：

> 我看见了站在上帝面前的死了的和伟大的人，书打开着，另一本书也打开着，这是一本生活的书；于是死人们都按各自做过的事和书中所写的内容受审。
>
> ......
>
> 凡是没有被记入生活的书里的死人，就被抛进火湖。
>
> ......
>
> 于是我看见了新的天空和新的土地，因为以前的天空和土地已经过去了，而海已经没有了。

这时，“病痛在落掉，就像森林正被遗忘的枯枝上树皮自动落掉一样”[2]，因为他看到了永恒，看到了上帝的国度的降临，那里没有眼泪，没有死亡，哭泣、号叫、疾病也都不会再有。

布尔加科夫在《白卫军》末尾憧憬着灾难之后的美妙宁静：“在第聂伯河河畔，弗拉基米尔的半夜里的十字架从罪恶的和血淋淋的和积雪的土地上升向黑暗的阴沉的高空。从远处看起来，好像是十字架的横杆消失了……与直杆合在一起了，而由于这样十字架就变成了一柄吓人的利剑。但是它并不可怕。一切都会过去。忧患，痛苦，血，饥饿，瘟疫。当我们的身体和事业在大地上影踪全无的时候，剑将消失，

---

① 布尔加科夫：《白卫军》，见《布尔加科夫文集》(第三卷)，许贤绪译，北京：作家出版社，1998年，第147页。

② 同上书，第319页。

而这些星星将留下来。”[1]这种在早期小说中未被展开的梦想，将在其后期作品中显现，从而完成布尔加科夫式的“罪孽——惩罚——救赎”的循环模式。

第三节 《大师和玛格丽特》中的末日审判

布尔加科夫前期作品中的末世论倾向毫无保留地延续到了最后的作品《大师和玛格丽特》中，并有了深入的推进。如果说前期作品还是作者末世情节的一个序曲，那么《大师和玛格丽特》几乎就是《启示录》的重写或者说是一个变形的《启示录》。

一、文本的末世特征

从表层意义上说，沃兰德一行的到来本身就是《圣经》中撒旦“最后作恶”的一个变形。换言之，整部作品表面上呈现的就是一群魔鬼作恶的故事。《启示录》中，撒旦将在千禧年后被释放，他将到处作恶、迷惑列国，作为“末日审判”前的最后一道考验。沃兰德一行在莫斯科人眼中就是以这样的身份出现的：“迷惑”“引诱”和“作恶”的魔鬼。沃兰德变身为外国参观者，与柏辽兹和伊万争论上帝是否存在，开始时表现出好奇和赞同的态度引得他们尽力阐发无神论的观点，后来却对他们的观点大发雷霆，还让他俩一个惨死、一个疯狂作为惩罚；随后沃兰德又变身魔法教授和表演家，和助手们表演了一场震惊四座的魔法，用“卢布雨”“妇女用品商店”等手段迷惑观众，最后使得男男女女都遭了殃。更不用提随从卡罗维夫和公猫河马化身成翻译、合唱指挥、汽油炉维修工等各种身份，所到之处绝无宁日，用侦查案件的工作人员的话说，他们不仅使得几百人精神失常，还制造了几起凶案，用恶

---

① 布尔加科夫：《白卫军》，见《布尔加科夫文集》（第三卷），许贤绪译，北京：作家出版社，1998年，第321页。

劣的手段毁坏了许多公物，总之，把莫斯科搅得一团糟……莫斯科“合理有序”的社会生活状况被打破，被动地进入一种非常的混乱之中，一切都呈现出一种“群魔乱舞”的末世狂欢氛围。而且，沃兰德一行的职责和《启示录》中撒旦最后的作恶也十分相似。撒旦是上帝特意释放出来的最后考验，是为“末日审判”做准备的；沃兰德也恰巧是抱着考察和审判人心的目的来到莫斯科——只是这是他的主动行为。混乱被置入毫无节制、并且看起来毫无道德感的“魔鬼狂欢”之中，卫道士们和莫斯科居民们——如果他们还相信神——毫无疑问地会认为俄罗斯被魔鬼控制，末日即将来临（见图3）。

图3　《大师和玛格丽特》插图，作者不详

读者眼中的世界却与莫斯科居民眼中的不同,读者看到的一幅幅“群魔狂舞”的末世图景却不是魔鬼带来的,而是市民们自己出演的。很明显,作者真正意图展示给我们的末世恰恰也就是这个“末世”。作者讽刺的笔墨都集中到了莫斯科市民和其生活上,20世纪20—30年代的莫斯科被描绘成一个贪婪、狡诈,充满罪恶的世界。这个城市就像《圣经》中最后的日子来临之前行将倾塌的罪恶之城,城里居民的一切行动都将把他们自己带向最后的惩罚。《圣经》中有多处关于末世之前人间出现大叛道情形的描写,其中《提摩太后书》(3:1—5)中写道:

> “你该知道,末世必有危险的日子来到。因为那时人要专顾自己、贪爱钱财、自夸、狂傲、谤讟、违背父母、忘恩负义、心不圣洁、无亲情、不解怨、好说谗言、不能自约、性情凶暴、不爱良善、卖主卖友、任意妄为、自高自大、爱宴乐、不爱　神,有敬虔的外貌,却背了敬虔的实意,这等人你要躲开。”

这些罪行不是只有到末世才会出现,而是在末世之时,它们将集中爆发,压倒正义和善良,变人间为地狱,罪行的“狂欢”就是末世的特征。而我们并不奇怪地发现,这里提到的所有罪行几乎都在《大师和玛格丽特》中得到了表现:20—30年代的莫斯科人每人每天所想就是如何为自己谋利。柏辽兹死后,作协成员的哀悼还不足几分钟,就纷纷关心自己眼前的精美食物,以及不停盘算柏辽兹的职位和房子的处置;房管委员会主任尼卡诺尔以及他后来梦见的那些倒卖外币的人正是贪爱钱财的代表;柏辽兹、伊万以及他们所代表自以为掌握真理的无神论者则是自夸、狂傲的一群;觊觎大师的地下室住宅,向当局揭发大师私藏非法文学作品的莫加雷奇正是谤渎、好说谗言的典型;而莫斯科声学委员会主任阿尔卡季当然也是心无圣洁、淫乐虚伪之人;还有粗暴狡诈的剧院院务主任瓦列努哈、贪求侄儿房产却毫无亲情之念的波普拉夫斯基、天天干着告密揭发之类勾当的麦格尔男爵以及那些天天在格里鲍耶陀夫之家吃得脑满肠肥的作协成员……作者让如此众多的人物出场，设置种种繁复的情节，除了有喜剧情节丰富性的考量之外，更多的是用这种巨细无遗的方式真切地向读者展现莫斯科的沉疴积重难返，展现在平常的生活面貌掩盖下的不堪的图景，展现莫斯科人深重的精神和道德危机——这是作家对“末世性”现状的悲凉描绘。

除了大叛道的爆发，敌基督的来临和统治是末世的另一个重要特征。“敌基督”一词最先出现在约翰书信中：“小子们哪，如今是末时了。你们曾听见说，那敌基督的要来；现在已经有好些敌基督的出来了，从此我们就知道如今是末时了。”(《约翰一书》2：18)“因为世上有许多迷惑人的出来，他们不认耶稣基督是成了肉身来的；这就是那迷惑人、敌基督的。”(《约翰二书》1：7)可见，敌基督的到来是末世之征兆。

作者对末世会有“敌基督”出没的特征并不陌生，在《孽卵》中，想要通过“红光”发展养鸡业的罗克就被农场周围的农民称为“敌基督者”；而在《大师和玛格丽特》中，莫斯科正是被“敌基督”精神所统治，活跃着形形色色的“敌基督者”的一个末日之城。“敌基督”是与末世的“叛道”紧密相连的，所以上文提到的叛道者其实就是某种程度上的敌基督者。然而更重要的是，敌基督包含着一种更严重的罪行，即不信基督，以自身僭越基督的傲慢。这可不仅仅是剧院院务主任瓦列努哈和声学委员会主任阿尔卡季那种权力和性格滋生出的傲慢，而是最根本的、最不可饶恕的关于灵魂的傲慢。这是全书开头就提出的问题，是沃兰德到达莫斯科以后进行的第一个试验和施加的第一个惩罚。柏辽兹和伊万在牧首湖畔进行一场关于耶稣基督的谈话，两个无神论者大谈“耶稣这个人在历史上根本不存在，所有关于耶稣的故事全是虚构，全是不折不扣的神话”。[1] 随后沃兰德与他们进行了一场谈话，谈话中，他们自豪地宣称自己和俄罗斯的大多数人民都不相信上帝，更是断言，人生和世界万物都应该由人类主宰。

正如这件事情出现在全书的开头一样，这种僭越是一切叛道的肇

---

① 布尔加科夫：《大师和玛格丽特》，钱诚译，北京：人民文学出版社，2004年，第3—4页。

始——一种是把自己当做神，滥用力量，造成毁灭性的悲剧，如《狗心》和《孽卵》中所表现的那样；另一种是人取代神而造成道德的缺位，种种罪恶的滋生。“敌基督”不能被简单地理解为普通意义上的“坏人”和“恶行”，他本身也许并不犯罪，但是却败坏人的精神、迷乱人的思想。所以，相比而言，与贪图财务的剧院诸人和柏辽兹的叔叔以及好色的声学委员会主任相比，莫斯科作协里那些炮制低劣艺术作品的诗人和作家以及排除异己的批评家拉铜斯基等人才是真正的“敌基督者”。作家的笔下本来应该反映人类精神的最高成就，反映独特的内心世界或是真实的生活状况，某种程度上，他们应该扮演精神生活导师的角色。可是布尔加科夫笔下的这些作家们每天只关心住房问题和疗养问题，迎合当局势力，写出无数“坏诗”、“坏作品”谋得利益或钓取名誉。而拉铜斯基等批评家，凭借一些粗暴的政治原则和自身私利诋毁、打击严肃正直的作家，与作协里那些“坏作家”一同毁坏了真正的文艺和莫斯科市民的思想，成为顽固意识形态消灭自由独立精神的帮凶。他们在布尔加科夫笔下以敌基督的面貌出现，既是“末世”之征兆，也是其原因。

除了叛道与“敌基督”活跃，《大师和玛格丽特》的文本中同样也象征性地表现了末世论的其他要素，诸如灾难与毁灭、末日审判、弥赛亚降临与新生等。这些要素为读者提供了更为直接的末世氛围的感受，也传达出更为强烈的悲剧意味。沃兰德并不是一开始就抱着毁灭的目的来到莫斯科的，他只是要考察和审判，所以小说是从一片笑声中开始，也是在一片笑声中进行的。在考察有了结论之后，作品逐渐进入审判的严肃与惩罚的庄重。玛格丽特化身女巫在“戏文大楼”捣乱，河马大闹 50 号住宅，卡罗维夫和河马在莫斯科制造最后风波等场景已是末世灾劫的情景。玛格丽特制造的“大水灾”只是末世的预演和警示，卡罗维夫和河马用火焚毁 50 号住宅、外宾商店、格里鲍耶陀夫之家就真正是《启示录》情境的再现：“这火湖就是第二次的死，若有人名字没有记在生命册上，他就被扔进火湖里”(《启示录》20：14)；“有火从天降下，烧灭了他们”（《启示录》20：9）。悲伤则是末日毁灭的副产品，无论是否期待末日来临，都无法消弭对一个世界行将逝去的伤痛，所以布尔加科夫在作品中表现了强烈的末日感伤。在神话和现实时空中，在耶路撒冷和莫斯科两个城市，都由可怕的烈日转入深重的夜幕，暴风雨也正在逼近，悲凉的情绪迅速蔓延，一边是耶稣受难大道将倾，彼拉多觉得整座城市已经毁灭，一切都已消失；另一边是狂欢式的考察结束，骤然转入悲剧性的撒旦晚会的审判，不同的时空却分享着同样的气氛[①]。

末世并不意味着最终的毁灭，伴随着毁灭的是新生，是“义人”们进入新天新地。在黑猫和卡罗维夫最后的“作恶”也即是施加了最后的惩罚之后，他们与沃兰德有一个简短的谈话：

> “啊，如果你帮助了他们，那当然就得重建一座新楼。”
>
> “会重建的，主公，”卡罗维夫回答说，“这一点您尽管放心。”
>
> “嗯，好吧。那我就只好希望新楼比旧楼建得更好喽！”沃兰德说。
>
> “会是这样的，主公。”卡罗维夫回答说。
>
> “您就相信我的话吧，”黑猫补充说，“我是个真正的预言家。”[②]

腐朽的旧物消逝，新的希望就被赐予。所以耶舒阿复活了，在另一个天地重临，授意沃兰德解脱了大师，而大师也结束了彼拉多两千多年的痛苦，将他解脱到了耶舒阿的月光之路。最具象征意味的要属大师和玛格丽特的命运。他们最后的命运不是在现实中获得幸福，不是直接被带入那“安宁之地”，而是先经历死亡，然后复活，再去到永恒的安宁之中。大师到达的世界与彼拉多走向的那条月光大道一样，是

① 符·维·阿格诺索夫主编：《20世纪俄罗斯文学》，凌建侯等译，北京：中国人民大学出版社，2001年，第320页。

② 布尔加科夫：《大师和玛格丽特》，钱诚译，北京：人民文学出版社，2004年，第373页。

真正的永福的世界。耶稣的复活是拯救希望的新开端，而凡人的复活再被决定命运正是末世之兆，作家的末世论倾向可见一斑。

作为全书最重要的元素之一的“审判”无处不在，三个时空中都存在着多重审判。耶路撒冷的那场不义的审判、剧院里狂欢的表演和审判、尼卡尔诺做的那场关于审判投机分子的梦、撒旦的舞会——书中时时刻刻都在描绘审判，甚至魔王和随从们的所有行动就是一场浩大的末日审判活动。与作家的前期作品相比可以发现，虽然作品中的末世论倾向有增无减，但是却弱化了以前作品中常出现的关于大灾变的末世图景的描绘，代之以对审判以及审判之后新生的强调。即在《大师和玛格丽特》中，毁灭的灾难都是局部的、象征性的，比如玛格丽特制造的“戏文大楼”的大水和卡罗维夫、河马用汽油炉子制造的几场火灾；但是审判却是全面的、一直进行的，每个人的行为都处在魔王的观察之下，个人的行为与不同的“报应”相连，由魔王做出裁决。这种变化不仅表达了作家日趋悲观的情绪——在前期，末世只是一个悲观的未来预测，是对可能到来的灰暗未来的警示；但在此时，末世是当下正在蔓延的状况。另外，从关注可能的毁灭性未来到关注审判，也映射出作家对社会状况从沉重的忧心到激烈的愤怒的心灵历程。沃兰德所带来的末日审判也就成了我们窥见这一秘密的关键。

二、审判与末世审判

《大师和玛格丽特》的叙述是在三条关联的线索上进行的。第一个是历史的线索，即犹太总督彼拉多审判并处死耶舒阿的故事；第二条是魔幻的线索，即魔王和随从降临 20—30 年代的莫斯科的活动；第三条是大师和玛格丽特的爱情线索，这是与前两条线索联系的纽带。不过，针对“审判”这个问题，前两条线索是最重要的，爱情线索发挥的主要是结构上的作用——这条线索上与审判关涉的部分都被汇入了第二条线索之中。

这个“审判”是从广义上而言，因为不是书中所有的“审判”都具有严格的审判形式和审判过程。但是从其本质上说，它的确具有审判的根本性质和特点，于是可以被认作是一种“审判”。在这个意义上，每重时空基本都存在着两重审判，一重是已经先在做出的、基于世俗法律和原则、针对特定之人做出的“判定”；另一重是每个人都要接受的最后的审判，即“末日审判”。通过不同审判的特点，可以发现每重时空如何在文本中确立起独特的存在价值，作者如何传达他的情感和思想。

第一条线索中存在着全书最明显、也是最重要的一场审判。罗马总督本丢·彼拉多依据罗马的法律和犹太大祭司该亚法的意见宣布耶舒阿有罪并不得赦免，下令处死了耶舒阿。从某个意义上说，耶稣受难是人类所犯下的一桩极大的罪行，从那之后，末世就已经来临，所有的等待只为耶稣重临。书中的耶舒阿也许并没有《圣经》中那样重要和神圣，但是他的获罪和死亡对于彼拉多、对于人类良心的意义却是多重的。对流浪哲学家耶舒阿的审判是一场极为不义的审判，他并没有犯任何罪，只是宣传自己的思想，却被冠上“教唆拆毁圣殿”和“煽动叛乱”[①]的罪名。穷凶极恶的强盗、杀人犯都能够被赦免，他却一定要被处死。这是因为世俗政权惧怕他充满力量的思想和言辞，于是就用自己制定的法律强行给耶舒阿定了罪。这是第一重时空中的第一重审判。虽然彼拉多做出过营救耶舒阿的努力，虽然他在耶舒阿被处死后通过杀死犹大做出了补救，但是仍然无法抵消他已经犯下的罪行——他的懦弱使他屈从于权势和个人的利益，他“不能用总督的前途去救一个死刑犯”[②]。从对耶舒阿做出不正义的审判开始，他就受到了自己良心的审判——两千多年来他一直忍受着内心的折磨和头痛之苦。经过两千年的代价，彼拉多终于赎清了他的罪孽，迎来了最后的审判——大师解放了他，他终于踏上了梦中的那条月光之路，得到了“没有那场死刑”、“他（耶舒阿）在等你”[③]的奖赏。

① 布尔加科夫：《大师和玛格丽特》，钱诚译，北京：人民文学出版社，2004年，第20页。
② 同上书，第328页。
③ 同上书，第394页。

在这条线索中，审判，特别是最后的审判传达了什么？在有关彼拉多和耶舒阿的故事里，“人类所有的缺陷中，怯懦是最严重的一种”这句话频频出现：耶舒阿死后，秘密卫队长头目阿弗拉尼向彼拉多报告耶舒阿死前说过这句话；彼拉多的梦中对这句话做出过思考；彼拉多召见马太，阅读马太用以记录耶舒阿言行的羊皮纸时读到了这句话。参考这部作品多变的风格和作者很少发议论、做宣言的习惯，这句话出现的频率似乎太高了。这也恰恰凸显了其重要。可以看出，第一重时空中“末日审判”最重要的使命是对人类良心的审判。彼拉多的行为不能被列入任何罪行，甚至他始终试图补救，所以凭借世俗的准则无法也不应该给他定罪。但是他因为“怯懦”给一个明知无辜的人定了罪，这是对良心最深重的背叛。所以在这条线索中，审判关注的是最高意义上的人类品质，是绝对高贵的精神能否得以实现。因此，在这个历史的故事中，作者使用了与全书基调不一样的沉痛、庄重的语言，这是对其所表现内容的一个呼应。

当然，作者在这条线索中并不是单一地把目光投向了“精神品质”。在宣判之前，彼拉多为营救耶舒阿做出了最后的努力，希望大祭司该亚法能够做出赦免耶舒阿的决定。但是该亚法断然否决了他的请求，并且向他宣称，他明知耶舒阿的“蛊惑百姓”比巴拉巴那种卑微的强盗要危险得多。所以，耶舒阿的死其实是强力的国家政权对其潜在威胁的打击和铲除，所批判的是国家政治的原罪。耶舒阿生前对彼拉多所说的那番话：“任何一种政权都是对人施加暴力，将来总有一天不存在任何政权……我们将踏入正义和真理的王国……”[1]就是其死亡悲剧之原因的一个注解。

作品中着墨最多的“审判”集中于第二条线索上，即魔王和随从降临莫斯科。这条线索同样存在着多重审判。第一重是根据世俗原则做出的判定，主要体现在大师和“无家汉(бездомный)”伊万身上。大

① 布尔加科夫：《大师和玛格丽特》，钱诚译，北京：人民文学出版社，2004年，第28页。

师倾尽心血写出一部严肃的小说，却被当时文学界流行的政治观念斥责为“彼拉多私货”，遭到全面的批判和打压，他们给大师安上各种罪名并最终把他逼向了精神病院。伊万讲述了亲身所经历的事件，但是因为内容不可思议、不符合莫斯科居民“无神论”的认知就被从医学上认定为“疯子”，被软禁在疯人院。

魔王的审判与这些世俗认定完全不同，而他的才是真正“末日的审判”——魔王是最高的权威，他的决定是最后的裁决；所有人都在这权威下慑服听审，无一例外；审判不用经过一般程序、不得辩护，因为魔王“全知万能”。就这样，莫斯科的各色代表人物都被卷入最后的审判：贪财者、好色者、虚伪者、暴虐者、不学无术者、谗言媚上者、栈恋权势者、迫害异己者……所有人在魔王的试验中公平选择并为自己的选择付出代价，果报必然到来。这些都是通过魔鬼们的一次次“作恶”，即一个个小型的审判而完成的。

作者还描写了两场较为重要的“审判仪式”，集中表现了一些“罪行”。一个是剧院里的魔术表演，这是一场人心的试验。对声学委员会主任和剧院报幕员的惩罚是对谎言和虚伪的揭发，疯狂的抢卢布和妇女用品的场景则暴露了市民们的贪婪。一种极为热烈的狂欢氛围蔓延其上：“不断听到‘啊！啊！啊！’的叫喊声，夹杂着快意的嬉笑声。有人已经在过道上爬，钻到座位底下去摸索了，不少人站到椅子上，想抢先捕捉到空中盘旋飞舞的票子。”[①]“妇女们还在不断冲向舞台。”“妇女们顾不得试穿，急忙把眼前的鞋抓在手里。有个人像旋风般冲到帷幔后面，甩掉身上的衣服，随手抓起就近的一套绣着大花的丝织长袍披在身上，又顺手捞了两瓶香水。”[②]……在失去理智的狂热中，假面被剥落，人心袒露无遗——败坏的德行在狂欢中滋长，似乎正是末世到来的征兆，沃兰德已经得到了他所考察的关于人心问题的答案。

---

① 布尔加科夫：《大师和玛格丽特》，钱诚译，北京：人民文学出版社，2004年，第126页。
② 同上书，第132页。

另一个场景是已经疯了的房管主任尼卡诺尔做的梦，内容是在一个剧场里对各色倒卖外币者的审判大会。会上对尼卡诺尔关于自己没有倒卖外币的说辞进行了判定，又揪出了好几个倒卖外币的家伙，可是最终再没有人愿意交出外币。对这个场景的描写似乎暗示着在莫斯科居民的众多罪行中，作者对“倒卖外币”非常关注。这种并非最普遍的行为为何会成为作者目光的聚焦之处？倒卖外币的背后揭示的其实是苏联社会经济衰弱、人民贫困的状况下对金钱的异常追逐，人民的品质因为物质的匮乏而变得败坏，这似乎是其他道德病症的根源。这两个模拟性的审判场景进一步帮助我们认识在这一条线索中作家主要想“审判”的是什么。

魔王沃兰德是带着考察的目的来到莫斯科的，它主要关注的是“人的内心是否发生了变化？”在剧院里魔术表演的过程中，魔王始终是一个观察者，希望获取此问题的答案。魔王的结论是人心还是和以前一样的，喜欢钱财却也心怀怜悯，没有发生特别的败坏。这个结论似乎与我们在作品中实际看到的不同，不论是贪财好色的还是虚伪奸诈，不都是道德腐坏、精神堕落吗？魔王不正是在惩罚这些“恶人”吗？难道不是这些恶人的活跃才使莫斯科陷入一片混乱的末日景象吗？作者通过沃兰德这语焉不详的结论向读者暗示莫斯科居民精神堕落的原因并不在其本身，并不是无法修复和拯救的，而是因为“住房问题”等外部因素的压力造成的。在这条线索中，作者讽刺和批判的矛头对准的不再是“绝对的精神”、“绝对的道德”，而是引起道德败坏的社会因素。层出不穷的争抢住房的手段、层层审批毫无实效的官僚作风、外币和外宾的特权、毫无建树只凭借颂扬政治就享受优渥生活的文艺界人士等等现象成了批判的靶子，而它们深植于 20 世纪 20—30 年代的苏联社会制度之中。莫斯科人心的种种罪恶被认为是特定时代的产物。所以在这一条线索中，作品的风格是狂欢的戏谑、辛辣的嘲讽，作家撇开了面对人性之软弱的深沉思索，满腔的愤怒倾泻而出。

当然，对制度批判并不代表作家原谅这些道德败坏的行为，大师和玛格丽特的形象正是以人性和精神之美抗击社会戕害的典范。布尔加科夫还通过描绘撒旦晚会这一极为盛大的审判场景来对这条线索中没有深入涉及的精神问题做出补充和回应。魔王和随从在莫斯科的所有活动可以看做是一场宏大的末日审判，而撒旦晚会正是整个审判活动的高潮。舞会种种细节对圣教仪式的模仿在狂欢的氛围中暗示出救赎的庄严感，舞会来客都是复活的死人似乎正是对末日审判时所有死者复活听审的忠实表述，而舞会将决定"义人"、"恶人"们最终的命运。出席舞会的尽是一些强盗、杀人犯之类的罪大恶极者，但是魔王无意对他们进行审判，反而是把精力用来对关键人物进行"最终审判"。杀害亲子的弗莉达是毫无疑问的罪人，许久以来她承受着自己内心的罪恶感，还在每天醒来时看到那条杀害孩子时所用的手帕，提醒着她永远解脱不掉的罪孽。已经施加给弗莉达的是正直的惩罚，但是仁慈的玛格丽特却放弃了自己的愿望而请求魔王解脱弗莉达，这是宽恕的胜利，是对审判活动公正性的一个更为美好的注解。这与耶舒阿(Иешуа Га-Ноцри)在临死之前饶恕了一切，赦免了一切罪孽的行为相呼应，作为一种理想精神得到表达。处死麦格尔男爵则回到了绝对正义的追求。作为与历史时空中的犹大相对应的"告密者"、"背叛者"，麦格尔男爵受到的惩罚也与犹大非常相似，都是利器从背后迅速致命——这种死法是他们卑鄙行为的象征性表现。"背叛"在这场盛大的最终审判中被作为典型而郑重判决，说明了其罪之重不可饶恕，是对类似于大师和玛格丽特之间那种绝对忠诚的感情的亵渎。

对柏辽兹的审判是舞会的一个重要环节，是对小说开始时那个"断头"判决的接续。柏辽兹死后复活听审，其罪恶被一桩桩阐明是一个极为鲜明的末日审判场景。如果柏辽兹的罪仅仅是不信神，那么断头的惩罚似乎过重也过于惨烈了。柏辽兹的罪首先在于放弃了自己的独立人格与思想，所以"断头"的死法具有象征性："并非因为他有罪，亦非他主张无神论。他在为'知识分子们的背信弃义'、那些事实上应当有较清醒认识的有识之士们思想意识上的随波逐流而付出代价。"[①]柏

① 莱斯莉·米尔恩：《布尔加科夫评传》，杜文娟、李越峰译，北京：华夏出版社，2001年，第262页。

辽兹"博览群书",本应该成为一个清醒的知识分子,却背弃了清醒与担当,代表了那个年代知识分子的一种普遍罪恶,一种可耻的平庸。他对伊万大谈耶稣绝不存在,带"坏"了伊万的思想,这暗示了苏联的作家们在担当人民精神导师的责任上走向了歧途。布尔加科夫作为一个有良知的知识分子,与这种平庸和随波逐流格格不入,对其深恶痛绝。他在致斯大林的信中称自己是俄罗斯文学旷野上"一只孤独的狼"。其次,他的罪与彼拉多相近,都与内心的怯懦有关,但柏辽兹的更严重,就在于柏辽兹等人并不是真正"信"无神论,只是政治要求他信,他因利益而放弃了思想的义务。魔王最终对他的判决是"一个人信仰什么,他就会得到什么。……您去化为虚无吧"。[①] 这是对一个从不知道自己应该信什么的人的最好惩罚。第三,柏辽兹受到的惩罚还基于他灵魂上的傲慢,因傲慢而不信神,在人类无限膨胀的欲望推动下妄图成为万物的主宰,这是整个时代与社会的病根。而同样作为人云亦云的无神论者,伊万受到的惩罚却轻得多。其原因除了他及时对自己的错误进行了反省,也在于他的"无知":因为不学无术,只能毫无异议地接受社会流行的观点而相信无神论。

根据《启示录》,所谓的末日审判是所有人都将复活被审,不论是义人还是恶人都要接受审判,义人得永福,恶人受永罚。同样,《大师和玛格丽特》中的末日审判不仅包含对各种罪恶的惩处,也包含对爱、坚贞、仁善、正直、诚实的最终奖赏。代表了这些美好品质的玛格丽特与大师不是在现实中而是在新的天地中获得了永久的安宁,最终复归了末世后真正的乐园。这才是"末日审判"的最终完成。

在这两条线索中都存在着多重审判,总的来说,后一重审判即最后的审判一般是对前一重的颠覆,作家通过确认最终审判的必然性、强力性,给那些受侮辱、受损害、被错待的人以希望的曙光。与世俗的审判相比,"末日审判"具有以下两个特点:

---

① 布尔加科夫:《大师和玛格丽特》,钱诚译,北京:人民文学出版社,2004年,第281页。

其一，是最后的审判。对于信仰者来说，现世的痛苦和喜乐都是暂时的，他们时刻都小心等待最后审判的到来，迎接永福或是永罚，所以他们谨慎地约束自身，行道德事，以期待最好的结局。在小说中，作者把最后的审判的约束力大大扩大——不再只是针对信者而言，而是针对所有人——不是你不相信魔鬼存在，魔鬼就不会到来。最后的审判被具体为沃兰德那绝对强大的、必然会到来的力量，作者提醒这股力量不是在遥遥无期的未来，而是随时可能发生。

其二，是绝对公正的审判。在《圣经》中，末日审判由上帝主持，上帝是万事万物的最高尺度。在小说中，上帝的位置换成了沃兰德，虽然审判是以“作恶”的方式进行的，但是因为其绝对的力量和“万能”，因为他“总施善于人”，沃兰德就成为了最高的尺度。他不会屈从于政治的权力，不会随意赞同流行的政治观念，不会被文学的、医学的“科学标准”所迷惑而做出某种“暂时性”的判决。他以绝对的良心和道德为标准做出判决，确认了最终的绝对正义法则。多重时空的多重审判相互照应、互为补充，对社会制度和精神问题做出了清晰全面的回应。

第四节 人物、主题与文体的多重狂欢

苏联学者乌利斯指出：“（巴赫金的）梅尼普体表现出来的特点恰恰十分精确地揭示出了布尔加科夫小说体裁上的特点，似乎就是直接为这种体裁服务的。”[①]《大师和玛格丽特》是一部以狂欢语言和文体来表达狂欢式世界感受的经典文本。神话题材、幻想故事和人物奇特的境遇完美地融合在一起，多重主题交织，思想探险与复杂多变的文体风格辉映叠合，恣肆戏谑、庄严肃穆和浪漫抒情的语体风格交相奏鸣，梦幻与现实时空、正常与疯癫的场景恣意转换，形成一个强大的狂欢场域。

---

① 转引自王建刚：《狂欢化诗学——巴赫金文学思想研究》，上海：学林出版社，2001年，第181页。

一、群魔狂欢的世界

《大师和玛格丽特》展示了一个群魔喧嚣、肆意狂欢的世界。与以往的魔鬼不同，魔王沃兰德并不是单枪匹马地来到莫斯科作恶，他带来了三个随从，在作恶时分工明确、各司其职，简直是有组织、有计划的“犯罪”。作者不惜笔墨，运用了大量篇幅细致描写恶魔们的作恶过程以及后果，仿佛万分醉心于魔鬼的破坏游戏，整幅画面显现出了强烈的狂欢化特征。

首先在于魔鬼形象的狂欢化。《大师和玛格丽特》中的魔鬼仿佛特别的没有理智，狂烈地热爱恶作剧。这群来出“考察”公差的恶魔总是随便地按照自己的意愿行事，比如别格莫特以一只公猫的样子挤上公共汽车、在考察计划正进行的时候会时不时捣乱破坏计划、还不分场合地跟魔王讨价还价。同样，魔鬼们特别是卡罗维夫在考察的过程中也不是“平静”的，他们从不伪装得像一个“正常人”，总是处于一种特别亢奋、狂躁的状态——情绪激动、声音尖利、思维跳跃、一惊一乍——总让跟他们打交道的人感到奇怪和怀疑。房管所主任博索伊看到沃兰德及随从住在柏辽兹的房子中，向他们索要租金，卡罗维夫张口就给一个星期五千卢布；向他索要免费门票，卡罗维夫大手一挥就给一张头排座位两人用票，这样的大手笔把贪婪的博索伊都惊呆了。而且，现实时空中的魔鬼们随心所欲地变换着自己的身份和面具，沃兰德一会儿是教授，一会儿是表演家；卡罗维夫当过翻译、助手、魔法师；别格莫特有时以猫的形象出现，有时却以像猫的男人的形象出现……这就像是一帮天才的演员在参加狂欢的化装舞会，恶魔的变形正是对苏联社会中重要的“身份”问题的嘲弄，严肃于是就被狂欢所消解。当然不止魔鬼，莫斯科的市民们也像是陷入了“恶”的狂欢。柏辽兹和伊万没有信仰；利霍杰耶夫愚蠢贪婪，成天只知道欺上瞒下、玩弄女人；柏辽兹的姑父波普拉甫斯基虚伪势利，一心想要谋夺房产；到剧院看表演的观众们的贪婪、空虚、愚昧更是被表达得淋漓尽致……

人们为了各自的利益，抛弃了道德、良心和信仰，抛弃了亲情和责任。正是因为他们的疯狂，才受到魔王的戏弄和惩罚。

其次是魔鬼行为的狂欢化。公猫别格莫特常常完全不加掩饰地用猫的形象在人类社会中活动，但它的表现却像个人；在文娱委员会大楼里，魔王的随从黑猫施了魔法，主任不见了，只剩下空衣服，还在写，批文件，打电话！所有的人都吓跑了……文娱委员会莫斯科分会小楼里，卡罗维夫把全体职员搞成了一个合唱班，他们控制不住地在不同角落同声高唱《光荣的海洋》，最后被三辆大卡车集体送往疯人院，一路上还放声高唱……（见图 4）；觊觎柏辽兹住房的波普拉甫斯基被阿扎泽洛踢下楼梯，抡起烧鸡往他脖颈上打，然后啃着手中抡剩下的鸡腿看着他仓惶逃走；变成魔女的玛格丽特毫无忌惮地从莫斯科上空赤身飞过；众人在围攻 50 号住宅时，黑猫被枪打死却又立刻喝汽油复活……更值得注意的是文中描写了许多盛大的狂欢场景，魔鬼们的恶行被置于这些场景中时，“狂欢感”得到了成倍的放大。在这些场景中，魔鬼所戏弄的不再是一个人，而将是一整个盲目的群体；他们不用再设计缜密的计划，在人群中，一点点诱惑的火星都能引燃狂欢的大火。在狂欢的广场中，不需要理智、用不着思考，一句口号就会应者如云。在魔法表演的剧场，一点小把戏就可以赢得热烈的欢呼，漫天散落的卢布引得全场疯狂抢夺，一句抱怨报幕员的话就惹得有人大喊“把他的头拧下来”，开设的“妇女用品商店”完全俘虏了在场的女观众甚至不少男观众；外币商店中，别格莫特和卡罗维夫只是白吃了一些东西，发表了一番激情演说就使得群情激奋、全场大乱；而两人在格里鲍耶夫餐厅的最后一餐就几乎毁了那里。

当然，最盛大的狂欢就是如传说中的“瓦普吉司之夜”般疯狂的撒旦晚会。舞会本就是最典型的狂欢场景，况且这是撒旦的舞会，它必将以极致疯狂的方式进行。它需要一个女巫作为舞会的女主人，于是玛格丽特抹上回春脂，赤身裸体地骑着刷子从莫斯科上空飞向自然。这个女巫在途中魔性被激发，在“剧文楼”大肆搞破坏，在心理上完成

图 4 《大师和玛格丽特》插图，作者不详

了从凡人向魔女的转变。当她在河水中沐浴完毕，富于神话色彩的美人鱼、裸体女巫、羊腿人都来欢迎她，白嘴鸦为她开车。当她到达舞会地点后，见到的是丢掉了那些丑陋衣服和装饰，穿起了神气的燕尾服的魔鬼，而后洗血浴、换装并主持了舞会。舞会用的是最奢华的装饰，顶级的乐队，宾客不是生前恶贯满盈的混蛋，就是传说中的恶魔、吸血僵尸……他们由一具具骸骨变成光鲜的客人，"飞燕似的扎进酒池……个个酩酊大醉……乱哄哄有如澡堂"①。当然，恶魔的舞会不会只是寻欢作乐，魔王拿出了柏辽兹的头，让他亲眼看看魔鬼的存在；同时还制造了血腥的杀人事件……任何一个环节在凡人的生活中都难以想象，这才是真正的魔鬼世界！作为全篇高潮的撒旦晚会，以极致狂欢的方式，在罪恶和反基督的表象下，张扬的却是和谐（各种恶魔能一起狂欢）、宽容（原谅杀子的弗莉达）、正义（杀死犹大一般的告密者麦格利男爵）和信仰（让柏辽兹的断头见证另一个世界的存在），这实际是一场魔鬼的弥撒。

二、多重主题的变奏

从主题上看，《大师和玛格丽特》最集中地囊括了布尔加科夫对社会、人生和人性的思考与见解。在作家笔下，20—30 年代的莫斯科被

① 布尔加科夫：《大师和玛格丽特》，钱诚译，北京：人民文学出版社，2004 年，第 279 页。

表现为一个充满了自私、贪婪、伪善、欺骗和谎言的世界。沃兰德所到之处，人的“罪”与“恶”在各种近乎荒诞的境遇中得以淋漓尽致的彰显。但是作家并非以一种“单一的雄辩的严肃性、说理性、不容歧见、过于教条”[1]的方式来表现自己的思想，而是在所有主题的艺术处理中都不自觉地暗合了梅尼普体[2]的狂欢化特点。

首先，作家对四福音书中的人物和相关情节的改写，意在突出罪与罚、灵魂救赎的思想主题。与此相应，对彼拉多形象的处理着力凸显其懦弱本性及其悔悟后自责不安的心理。彼拉多外表强势，在审判时尽管身子纹丝不动，活像一尊石雕，给人以威严和不可侵犯的感觉，内心却极为虚弱，受偏头痛的折磨，精神处于迷幻和狂乱之中，眼前甚至出现了各种幻象。这其实是其内在的激烈矛盾的体现——他对耶舒阿的真正身份不能确认，又确信他的无辜；手中握有强权，又唯恐在错综复杂的权力关系中失败；既顾虑自己的政治前途又想秉公执法；既同情不幸的耶舒阿又为这种同情所苦恼；既不认同耶舒阿又为自己受其影响而狂怒。重重顾虑和内心的矛盾使他成为一个敏感地活在自我世界之中并犹疑不定的人，一个出于怯懦而胆小怕事、不敢坚持真理的人。在行刑的当晚，他就以谋杀犹大的方式为自己赎罪。在之后的两千年里，他一直为处死耶舒阿而愧疚不安、痛苦不已。作家笔下的耶舒阿则被塑造成为善的化身，勇于担当起救赎的使命。与彼拉多对人和人性完全绝望相反，耶舒阿坚信所有人包括通常所谓恶者身上善的本性：他把彼拉多和打死士兵的强盗、甚至实施毒刑的捕鼠太保马克都称作“善人”，后者“是个不幸的人，一定是有些善人摧残了

---

① 巴赫金：《巴赫金全集》(第五卷)，白春仁等译，石家庄：河北教育出版社，1998 年，第 141 页。

② 在巴赫金看来，小说体裁有三个基本来源：史诗、雄辩术和狂欢节，而属于庄谐体的梅尼普体是狂欢化文学的一个重要例证。在《陀思妥耶夫斯基诗学问题》一书中，巴赫金对梅尼普体的得名、发展历史、基本特点、各种变体及陀思妥耶夫斯基作品与梅尼普体的关系做了精彩分析。

他，使他变得冷酷无情了”[①]。对于告密者犹大，他也毫无怨怒。在小说第三十二章，大师正是奉耶舒阿之命让经受了两千年良心折磨的彼拉多得以“宽恕和永安”。

其次，《大师和玛格丽特》中的神话题材、幻想故事、人物奇特的境遇和匪夷所思的经历都服从于引发、验证思想和真理的需要，表现出梅尼普体典型的思想探险的特点。巴赫金曾指出，梅尼普体的内容是某一思想或真理在世界上的探险，真理在人世间的探险和奇遇不怕尘世的任何污秽；梅尼普体狂欢只有一个目的，即检验思想；梅尼普体是解决“最后的问题”的一种体裁。[②] 在社会批判主题的背后，是作家对20—30年代俄罗斯人信仰问题的严肃反思。小说最为精妙之处就在于，在狂欢中透视现实世界的荒诞，在真实与荒诞的奏鸣中突出人的灵魂的沉沦与救赎这一神圣而庄严的主题，指出拯救的核心在于坚信上帝的真实存在。

作品在开篇就谈到了化身为沃兰德的撒旦临到莫斯科的情景和关于上帝存在的七项证明。在一个公开驱逐了上帝的国度，在一个不再敬畏神和信仰神的时代，撒旦悄然降临。那一刻，主编柏辽兹正在向诗人伊万宣讲耶稣完全是虚构和臆想出来的：“我国大部分人民早就自觉地不再相信那些关于上帝的神话了。”[③]沃兰德何以降临莫斯科？他要为上帝的存在做出独特而有力的证明。在他看来，阿奎那关于上帝存在的五项证明“全都毫无价值”，康德的论证也没有说服力，因为“在理性领域中不可能有任何关于上帝存在的论证。”[④]他要为上帝存在做出第七项论证，而且唯有这项论证是“可以证实的，是最可靠的证明”[⑤]。无神论成为整部小说的思想背景，沃兰德要向莫斯科人证

① 布尔加科夫：《大师和玛格丽特》，钱诚译，北京：人民文学出版社，2004年，第29页。

② 巴赫金：《巴赫金全集》(第五卷)，白春仁等译，石家庄：河北教育出版社，1998年，第151—152页。

③ 同上书，第8页。

④ 同上书，第9页。

⑤ 同上书，第43页。

明上帝的存在成为贯穿作品的思想线索。

在是否信仰上帝存在这块试金石面前，每一人物的思想情态和选择都决定其最终的命运，从柏辽兹与诗人伊万的不同遭遇即可看出其内在关联。作为莫斯科文联主席和某大型文学刊物的主编，柏辽兹博学多闻，却视耶稣为神话中一个虚幻的形象，对伊万在诗中将耶稣写成了一个真实可信的人的形象提出了严厉的批评。在柏辽兹这个官方意识形态的制定者那里，被权力豢养的满足感抑止了思想探索的脚步。诗人伊万则是信仰摇摆不定的年轻知识分子的典型，因为聆听了大师的教诲，逐渐相信撒旦的真实性而保全了性命。小说中各色当权者和普通民众丑态迭出，皆因不信仰上帝而遭沃兰德捉弄或惩罚。

思想狂欢的结果，是人们的灵魂在沃兰德的启示下获得了新生。作品是以一些莫斯科人的改变结尾的：撒谎成性的剧院报幕员孟加拉斯基辞去工作、安安分分地过起了日子；总务协理瓦列奴哈变得态度谦虚、有求必应；爱收受贿赂的尼卡诺尔不再接受剧院赠票；诗人伊万大部分时间都心绪宁静、身体健康……总之，所有人物“最后的问题”都得到了解决。

三、多种文体的狂欢

在《大师和玛格丽特》中，多种文体有条不紊地交叠重合：既有对《圣经》文本极富创造性的改写，又有各种神话传说、宗教观念和原型要素的杂糅，还有“小说中的小说”的自由插入与转换；魔王及其随从大闹莫斯科的恣肆戏谑、耶路撒冷审判的庄严肃穆、大师和玛格丽特爱情故事的浪漫抒情，各种风格和谐有机的统一，令小说行文多姿多彩、生趣盎然。

作家在戏谑性和狂欢化的气氛中展开了对现实的关注和批判。一场关于上帝是否存在的严肃谈话发生在牧首湖畔公园的林荫道上：“博学多才”的柏辽兹自由、充分地表达无神论观点，沃兰德对他的态度随意而又不敬……这使得读者游走穿越于不同的见解之间，既介入又疏离于无神论的宏大历史场景。魔王的随从在惩罚道德败坏的莫斯科人时手段稀奇古怪，有时幻化成当事人熟人的面孔捉弄人，有时假意欺瞒并诱人说出真话，有时给予严厉警告，有时又施魔法让人产生幻觉。人物似乎在自由地表演，突然被揭开假面，将真实的人性暴露无遗。此外，小说中还出现了会活动的衣服、止不住的歌唱、寻找头颅的身体、神秘的失踪等等怪诞事件。这种戏谑、调侃、讥讽甚至亵渎的言语风格，亦庄亦谐的叙事语调，成就了一种狂欢节的氛围。它既是对正统的宏大叙事的挑战，也打破了官方伦理规范一贯严肃刻板的形象，揭开了原先的生活形态、道德基础和信仰的内在实质，显示出摧毁和颠覆一切的强大力量和更新与再造的可能性。

“20 世纪 20 年代布尔加科夫潜心研究喀巴拉哲学教义和神秘主义文学。”①这样的积淀使得小说呈现出庄谐体的另一个特征：“过去的神话人物和历史人物，到了这类体裁中就被有意地、突出地写得很现代化了。他们行动和讲话，都限在同当时的时代进行亲密交际的范围之内。”②除了魔王沃兰德的形象③，他的随从身上也同样汇集了各种神话传说和原型要素。黑猫身上既有《圣经》伪经传统的影响，又有欧洲魔鬼学和神秘传说中恶魔的特性，是相关传说中河马、怪兽和大象等形象的综合；④阿扎泽勒集基督教观念中的恶魔、堕落天使和恶魔传说中的大魔王形象于一体；女妖赫勒则与西方传统的吸血鬼有密切关系。这些古老原型形象的面目及价值都发生了根本变化。他们尽情地参与到现实中来，运演了一场神、魔、人的狂欢。

---

① Дерягин. Опыт прочтения: Мастер и Маргарита (электронный вариант), http: //www.wco.ru/biblio/books/ader1/Main.htm.2000. 转引自谢明琪：《魔王沃兰德随从的宗教神话溯源——浅析圣经、伪经、次经及神秘传说在〈大师和玛格丽特〉中的体现》，载《俄罗斯文艺》2009 年第 4 期。

② 巴赫金：《巴赫金全集》(第五卷)，白春仁等译，石家庄：河北教育出版社，1998 年，第 142 页。

③ 详见本书第三章第五节。

④ 见谢明琪：《魔王沃兰德随从的宗教神话溯源——浅析圣经、伪经、次经及神秘传说在〈大师和玛格丽特〉中的体现》，载《俄罗斯文艺》2009 年第 4 期，第 39—41 页。

与灵魂救赎的严肃主题相应，小说对《圣经》的改写采用“小说中的小说”的结构手法，整体上呈现出庄严肃穆的风格，局部又不乏浪漫色彩和柔和的调子。在《圣经》中，耶稣在彼拉多面前受审是很重要的事件。布尔加科夫综合四福音书对该事件的不同讲述，将它巧妙地穿插在大师和玛格丽特的故事中，成为小说的另一条线索。虽然耶舒阿和彼拉多的故事主要出现在第二、十六、二十五、二十六章，且主角是彼拉多，但它既是大师创作的小说，也是沃兰德对柏辽兹和诗人伊万讲述的自己亲眼见证的历史，还是伊万在精神病院的梦幻和玛格丽特阅读的文本。这一故事反复穿插、切换于历史时空和现实场景，将多条线索细密地缝合起来。它作为“文本中的文本”同主人公的凄惨遭遇正相吻合，显出深沉庄重的气氛。小说对大师和玛格丽特爱情故事的叙述则采用了浪漫、柔美、抒情的笔法：从大师的回忆到玛格丽特的“幻想游历”，从极度感伤的氛围到天堂般的宁静平和都是如此；这同污浊丑陋的社会现实形成鲜明对比。

四、狂欢化的场景

在《大师和玛格丽特》中，还出现了闹剧、灾祸和晚会等诸多狂欢化的场景。作家打破了滑稽与崇高、怪诞与真实之间的边界，在诙谐的格调中保证了降格、颠覆正统和作家思想的自由表达。

小说中的吃喝、谩骂、哄抢、啼哭、戏谑等笑闹场景，在一种狂欢节式的粗陋与怪诞的氛围中再造了另一个更为本真的世界。如格里鲍耶陀夫餐厅、瓦列特剧院、文娱委员会大楼、外汇商店和精神病院等。在格里鲍耶陀夫餐厅，柏辽兹死讯将至时座无虚席，响彻着金属的叮当声、乐队演奏声、杯盘撞击声、喊叫声、悲号声和跳舞的声音，漫溢着狂欢的气息。筵席吃喝的粗鄙性与死亡的严肃性交织在一起：“总之，这里变成了一座地狱。”[1]旋即便上演了一场象征加冕脱冕仪式的

---

① 布尔加科夫：《大师和玛格丽特》，钱诚译，北京：人民文学出版社，2004 年，第 60 页。

图5 《大师和玛格丽特》插图

闹剧：诗人伊万穿着前襟别有圣像的破旧衬衫、手举蜡烛，急切地当众宣告柏辽兹之死的真相，却被送往精神病院（见图5）。此时，服装的改变形同加冕脱冕仪式的道具起到的作用，使他先前的身份被人遗忘而暂时成为被众人“羞辱”的无冕之王。在瓦列特剧院，观众们争夺四面八方飞来的钞票，妇女们争相更换免费的服装和女鞋，到处是震耳欲聋的狂笑声、喊叫声、金钹声，一片喧闹。在文娱委员会大楼，主任普罗霍尔·彼得洛维奇神秘地失踪，他的空西装上衣却在办公室签发文件和训斥人，主任的私人秘书哭作一团……

灾祸场景的描写是“对笑谑游戏主角的狂欢化虐待”①。巴赫金在论及拉伯雷小说中受到虐待处置的血腥和濒死的躯体时指出：“它们都与世界欢快的物质相连，与诞生、死亡和自生相连，但结果却总是与成长，增加……相连。这种欢快的物质是正反同体的：它既是坟墓，又是诞生之地，既是正在消逝的过去，又是正在来临的将来，它是生长本身。”②作家采用诙谐笔调描写柏辽兹被轧断头颅的场景：“电车车厢遮住了柏辽兹的身体，在这同一瞬间，牧首湖公园外的林荫路旁，一件黑乎乎的圆东西被抛到倾斜的鹅卵石路面上，随即从斜坡上滚下来，一跳一跳地顺着铠甲大街的石路面滚下去。这就是被电车车轮切

① 巴赫金：《巴赫金全集》（第六卷），李兆林等译，石家庄：河北教育出版社，1998年，第231页。

② 同上书，第224页。

掉的柏辽兹的头。”[①]在撒旦晚会上，柏辽兹的头颅又变成了魔王的酒杯。在沃兰德的嘲弄声中，麦格尔男爵被阿扎泽勒枪杀，喷出的鲜血立即被接到杯中送给沃兰德饮下。魔王立刻变回了原来的形象，玛格丽特也被劝服饮下这“甜美的浆液”。其它的魔幻场景还有报幕员孟加拉斯基的头颅被从脖颈上揪下又完好无损地安上，莫加雷奇被扔出窗外等等。小说借物质—肉体的狂欢游戏表达出非官方的世界观，生与死、毁灭与复活的界限被完全消除了。

五、“精神心理实验”

巴赫金曾把第一次出现于梅尼普体的对人们不寻常的、不正常的精神心理状态的描写称为“精神心理实验”。这些心理状态有各种类型的精神错乱、个性分裂、耽于幻想、异常的梦境、近乎发狂的欲念、自杀等等，常常促使人物丧失了自身的整体性和完成性[②]。在《大师和玛格丽特》中，也有诸多对精神错乱、过度幻想和梦境等异常的心理状态的描写。作者打破了通常的三维时空，在梦幻与现实、精神的正常与疯癫、意识的清醒与昏睡、思维的有序与混乱的相互的张力中实现了叙事的狂欢。

小说采用对待“梅尼普式哲人”[③]的典型立场来表现伊万的二重人格和内心对话。被强行关进精神病院的伊万自视为健康人和了解事实真相的见证人，所以面对护士、医生和整个精神病院的环境，他的内心独白和与他人的对话流露出或隐或显的论争倾向。他意识到女医生不会明白关于彼拉多的故事，便压抑自己交流这一话题的欲望。他敌视整个异己的环境：“伊万早已决定对这所设备完善到惊人程度的建筑物里的一切统统报以嘲笑，所以他立即暗自给这间大办公室取了

① 布尔加科夫：《大师和玛格丽特》，钱诚译，北京：人民文学出版社，2004 年，第 45 页。

② 巴赫金：《巴赫金全集》(第五卷)，白春仁等译，石家庄：河北教育出版社，1998 年，第 153 页。

③ 巴赫金将自视为真理代言人、往往能洞察一切却反遭嘲弄的角色称为“梅尼普体哲人”。

个名称，'厨房工厂'。"[1]面对医生的盘问，他暗自揣测应对的策略及其可能的反应。在受到他人意识制约时，伊万又处于自身的紧张对话中：他一面觉得有必要说出遇见外国顾问的事向人们预警，一面又在被逼迫讲述病例的荒唐体验中放弃了这个想法；在回答斯特拉文斯基的问题时，他产生了对诗歌和诗人身份的不可遏止的厌恶感；他反复改写关于外国顾问的报告，总觉得措辞语无伦次；在要不要继续追究柏辽兹死因的问题上，伊万分裂为两个争论不休的自我。总之，内心两个相互干扰和争吵的声音、对被他人审视的顾虑渗透了伊万的整个意识，使他失去了作为独立个体的统一性。小说的这种狂欢式叙述传达出伊万在不同境遇中多重意识的交相奏鸣和不同自我的多重张力，让读者超越对与错、常态与错乱等二维线性逻辑，进入更深层的思维空间。

小说赋予玛格丽特耽于幻想的特点，并详细描写了她的心理变化过程。玛格丽特在整个冬天都为未能及时出现在大师身边而导致大师失踪感到绝望和自责。梦中阴沉的天空、颓败凋敝的景象和大师的现身都是她真实心境的折射。醒来后她就预感到当天将要发生什么事情。她祛除疑虑去参加撒旦晚会，也符合其爱幻想的特点。一夜之间，玛格丽特穿越几个空间，作为女主人经历了整个撒旦晚会，心理上发生了很大变化。从跟大师的交谈中可以看出她重获幸福的喜悦。在幻境与现实的更迭中，在多维空间的流转和多层意识的交叠中，玛格丽特经历死亡获得新生。

小说第十五章详述了房管主任尼卡诺尔的梦境：他进入一座剧场，被邀请登台表演，而节目内容就是要他交出外币。台下观众发出呼喊声、讽刺声、嘘声和唿哨声，如同节日广场上狂欢的民众对待加冕之王那样给他脱冕并肆意嘲笑。作为观众，他又观看了敦奇尔受审和当众出丑的演出、库罗列索夫对《吝啬的骑士》的表演和卡特纳夫谎言

[1] 布尔加科夫：《大师和玛格丽特》，钱诚译，北京：人民文学出版社，2004年，第88页。

被揭穿的演出，这是他其潜意识中对自我人生的反省过程。常态的生活之“丑”在梦境中被放大展示，尼卡诺尔不再盲目地受制于生活的惯性，他从日常时间中跳脱出来，成了生活之剧的旁观者。时间与身份的转换迫使他重新审视常态时间并理解了生活的意义，灵魂获得重生。

《大师和玛格丽特》打破了传统小说的体裁模式，在吸纳梅尼普体和俄罗斯民间笑文化传统的基础上，将历史、神话与现实场景巧妙地融合在一起，在多重主题与文体的狂欢中表现出深刻的哲思和神圣的寓意。借助主题、文体、场景的狂欢，布尔加科夫建构起是非善恶同体互生，并在基督信仰中实现联合的世界观。这是他创造性地看待和表现世界的方式，其独特的精神探索具有恒久的启示意义。

第五节　布尔加科夫小说的空间意识

在布尔加科夫的巅峰之作——《大师和玛格丽特》的三个时空的构架中，作者展现了神、众生和个体的不同的存在方式和运动模式，这让许多人都对其中的结构特点与时空繁复交错津津乐道。但却鲜有人思考这种叙事方式的写作积淀。从1924—1925年发表《白卫军》、《魔障》、《狗心》和《孽卵》等作品开始，布尔加科夫就创建并不断巩固着一个二元空间对立的结构模式。两个性质迥异的空间之间的紧张关系，成为作家固定的叙事焦点。若非布尔加科夫从其正式创作小说伊始，就苦心孤诣地坚持构建类似的结构模式，何以会在其“夕阳小说”《大师和玛格丽特》中如此纯熟地向读者展示其空间构建和切换的精湛技巧？实际上，在布尔加科夫的系列作品中，其推进叙事的方式都是空间的迅速切换，而非时间的线性流淌。可以说，布尔加科夫的叙事语境一直都是同存性大于序列性，空间性大于历史性，地理学大于传记的。从正式开始小说创作到《大师和玛格丽特》的完成，着意的空间结构排布成了承载布尔加科夫坚定的文学理想的叙事模式。

深入研究这一模式，对布尔加科夫的研究无疑具有当代意义。

首先，布尔加科夫在主要小说中表现出了一种超稳定的结构模式，《大师和玛格丽特》中蕴含的基本的结构并不是第一次出现在布尔加科夫的作品中，而是其一生小说创作的基本模式的复杂化变体。因此可以认为布尔加科夫拥有一种结构主义思维的自觉性。而正是这种自觉性使其在变幻莫测的政治环境和人生境遇中保持了不变的价值观和文学品格。

第二，从其对作品中物理空间和精神的设计和发展来看，布尔加科夫表现出一种强烈的空间意识的自觉性（Conscientiousness）。在稳定的文本结构上，差异空间（他者空间或异质空间，heterotopias）[①]与社会主流空间，精神空间与物质空间，以及理想空间与现实空间等的二元对立，也使得其作品不仅在思想上具有了高度的辩证性，而且具有了超越时间和历史的永恒意义。正如苏贾（Adward. W. Soja）所言："结构主义是20世纪在批判社会理论领域对空间进行重申的最重要的途径之一"，[②]这种空间结构模式正是布尔加科夫对当时苏联社会现状最彻底又最隐晦的批判。

然而，更让我们惊喜的是，布尔加科夫并不满足于始终用稳定的方式向读者呈现稳定的价值观。在此生最后的泣血之作中，"第三空间"（Third Space）的出现成为他文学技巧和灵魂的双重飞跃。

因此，我们需要首先讨论布尔加科夫在《大师和玛格丽特》之前的五部作品之基本结构和空间意识，然后再来单独解读《大师和玛格丽特》中空间意识的升华。

---

① Heterotopias是福柯在1967年写的《另一空间》（Des espaces autres）中根据"Utopia"发明的新词。意为"差异（hetero-）之地（-topia）"（异托邦），而在福柯的理论中，它在生活中不止一处，故为复数形式heterotopias。

② 爱德华·W·苏贾：《后现代地理学——重申批判社会理论中的空间》，王文斌译，北京：商务印书馆，2004年，第27页。

一、基本结构：二元对立空间

1. 结构分析

如果利用结构主义的方法分析一组文本，肯定首先要找出这一组文本中以成对的元素构成的深度模式："成双的功能性差异的复杂格局这个概念，或曰'二元对立'的概念显然是结构概念的基础。"[①]笔者先考察了布尔加科夫 5 部重要作品中的空间布局和转换机制，果然发现了一个十分稳定的二元对立模式：在前五部小说中表现为封闭空间（小环境）与开放空间（大场景）在小说中的并置——冲突——平静的二元对立模式（图表 1）。

5 部代表作品结构图示（图表 1）

	小环境（平静）	大场景（混乱）	空间冲突	平静
《白卫军》	土尔宾之家	战时混乱的基辅城	土尔宾兄弟入伍、对战争意义的怀疑	战争结束，生命苏醒，回归家庭
《魔障》	中央火柴材料供应站	莫斯科城及各种官僚机构	科罗特科夫狂乱地奔走于大小场景之间，陷入寻找身份的疯狂	科罗特科夫跳楼自杀
《火红的岛屿》（剧本）	被殖民前的海岛	殖民后充满欺诈和血腥的海岛	土著与殖民者的斗争、两个集团内部的分裂	彻底赶走殖民者，土著各族恢复团结
《孽卵》	佩尔西科夫教授的实验室	养鸡场、莫斯科各类媒体	养鸡场孵化"孽卵"，遭受灭顶之灾、媒体对"生命之光"的大肆炒作引起轩然大波	实验室被砸毁，教授死亡，"生命之光"渐被遗忘
《狗心》	菲利波维奇医生的私人手术室	公寓管委会、手术室之外野狗沙里克的所到之地	社会对"换心术"的强烈反应、野狗换人心后的畸变	重新换回狗心，一切恢复正常

---

① 特伦斯·霍克斯：《结构主义和符号学》，瞿铁鹏译，上海：上海译文出版社，1987 年，第 15 页。

在这样的基本空间结构中，前五部作品还有一条清晰的时间链将各自的空间联系在一起，构成整个小说流程图（图表 2）：

小说流程图（图表 2）

小环境（故事开始）——→大场景（同时存在）——→突发事件将两个空间的壁垒打破（冲突开始、陷入混乱）——→其中一个空间失去符号意义（归于平静）

从上图中我们就可以看出，这 5 部作品中存在一个具有普遍性的文本结构模式：文本开始时，小环境（封闭空间）和大场景（开放空间）处于一个相对平静的状态：前者一般为理想空间，后者则为现实空间，但彼此之间互不干涉，都按照各自的存在方式运转。当故事发展到两者之间发生某种联系的时候，这种相对平静的状态就被打破，从而产生尖锐的冲突。在冲突中两个环境相互干涉，最终导致其中一个环境的消失，冲突停止，平静复归。

2. 小环境：异托邦（或差异之地）

尽管关于空间理论，列斐伏尔（Henri Lefebvre，1901—1991）、巴什拉（Gaston Bachelard，1884—1962）、大卫·哈维（David Harvey，1935— ）等人的研究成果更加完善，但福柯于 1967 年所做的题为《不同空间的正文与上下文》（Texts Contexts of other space）[①] 的演讲，无疑是最有启发性的。在此文中福柯创造了一个重要概念：异托邦（差异之地，heterotopias）。福柯认为，与乌托邦（utopia）是“虚构的”不同，异托邦是“与现实完全对立的地方，它们在特定文化中共时性地表现、对比、颠倒了现实。它们作为乌托邦存在，但又是一些真实的地方，切切实实存在，并形成于该社会的基础上。这些地方往往是独立的、超然的，即使在现实中有它确定的方位，它似乎也不属于现实。与它所反映、表现的现实地方完全相反，它超然于现实之外但又

① 此标题译文为台湾学者陈志梧所译，见包亚明主编：《后现代性与地理学的政治》，上海：上海教育出版社，2001 年，第 18 页。

是真实之地。”①

神话是文学艺术的源文本，是集体无意识的表达。在布尔加科夫的小说中，这种表达也是神话的异化过程。在布尔加科夫的笔下，“大场景”——外部空间——是缺少话语权（或单一话语）带来的表面嘈杂和深度窒息，个体是无意义的；“小环境”——异托邦——则是自由话语的释放地，只有在这里，个体才有“存在感”。它们又恰恰是权力结构的两端。二者之间的深刻矛盾构成了布尔加科夫作品的叙述张力，而最终向平静的复归则使得作者和读者在紧张的结构与理想的冲突中得到解脱。

在这个空间里，主人们（医生、教授、主妇等）可以完全抛开外部社会的各种干扰，尽情发挥想象力和技术解决生理和心理问题；试验或治疗对象（病人、用作试验的动物、家庭成员等）则在纯粹的科学环境中直面自我个体本身。这种“异托邦”属于补偿性空间，用来弥补个体在外部空间中失落的东西。福柯认为：“差异地点（异托邦）的最后特征，是它们对于其他所有空间所具有的一个功能，这个功能有两种极端：一方面，它们的角色，或许是创造一个幻想空间，以揭露所有的真实空间（即人类生活被区隔的所有基地）是更具幻觉性的（或许，这就是那些著名妓院所补偿性扮演的角色）；另一方面，相反地，它们的角色是创造一个不同的空间，另一个完美的、拘谨的、仔细安排的真实空间，以显现我们的空间是污秽的、病态的和混乱的。后一类型并非幻象，而是补偿性差异地点”②。

在《孽卵》中，动物学教授佩尔西科夫是主人，变形虫、青蛙及其它无鳞两栖动物是实验对象，幻想和试验都集中在神奇的彩色涡形光束上，实验室则是个充满各种神奇仪器、无所不能的小环境；《狗心》中生

① Michel Foucault, *Of Other Places*, *Visual Culture Reader*, edited by Nicholas Mirzoeff, Routledge, 1998, p. 239.

② 福柯：《不同空间的正文与上下文》，包亚明主编：《后现代性与地理学的政治》，上海：上海世纪出版集团，2001年，第27页。

殖外科专家菲利普·菲利波维奇教授是主人，野狗沙里克是实验对象，将人脑和生殖器植入狗体是幻想的过程和实践的结果，外科手术室则成为医生实现优生学梦想和野狗变人的秘密所在；《白卫军》里的家庭主妇叶莲娜是土尔宾一家唯一的女性，土尔宾兄弟的妹妹，更是战乱期间饱受精神和肉体折磨的土尔宾兄弟和朋友们的镇静剂和安慰剂。她是这个小环境中的主人。土尔宾一家温暖舒适的寓所虽然能时刻感受到外界的战乱和惊慌，但好像具有强大的"屏蔽"功能，不管是谁回到这套公寓里就能找到平静和依托，而伊琳娜后来近乎迷信的虔诚祈祷则给公寓中被"管理"的对象们带来了好运……

这5部作品的"小环境"都是存在于现实又超越现实的"异托邦"。它们存在于现实社会中，但先进而纯净，也都是以解决人生或自然界具有终极意义的问题为良好愿望，借助幻想和信仰获得了成果。

然而，一旦与外部空间(大场景)发生关系，就很快被感染和同化；另外，这些小环境——封闭空间虽都是能给人物安全感和归属感的领域，但同时也意味着囚禁和焦虑。为了解除这种囚禁，作者也刻意让封闭空间主动或被动地遭到破坏。而让作者有心无力的问题却出现了：解除了囚禁的封闭空间却再也不是理想本可以寄居的最后之地。

佩尔西科夫在实验室里发现的能使低等动物迅速壮大和繁衍的神秘光束本来可以在逐步完善后造福人类，因此称为"生命之光"。但却因媒体不负责任的宣传和急功近利的滥用而导致骇人听闻的惨剧；菲利波维奇试图通过器官移植的实验找到恢复人类青春的方法，本来只使野狗有了初步的人形和人言，但外界人士的介入则让野狗完全掩盖了"善良的狗性"而激发了人性中的恶；土尔宾兄弟和朋友们只要离开了家走上大街，就立刻在混乱的政治、混乱的战争和军队甚至混乱的正义与邪恶间迷失自我。

承载着美好希望的异托邦一个个被蒙上了悲观色彩，布尔加科夫在自己营造的模式中陷入了二律背反式的困境。

二、《大师和玛格丽特》中空间意识的飞跃

1. 结构复杂化

在《大师和玛格丽特》这部融入了作家生命后期全部创作激情和希望的小说中，布尔加科夫终于为跳出思维和精神的双重困境找到了出路。他在《大师和玛格丽特》中两面开刀：既加强封闭空间自身的完善性，又通过外部力量的介入，破坏外部空间的稳定结构。到了《大师和玛格丽特》，布尔加科夫将这个基本结构运动的流程复杂化了（图表3）：

基本结构运动流程（图表3）

流程1：

外部空间1（莫斯科城）开始：柏辽兹和伊万遭遇撒旦——→封闭空间1（精神病院）：伊万试图寻找撒旦而饱受精神折磨，被送进精神病院

流程2：

封闭空间2（柏辽兹的家——花园街50号"凶宅"）开始——→撒旦以此为基地，大闹外部空间1（莫斯科城）——→两个空间频繁切换——→第三空间（玛格丽特参加的撒旦晚会）

流程3：

封闭空间3（大师的地下室）开始——→外部空间2（"莫文联"）：大师关于本丢·彼拉多的小说受到激烈批判——→封闭空间1（精神病院）：大师被关进来——→封闭空间3：大师被玛格丽特救回地下室——→第三空间（天堂）：大师与玛格丽特被上帝接入"永恒之所"

流程4：

外部空间3（总督府和刑场）开始：本丢·彼拉多审判耶舒阿并判其死刑——→闭空间4（麻雀山上的一把椅子）：本丢·彼拉多因判处耶稣死刑而在被困千年——→第三空间（天堂）：本丢·彼拉多得到解脱，去追随耶稣

可以看出，前五部作品中那些干净而脆弱的"小环境"到了《大师和玛格丽特》中扩大成了一家设备先进的精神病院，乌托邦的特点得

以保留，而同时在功能和自我防疫上则异常强大起来。首先，它的设备极其先进——如果说此前的“小环境”都只是一块块试验田的话，那么这个精神病院则已然成为一个几乎无所不能的科技示范园：

> 他静躺了一会儿，发现身旁有个电钮。……便顺手在电钮上按了一下。……他脚头床边的一盏圆柱形毛玻璃小灯亮了，灯上显出两个字：“喝水”。过了一会儿，小圆柱灯便自动开始旋转，灯上的字换成了“护理员”，……当圆柱灯上出现“请医生来”四个字后，他又无意中按了一下。这回小灯发出轻微的响声，停止转动，熄灭了。随即又一个体态丰满、和蔼可亲、穿着洁白罩衫的中年妇女走进来……
>
> “请您去洗澡吧。”妇女说，随即用手往墙上一摸，靠里的一面便自动打开，露出一间布置得十分淡雅舒适的浴室和卫生间。[①]

显然，这家精神病院种种设备在文中所显示的年代是不可能出现的，单单从此出我们就已经可以感受到这个“小环境”在科技上的乌托邦性质——“完善到了无以复加的地步”。而这还仅仅是表层的。

更进一步，布尔加科夫加强了“小环境”主人的思想深度。精神病院院长兼创办人斯特拉文斯基不仅是个精神科专家，还是一个有哲学辩证思维的人。他用平等、耐心的态度对待伊万和其他病人，“一双眼睛既讨人喜欢，又很有洞察力”[②]。

较前几部作品中主人只将人生希望和意义局限在“小环境”内不同，他努力使自己的行为对象——病人对自我和现状有一个尽量清楚客观的认识：“现在您的出路只有一条：保持绝对安静。所以您必须留在这里。”并且帮助他们精神复归所必需的安定的心态：

> 而且，请您记住，您在我们这里可以得到各方面的帮助，没有这些帮助，您什么也做不成。您明白吗？……您在这里可以得到

① 布尔加科夫：《大师和玛格丽特》，钱诚译，北京：人民文学出版社，2004年，第86—87页。

帮助……您会感到轻松。这里很清静，一切都很安定……您在这里会得到帮助的……

转眼间，伊万面前的斯特拉文斯基及其随从人员统统不见了。透过窗上的铁栅栏，可以看到河对岸那片美丽的松林快活地沐浴在中午的阳光中，春意盎然。近处的河水闪着粼粼波光。[①]

“病人”经过“治疗”重新回归社会的时候，他们既没有像以前作品中实验对象们的那种或畸形恶变、或惶然失措、或惨遭毁灭，也不是被媚俗的社会所同化，而是有了一个极大的飞跃：或是升入天堂——大师；或是成为一个不肯媚俗的，有了真正的思想的特立独行的人——伊万·尼古拉耶维奇。

当这个“小环境”在物质条件、精神层面都有了质的变化时，它的肌体和灵魂无疑对外部世界的菌落有了超强的抵抗力。无论外面的社会怎样乌烟瘴气，但精神病院却世外桃源般安宁；在那个现实社会中所有的人都在所谓的集体中丧失了独立思考的能力和空间的时候，精神病院的病人们却突然发现了一片净土：在这里反而可以找到属于自己的思考空间和话语权；就连在莫斯科无所不能、无孔不入、无“恶”不做的撒旦（沃兰德）和助手们也不曾打扰过这里——这是个人间天堂。

2. 飞向“第三空间”之路

布尔加科夫一直是以讽刺和怪诞的创作风格及多层面多角度的叙述手法而走入文学批评家的视野的。他几乎所有的作品都是在讽喻现实社会：官僚体制、浮夸作风、贪婪、虚荣、胆怯、媚俗、专制……就像是果戈理在《钦差大臣》中说的：“把这个社会所有的丑恶都一并嘲笑个够”。但布尔加科夫不是果戈理。果戈理提出了问题，暴露了丑恶，却最终陷入了内心空间和外部空间欲左右逢源却纠结不清的泥

① 布尔加科夫：《大师和玛格丽特》，钱诚译，北京：人民文学出版社，2004年，第94页。

潭。布尔加科夫则不然，他的内心有一块净土、一个神圣的伊甸园。正是这块净土，这个伊甸园在那些年代支撑着他的写作。如余华所说："他将自己的人生掌握在叙述的虚构里。"①

在给我们描绘现实世界时，布尔加科夫的语调是戏谑的，手法是魔幻现实主义的，心情是沉重的；在个人话语权被社会专制话语已经挤压到"自己的一间屋"里时，布尔加科夫要做的就是关上房门，点燃雪茄（在其系列作品中经常出现此场景），对自己和对读者尽情倾诉。外面空间是犹如钢铁巨人般的社会政治文化体制，这个巨人只消轻轻抬起脚，就会把刚想挺起脖子表示异议的人们踩成肉泥。于是一群人自觉地成为体制的家奴，谄媚地舔着巨人的脚趾（柏辽兹等）；第二群人则在摇摆和怀疑中失去了心灵的归宿，成了"无家汉"（以伊万为代表）。而布尔加科夫不愿意在巨人面前下跪，也不愿意失去自我，他要为自己和为那些仍然对未来抱有期待的"无家汉"们建造一个家园——灵魂休憩和修复之地。

白天，他用语言的"魔镜"照着外面的世界，在日神的光芒下用机智和戏谑的眼睛阅读和描述现实，并且利用魔镜的反光绕花了巨人的眼睛保护自己。晚上，他和他的佩尼西科夫、菲利波维奇、土尔宾和大师们冥想、长谈甚至狂欢。他带着医生、教授和亲人们辛勤地工作，先给自己营造一个温暖舒适的家（《白卫军》），再建设一个小而完备的实验室，好在技术上对抗巨人（《孽卵》）；然后拿起手术刀，像上帝利用亚当的肋骨制造夏娃一样，把人的心换给狗，试图由此找到治疗人"心"的捷径（《狗心》）；最后，在经历了各种失败之后，坚强的布尔加科夫成了"大师"。他在心灵的地狱和天堂之间找到了一个完美的"炼狱"——精神病院（《大师和玛格丽特》）。

布尔加科夫笔下的"小环境"从不成熟到成熟，不安全到安全，脆弱到坚固，私人空间到公共空间……恰恰也是布尔加科夫本人精神探

---

① 余华：《布尔加科夫与〈大师和玛格丽特〉》，载《读书》1996年第11期，第11页。

索的历程。这个历程到了他最后一部作品《大师和玛格丽特》中,“精神病院”成为飞向自由王国的完美一站。此后,布尔加科夫去世,他在人间的探索宣告结束。当然,他灵魂的飞升还将继续,这一点已经在“大师”身上提前完成了。

3. 第三空间出现

但这个空间却还不是布尔加科夫的终点,只能算是到达他精神彼岸的前站,是个将前五部作品中渐趋僵化和悲观的异托邦优化了的、具有最佳补偿功能的差异之地。让极度压抑的精神得以宣泄的,让极度干渴的肉体得以滋润的,让极权下失声的喉咙放声歌唱的,是撒旦的舞会;留给最美好的感情、最有良心的知识分子和最渴望救赎的灵魂的,是追随耶稣而去的天国。这两个只存在于彼岸世界的空间,却能够成为依然活在此岸的人们的精神支柱,在《大师和玛格丽特》中成为人们抵抗极权和媚俗的自由精神家园。这就是“第三空间”(Third Space)——异托邦摆脱悲观主义困境的最后希望。

美国学者爱德华·W·苏贾在整合了福柯的异托邦理论和列斐伏尔的空间生产的三个维度的思想之后,提出了“第三空间”的概念。在二元对立空间理念中,第一空间是指物质性的空间,其认识对象在于感知的空间,它可以采用观察、实验等手段来直接把握,类似于布尔加科夫前五部小说中的外部空间。第二空间则是一种思想性或观念性领域,是一种“构想性空间”,类似于布尔加科夫的“小环境”。[①] 但这种传统的二元性空间区分模式显然已经不足以反映当代人生活空间的复杂性和特殊性。于是苏贾认为,打破现代人生存困境的方法,已不可能是继续在第一空间和第二空间之间打转,而是要跳出二元对立的僵化思维,拓展第三空间:“它源于对第一空间、第二空间二元论的

---

① 此处可以看出苏贾的第一空间和第二空间的概念并不完全适用于布尔加科夫小说中对立的二元空间的性质。只能认为“大场景(外部空间)”是以物质为第一性的,而“小环境(封闭空间)”以理想为第一性。但苏贾关于“第三空间”的理论却是完全可以借来理解《大师和玛格丽特》的。

肯定性解构和启发性重构，不仅是为了批判第一空间和第二空间的思维方式，也是为了通过注入新的可能性来使它们掌握空间知识的手段恢复活力，这些可能性是传统的空间科学未能认识到的。”①

在《大师和玛格丽特》的三个时空中，布尔加科夫既最充分也最完美地运用了贯穿其一生小说创作的基本结构，又显示了他精神的升华：理想和现实之间永远不能真正脱离干系，所以就永远处于各种复杂的冲突之中。闭门造车和以卵击石也只能是理想破灭的两种方式而已。只有让灵魂飞升至第三空间：那里的爱和救赎将是坚守理想的最后之路。

如果我们站得更高更远些来看布尔加科夫的文学品格，就会对其精神空间领会得更加深刻。布尔加科夫研究专家苏联学者普洛菲尔认为，在《大师和玛格丽特》中“存在着不受革命和暴政影响的道德绝对性和思想”②。实际上，这个评价恰恰说明了他作品中的两个空间维度：“革命和暴政”的维度与“道德绝对性和思想”的维度。在他所有的作品中几乎都能找到这种“道德绝对性和思想”。因为布尔加科夫的心灵“生活在别处”。如果说他所有作品中所讽刺的现实生活中的人和事，都是他用眼睛和嘴巴来描述的“他者”，那么这一个个“小环境”的营造，是他用心来完成的“自我”。布尔加科夫从未屈从于时代和社会，屈从于那种似乎所有人都被洗脑的“集体”。因为他从文学生涯的开始就在执著地寻找和建造这个心灵的“乌托邦”。从家庭到孤岛，从孤岛到实验室，再从实验室到手术室，直到他找到了这个精神病院，每一个异托邦的“镜像”都是那个心灵乌托邦。这是一个寻找精神家园的痛苦历程，他把自己当做自己和自己人的摩西，要带着“他们”摆脱专制文化的奴役，走向精神的“迦南美地”。就这样，“在那最后的

---

① Edward W. Soja, *Third Space: Journeys to Los Angeles and Other Real-and-Imagined Places*, Oxford: Blackwell, 1996, p. 81.

② Чудакова М.О. Булгаков и его интерпретаторы // *Михаил Булгаков: современные толкования. к 100-летию со дня рождения* 1891—1991. М.: ИНИОН РАН, 1991. с. 190.

十二年里，布尔加科夫解放了《大师和玛格丽特》的叙述，也解放了自己越来越阴暗的内心"[1]他坚信："在一种生活中所没有的公正，可以在另一种生活中找到。"[2]

大卫·哈维在其空间理论经典著作《希望的空间》中认为："必须把正视空间游戏和独裁主义之间的关系置于任何试图复兴乌托邦理想的再生政治学的中心部位。"[3]或许，这就是我们重新审视布尔加科夫空间意识的当代意义。

---

① 余华：《布尔加科夫与〈大师和玛格丽特〉》，第 17 页。

② Чудакова М.О. Булгаков и его интерпретаторы // *Михаил Булгаков: современные толкования. к 100-летию со дня рождения* 1891—1991. М.: ИНИОН РАН, 1991. с. 190.

③ 大卫·哈维：《希望的空间》，胡大平译，南京：南京大学出版社，2006 年，第 158 页。

第二章

基督复活：一种救赎理想

死亡与复活、末世与救赎紧密相连。基督中心论是基督教文化的重要特征。耶稣基督这一承载着广阔文化内涵的符码蕴含着最具普世意义的救赎理想，对基督的信仰即对天国、对超越尘世的绝对的善的向往。在东正教传统中，倾向于精神性与哲学化的《约翰福音》被视为"第一"福音书。"约翰的、弥赛亚的人感觉到在地上创造崇高的天上秩序的意向。……使他们高尚的不是对权力的渴求，而是和解和爱的倾向"（Walter Schubart，1897—1941）。很多俄罗斯作家将重寻上帝作为自己的神圣使命，纷纷撰写自己的"福音书"，试图在作品中实现上帝之子耶稣基督的复活，进而将人汇聚到基督的真理的道路上。

布尔加科夫的探索即遵循这一精神传统。在他的早期作品中，关于十字架的描写、对救主的呼唤表现了一种精神渴盼；在《大师和玛格丽特》中，布尔加科夫继承了欧内斯特·勒南（Ernest Renan，1823—1892）和大卫·弗里德里希·施特劳斯（David

Friedrich Strauss，1808—1874)的传统，以福音书为原型重塑耶稣基督的形象。耶路撒冷的章节穿插于现实世界与魔幻世界之间，作为一种精神范型对另外两个世界形成一种召唤关系。流浪哲学家彼拉多·迦-诺茨里对善的信仰、对“真理和正义的王国”的追求及其自我牺牲精神正是作者探求的立足点和小说的归宿。将耶舒阿钉上十字架的彼拉多经过两千四百个满月的忏悔和祈盼，终被救赎得到解脱，和复活了的耶舒阿一起走上探讨真理的月光之路。著名文化符号学家洛特曼在论及《大师和玛格丽特》时指出：“耶舒阿不需要家园，他的尘世生命就是永恒的道路”。[①] 在此，有必要首先回顾一下这条道路的起点，看它是如何历经两千年的漫漫途程抵达耶舒阿脚下的。

第一节 基督在西方文化中的“人化”过程

在近两千年的西方文化进程中，几乎每一时代都对耶稣基督这一形象进行了书写，从而使其具有了鲜明的时代特色。任何书写者都必须面对的，就是耶稣基督的神人二性及其关系的问题。从根本上说，所有关于耶稣基督的叙述都不得不在二者的张力中存在。纵观整个耶稣形象的历史可以发现，西方文化对这一形象的表现大概呈现出逐渐突出人性、淡化神性的趋势，这在20世纪前后尤为突出。因为对耶稣形象的理解充满歧义，相关叙述也采用了各种各样的方式，在此不可能面面俱到，只能从宏观上概述耶稣基督形象“人化”的历史。

一、早期犹太教背景下：从犹太人到基督

作为蓝本的《圣经》四福音书为后世耶稣形象的再造提供了原型，留下了充分的想象空间和重塑的可能性。总的来看，四部福音书着重阐述了耶稣出生、受洗、传道、受难和复活等事件，大致呈现出了耶稣

---

① Лотман Ю. *Изб. Статьи*: *В* 3 *т*. *Т*. 1. Таллинн，1992—1993. с. 461.

一生主要的言行，勾勒出一个较为完整的形象轮廓。这成为后世重新创造耶稣形象的起点："后世解释耶稣名字的近乎无限的——并且是无限不同的——方式之中的每一种，都可以在福音书中对耶稣的最初描述（或众多描述中）找到根据。"[①]然而，在最初的描述中，耶稣形象还不够明晰、确定，四福音书的叙事者马太、马可、路加和约翰，对耶稣的认识也存在较大的差别。正是《圣经》中耶稣形象的多重身份和特征，《圣经》叙事简约含蓄的艺术风格以及大量叙事空白的存在，为人们认识耶稣童年及少年的经历、心理活动、辞简意幽的话语、与门徒及其他人的关系等问题都带来了诸多不确定因素，并导致人们对耶稣神人二性认知的巨大差异。

耶稣在《圣经》中是作为一名犹太人经历所有的事件的。从耶稣在世到《新约》中任何一卷成书前的教会口传时期，耶稣基督的形象必然经历过一个反复言说、体验、修正和逐渐确立的复杂过程。各种口头流传的素材后来成为四福音书的来源，使得耶稣在"新约中的形象本身就是一幅经过润色的图像"。[②] 从《新约》中对耶稣的四种犹太语称谓——拉比、先知、基督和主——来看，当时耶稣主要是以犹太教教师即拉比而知名，其他的三个称呼则辅助说明这位伟大拉比的智慧、能力和权威。然而"耶稣，作为一世纪早期的一名犹太人，也是公共舆论的一部分"[③]。对于早期的基督徒而言，无论他的出身是犹太人还是所谓的"外邦人"，都明显地感到耶稣的犹太人身份带来的疑惑和两难选择。对于福音书成书前地中海沿岸的城市居民来说，"当人们听得足够多的时候，他们可能会决定相信耶稣。这包括与接受其他东西一道去接受耶稣本人的信念的一些方面，而这对于非犹太人意味着接受犹太人的上帝，丢弃他们自己的上帝，因为犹太人主张只有他们的上

---

① 帕利坎：《历代耶稣形象》，杨德友译，上海：三联书店，1999年，第4—5页。

② 同上书，第12页。

③ Paula Fredriksen, *From Jesus to Christ: the New Origins of the New Testament Image of Jesus*, New York: Yale University Press, 1988, p. 93.

帝才是真正的上帝。”[1]对于犹太出身的基督徒而言，这位能行神迹且有智慧的拉比的出身仅仅是个普普通通的犹太人，他怎么会成为救主、成为神的儿子甚至于能够自称为神呢？而四福音书的叙事者则一致地竭力证明耶稣的神性，因为接受和认可其神性对所有门徒都意味着巨大的挑战，任何将人尊为神的做法都是对传统犹太教观念的亵渎。使徒保罗也不得不面对耶稣的犹太人身份这一问题并给出答案，即耶稣的世俗身份并不阻碍耶稣与上帝建立神性联系，反而是凭靠这一身份成为上帝与人类交通的桥梁：“只有通过耶稣的犹太人身份，上帝和以色列的契约、上帝的恩赐和没有后悔的选召才能及于世界上所有的人以及外邦人”[2]。

与四福音书成书几近同时的《犹太古史》为理解这一时期犹太教信徒视野中的耶稣形象提供了重要参考。弗拉维斯·约瑟夫(Flarius Josephus，37—101)，这位于耶稣死后四年出生的犹太历史学家写道：“关于曾活在这一时代的耶稣，他乃是一位智者——假如确实要将他称为‘人’的话。因为他行了许多超乎寻常的奇事，并且他是那些凡乐意接受真理之人的教师。他赢得了许多犹太人及希腊人的尊重。他是那位弥赛亚。当他被我们中间的重要人物控告并被彼拉多定罪钉死在十字架上后，从前热爱他的人之所以没有止息对他的爱，乃是因为他在第三天复活之后曾向他们显现，因为神的先知已对这些事及有关他的无数奇事做了预言。那些因他而得名的基督徒，直到现在还仍未消失。”[3]在约瑟夫看来，耶稣究竟应被视为神还是人是需要认真揣度的问题，最终他倾向于视其为一个不寻常的人：耶稣是一位“智者”(英译为 sophist，约瑟夫还用该词来形容《旧约》中的大卫和所罗门等

① Bart D. Ehrman, *The New Testament: A Historical Introduction to the Early Christian Writings*, New York: Oxford University Press, 2000, p. 45.

② 帕利坎：《历代耶稣形象》，杨德友译，上海：三联书店，1999年，第23页。

③ Harcourt Religion Publishers, *Journey through the New Testament*, Harcourt Religion Publishers, 2002, p. 14.

人，而当时的基督徒不会如此称呼耶稣）；他有行使奇迹的异能，被奉为拉比并赢得了包括希腊人在内的许多人的尊重；他是弥赛亚，遭到犹太人的控告并被彼拉多钉死在十字架上，他的追随者被称为基督徒，一直活动至当下。无疑，“他的记述与新约对于耶稣的描绘是完全一致的，从一个非基督徒的角度来看，他的描写似乎非常公正”[①]。此外，为了不让基督徒们信奉的耶稣与同代众多的同名者相混淆，约瑟夫特意指出他论述的是“被称为基督的那一位”耶稣。这也从侧面证明了耶稣作为基督的身份已经传扬周知了。

二、教父时期和中世纪：从“外邦人的光明”到上帝之子

在基督教逐渐传于“外邦”并逐渐在异教文化中稳固站立起来的几个世纪里，耶稣基督的形象开始与整个西方的历史和文化产生更为深刻的关联。在这个过程中，耶稣基督的生平事件开始被理解为整个人类历史的转折点和“外邦人的光明”。与此同时，基督教自身的延展及其与非基督教文化之间的交流和碰撞也迫使早期教父对耶稣基督的身位进行深思和辩护，耶稣基督作为圣子的神性地位也随着三位一体等教义的争执、讨论逐渐确定下来。在公元2世纪末，奉耶稣为神性导师的亚历山大城的克莱芒（Clement of Alexandria，150—215）曾这样描述：

> 我们的导师是上帝之子，他像他的父亲一样没有罪，无可指摘，具有一个没有情欲的心灵；他是具有人的外貌的上帝，毫无瑕疵，是天父旨意的随行者，是逻各斯即上帝，他在天父之中，在天父的右手手边，是有上帝形体的上帝。对于我们，他是一尘不染的形象。我们大家都竭尽全力要把我们的灵魂和他同化。[②]

---

① 保罗·梅尔编译：《约瑟夫著作精选》，王志勇译，北京：北京大学出版社，2004年，第299页。

② 转引自帕利坎：《历代耶稣形象》，杨德友译，上海：三联书店，1999年，第47页。

在此，作为上帝之子的耶稣只有人的外貌而完全没有属人的情欲，他只是上帝神性在此世的显现和人类灵魂的引导者而已——柏拉图主义与追求个体灵魂归向超验和永恒的热情混合在一起，成为这位早期基督教哲学家所表述的耶稣形象的内在肌理。其后，尽管在德尔图良（Tertullianus，约150—约212）、奥利金（Origen of Alexandria，约185—约254）和塔修斯·西普里安（Cyprian，约200—258）等东西方教父的持续努力下基督教三位一体信条逐渐确立，但对圣父与圣子或者说耶稣基督的神性与人性关系问题的论说尚不够令人信服。阿里乌论争的缘起与此相关，并以确立《尼西亚信经》的方式在325年的尼西亚大公会议上暂时得以解决。事实上，直到451年签署了《卡尔西顿定义》，才使相关的争议终结（当然，主教们又很快因为其他的诠释细节而辩论不休）。这次会议所达成的古典的基督论强调说，基督具有完整和完全的神性与人性，在神性上与圣父同质，在人性上从童贞女玛利亚所生；二性“不会混乱、不会改变、不能分开、不能离散；这二性……联合为一位格与一质……”[①]这实质上是宣称耶稣的神性对人性方面的绝对超越，他的人性只是空洞和被动地附属于神性而已。这样的基督论经过罗马皇帝裁决并经大公会议认可后，尽管在后来近千年的西方历史中仍然避免不了各种论争，但基本上在所有关于耶稣基督二性的论断中居于正统地位。

在艺术方面，这一时期多数艺术家着意要凸显的也是基督的神性。作为早期基督教浮雕的典型，圣玛利亚·安提奎亚石棺浮雕中的少年耶稣是一个裸体的希腊运动员的形象，他强健的胸肌非常引人注目。约359年的朱尼厄斯·巴萨斯石棺浮雕（见图6）中的耶稣的面容年轻秀美，充满着青春的气息，令人想起太阳神阿波罗的容颜。约390年的米兰圣安布洛吉欧教堂的石棺上出现了一个面容清瘦、长发虬须

---

① Gerald Bray, *Creeds, Councils and Christ*. Leicester and Downers Grove, Illinois, Inter-Varsity Press, 1984, p. 162. 转引自奥尔森：《基督教神学思想史》，吴瑞诚等译，北京：北京大学出版社，2003年，第242页。

但又显得庄严肃穆的耶稣形象，是为后来诸多程式化、定型化的耶稣形象的肇端。而在约400年前后，更是出现了一件象征三位一体的宝座的浮雕作品。该作品以披风和王冠象征圣子耶稣，以鸽子(残缺)象征圣灵，以鹿象征信徒，不可见的圣父隐匿在整个浮雕显见的画面背后。耶稣基督的神性因素淋漓尽致地呈现出来，却根本看不到人子形象的痕迹和对他人性方面的表达。

图6　朱尼厄斯·巴萨斯石棺浮雕，罗马圣彼得教堂，约359年

为了更好地突出耶稣基督的神性，中世纪的浮雕和绘画艺术经常采用夸张的手法，有时也会利用光环、十字等附加因素。圣弗依教堂西门门楣浮雕(见图7)中的耶稣基督端坐于光辉之中，表情威严凝重，右手高举指向天堂，左手低垂指向地狱深处。这一神圣的耶稣形象"不再模仿古罗马雕塑的那种写实和戏剧性，而是通过一种比例的失真达到一种视觉效果：耶稣的双臂明显过长、手掌过大，不过在此处就需要这种处理才能醒目地引导信徒的目光去观看天堂与地狱。"[①]在《奥托三世的福音书》中有一幅关于基督为使徒洗脚的插画，画中耶稣

① 王萍丽：《营造上帝之城：中世纪的幽暗与冷艳》，北京：北京大学出版社，2005年，第63页。

图 7　圣弗依教堂西门门楣浮雕

瘦长的胳臂和手掌做出安慰的姿势，身体的比例夸张，同时耶稣的头部也出现了含十字的光圈。这种头部带有圆形光环，光环里含有十字的耶稣形象在法国的罗马式教堂中更是屡见不鲜。

中世纪文学也为后世留下了一个神性彰显、人性遮蔽的耶稣形象。试以英国文学为例，在 8 世纪的古英语诗作《十字架之梦》中，象征着屈辱与苦难的十字架变成了黄金裹身的"荣耀之树"。耶稣为了救赎人类而主动走上十字架，成为战胜死亡和敌人的"青年英雄"。在 12—13 世纪英语文学出现的一些以第一人称口吻为特征的宗教诗歌中，有这样一首至今仍保留完整的"基督怨诗"：

你们这些过路人
请等一等。
请看，我所有的朋友，
哪儿还有人跟我一样。
我被三颗铁钉
紧紧地钉在十字架上，
还有一支长矛刺穿了我的腰，
伤口一直延伸到我的心脏。①

在这首可能被用于当时布道或耶稣受难日的礼拜仪式的诗中，耶稣基督只是将他的伤口展示给"路人"看，但并不用一字来说明他是否

① 转引自伯罗（Burrow J. A.）：《中世纪作家和作品：中古英语文学及其背景（1100—1500）》（修订版），沈弘译，北京：北京大学出版社，2007 年，第 91 页。

感到疼痛。及至14世纪中期的英语头韵体杰作《珍珠》中仍有这样的场景：梦者看到基督率领着无数欢乐的“新娘”即获救者出现时，他的伤口仍在喷涌着鲜血，但所有人并没有感到任何的痛苦或悲伤，“羔羊”本身也“没有表现出一丝痛苦”①。

在千年之久的中世纪，西方文化中的基督形象不能用唯重神性来一概而论。中世纪后期，单单看重耶稣神性的状况已有了一些新的变化。

三、文艺复兴时期：基督的“人化”

早在契马布耶(Giovanni Cimabue，1240—1302)、乔托(Giotto di Bondone，约1277—1337)和法布利亚诺(Gentile da Fabriano，约1370—1427)时期，随着中世纪的艺术造型的变化和发展，意大利文化中耶稣形象的表达已呈现出新的特点。他们作品中耶稣面孔上那一丝“冰凉的神性”不久就为文艺复兴温暖的阳光所消融。纵览文艺复兴时期欧洲的绘画及其他艺术就可以看到，与中世纪文化注重耶稣的神性不同，耶稣作为人的特征尤其是生理特征在艺术表现中受到了较为普遍的重视，基督呈现出明显的“人化”特征。

这种“人化”的意向典型地体现在“圣母子”主题的绘画中。在达·芬奇(Leonardo da Vinci，1452—1519)的名画《哺乳圣母》(见图8)、《岩间圣母》和《圣母子与圣安娜》中，沐浴在圣母温暖爱意中的小耶稣或吃奶、或安坐，或作奔走状，他的脸上表现出婴孩常有的那种天真和单纯。拉斐尔·桑齐奥(Raphaello Sanzio，1483—1520)作于1505年的木板油画《圣母与圣子》和后来的布面油画《西斯廷圣母》(见图9)也都表现了母与子之间温柔亲密的情感，画中的小耶稣身体丰腴

① 参见肖明翰在《英语文学传统之形成：中世纪英语文学研究》(下册)(北京：社会科学文献出版社，2009年，第472—480页)对该诗的相关分析。14世纪后半期出现的《农夫皮尔斯》中的耶稣形象也像《珍珠》那样极为突出其神性。需要补充说明的是，英国文学到了15世纪才逐渐被文艺复兴的曙光照亮。

肥壮，表情和体型完全与普通的婴孩无异，给人以强烈的真实感。同样的情形也出现在德国画家马蒂亚斯·格吕内瓦尔德（Matthias Grunewald，约 1455—1528）作于 1514 年的《伊森海姆多面折叠祭坛画》中的圣母子形象中。其实，这一时期数以千计的圣母子画像和浮雕中的圣婴形象与中世纪相比都有了较大的变化，几乎所有画作中幼年的耶稣形象都由于圣母崇拜的兴起被赋予了人性化的特征。对此，英国当代学者约翰逊（Geraldine A. Johnson）指出，“圣母崇拜和俗人对虔敬行为日益高涨的兴趣找到了一个结合点，即希望以新形式的文本、形象和宗教活动将基督和圣母人性化。描绘宗教人物的绘画越来越多地展现他们之间的互动关系，耶稣和玛利亚人性的一面通过新的肖像类型（如圣家庭和给圣子哺乳的玛利亚）得到了强调。”①

图 8　达·芬奇《哺乳圣母》，1490 年 蛋胶画 33×9

图 9　拉斐尔《西斯廷圣母》，1513—1514 布面油画 265×196

① 约翰逊：《文艺复兴时期的艺术》，李建群译，北京：外语教学与研究出版社，2008 年，第 250—251 页。

基督形象的人化也表现在以基督受难为主题的绘画和雕塑中。马蒂亚斯·格吕内瓦尔德的油画《基督受难图》(见图 10)用极度写实的笔法,描画出了十字架上的耶稣受难时的悲惨和痛苦——耶稣的身上布满了大大小小破裂的伤口,有的地方还流出脓血,手和脚上的铁钉清晰可见,经历了挣扎和撕裂般痛苦的耶稣已经完全没有了气息,嘴巴微微张开,眼睛紧闭,身体稍微扭曲……死亡的气息与耶稣整个身体逼真的显现,使人难以想象到耶稣神性的在场。同样,法国昂格朗·夏隆东(Enguerrand Quarton,约 1410—1466)的《哀悼基督》中的耶稣基督看起来骨瘦如柴,尸体僵硬无比,靠外侧的手顺势自然下垂;肉体死亡的气息笼罩着基督的整个躯体和周边的情境,似乎基督的神性和不朽完全被死亡吞没了。在米开朗琪罗(Michelangelo Buonarroti,1475—1564)作于 1498 年的云石雕像《哀悼基督》(见图 11)中,尽管横躺在圣母玛丽亚两膝之间的耶稣的脸上没有任何痛苦的表情,但从他那下垂的右手、后仰的头和细长弯曲的身体都能感受到生命的脆弱和无力,死亡的沉重气息与圣母衣褶的厚重感以及清晰的面孔形成了鲜明的对比。凡此都说明,这一时期的画家和雕塑家在面对耶稣受难这个主题时,多是将他作为一个凡人的自然死亡事件来处理的。

这些精确逼真的基督形象的出现,当然可以归结为画家、雕塑家对人体构成的谙熟以及诸如透视法之类的种种视觉手段的运用(那个时代也鼓励艺术家真实地模仿现实世界)。然而更重要的是,这一现象所彰显的乃是西方文化的进程中个人意识的觉醒:每一位艺术家通过独特的绘画技法和艺术风格将自己对耶稣身体和人性的理解表达出来,甚至能够不被赞助人的个人信仰、期望和偏好所左右,有时还通过签名使他的作品由匿名状态转到自我的创造物中,从中可以窥见艺术家强烈的自我表达欲望。也正是由于个人意识的觉醒使得整齐划一、单调乏味的传统范式受到挑战,从而带动了耶稣形象的变革和新范式的出现。

图 10　马蒂亚斯·格吕内瓦尔德《基督受难图》，约 1510—1515
木板油画 269×307

图 11　米开朗琪罗《哀悼基督》，1498 年
云石雕像

这一时期基督形象的改变在神学领域中也有体现，从马丁·路德(Martin Luther，1483—1546)和加尔文(John Calvin，1509—1564)在基督论方面的阐发可管窥一二。路德曾在一次讲道中这样说：

> 就让我们在自己的孩子中所发生的事，来默想耶稣的诞生吧。我不要你们默想基督的神性，基督的威严，乃只想你们默思他的血肉之躯，仰望婴孩耶稣吧。他的神性也许会令人害怕。他那无法形容的威严也许使人粉碎，这就是为什么基督取了我们的人性，唯有罪是例外，使得他不会叫我们害怕。相反地，乃是以爱和恩典来安慰我们，坚固我们。①

在此，为了使听道人明白道成肉身的秘密，讲道文显然回避了玄秘之道而有意突出了耶稣的肉身和人性，使得耶稣基督能与普通人的生活发生关联而易于理解。当然，路德对基督神人二性的本质及相互关系的看法要复杂得多，但他最为重要的观念在于宣称神人二性的合一与“属性相通”。路德指出：“在基督里有神性也有人性，而此二性是在同一个身位中，合而为一。这种合而为一是在别处找不到的。这种合一并不使人性成为神性，亦不使神性成为人性。这二性的分别，非但没有拦阻那合一，反而印证那合一。基督是真神又是真人，这一信仰宣告永远坚立不改。”②在基督一个身位的前提下，路德又“一再提出‘属性相通’，就是强调神性、人性在基督身上联成一身，故此，他在人性中成为受造者，并不影响他在神性中是创造者的地位。”③由此可以看出，路德的基督论较之于中世纪的神学家更为突出了耶稣人性的方面。为了反对否认基督人性之受造性的论断，他甚至在他1540年完成的驳斥士闵克非(Casper Schwenkfeld，1490—1561)的一篇论文

---

① 马丁·路德：《马丁·路德文选》，马丁·路德翻译小组译，北京：中国社会科学出版社，2003年，第167页。

② 于忠纶编译：《马丁路德“关乎基督之神性与人性的辩论”》，香港：香港真理书房有限公司，2006年，第20页。

③ 同上书，第57—58页。

中说，"甚至，假如你说'基督就是饥渴本身，基督就是人性，基督就是囚役本身，基督就是受造物'，这样的说法对我来说一点问题都没有。"[①]这里，路德为了突出基督的人性，甚至不愿意拘泥文法而"慷慨"承认了教父们在极端情绪中的一些说法。

在加尔文(John Calvin，1509—1564)那里，基督的人性方面亦得到更多的强调。在《基督教要义》一书中，他对攻击基督人性的真实性的马吉安派异端和摩尼教徒"属天的肉体"的说法进行了反驳，强调说基督"是人的后裔"、"取了人自己的样式"来做神人之间的中保，"虽然基督可以彰显他的神性，但他却以卑贱、受人藐视之人的形象彰显自己……他取了奴仆的形象，并因满足于这样的卑微，让他的神性隐藏在肉体的幔子之下。"[②]加尔文对基督人性的强调是在基督神人二性之间关系的整体框架内凸显出来的。

四、18—19世纪："寻找历史上的耶稣"

基督的"人化"在18—19世纪西方思想文化界主要体现在追求耶稣形象历史真实性的潮流中。这一潮流出现的原因相当复杂，很重要的一点是对于教会传统教义中耶稣神迹奇事生发的普遍质疑和由此引起的基督信仰依据的缺失。按照施特劳斯的理解，"教会对于基督的概念都是和一般的历史概念，特别和传记概念不相容的"[③]，前者对耶稣生平的记述主要是为了证明《圣经》经文或某一教义，往往排除了耶稣的内心矛盾和情感，或忽略了环境对其生活的复杂影响；耶稣传记则是要远离教会神学中的基督概念，还原一个真实的人的形象。所以，自1730年廷德尔(Matthew Tindall，1657—1733)在他的《和创世

① 于忠纶编译：《马丁路德"关乎基督之神性与人性的辩论"》，香港：香港真理书房有限公司，2006年，第33页。

② 约翰·加尔文：《基督教要义》，钱曜诚译，北京：三联书店，2010年，第459页。

③ 大卫·弗里德里希·施特劳斯：《耶稣传》(第一卷)，吴永泉译，北京：商务印书馆，2010年，第21页。

同样古老的基督教,或者,福音书,自然宗教之再版》中提出奇迹和启示已不能再充分证明耶稣的独特性而应重新理解耶稣始,传统的三位一体的教义就逐渐被淡化。在启蒙理性的引领下,在自然神论者调和、淡化或回避耶稣神迹的背景下,看重耶稣作为历史人物的真实性并为他作传就是必然的。由此引发了西方文化中将基督"人化"的大潮。

在德国,这一潮流表现为"寻找历史上的耶稣"的传记传统。这一命题出自史怀哲(Albert Schweitzer,1875—1965)。他指出,自18世纪以来,德国出现了所谓的寻找"历史上的耶稣"的写作耶稣传记的努力和尝试;有许多德国神学家和学者都试图描述过历史上真正的耶稣形象,较有代表性的是赫曼·塞缪尔·雷玛鲁斯(Hermann Reimarus,1694—1768)、施莱尔马赫(Friedrich Schleiermacher,1768—1834)和大卫·弗里德里希·施特劳斯等人。① 现今如果细究这些著作的话,就会发现它们有一个共性,即要么是试图寻求耶稣神人二性的调和,要么是尽可能回避耶稣的神性,致力于表现作为真实的人的基督从而将基督完全"人化"。

雷玛鲁斯可能是最早从历史角度来看待耶稣生平的学者。他在《耶稣及其门徒的目标》中对复活等神迹的思考和解释都试图回到福音书,认为福音书中的耶稣并没有讨论和教导三位一体等复杂的教义,耶稣的成功也不在于神迹和真理的揭示。赫尔德(Johann Gottfried von Herder,1744—1803)对福音书中耶稣形象的超自然成分也几乎视而不见。在他看来,"我们读福音书,必须从中读出福音本身来;包括耶稣的教导,他的为人,还有他的工。也就是他为人类福祉所

---

① 史怀哲部分地肯定他们的努力,认为这些神学家并不拘泥于古基督教的原始教义,试图使耶稣基督的形象在当下复活,具有一定的意义。但史怀哲在综述了"寻找历史上的耶稣"的整个历史后又指出,神学家们过多地运用历史方法建构神学,弱化和忽视了耶稣作为救主对个体的精神意义与信仰价值。

做的事。"[1]耶稣像父亲教导孩子那样教导信徒，又以道德上的善行和仁爱唤醒人的良心，他的人格在他的教导和做工中清楚明白地表现出来。因此，耶稣所行的神迹不能作为建立基督教"真理"的根基，"福音书永恒的价值，在于基督的言语和为人的一切。"[2]对于施莱尔马赫来说，作为救赎者的耶稣具有与所有人一样的性情，不同之处在于他有着强烈的持续不断的上帝意识，而人由于受到罪的污染而不能使上帝意识主导自己；耶稣作为"康德式的完美人性的理想和典范"，[3]能够赋予人新的动力。施特劳斯则认为以上的著作都没有很好地处理超自然的记述与耶稣的历史身份之间的矛盾。他在《耶稣传》中详细考察了福音书中耶稣的出身和所受的教育、耶稣和施洗约翰的关系、耶稣宗教意识的来源等内容，勾画出了耶稣生平的历史轮廓。而对于福音书所记载的耶稣的神迹尤其是复活事件，施特劳斯明确表示"拒绝承认耶稣复活是一个神异的客观事件"[4]，只是将它视为门徒和教会持续不断的精神想象和回忆的结果；这实质上是一种从心理学层面去除神迹的神秘因素的做法。

美国神学家帕利坎(Jaroslav Pelikan，1923—2006)指出："莱辛的思想和艾略特对施特劳斯的《耶稣传》的兴趣表明，对历史上的耶稣的寻求，不限于德国圣经学者和神学学者，尽管他们的姓名构成了史怀泽《寻找耶稣》的内容目录。"[5]法国学者欧内斯特·勒南的《耶稣的一生》和英国历史学家爱德华·吉本(Edward Gibbon，1737—1794)的论著也是这一事实的有力证明。勒南声称他写作《耶稣的一生》遵循的

---

① 约翰·哥特弗雷德·赫尔德：《反纯粹理性——论宗教、语言和历史文选》，张晓梅译，北京：商务印书馆，2010年，第212页。

② 同上书，第217页。

③ Clinton Bennett, *In Search of Jesus: Insider and Outsider Images*, London: Biddles Ltd, 2001, p. 104.

④ 大卫·弗里德里希·施特劳斯：《耶稣传》(第一卷)，吴永泉译，北京：商务印书馆，2010年，第402页。

⑤ 帕利坎：《历代耶稣形象》，杨德友译，上海：三联书店，1999年，第233页。

一个重要原则就是要"以普遍经验的名义把神迹从历史中驱逐出去"，并将"活生生的有机体之概念"[①]作为叙事的总指针。为此，他部分地将耶稣的奇迹归结为他有效的精神治疗者和驱魔艺术秘密的葆有者的角色，部分地解释为他生前死后舆论的添加，并通过耶稣对行使神迹的抵制态度来说明这一点。在这样的背景中，勒南塑造出一个有血有肉的耶稣形象，一个崇高、伟大的英雄般的耶稣形象。《耶稣的一生》正是因此而在自由主义的氛围中取得了巨大的成功(这种成功尤其体现为巨大的发行量[②])。

爱德华·吉本在《罗马帝国衰亡史》中论及基督的位格时也力图表明他的历史真实性。作家写道：

> 拿撒勒的耶稣熟识的同伴和这位朋友与同胞联系密切，这个人在理性与躯体生活的全部行动看来和他们本身为同类。他从幼年到青年、壮年的发展，标志着他在形体与智慧方面的常规增长；后来，在心智和躯体的极端痛苦之后，他在十字架上死去。他是为服务人类而活着、而死去的……他为朋友和国家留的泪水可以被看做是他人性最为纯洁的证明。[③]

吉本只是将耶稣基督看做是纯洁人性的代表，而完全祛除神性。这一理解与他对各种神迹和对圣物崇拜的看法具有内在的一致性："不可思议的圣徒遗骸也不过是一堆骨头和灰烬……十字架只是一片空话或腐朽的木头，基督的肉身和宝血是一块面包和一杯葡萄酒，也不过是自然的礼物和感恩的象征。"[④]可见，在拆解了基督身位神圣性之后，就只剩下对人化的基督的崇奉，这是"寻找历史上的耶稣"的必

---

① 欧内斯特·勒南：《耶稣的一生》，梁工译，北京：商务印书馆，1999 年，第 39 页。

② 《耶稣的一生》于 1863 年 6 月在巴黎首版，一年内就重印了 10 次，又很快被译成多种语言出版。

③ 转引自帕利坎：《历代耶稣形象》，杨德友译，上海：三联书店，1999 年，第 231 页。

④ 爱德华·吉本：《罗马帝国衰亡史》(第五卷)，席代岳译，台北：联经出版事业股份有限公司，2006 年，第 400 页。

然结果。

在音乐领域，巴赫（J. S. Bach，1685—1750）的五部耶稣受难曲也可以视为这场“寻找历史上的耶稣”行动的奏鸣与和声。特别是《马太受难曲》，用完备的乐队编制演绎了耶稣受难前几天的主要事迹，是最负盛名的一部。该曲第一部分再现了最后的晚餐、客西马尼园祷告和耶稣被捕这三大场景，通过女高音咏叹调《亲爱的主的胸膛，流出鲜血》、宣叙调《你们喝吧，这是我的鲜血》和主题曲《我们的耶稣被捕了》等曲目营造了沉重浓烈的悲剧氛围；第二部分再现了耶稣被审判、钉死在十字架上和被埋葬的场景，突出了耶稣受难前后的戏剧性变化，还原了受难前后真实的历史情境，使人通过临终乐曲和葬礼音乐感受到历史生命与永恒生命之间的张力。整部受难曲通过表现耶稣人性的崇高而完美地实现了圣咏主题的表达，从而成为巴赫成就最高的圣乐作品之一。

五、20 世纪：多元的耶稣形象

如果说在“寻找历史上的耶稣”的过程中，基督的“人化”主要以福音书等原始资料为蓝本、较为注重“真实性”并突出耶稣作为人性典范或伟大英雄的身份，那么 20 世纪基督的“人化”就显得极为复杂多变，几乎在所有相关领域都呈现出多种样态乃至个体化讲述的趋势和特征。

在神学方面，以布尔特曼（R. Bultmann，1884—1976）为首的学者们开始放弃认识历史上的耶稣的可能性，并认为这种认识对于信仰并不是至关重要的。布尔特曼指出，“新约中耶稣布道时假定的世界概念总体上是神话式的”[①]，与科学支配下现代人的世界观完全不同。现代人不再以神话思维来阅读和接受《圣经》，对身体疾病、经济和政治

---

① 布尔特曼：《耶稣基督与神话学》，见布尔特曼等：《生存神学与末世论》，李哲汇、朱雁冰等译，上海三联书店，1995 年，第 5 页。

生活的处理依靠的是科学技术或某一专业知识。布尔特曼认为："新约的布道宣告了耶稣基督，不仅宣告了他关于上帝之国的教诫，而且首先宣告了他的位格。他的位格从最早期基督教发轫时期就已被神话化。"[①]那么，在对耶稣的接受方面，现代人如何才能理解作为神话人物的耶稣呢？怎样才能理解他由童贞女所生和上帝之子的身份？耶稣的神人二性又是怎么回事？换言之，作为神话的耶稣对现代人有无意义？布尔特曼认为，面对这一问题，如果基督教的布道仍要产生作用，就要针对当下作为个体的听众，使十字架的真理在现代人的心中明朗起来。为此，他提出"解神话化"的释经方法，即以现代世界观为准绳，将《圣经》视为个体实在的经验和意义的来源与启示，亦即一种存在主义式的解释方法(并非一种哲学解释)。

循着布尔特曼的思路，耶稣基督必然是与每一自我相遇并作用于个体心灵的基督；耶稣的历史身份及其神性几乎完全被悬置。持存在论的神学家大都如此。雅斯贝尔斯(Karl Jaspers，1883—1969)在《大哲学家》中只是把耶稣视为是等同于苏格拉底、佛陀和孔子的一个敢于面对存在的真实处境的哲学大师。在他看来，要真正理解耶稣生命的本质，不能从心理学或历史的角度，而要从耶稣生命中所经历的苦难和他操持的上帝观念才能达到："他的实际存在乃是一种勇气，尤其是履行宣扬上帝的使命：去宣扬真理，并真诚地去生活。"[②]而理解了耶稣的生命本质，感受到了他作为人的存在的典范意义，就可以从中得到直面人生的启示："他展示了一个人如何通过背负自己的十字架而摆脱对生命的恐惧。他的宣告教导人们时刻注视着俗世中的绝对罪恶……"[③]不难想象，这样做的结果自然是不必再纠缠于耶稣是否

① 布尔特曼：《耶稣基督与神话学》，见布尔特曼等：《生存神学与末世论》，李哲汇、朱雁冰等译，上海三联书店，1995年，第6页。

② 卡尔·雅斯贝尔斯：《大哲学家》，李雪涛主译，北京：社会科学文献出版社，2005年，第122页。

③ 同上书，第125页。

是真实的历史人物、他的生平哪些是真实可信的之类的问题，但也可能因过分强调内在的和主观的经验而有可能动摇基督信仰的根基。因此，布尔特曼的一些弟子又开始了新的一轮探索历史上的耶稣的活动。[①]

在20世纪的西方文学中，耶稣形象和故事以各种方式被大量改写。美国学者艾丽斯·波内(Alice Birney,1938—　)曾列出了一份详尽的书目："从1900年至1989年，重写耶稣的小说(包括短篇、中篇、长篇与译作)共有400余部，重写耶稣的诗歌有400首左右，戏剧有200余部，此外还有广播剧……"[②]这些作品在再造耶稣形象时绝大部分都剔除了神性因素，有的意在突出他无罪的特征，有的意在表现他的人子身份，更有甚者完全颠覆了福音书中原始的耶稣形象而塑造出了"反耶稣"的形象。由此可以看出基督"人化"的多重路径。

在小说领域，基督"人化"这一趋向主要表现为作家更多地扩展并描述了耶稣的身体、心理和社会关系等方面的内容。

在身体方面，虽然四福音书也写到耶稣饥渴、流汗和流泪等生理需要和反应，但相当简略，不能使读者从中获悉他的身体特征。许多作家在重造耶稣形象时都试图使这一特征明确起来。劳埃德·C.道格拉斯(Lloyd C. Douglas,1877—1951)的《大个子渔夫》(1949)借约翰之口细致入微地展示了耶稣基督的身体特征："他称不上是个大块头……但也不是说他很柔弱……他的皮肤比我们白很多，虽然他头上什么也没戴，太阳能直接晒到他。……"[③]这里，对耶稣外表的细节描

---

① 布尔特曼的学生于20世纪40年代开启了对历史上的耶稣的"新探索"，用历史方法来确认关于耶稣的真实历史事件，在此基础上确立最为核心的基督教教义。该轮探索一直延续到70年代。

② Alice Birney, *The Literary Lives of Jesus: An International Bibliography of Poetry, Drama Fiction and Criticism*, New York: Garland, 1989, p. 85. 转引自张欣：《耶稣作为明镜：20世纪欧美耶稣小说》，北京：宗教文化出版社，2010年，第5—6页。

③ Lloyd Cassel Douglas, *the Big Fisherman*, London: Reprinted Society, 1949, p. 118. 转引自张欣：《耶稣作为明镜：20世纪欧美耶稣小说》，北京：京教文化出版社，2010年，第191—192页。

写与他作为救世主的灵性身份是相称的，可以让人感受到他的善良和仁慈。如果说这一救世主形象还“中规中矩”的话，那么劳伦斯笔下的基督样式的变化在于它们高度的肉欲主义。他提出了俄狄浦斯的秘密与基督故事的关系这样一个有趣的问题。试以劳伦斯(D. H. Lawrence，1885—1930)《逃跑的鸡》(1929)为例，虽然作家对性爱细节的描写极为简略和含蓄，并且赋予它创造新人类的灵性意义，但他突出耶稣肉身性的用意是十分明显的。

同样，一些刻画耶稣心理世界的小说也着力表现耶稣作为常人的心理特征。在诺曼·梅勒(Norman Mailer，1923—2007)的《子的福音》(1997)中，细致入微地刻画了耶稣的心路历程：他并不知道自己全知全能之神的本质，也没有明确地意识到自己担负的神圣使命，而是纠结于神圣与世俗工作的选择，虽意欲超越但无确切的方向。英国作家吉姆·克雷斯(Jim Crace，1940—)的《40 天》(1993)也表现了耶稣在圣俗之间挣扎的矛盾心态。卡赞扎基斯(Nikos Kazantzakis，1883—1957)的《基督的最后诱惑》(1953)则使用了大量篇幅来描写耶稣在面对蛇魔时的复杂心态：刚开始是恐惧，后来对蛇的话产生了认同而怀疑起自己的使命来，接下来又开始抗拒蛇的诱惑，心情惊惧到了极点，然而当天父的声音在心中响起时他又极度伤心：“耶稣扑到地上，嘴、鼻孔和眼睛沾满了沙子。他的心变成一块空白。饥饿、干渴都已忘记，他痛哭起来。他哭得非常伤心，好像在哭死去的妻子和女儿，他像在哭自己被毁掉的幸福生活。”①这里的耶稣仍牵绊于自我的满足，留恋尘世的婚姻和幸福，流露出普通人常有的心态。

耶稣与他人的社会关系也成为许多小说表现的重点。葛德·泰森(Gend Theissen，1943—)的小说《那个加利利人的影子》(1981)详尽描写了各方人士对耶稣的认知和情感，将耶稣与他的门徒和当时各

---

① 尼科斯·卡赞扎基斯：《基督的最后诱惑》，董乐山、傅惟慈译，南京：译林出版社，2007 年，第 221 页。

色人等的复杂关系表现了出来。

在戏剧领域，将基督"人化"的表现方式在19世纪最后20年的戏剧表演中已见端倪，在20世纪一些知名剧作家那里更是屡见不鲜。美国当代学者迪慈济（John Ditsky，1938—2006）指出："现代戏剧中的基督样式在整体上显示出巨大的差异。它不再被限定为预言中的作为牺牲的受害者形象；与基督人生的不同阶段和职业相符合的是不同的范型，包括教师、拯救者、爱与希望、和平和正义的赠予者、事业的殉道者。但基督的出场也可能是讽刺性的，或被混合入一群人之中。"①最有代表性的"人化"的基督形象可以在辛格（John Millington Synge，1871—1909）和T. S. 艾略特（T. S. Eliot，1888—1965）的剧本中找到。辛格为他名剧《西方世界的花花公子》（1907）的主人公取名克里斯蒂·马洪（Christy Mahon），这是对基督之名的戏仿。在该剧中，克里斯蒂来到一家小酒店，宣称杀死了父亲，接受了肖恩的贿赂而穿上了新衣，而"一旦克里斯蒂穿上了肖恩馈赠的新衣，衣服就成为新的人格的基础：克里斯蒂由此准备好了真实生活中的男人角色，正如该剧有讽刺意味的题目暗示的那样去扮演游戏中的花花公子的角色。"②意味深长的是，他贫乏的精神从上帝那里转向女性，试图通过女性走出孤独，他的生命改变也是靠着蓓吉这位爱尔兰美好女性的爱的光芒而不是神性之光。艾略特诗剧《大教堂里的谋杀案》（1935）中的托马斯·贝克特"是现代戏剧中耶稣形象最为明晰的典范，这一点是剧作家有意展示出来的"③。作家对《圣经》中耶稣经受试探的情节加以戏仿，极为细腻地展现了贝克特受到第四次试探的过程。

20世纪的电影艺术也多以"人化"的方式重塑耶稣形象。美国当

① John Ditsky, *The Onstage Christ: Studies in the Persistence of a Theme*, Printed in Great Britain by Redwood Burn Limited Trowbridge & Esher Typeset by Chromoset Ltd, Shepperton, Middlesex. 1980, pp. 7—8.

② John Ditsky, *The Onstage Christ: Studies in the Persistence of a Theme*, p. 52.

③ Ibid, p. 80.

代电影评论家彼得·查塔韦(Peter Chattaway)认为:“电影制片人应当有机会把讲述上帝如何变成人,住在我们中间的故事公之于众”①,1912年10月3日在美国首映的黑白默片《从马槽到十字架》是最早讲述耶稣事迹的电影之一。其后,出现了《万王之王》、《万世流芳》、《万世巨星》、《基督的最后诱惑》、《耶稣传》等数十部著名的以耶稣一生为题材的电影。在这些影片中,无论耶稣是以主角或配角出现,他作为常人的生理、情感、心理和生平事件等各方面都得到了较完整的表现(当然,有些影片因此招致教会的批评)。比如,《马太福音》(1964)中的耶稣布道时表情往往较为凝重、言辞简短有力而近于严厉、性情火爆,行动激进,完全是个革命者的形象。其他电影中的耶稣形象在处理耶稣的神人二性时也是偏重于人性方面。

俄罗斯宗教哲学家别尔嘉耶夫曾表达过这样一种观念:“最实事求是的史学家都知道,在基督之后,世界历史的轴心改变了自己的方向;基督成了世界历史的主题……因罪孽而永恒死亡和因基督而永恒得救的感觉和意识,成了历史的决定力量。”②从历史的角度看,两千年来,还从来没有人能像耶稣那样与个人的内在世界和人类整体的历史进程如此息息相关,在日常生活与信仰层面、在诸如宗教、哲学、文学、艺术、法律、政治等一切体现着人类文明进步和发展的思想领域留下如此多的印迹并将继续产生深刻影响。

所以,追踪整个西方文化近两千年的发展轨迹,就不可避免要面对耶稣基督形象相当复杂的演进过程。由于关于耶稣的信息最初是通过以四福音书为主的著述来传达的,所以一旦这些话语在当下的语境中“复活”,就必须对承载这些话语的各种文本进行解释。就此而言,对“写下的文字同耶稣的话之间,耶稣的话、事件同文本的意义之

---

① 迈克尔·基恩:《耶稣》,李瑞萍译,北京:北京大学出版社,2005年,第168页。
② 别尔嘉耶夫:《自由的哲学》,董友译,上海:学林出版社,1999年,第164—165页。

间的关系”的解释“甚至构成了基督教本身的历史。”[①]然而，正如史怀哲曾经指出的那样，每个历史时代都必定按照自己的性格来描绘耶稣，[②]历史境遇不同的每一位接受者也必将按照自己对耶稣生平和《圣经》的理解来勾画出切己、属己的耶稣新肖像。

从文化史的角度来看，由这些不同的耶稣新画像大致可以看到耶稣基督逐渐“人化”的脉络：耶稣基督身上绝对的神性的光圈渐渐褪去，耶稣作为一个真实的、有血有肉的人的形象越来越清晰。在这一显性脉络的背面，是耶稣基督以各种各样的方式与每一生命个体的内在关联。从中世纪基督人性的消弭到文艺复兴时期对基督人性的强调，从寻找历史上真实的耶稣形象到对基督的全方位表现乃至戏仿，都体现着生命个体在遭遇作为集神性和人性于一体的基督时的理解、感受和开悟。正是“人化”了的基督才拥有了打动人心的恒久魅力：不是靠教会执着于某一教义的宣称、体制化和礼仪化的行为，不是靠牧师热情的传讲和圣徒作为楷模的昭示，甚至不是藉助接受者耳闻目睹的优美经文（这早已经过文人的粉饰而失却了基督在世时最质朴的教训的本色），而在于他曾经真实活过的人身，他的整个存在，他的血与肉、哀愁与悲苦、他对所有生命的悲悯情怀……哈曼曾指出：“为了获得永恒的生命，我们必须做耶稣所做的——怜悯人，怜悯每一个人。耶稣过的丝毫不是人的生活，他像一个外地人，一个病人，一个受希律王迫害的婴儿那样活着。”[③]正是四福音书及后世书写中各种基督形象展示的与此世所有人相同的肉身性、感受性和强烈的超越渴求，而不是他绝对属于上界的静态的神性，在呼唤人们永远地走向他。

---

① 利科：《论布尔特曼》，见布尔特曼等：《生存神学与末世论》，李哲汇、朱雁冰等译，上海：上海三联书店，1995年，第86页。

② Schweitzer Albert, *The Quest of the Historical Jesus: A Critical Study of its Progress from Reimarus to Wrede*. Translated by W. Montgomery. New York, MacMillan, 1968. p. 13.

③ 刘新利选编：《纪念苏格拉底：哈曼文选》，刘新利、经敏华译，北京：华夏出版社，2009年，第88页。

第二节　俄罗斯文化中的基督

一、复活：东正教的基本主题

从思想渊源上看，俄罗斯人观念中弥赛亚主义这一历史的基本主题直接导源于对耶稣基督复活理念的执著。俄罗斯东正教是民族文化和基督教教义共生的一个范例。基督教从988年被引入罗斯，其洗礼、教理、礼仪和圣像强有力地塑造了民族精神，并进而成为民族文化的载体。农民基督教的倾向是将福音书作为日常导师。无论是从接受史还是从精神气质的认同方面，强调复活的《约翰福音》在斯拉夫东正教传统中不是“第四”、而是“第一”福音。根据圣基里尔的冗长的传记，斯拉夫的启蒙者正是从《约翰福音》开始将福音书译成斯拉夫语，从而开启了在俄罗斯极其普及的福音书原型，复活因而成为东正教的基本主题。

在俄罗斯文化传统中，最受重视的是基督的受难、复活和与之相连的复活节这一“节日中的节日”。不仅在信仰中，而且在社会文化层面，庆祝复活都成为重要节日。这一点与重视基督的诞生以及圣诞节的基督教的西方文化版本形成鲜明对比。圣诞节与复活节的区别在于，它不与不可取消的地上的死亡直接相连。基督降临尘世唤起的是更新和启蒙的希望，作为复活的拯救则直接指向天上的报偿。东正教传统源于承认基督的神人性质，更接近他天上的属性（神的说情者），天主教和新教则更切近这一属性地上的一面（即救主是人子）。

与此相应，德国哲学家瓦尔特·休巴特把人划分为两种互相对立的类型：普罗米修斯式的、英雄主义的人和约翰的、弥赛亚的人。“英雄的人把世界视为混沌，他能够形成自己有机的力量；它充满了权力欲；他离上帝越来越远，越来越深地走向物质世界。世俗化是他的命运，英雄主义是他的生活感觉，悲剧是他的终结。现代性的日耳曼人就是如此。”约翰的、“弥赛亚的人感觉到在地上创造崇高的天上秩序的意向。……他想要恢复周围的和谐，这种和谐他在自身感觉到的。最初的基督徒和多数斯拉夫人都有那样的体验。”[①]使弥赛亚的人变得高尚的不是对权力的渴求，而是和解和爱的倾向。对于俄罗斯文化与文学而言，从宗教道德价值的角度理解世界，牺牲和拯救世界的愿望是最重要的。“‘约翰的基督教’这一名称常用来指俄罗斯的精神性，表示圣言在人的灵魂中的寓居，以及一种婚姻般的结合，在这种结合中，上帝从来不是争议或者权力的原则，而是流出‘新造物’的根源。”[②]陀思妥耶夫斯基的话亦可作为佐证：“拯救世界就是消除基督和世界——上帝的两个孩子之间的对立，就是基督渗透到世界的各个细胞中去，就是世界各个部分自由地接受基督。”[③]别尔嘉耶夫如此阐释这种普世拯救的激情：“俄罗斯人的整个精神能量都被集中于对自己灵魂的拯救，对民族的拯救，对世界的拯救上。其实，这个有关全体拯救的思想是典型的俄罗斯思维。”[④]

这种“弥赛亚人”的启示录情结和复活节意识在文学艺术中的表现殊途同归。在古代记录圣徒生平的文学中，有很多东正教圣徒、苦修者和遵守教规的大公的形象，基督形象却是缺项。因为在虔诚的教徒那里，上帝需要的是无声的崇拜，任何以卑微的人言进行的再创作都难免会有亵渎圣言之嫌。而绘画和雕塑则由于是另一种语言——可见的形式（线条、结构和色彩）来翻译圣言而占有得天独厚的优势。

在世界文化史上，基督的形象从来都是最富有吸引力的题材，几个世纪的绘画连成了对基督的尘世道路的解释，这在拥有拜占庭传统的俄罗斯东正教艺术中更加鲜明地体现出来。即使是在宗教创作中制定了表现圣容与圣事的严格规范，艺术探索的空间也还相当广阔。

---

① Шубарт В. Европа и душа Востока. 3-е изд. с. 5，6. По-ангдийски：«Russia and Western Man» // Лосский Н.О. *Условия абсолютного добра*. М.：Политическая литература，1991. с. 244.

② 叶夫多基莫夫：《俄罗斯思想中的基督》，杨德友译，上海：学林出版社，1999 年，第 35 页。

③ 别尔嘉耶夫：《自由的哲学》，董友译，上海：学林出版社，1998 年，第 189 页。

④ 汪剑钊编选：《别尔嘉耶夫集》，上海：上海远东出版社，1999 年，第 51 页。

俄罗斯传统的圣像画与意大利文艺复兴的宗教绘画有着深刻区别：其色彩不是尘世的可爱，而是超越尘世的精神性。其中，耶稣基督是作为为拯救世人而在十字架上受难的精神范型而同圣母一起受到敬拜；在克拉姆斯柯依（И. Н. Крамской，1837—1887）、格（Н. Н. Ге，1831—1894）、安托科利斯基（М. М. Антокольский，1842—1902）[①]、波列诺夫（В. Д. Поленов，1844—1927）等 19 世纪俄罗斯的世俗绘画和雕塑中，基督更多的是被表现为道德楷模，是那些由于环境因循守旧、不被理解和遭受不公正迫害的饱受磨难的好人的最高理想。阿·安·伊凡诺夫（А. А. Иванов，1806—1858）的巨幅油画《基督出现在人民面前》准确地表达出人们对基督的期待和俄罗斯需要一种新的力量来拯救的思想。画家涅斯捷罗夫（М. В. Нестеров，1862—1942）作于 20 世纪初的《神圣罗斯》《在罗斯（民族魂）》《通向基督之路》的油画都继承了这一主题。富有意味的是，《在罗斯（民族魂）》（见图 13）一幅把基督教作家陀思妥耶夫斯基（Ф. М. Достоевский，1821—1881）和他笔下的主人公"俄罗斯僧侣"阿辽沙·卡拉马佐夫、列夫·托尔斯泰（Л. Н. Толстой，1828—1910）以及宗教哲学家索洛维约夫放置在人民的朝圣队伍中，跟在耶稣基督的圣像画后面。这三位先驱正是俄国 19 世纪末 20 世纪初的新基督教的代表。这一画面因而成为俄罗斯民族魂的形象解说。

图 12 《非手造的救主像》，诺夫哥罗德，12 世纪

---

① Марк Матвеевич Антокольский（原名 Мордух Матысович，1842 — 1902），俄罗斯著名雕塑家。

图 13 涅斯捷罗夫《在罗斯(民族魂)》,1914—1916

油画 206.4×483.5

列夫·托尔斯泰、陀思妥耶夫斯基通过自己对福音书的读解艺术地表现俄罗斯的世俗生活,创作出体现基督精神的形象。所有这些新基督教的艺术阐释都同以波别多诺斯采夫(К. П. Победоносцев, 1827—1907)为代表的官方东正教的危机相关。陀思妥耶夫斯基写道:“也许,俄罗斯人唯一爱的是基督”(《作家日记》,1873)。他认为,俄罗斯人在自己的心里是以独特的方式,作为理想的人来接受基督的。因为“基督自古以来便是一种永恒的理想,人向往着这一理想,按照自然规律人也应当向往他”,“是人的理想的实现”①。在他笔下出现了梅思金公爵、佐西马长老、阿辽沙、马卡尔等形象,在《卡拉马佐夫兄弟》关于宗教大法官的长诗中,基督只是默默地吻不幸的篡位者。索洛维约夫提出神人论,认为陀思妥耶夫斯基在基督教精神中找到了俄罗斯人所有善的特征的综合与完成。托尔斯泰为自己的福音书脱离了教会,在他笔下有像普拉东·卡拉塔耶夫那样的民间的、农民信仰的体现者以及一系列后来小说的主人公。总之,基督作为最高理想的

① Достоевский. Ф.М. Записки публицистического и литературно—критического характера из записных книжек и тетрадей 1860—1865гг, *Полн. собр. Соч.*, Т. 20. Ленинград: Наука. 1980. с. 72.

原型不是为悲剧性的、而是弥撒的处世态度所驱使,是拯救和改变人与世界的思想。

二、沉默的言说者:《宗教大法官》中的耶稣基督形象

陀思妥耶夫斯基终其一生都对耶稣基督的面容有一种痴迷般的爱。他曾这样写道,"世上唯一肯定的美好的面容就是基督。因此,这种无法衡量的无限美好的面容显现,当然是无限的奇迹。"[①]在 1877 年 12 月 24 日的备忘录中,陀思妥耶夫斯基又写道:"备忘——一生为期,1. 写一个俄国的'坎季德',2. 写一本关于耶稣基督的书……"[②]不幸的是,仅过了三年多作家就去世了,他的"写一本关于耶稣基督的书"的愿望也就此成了永久的遗憾。尽管如此,由于"陀思妥耶夫斯基对基督一生都怀有一种独特的、唯一的感情"[③],作家已将他对耶稣基督的爱和信仰贯穿在了所有重要的作品中。而惟一一部从正面描写耶稣基督形象的作品,就是《卡拉马佐夫兄弟》中的《宗教大法官》。叶夫多基莫夫确认道:"'传说'是陀思妥耶夫斯基的精神经典,他一生倾力的正是这本'论基督的书'"。[④] 就某种意义而言,这部关于耶稣基督的小型史诗是陀思妥耶夫斯基意欲创作"一本关于耶稣基督的书"的愿望的部分实现,也最为集中地体现了作家对基督宗教和人类终极命运的理解。

然而令人颇为费解并引发众多争议的是,在《宗教大法官》中,面对咄咄逼人和滔滔雄辩的宗教大法官,耶稣基督自始至终都不可思议

---

① 赖因哈德·劳特:《陀思妥耶夫斯基哲学》,沈真等译,北京:东方出版社,1996 年,第 347—348 页。

② 安娜·陀思妥耶夫斯卡娅:《陀思妥耶夫斯基夫人回忆录》,李明滨译,北京:北京大学出版社,1987 年,第 339 页。

③ 别尔嘉耶夫:《陀思妥耶夫斯基的世界观》,耿海英译,桂林:广西师范大学出版社,2008 年,第 14—15 页。

④ 叶夫多基莫夫:《俄罗斯思想中的基督》,杨德友译,上海:学林出版社,1999 年,第 89 页。

地沉默无言。那么，“基督谜一样的沉默是什么意思？”[①]基督的沉默对倨傲的大法官产生了怎样的影响？为什么在无神论者伊凡的长诗中会出现这样一个耶稣基督形象？这些都是既诱惑人又折磨人的问题。

1. 耶稣基督的降临：对敌基督世界的拯救

长诗如此描写基督的降临：“他怀着无比的慈悲，仍旧以他十五个世纪以前在人间走动了三年时那个原来的人形，又一次在人间走动……他是悄悄地，不知不觉地出现的……”[②]在此，基督再临不是伴着“闪电从东边发出，直照到西边”(《马太福音》24：27)这样充满力量和荣耀的方式突然从天而降，而是秘密降临到以他的名义烧死邪教徒的土地上，即16世纪的西班牙。

将基督再临的场景作此安排有着深刻的意蕴，包含着对基督改变和拯救敌基督(反基督)的世界的热切盼望。在基督教历史中，16世纪的西班牙是异端裁判和宗教暴力最为盛行的时代和国家。此时，耶稣被钉十字架的流血事件已经过去了15个世纪，人们的信仰状况如何呢？从长诗中烧死“邪教徒”的“艳丽夺目的火堆”到由“神圣的卫队”护驾的脸色阴沉的宗教大法官，从人们对“奇迹的真实性”的怀疑到他们无一例外地“匍匐在地，朝宗教法官叩头”，都显示出一副末日世界的图景。按《圣经》记载，末世临近时会有“假基督”、“假先知”起来行“奇事”和“神迹”(《马太福音》24：23-24)，而且“又任凭他与圣徒争战，并且得胜。也把权柄赐给他，制伏各族各民各方各国”(《启示录》13：7)。而在陀思妥耶夫斯基那里，大法官被视为历史上天主教教皇和耶稣会士的代表，他所信奉的天主教的基督在陀思妥耶夫斯基看来是歪曲的基督，是敌基督，是比无神论还要卑劣的信仰。对此，作家曾在《白痴》中借梅什金公爵之口指出，“罗马天主教甚至比无神论还

① 弗金：《伊万·卡拉马佐夫长诗“宗教大法官”中沉默的动作》，见梁坤主编：《新编外国文学史——外国文学名著批评经典》，北京：中国人民大学出版社，2008年，第293页。

② 陀思妥耶夫斯基：《卡拉马佐夫兄弟》，耿济之译，北京：人民文学出版社，1981年，第372页。

坏……无神论只是宣传没有神,可是天主教却走得更远:它宣扬一种被他们歪曲了的基督……!"[1]由此再延及陀思妥耶夫斯基对于天主教一贯的批评立场,就不难理解长诗中耶稣基督"第二次来到人间"直指敌基督势力横行的世界,是为了将人从被奴役的状态中拯救出来。

基督之所以不是"驾着天上的云"乘威而来,而是悄无声息、毫无征兆地降临人间,也是出于对人类的无限的爱和怜悯。长诗写道,基督此次短暂的驻留不是为着末日的审判,而是为了满足人们一千五百年以来对于基督再临的热切渴望,是为了显示他对"那些受折磨,受痛苦,满身罪孽,却像孩子般爱他的人民"[2]的爱。耶稣基督降临后马上就为聚集起来的人们祝福,治病救人,使死人复活,赢得了人们充满激情的感动与高声的颂赞。C. 布尔加科夫认为,"这是对基督形象的纯粹俄罗斯式的处理"[3]。在俄罗斯人深厚的末世情怀中有一种对基督重临的热切盼望,无论是丘特切夫的诗,还是屠格涅夫的散文诗《基督》中都饱含这种情感。缘此,长诗在描写耶稣基督重临时更强调他所带来的是爱的福音、是怜悯和恩典而不是赏善罚恶的律法。

2. 耶稣基督的沉默:自由之爱的另类言说

在耶稣基督与宗教大法官展开的"充满伟大哲理和神圣的神秘主义的谈话"[4]中,基督自始至终都沉默不语。这有何深意呢?

沉默的基督是一种新的言说方式的创造,即用身体来言说。耶稣虽是无言,但他以肉身的显现、温和的眼神、拥抱和亲吻的动作突破了一切语言的弹性和限度,用非语言来显示他完全不同于人世的爱和对人的尊重。他在大法官面前绝对不是一尊冰冷的雕像,而是一个对话

---

① 陀思妥耶夫斯基:《白痴》,臧仲伦译,南京:译林出版社,2000 年,第 648 页。

② 陀思妥耶夫斯基:《卡拉马佐夫兄弟》,耿济之译,北京:人民文学出版社,1981 年,第 371 页。

③ 谢·尼·布尔加科夫 :《作为哲学典型的伊万·卡拉马佐夫》,见《精神领袖》,徐振亚等译,上海:上海译文出版社,2009 年,第 344 页。

④ 同上书,第 345 页。

者，充满爱的气息的倾听者和回应者；他的在场本身就是以可触、可感的方式在言说。正如《圣经》中常提到上帝从上垂下他的救拔之手一样，耶稣基督以他整个肉身与大法官的身体相遇，用他从天垂下的可触摸的怜悯之手给大法官带来了启示和应许。所以，面对耶稣慈爱的面容，在“触摸”到真实的耶稣基督时，大法官竟手足无措、紧张不安，其威逼的口气只是更泄露了内心极度虚弱的秘密。

面对耶稣基督这位沉默的言说者，宗教大法官何以表现得如此虚弱？这是因为他的思想中有深深的忧郁。这来自于他用人的理性作为衡量一切存在的尺度，并用诱人的辩证法推导出了人性卑贱和无力承担精神自由的结论，在于他以神性上帝的名义污损了人的神性形象，在于他不再相信人因而也就失去了对上帝的信仰。如同伊凡一样，大法官也是以人在地上幸福的名义来反对上帝的，是一个摆脱了卑下的个体物欲享乐而试图拯救整个人类的孤独的“英雄”，一个“饱受伟大的怜悯之苦，受尽其折磨”的思想者。对于这位心中受到强大的诱惑并将灵魂出卖给魔鬼的不幸的老人，罗赞诺夫曾满含深情地议论道：“有一个生活在我们中间的人，当然与我们中的任何一个人都不相像，他以无法理解的和神秘的方式感觉到了上帝的真正缺乏和他者的确实存在，在他死之前，把自己心灵和孤独的心中的恐惧转达给我们，这颗心满怀对他的爱无力地跳动着，他已经不存在了，这颗心在无力地躲避存在的东西。”[①]那么，耶稣基督对宗教大法官的亲吻，必是窥见了他心中的黑暗，感受到其灵魂深处所有的不幸和痛苦并试图用无限的怜悯和爱来唤醒、温暖和安慰他。

所以，耶稣基督用他的身体表达的是精神自由和爱的话语。面对大法官的斥责、威胁甚至亵渎，耶稣基督没有任何斥责和抱怨，也不进行任何审判和论断：“耶稣基督必然不接受宗教大法官的论点：他以

---

① 罗赞诺夫：《论宗教大法官的传说》，张百春译，北京：华夏出版社，2007年，第142页。

宗教可以回答无神论的唯一方式回答它们——用沉默和宽恕。”[①]对耶稣的出场和临在的亲身经历、在抵挡与反抗中对基督之爱的感受必将在大法官的心灵世界中留下不灭的痕迹。

3. 沉默的基督形象：无神论者伊凡的颂歌

为什么伊凡会在他的长诗中设置耶稣基督沉默不语的情节？只有从伊凡这位尼采式英雄的人生经验特别是他的形而上之思出发，才能理解长诗中的基督形象和基督沉默的问题。

在伊凡看来，此世的苦难与上帝的存在和基督之爱是不相容的；他由此拒绝接受上帝在的存在。出于对所有人特别是弱者的怜悯和同情、对各种人间血泪的痛心，伊凡提出了这样的问题：如果上帝存在，上帝是至善的，那么他为何会允许人间苦难的发生？如果说为了最高的和谐可以牺牲无辜的孩子的眼泪甚至生命，那么在这样的和谐中是否还有上帝的爱？这样，经由人间的苦难和所谓的对世人的爱，伊凡走上了怀疑上帝的道路。

但伊凡并没有完全弃绝对上帝的追寻和信靠。相反，他在思想探索中始终想望的是基督之爱。这种渴盼如此深切，以至于在感受到“受苦的孩子的眼泪”时完全推翻了原来的理想。用罗赞诺夫的话来说，就在伊凡宣称拒不接受上帝创造的世界的时候，“我们又遇到了一个完全不熟悉的思维方法：被造物不否定自己的造物主，它承认并认识他；被造物起来反抗造物主，否定他的创造，与这个创造一起也否定自己，因为它感觉到在这个创造的秩序里有一种与被造物自身的被造本性不相容的智慧。”[②]伊凡的悲剧就体现在这里：他一方面承认上帝的存在并“乐意”接受他，另一方面又拒绝接受上帝所创造的世界，把各种苦难和罪恶的魁首推给了上帝。但无论伊凡如何恶魔式地反叛

---

① 勒纳·韦勒克：《陀思妥耶夫斯基评论史概述》，见赫尔曼·海塞等：《陀思妥耶夫斯基的上帝》，斯人等译，北京：社会科学文献出版社，1999 年，第 183 页。

② 罗赞诺夫：《论宗教大法官的传说》，张百春译，北京：华夏出版社，2007 年，第 72 页。

和抗议，他心中对基督的信仰和渴慕之火始终未曾熄灭，而且在经历了约伯式的诘难和怀疑的熔炉后，伊凡的信仰会被新的体验和领悟锻造得更为坚定和成熟。正如别尔嘉耶夫所言："伊万·卡拉马佐夫……他们的反抗上帝不是形而上的对上帝的厌恶和彻底选择恶，这些人在探索，在为人类清扫道路。"[①]伊凡铁屋中的彷徨和呐喊是对苦难之痛和上帝之爱的重新审视，是基督信仰内部更新和变革力量的冲撞。

正是伊凡在反抗上帝和精神探索中始终葆有对基督之爱的追想与渴慕，使得他所创造的沉默的基督形象无意之间成了"对于耶稣的赞美"而非"咒骂"。就某种意义而言，伊凡对上帝的反抗与对上帝的呼唤是同质的：他高举基督之爱的旗帜，呼唤基督的临现，期待他战胜苦难。问题的关键在于，伊凡并不相信人类具有承受上帝赋予的自由的能力，而正是这一神圣的自由是罪恶与苦难的根源。对此，别尔嘉耶夫指出这是一种"片面的非宗教生活观"，"是最后的诱惑，宗教大法官的诱惑"。[②] 可以说，宗教大法官的理论就是伊凡走向敌基督信仰逻辑的最好注解，宗教大法官就是他心中最大的魔鬼。但伊凡在法庭上自认有罪的情节，最终显示出了基督在他心中的复活与救赎。

从作家的角度来看，长诗中始终保持沉默的基督形象，是陀思妥耶夫斯基长期致力于关于上帝存在的思考的结果，凸显出了作家独特的上帝观念。陀思妥耶夫斯基的宗教观念精微玄奥，而他借这一形象意在给人们指出一条出路："陀思妥耶夫斯基似乎在暗示，应该向哪里寻找摆脱宗教大法官绝望观点的出路，他指出出路就在沉默的对话者——基督的话语里。艺术家以何等无与伦比的艺术技巧迫使人感

---

① 别尔嘉耶夫：《陀思妥耶夫斯基的世界观》，耿海英译，桂林：广西师范大学出版社，2008年，第168页。

② 别尔嘉耶夫：《自由的哲学》，董友译，上海：学林出版社，1999年，第167页。

觉到默然无声的对话者的存在。”[①]如上所论，“基督的话语”表达的是精神自由和爱；沉默的基督以他的整个身体和神秘的一吻对宗教大法官“开口”说话，也为所有人指出了前方的道路：一条与大法官完全相反的道路，一条认可、尊重并借助基督重建人之“原始神性形式”的道路，一条完全遵循自由之爱的道路。

从整个俄罗斯文学的发展来看，在耶稣形象的历史长廊中，陀思妥耶夫斯基笔下的这一沉默的基督形象是非常独特的。它既不同于诸多对福音书中的耶稣进行“虚拟变形”的类耶稣形象，也不同于诸多现代耶稣小说对耶稣形象的颠覆性改写，而是在基督重临这一主题和场景中展开，既保持了福音书蓝本中基督形象的底色，又与其原型有所疏离，从而实现了历史与当下的自然融合，也成为后世书写耶稣形象的范型。

三、20世纪俄罗斯文学中的基督形象

在形而上的层面，20世纪的俄罗斯文学同样深刻地体现了俄罗斯思想的终极性与末世论的特征。在无神论时代，在听不到教会声音的地方，在全球性的自然与人的灾难性的、启示录的背景下，文学“先知们”借用福音书的叙事又不拘泥于传统，融入“基督教的革新者”的“新基督教意识”和对时代的思考，纷纷撰写自己的“福音书”，创造新的“伪经”，试图在自己的作品中实现耶稣基督的复活，呼唤仁慈和悔罪，进而将人们汇聚到基督的真理的道路上。由此形成了世界文学史上一道的独特景观——耶稣基督成为20世纪文学作品的主人公。

十月革命以后，反宗教的无神论思想在意识形态领域占据主导地位，但俄罗斯人内心深处对基督的期待并没有因为社会历史变迁和虚无主义的影响而改变。天国的、真理王国的弥赛亚思想、对普遍拯救

① 谢·尼·布尔加科夫：《作为哲学典型的伊万·卡拉马佐夫》，见《精神领袖》，徐振亚等译，上海：上海译文出版社，2009年，第346—347页。

和普遍幸福的渴求已经溶入俄国人的精神血液，他们时刻期盼耶稣基督的第二次降临，“等待着公正审判之日，并在终结里等待弥赛亚的胜利和弥赛亚千年王国”[①]。倡导无神论的结果反而导致了宗教仪式的神话化，文学遂成为一种更深沉、更迫切的表达渠道。

20 世纪俄罗斯文学中被改写的耶稣基督形象主要有勃洛克（A. Блок，1880—1921）的长诗《十二个》（1918）结尾出现的耶稣基督，布尔加科夫（М. Булгаков，1891—1940）《大师和玛格丽特》（1928—1940）中的耶舒阿·伽—诺茨里，帕斯捷尔纳克（Б. Пастернак，1890—1960）《日瓦戈医生》（1945—1955）中的耶稣，顿博罗夫斯基（Ю. Домбровский，1909—1978）的《乌有之物系》（第 1 部—1964；第 2 部—1975）的“基督审判”手稿的主人公，艾特玛托夫（Ч. Айтматов，1928—2008）《断头台》（1986）中地上正义王国的热情传道者拿撒勒的耶稣等等。总括而言，对基督复活主题的表现主要有两种类型：

其一，基督作为一种理想的精神范型在作品中出现，启示着这个革命与混乱中等待新生的世界。

勃洛克的《十二个》确立了这一新传统的开端。《使徒行传》中记载，在五旬节（也是基督教的圣灵降临节）这天，耶路撒冷的犹太人听了使徒彼得的受了神的默示的讲话以后，“对彼得和其余的使徒说：‘兄弟们，我们当怎样行？’彼得对他们说：‘你们各人要悔改，奉耶稣基督的名受洗，叫你们的罪得赦，就必领受所赐的圣灵……’”（《使徒行传》2：37-38）在 20 世纪初十月革命的暴风雪中，耶稣基督谜一般地出现在由十二个红军士兵组成的巡逻队伍前面，默默地引导着他们前行的方向。这一队没有十字架、不具圣名、但能够悔过和净化的士兵与《圣经》中耶稣的十二个门徒形成一种对应关系。这一连诗人自己都没有预料到的结尾，恰恰反映了民族集体无意识对革命的理解和内心的期待。对勃洛克而言，基督是人们正在建设的新世界的象征，尽

① 别尔嘉耶夫：《末世论形而上学》，张百春译，北京：中国城市出版社，2003 年，第 210 页。

管是在血腥的道路上，他们仍在创造纯洁、正义与不流血的世界。基督的幻象把局部语境引向基督教的历史语境。

帕斯捷尔纳克的《日瓦戈医生》诞生于卫国战争刚一结束所出现的意识形态的氛围中，作家在书中提供了自己对悲剧性的20世纪俄罗斯历史的福音书解读，小说因此而成为第一个新的、文学世纪的预言，它首先预言了两个世纪之交俄罗斯文学中的新基督主题和象征主义传统的复活。耶稣受难与复活的意象在主人公的命运中呈现出不同的变奏。日瓦戈医生的名字就象征着复活。福音书中写道，在耶稣受难后第七日，几个妇女来到他的墓前，这时有两个天使前来："为什么在死人中找活人呢（Что ищете Живаго съ мертвыми）"（《路加福音》24：5）。这一形象被基督的主题"照亮"。在《客西马尼林园》一诗中，诗人以福音书文本的精神重塑了基督的形象，成为小说的点睛之笔：

我虽死去，

但三日后就要复活。

……

世世代代将走出黑暗，

承受我的审判。①

从日瓦戈的诗中可以找到"神秘的受难结构"：以基督的激情去同情和体验，主人公自身直抵基督受难的神圣意义；最后，从基督的现身才"开始有了人"这一小说关键思想的实现，使这一循环具有了牢不可破的完整性。

在帕斯捷尔纳克开始建构未来小说的大厦并发表了散文片断时（后来在修改稿中加了进去），他的同时代人布尔加科夫已经接近完成《大师和玛格丽特》的最后一稿了。两部小说构思迥异，却都贯穿着一个相似的与基督相关和共同参与基督教创造历史的历史哲学思想。

① 帕斯捷尔纳克：《日瓦戈医生》，蓝英年、张秉衡译，北京：外国文学出版社，1987年，第755页。

小说的主人公分别是艺术家和大师，思想及创作倾向聚焦于福音书故事，各自都在小说里创造了新的伪经文本。二者不同之处在于，《日瓦戈医生》中的基督复活主题是以隐性形式表达出来的，而《大师和玛格丽特》则是俄罗斯文学中第一次借用欧内斯特·勒南的传统，把基督的生平传记引入小说叙事的尝试。

其二，是以福音书为原型重塑耶稣基督的形象。最典型的例子当属布尔加科夫的《大师和玛格丽特》、顿博罗夫斯基的《乌有之物系》和艾特玛托夫的《断头台》。

在《大师和玛格丽特》中，布尔加科夫以伦理学家的价值判断和唯美的笔法重叙福音书的故事。大师所创作的耶舒阿的故事作为小说中的小说经由魔王沃兰德的讲述、伊万的梦和玛格丽特的阅读呈现出来。作家对福音书中耶稣受难前同罗马驻犹太总督本丢·彼拉多在耶路撒冷的对话进行了改造，着力描绘那一永恒情节的画面：在“无情的耶路撒冷的夕阳”中，在宫廷的玫瑰色柱廊下，耶舒阿无罪受审，在十字架上痛苦扭曲的身体、客西马尼林园夜莺的引吭高歌。耶路撒冷的章节穿插于现实世界与魔幻世界之间，相隔两千年的不同时空通过融合变成了共在（со-бытия）。俄罗斯的历史被从犹太历史的角度加以评价，以期用历史的追光映照现实。流浪哲学家耶舒阿·迦-诺茨里宣讲对人世间“真理的王国一定会到来”的信心；他不仅被写成布道者，而且体现了超越世俗权威的自由精神，反衬出人类最可怕的缺陷——“怯懦”；他坚信人心向善的本性：“把所有的人都称为善人。这个世界上没有恶人”。对“真理和正义的王国”的追求和对善的信仰正是他永恒的精神力量所在。耶舒阿所代表的逻各斯为彼拉多提出“真理是什么？”[①]这一永恒的追问提供了契机。这一形象在这里是完全人化的基督，作为人的正面理想的化身，成为小说另外两个层面的主人公——现实世界的大师、伊万和魔幻世界的沃兰德的精神归宿。

① 布尔加科夫：《大师和玛格丽特》，钱诚译，北京：人民文学出版社，1999年，第22页。

尤里·顿博洛夫斯基的小说《乌有之物系》可以同布尔加科夫和帕斯捷尔纳克的小说相提并论。同样是一个曾经被禁止发表的文本(西方于1978年出版,苏联杂志发表于1988年),其影响进入俄罗斯文学的基督教传统。小说从1964年9月10日写到1975年3月5日。“这所有不愉快的故事都发生在距离人民领袖约瑟夫·维萨里昂诺维奇·斯大林降生58年,距离基督降生1937年的恶劣、炎热、孕育着可怕未来的一年的夏天。”五部小说的核心第三部是关于基督十字架受难的叙事,这些叙事章节既是基督教复活节前一周的布道,又是神学预言同勒南的历史学传统的争论。同《日瓦戈医生》一样,俄罗斯的历史在此成为基督教历史的一部分。作品首先指向耶稣同彼拉多的冲突。基督形象的出现拓宽了特定的活动场地:阿拉木图、博物馆、发掘、考古学、渔民等等——这是某种全世界的甚至是形而上学的舞台。布道者安德烈神甫没有屈服于压力,他的形象在小说中成为俄罗斯神甫们受难道路的象征。作家感兴趣的不是基督教形而上学的深度,不是救世主带给世界的“福音”的本质,而是20世纪艺术创造的心理;在专制主义迫害的世纪,个人同粗暴地侵犯他的事业和生活的权力的痛苦关系。在小说的核心冲突中,在那些关于人的本性、关于恶的本质,在关于特殊年代里人们体验最深刻的迫害、背叛、受审、救赎与牺牲等永恒问题上,清晰地透射出福音书的超越历史之光。在尤里·奥西波维奇为补充小说第三部分所选择的资料中,可以看到很多梅列日科夫斯基著作[①]的引文。

1986—1987年《新世界》杂志发表的三部作品——艾特玛托夫的《断头台》、田德里亚科夫(В. Тендряков,1923—1984)的《谋杀幻影》、卡列吉娜(С. Каледина)的《荒凉的墓场》以特别聚焦的形式表现出文学中的基督教主题,其中影响最大的是艾特玛托夫的力作。为救赎危

① 梅列日科夫斯基著有福音书研究的两卷集《不为人知的耶稣》,贝尔格莱德(*Иисус Неизвестный*,Белград)1932。

机中的人类，作者着力塑造了新基督阿夫季的形象，并让他从各个层面同耶稣基督建立起对应关系。他的名字“阿夫季”为《圣经·历代志》中的希伯来先知俄巴底亚的俄语音译，希伯来文意为“耶和华的仆人”。当年的“俄巴底亚得了耶和华的默示”，今天的阿夫季如同“复活的”耶稣基督。这个对世界满怀悲悯的青年从神学院走向中亚草原的步履简直就是对耶稣基督步入苦难尘世的重复。在充满战争，暴行，杀戮，驱逐，不义和屈辱的危机时代，他履行自己的神圣使命——拯救人们的灵魂，将他们引上真理之路。他直接站到贩毒者、围猎者面前进行劝善弃恶的宣传。阿夫季和贩毒团伙头子格里申的对话与一千九百五十年前耶稣和犹太总督彼拉多在客西马尼的对话遥相呼应。后者出现在阿夫季·卡利斯特拉托夫的梦幻里。对话的总主题可概括为：什么是人类的最高真理？对话双方尖锐对立：彼拉多认为权力就是上帝和良心，世界秩序靠强权维持。人是卑微的，只追随帝王、服从权力和财富。耶稣认为，真正的历史是人性发扬光大的历史，但这种历史在人世间尚未开始。人类的确崇拜权力，这正是人类的不幸。从人类的始祖被逐出伊甸园起，人类经历了无数的罪恶和劫难，生活对于人类已经成了最后的审判，而导致世界末日的便是人与人之间的仇视。获救的道路只有一条：即忏悔罪恶，实现精神上的自我完善。这就是上帝之子的复活。他要引领人们走向“没有凯撒政权”的正义与平等的王国，作家试图通过宗教完成一条通向人的道路。阿夫季最终被围猎者吊死在盐木上，形似在十字架上受难的耶稣。耶稣曾经预言：“今后世世代代的人永远朝我走来。这就是我的再次降临人世。”[①]阿夫季的精神探索便是危机时代上帝之子的所谓“复活”。

大致划分的这两种类型的作品都是建构在俄罗斯文学与文化、俄罗斯民族传统的基础之上。很多研究者论及果戈理、陀思妥耶夫斯基与布尔加科夫小说的呼唤关系，关于帕斯捷尔纳克小说中托尔斯泰、

① 艾特玛托夫：《断头台》，冯加译，北京：外国文学出版社，1987年，第199页。

索洛维约夫和别尔嘉耶夫的线索、其构思同契诃夫的某些小说(包括《大学生》和《大主教》)的共鸣关系等等。俄罗斯文学对这一恒久不变的主题的追索在思想家和诗人郭尔斯基(Александр Констатинович Горский,1886—1943)[1]那里得到很好的阐释:"谁都不能也不会否定基督作为艺术形象的意义。所以,算起来现在每一个艺术家都必然会跟他迎头相遇,在艺术中追求某些重大使命。二者之一:要么这不是一个完人的形象,当艺术家面临重大使命——描写'另一个''更完善'、我们更满意的形象(但是任何那样的尝试都通过特定的形象简化为'描写野兽'、猿人);要么这个人的一生是真正人生的理想形象,总之就是'众多形象的形象'。在那种情况下每一条艺术道路都会跟他相遇。人在临死前用来自我衡量的是这个也只是这个形象。这就是当代每个艺术家都要说出自己关于基督的话语,用自己的故事补充马太、马可、路加、约翰的福音书叙述的必要性的由来。这个故事是关于与那个向自己走来的人相遇,即使自己的他并不为人所了解。现在每一位艺术家都不得不竭力通过作品成为福音书的编撰者。"[2]

在讨论基督复活主题的时候,还需要虑及这样一个事实:因为特殊的历史机遇,我们所提到的这些在 20 世纪 60—70 年代写出的、直到后来才发表的作品也许并非全部,可能还会有同类主题的作品由于种种原因游离于公众的视野之外。然而,如布尔加科夫、帕斯捷尔纳克、顿博洛夫斯基、艾特玛托夫的这些作品终于得以进入俄罗斯文学的全景图:他们所提升的主题仍然具有现实意义,艺术风格也还在被接受。如此密集而强烈的基督学倾向似乎是从文化内部克服 19 世纪以来俄罗斯宗教危机的一种表现。它将俄罗斯文化转向自己原初的

① 亚历山大·康斯坦丁诺维奇·郭尔斯基(Александр Констатинович Горский,1886—1943),俄罗斯哲学家,诗人,政论家,是巴维尔·弗洛连斯基的学生,1910 年毕业于莫斯科神学院。受到费奥多罗夫"共同事业"哲学的深刻影响,为实现费奥多罗夫"调节自然"的方案,他赞成科学知识的一体化,联合人类知识("地球的核心")的力量。1929、1943 年两次被捕,在斯大林的流放地和监狱度过后半生,死在图拉的监狱医院里。

② См. Семенова С. Всю ночь читал я твой завет……// *Новый мир*,1989 № 11. с. 230.

理念和渊源，并倾注着最后的希望。虽然得不到正统教会的认同，却焕发出精神创造的辉煌气息。诚如帕斯捷尔纳克在《日瓦戈医生》中借主人公所言："艺术总是被两种东西占据着：一方面坚持不懈地探索死亡，另一方面始终如一地以此创造生命。真正伟大的艺术是约翰启示录，能作为它的续貂之笔的，也是真正伟大的艺术。"

第三节　布尔加科夫早期作品中的基督幻象

布尔加科夫的早期作品中，《白卫军》和《狗心》两部小说中体现了作家的宗教思想，前者以基督教的价值观来评判战争时期人的道德抉择，思考战争、死亡、受难与复活的意义，认为人要在受难中检验信仰和道德，并以他的行为接受正义的评判，塑造了基督式的英雄人物形象，宣扬基督教信仰和基督之爱；后者就思想而言并未涉及太多基督教义理，主要在情节模式和人物塑造方面戏仿基督教原型神话，塑造了一个利用现代医学手段创造新人的"伪神"形象以及被科技和社会主义政权创造出来的"伪人"，作家以辛辣的笔调讽刺这种僭越的"造人"行为，表达作家在当时历史情境中的政治见解。

一、《白卫军》中的基督幻象和天堂之梦

1. 城市之梦：永恒的家园和城市的捍卫者

《白卫军》开篇就引用《启示录》中"于是死人们都按各自做过的事情和书中所写的内容受审……"[①]使全书蒙上一层神秘主义色彩和启示录情绪，给出了两重时间即耶稣诞生的第 1918 年和大革命的第二年，分别作为神圣时间和历史时间，前者以末日审判为终结、最终指向永恒；后者则指向人类历史不确定的未来。这双重时间贯穿整部小说。永恒的时间与历史时间的重叠表现在土尔宾的家中：父亲买来

---

① 出自《启示录》20：12，死去的人都凭着这些案卷所记载的，照他们所行的受审判。

的时钟还是老样子敲响，而“时间像流星一般一闪而过，当教授的父亲死了，大家都长大了”[1]。家园还保持原来的格局，象征着家园的火炉永远是热烘烘的，土尔宾一家的住宅也像《狗心》中教授的公寓一样，有七个房间，也同样是保卫生命、拯救未来的一只“诺亚方舟”。

阿列克谢·土尔宾与神父的交谈透露的小说的主旨：在艰难时世中接受考验。转化成基督教语言即在受难中检验信仰。战争与苦难正是人类为其罪孽遭受的惩罚：“第三位天使把自己的碗中之物倾倒在河流和水源之中，就成了血。”（《启示录》16：5）

与土尔宾一家形成对照的是楼下的丑角瓦西利夫妇。他们也在这艰难时世中卑微地求生存。他们是下层市民阶层的代表，但也免不了被“彼特留拉”暴徒洗劫一空，这些来自旷野的野兽般丑陋而顽强的乌克兰农民象征着原始的生命力，他们不断从旷野入侵城市，践踏城市精致而孱弱的文明。

土尔宾们则是生活在“欢快明亮”的上层的、精神生活的捍卫者。尼科尔卡·土尔宾这个形象有作家自传性的、以履行军人职责为原则的荣誉观和责任感，这种天真的、视荣誉为生命的理想主义使他迫切地投入荒诞的战争。他一想到自己身处“伏特加和温暖”之中，而“那里是黑暗，暴风雪，士官生们在挨冻”，就“想要马上、立刻就去打仗，到那里，波斯特外面的雪野上去”[2]。这个人物集中体现了为理想信念献身的浪漫情怀。布尔加科夫对此进行了深刻反思。小说中暗示他必将死于战争；母亲的死触发了年轻的尼科尔卡对死亡的思考，他却不知道死亡从此将如影随形。这不是神圣时间的死亡——就像母亲那样回到上帝的世界，而是在人类历史的变故中、战争的不可知中的死亡。人面对无法掌控的历史，需要做出道德的抉择，从而能够在末日审判时确认其生命的价值。“偶尔他把目光抬向圣像壁和祭坛上空阴

---

① 布尔加科夫：《白卫军》，见《布尔加科夫文集》（第三卷），许贤绪译，北京：作家出版社，1998年，第3页。

② 同上书，第41页。

暗的穹顶，看看那上面正在飞升的、悲哀而又神秘的上帝老头。”[①]尼科尔卡拥抱死亡，渴望将生命奉献给受难的同胞，这也是一种基督教式的爱的激情与受难的激情。

阿列克谢·土尔宾是布尔加科夫自传色彩浓厚的“讽刺性同貌人”，作家以讽刺和怜悯的口吻塑造了这个人物，他的价值观和对基督教的理解都有些狭隘的偏见，通过经历生死考验逐渐成熟起来。作家与自传性人物拉开一定叙述距离，使自己的视域大于人物，从而更好地反观人物、理解自身。与天使般的尼科尔卡相比，阿列克谢则阴郁、理性得多，他认识到在黑特曼弃城逃跑后参军是种向死而战的行为，腐败的统治者根本不值得效忠。他并不是个全知全善的人物，站在保皇党立场上抱着狭隘的偏见憎恶乌克兰民族分裂势力和布尔什维克，其政治立场偏狭，是逆时代潮流的保守派；但在精神层面上，他坚守独立的、个人的道德抉择，通过勇敢的行动履行人生的职责，按照“做过的事情”接受上帝的审判，是受难却不丧失信念的英雄人物。因此在《白卫军》改编的剧本《土尔宾一家的日子》中，阿列克谢与纳伊-土尔斯合并为一个人物，这正是具有历史局限性的人所能达到的精神高度。

在危难中抛弃妻子家庭、见风使舵的机会主义者塔尔贝格是黑特曼政权的代表人物，黑特曼统治下的城市失落了“新耶路撒冷”的精神气质，变得像巴比伦一样充满了庸俗市侩气息，统治者与市民阶层一边趁危机尚未降临奢侈享受，一边敛财为弃城逃跑准备后路。城市失去了它的永恒性，成了各种势力轮番掌控捞取利益的堕落之城。逃跑的塔尔贝格和弃城的黑特曼政权是世俗性玷污神圣的永恒性的象征，而土尔宾一家则是神圣的、永恒的家园与城市的守护者。“灯罩是神圣的。永远，永远也不要从灯上摘下灯罩！永远也不要鼠窜般地没有

① 布尔加科夫：《白卫军》，见《布尔加科夫文集》（第三卷），许贤绪译，北京：作家出版社，1998年，第2页。

明确目标地逃避危险。在灯罩旁边打瞌睡吧，读书吧——让暴风雪去吼叫，——等着吧，让人家来找你。”①（见图 14）

图 14 《土尔宾一家的日子》剧照，1926 年 10 月 5 日②

在阿列克谢的城市之梦中，布尔加科夫以抒情的笔调描绘了这个以基辅为原型的城市的景观。这座城市将自然美景与人造的景观完美地结合起来，高处的皇家花园是人类文明的永恒的象征，远处的古城和海洋则是城市历史的记忆。城市的生活气息也十分浓厚，街道的喧闹声与通宵达旦的灯火使城市像个蜂房，从这个居高临下的上帝的视角看来，这些都是美丽的。电器化时代的到来昭示了人类力量的强

---

① 布尔加科夫：《白卫军》，见《布尔加科夫文集》（第三卷），许贤绪译，北京：作家出版社，1998 年，第 25 页。

② 还在符拉迪高加索（1920—1921）的时候，布尔加科夫就致力于构思一部“关于阿廖沙·土尔宾的戏剧”而写出《土尔宾兄弟》一剧，并在当地舞台上演。《土尔宾兄弟》在符拉迪高加索的演出，是其作者的一次体验，但是一次极为沮丧的体验。布尔加科夫认为那是“一蹴而就的拼凑，不成熟之作”。5 年之后，《土尔宾一家的日子》在莫斯科艺术剧院上演，终于让布尔加科夫“领略辉煌”的梦想如愿以偿。

大，但并未撼动上帝的神圣看护，弗拉基米尔的雕塑手持白色电十字架，仍然给迷失的小船指引方向。布尔加科夫的基辅印象凝缩了自然与历史、上帝与人世，从空间的广度和时间的跨度上都可谓是一幅神圣之城的历史画卷。基辅是俄国基督教的早期堡垒，古老的文化中心，在俄国历史上以“俄国大地上的耶路撒冷”、“俄罗斯城市之母”而著称。“《白卫军》中描写的那座城市既是一个特殊的地方又是宇宙的象征：它是一个文化的先驱及文化生活的一种浓缩，但是容易受到《白卫军》里所描述的‘贫困、欺骗、绝望以及大平原无可救药的原始状态’的侵袭。在小说中城市抗议大平原的战斗重树起《伊戈尔远征记》与基辅的古老历史冲突。”[①]于1853年树立的弗拉基米尔纪念碑代表俄国在988年定东正教为国教并接受洗礼。城市在这部小说中象征着基督教文化，是天堂在大地上的投影。

莫斯科建立布尔什维克政权后，大量资产者逃往基辅，这些外来者彻底扰乱了城市的文化氛围，是这个城市的匆匆过客，扫荡一番会随时准备弃城逃亡西欧；象征神秘自然力量的“彼特留拉”也将继续与基督教文明的冲突。生活在城市一隅的土尔宾一家跟其他基辅市民和外来者一样，深陷这个狂风暴雪般的历史社会变革中，盲目而坚定地抗争着。盲目是因为作为普通市民，他们缺少全局的政治视野，作为生命个体，脆弱的肉身不堪炮火侵袭。作家以人物片面的、不确定的视角来观看战争，没有确切的信息，只有不可靠的预兆和判断，人们因为盲目而恐慌、丧生，这种手法使读者产生亲历感，同时暗含了对统治者不负责任的道德批判。“拉丁语的 turbo—turbinis 意指‘顶盖、玩物’及‘旋风、飓风、风暴’。”“土尔宾一家是历史环境的玩物，但是凭他们本身的资格来讲也是积极力量。”[②]

---

① 莱斯利·米尔恩：《布尔加科夫评传》，杜文娟、李越峰译，北京：华夏出版社，2001年，第81页。

② 同上书，第100页。

2. 天堂之梦：超越政治立场的普世救赎

阿列克谢的第二个梦是关于战争的，与城市之梦的宁静祥和截然相反，这个梦混乱无序，各方力量的声音此起彼伏。黑特曼政权的腐败，德国人不是基辅的保卫者，饱受压迫的乌克兰农民军的刻骨仇恨也值得同情……在梦中，阿列克谢自己的偏见也瓦解了，他开始感受到超越政治立场的神秘情感。

小说中的基督式人物纳伊-土尔斯上校从现实走入阿列克谢的梦中，他是一名战败军人，在黑特曼政权逃跑后组织白卫军保卫城市，“用布尔加科夫的话说，他是一个‘遥不可及的、抽象的人物’，代表着‘我想象中理想的俄国军官的思想观念’。”[①]在阿列克谢的天堂之梦中，死者的眼睛“纯净，深沉无底，从内部发亮”，有着“使人心中暖和的蔚蓝色目光”，比他最爱的女人的眼睛更美好；死者的声音是“清爽的、像城市森林中的小溪一样透明”、“大提琴般”。这天堂并不像通常理解的那么严肃圣洁，还令人惊讶地接受品行并不纯洁的人——战死的大兵和军妓，此外还给不信基督教的布尔什维克留下了立足之地，“天堂接纳‘战场上倒下的所有人’，不论政治或宗教信仰，纯粹基于个人道德、‘所行之事’。”[②]圣徒彼得也不过是个心地善良、做文职工作的小老头；上帝是光照千里之外具有穿透力的蔚蓝色的光，亲切地与死者交谈，并骂自己的尘世代言人神父们是傻瓜。这里没有苛刻的审判，却充满活泼轻快的生活气息。

天堂之梦这一部分就其风格而言是诙谐幽默的，“其中既包括了古典的范例，也包括了基督教的范例。基督教的在天堂之梦中的关键就是《启示录》本身。”[③]阿列克谢的政治立场偏见在此被嘲笑了，狭隘的正义观和价值观被颠覆，确认的是上帝的怜悯和人类的温情。阿列

① 莱斯利·米尔恩：《布尔加科夫评传》，杜文娟、李越峰译，北京：华夏出版社，2001年，第99页。

② 同上书，第89页。

③ 同上书，第87页。

克谢在梦中预见他们的命运：骑兵司务长日林死于1916年，骑兵连长纳伊-土尔斯即将于1918年死去，而尼科尔卡也会在这之后死去。与死者的对话是含泪的微笑，命中注定的死亡不那么可怕了，人间难以化解的仇恨到了天堂就成了一出喜剧。

3. 地狱之行：牺牲、受难与永生

纳伊-土尔斯上校以惊人的行动能力组织义勇兵团，有着作为一名军人极高的职业素质。这个忧郁而沉默寡言的人更令人钦佩的是他对士兵的关爱，这是一种对战争道德的理解：保卫城市者同样需要得到保护，没有皮帽和毡靴等必备的物资而让士兵去冒死打仗是不道德的，是对士兵生命的不负责任和不尊重。但纳伊-土尔斯这样一名理智与道德兼备的军人却遭遇腐败的官僚体制，只能用极端手段解决问题，他的胆识与正气让外强中干的官僚胆寒。

荒诞的是，已经弃城逃离的黑特曼政权的司令部竟然还在向前线军人下达作战命令，让不知内情的保卫者去遭受无意义的屠杀。双方交战的地点在"一个完全死掉一样的十字路口"[①]。这是十字架的隐喻，意味着死亡和受难。年轻的尼科尔卡成了牺牲品，还在幻想着战死的荣誉。他碰到纳伊-土尔斯正在指挥士兵伪装成平民撤退，被英雄主义激情冲昏头脑的尼科尔卡却一心要赴死。可是，纳伊-土尔斯上校死得并不像尼科尔卡幻想得那样悲壮，反而是滑稽可笑的："他一只脚跳了一跳，另一只脚挥舞一下，像在跳华尔兹舞，又像在舞会上一样露出一个不合时宜的笑容。"[②]纳伊-土尔斯上校给他的遗言是"您不要充英雄了"[③]。尼科尔卡经历了母亲的去世和图尔斯的牺牲，但还是对死亡懵懂无知，仍然不懂得生命的意义。在此，作家对廉价的英雄主义荣誉观作了辛辣的讽刺，他用滑稽的场景取代悲壮，告诉读者：

---

① 布尔加科夫：《白卫军》，见《布尔加科夫文集》(第三卷)，许贤绪译，北京：作家出版社，1998年，第168页。

② 同上书，第173页。

③ 同上书，第174页。

任何牺牲都是不得已的，如果把牺牲的价值无限抬高变成引人追逐的虚幻理想，就成了魔鬼的诱惑，模糊了生命的真正尊严与意义。

纳伊-土尔斯是个理想的人物，但作家花的篇幅并不多，而且主要是外部描写：概括性的外貌描写，简短的对白，较晚的出场时间等，不像主要人物阿列克谢那样描写人物的内在情感、思想、情绪、梦境等。纳伊-土尔斯是个“被看者”，在小说中是个功能性人物，他像基督一样受难、牺牲，以死亡保护、启示他人；死后寻找他的尸体成了尼科尔卡的主要任务，使其最终获得珍贵的生命领悟；他的死亡给母亲和妹妹带来了悲痛，得到她们的爱与哀悼，让人联想到基督受难后圣母玛利亚以及抹大拉的马利亚的悲痛。他还在阿列克谢的天堂之梦中出现，是小说中唯一经历了人世、地狱（储存尸体的地窖）、天堂三重世界的人物。

纳伊-土尔斯上校牺牲三天后，尼科尔卡终于在陈尸所找到他的遗体，送还家人。尼科尔卡得知图尔斯上校的全名为“菲利克斯·费力克索维奇·纳伊-土尔斯”，而他的母亲名为“马利亚·弗兰采夫娜”。“菲利克斯即拉丁语的‘快乐’，《白卫军》中阿列克谢的天堂之梦进一步证实了此称号。并且，这一福气被平等地赋予战场上倒下的所有人，不论政治或宗教信仰，纯粹基于个人道德、所行之事。”[①]“陈尸所的那段情节在布尔加科夫的创作中只有一个类似的情节，即《大师和玛格丽特》中耶舒阿被钉十字架。”[②]根据《圣经》记载，站在耶稣十字架旁边的，有他的母亲与他母亲的姐妹，以及革罗罢的妻子马利亚和抹大拉的马利亚。也就是说，见证耶稣受难的有三位女性，她们的名字都是马利亚；而三天后，前往坟墓看耶稣遗体的女性就是抹大拉的马利亚。纳伊-土尔斯上校的母亲名为“马利亚”是作家刻意为之，在上校死后三天，前往陈尸所领取遗体的情节也与《圣经》暗合。

---

① 莱斯利·米尔恩：《布尔加科夫评传》，杜文娟、李越峰译，北京：华夏出版社，2001年，第100页。

② 同上书，第96页。

纳伊-土尔斯上校的遗体被送到陈尸所，与各种各样身份不同的无名死者躺在了一起。这里接纳所有死者，就像阿列克谢梦中的天堂一样。尼科尔卡因为怕造成麻烦而不愿意对看门人透露死者的真实身份，但他的担心是多余的。这里的死者都是无名的、没人认领的，对于看门人来说只是一堆储存在地窖中发臭的肉，对科学家来说是研究的材料，死者的身份对他们没有意义，政治也不在此地发挥影响，陈尸所是物质的地狱，只有自然的规律主宰这里。天堂的看门人是圣徒保罗，而陈尸所的看门人只是个收钱后就"出卖"尸体的普通人。布尔加科夫把陈尸所建在需要乘电梯上下的地窖中，这正是一个现代的"沉落地狱"，既是一个古希腊罗马神话原型，也有基督教"圣母玛利亚沉落入地狱"的意味。就如在《大师和玛格丽特》的"撒旦的盛大晚会"一章，身份各异的死者、魔鬼、女巫和腐尸汇聚一堂，《白卫军》也有类似的场景："他抓住一具女尸的一只脚，滑溜溜的女尸咚的一声滑到了地板上。尼科尔卡觉得她非常美，像一个女巫，并且是黏糊糊的。她的眼睛张着，直盯着菲奥多尔看。"[①]"尼科尔卡直接看看纳伊-土尔斯的眼睛，张大的、玻璃般的眼睛没有会意的反应。"[②]在尼科尔卡眼中，死者似乎也是有生命的，有种神秘感，因为他们不会只死一次，在末日审判的时候，死者终将复活。地狱也不过是末日审判前关押罪人的临时空间，圣母沉入地狱怜悯受惩罚的罪人向上帝祈求宽恕，死者在炼狱赎罪之后就能上天堂。这一部分充满了基督教神话意味，死去的英雄纳伊-土尔斯在死后三天得以离开陈尸所，在上帝的殿堂里安息。

>……令人难受的、不愉快的和可怕的陌生死邻居不会扰乱纳伊-土尔斯的安宁，纳伊-土尔斯自己则变得愉快多了，在棺材里高兴起来。

---

① 莱斯利·米尔恩：《布尔加科夫评传》，杜文娟、李越峰译，北京：华夏出版社，2001年，第293页。

② 同上书，第294页。

> 纳伊-土尔斯——被满意的和乐呵呵地话儿很多的看门人洗过了，纳伊-土尔斯——干干净净地穿着没有肩章的军服，纳伊-土尔斯额披绦带躺在三支蜡烛下面……老母亲从三支蜡烛旁向尼科尔卡扭过颤抖着的头，对他说道："我的孩子。谢谢你了。"①

就像在祈祷一样，这段文字呼唤着"纳伊-土尔斯"的名字，葬礼是温馨的，甚至是愉快的，因为死者为自己能够安息感到高兴。这正是死者名字的意思："菲利克斯"——快乐。尼科尔卡完成了纳伊-土尔斯的葬礼，履行了人生中比英雄地送死更有意义的事，他也因而解了生与死的意义：什么样的死是无意义的，什么样的死虽死犹生。此时，银河出现在他的头顶，银河和星空是《白卫军》反复出现的意象。"《白卫军》也认识到了罗马人赋予银河的重大意义。这便是为什么小说中有对星星的形象化描述。在西塞罗的《共和制》中银河是'知名的杰出人物找到其真正奖赏之地'，是希腊罗马的天堂，该社会的精神气质看重'所行的事'以及责任。西塞罗的《共和制》的结尾同样是一个宇宙及永恒的幻象，即'西皮翁之梦'：通过对星星的思索而激发了对责任这一精神气质的精确陈述。"②出于对纳伊-土尔斯的感激与崇敬之情，尼科尔卡自愿履行了通知家属埋葬遗体的道德义务，也体现了对于牺牲、受难给予爱的回馈的基督教精神。

4. 基督幻象：庇护家园的永恒女性

复活是基督所行的奇迹之一，根据《圣经》的记载，复活包括"主叫拉撒路复活"和基督受难三天后复活。拉撒路复活奇迹中还有两个人物，即死者的兄弟马大和姐姐马利亚，"耶稣看见她哭，并看见与她同

---

① 布尔加科夫：《白卫军》，见《布尔加科夫文集》(第三卷)，许贤绪译，北京：作家出版社，1998年，第295页。

② 莱斯利·米尔恩：《布尔加科夫评传》，杜文娟、李越峰译，北京：华夏出版社，2001年，第92页。

来的犹太人也哭，就心里悲叹，又甚忧愁”(《约翰福音》11：33)，看到死者的坟墓，耶稣哭了，于是行奇迹让死者复活。与《圣经》神话一致，《白卫军》同样让濒死的阿列克谢的姐妹叶莲娜的哀痛和哭泣感动了基督，这又体现了小说的重要观念——家园与亲情，兄弟姐妹之间的亲情是人类最美好的情感之一，能够感动上帝降下奇迹。《圣经》中的另一个复活是基督的复活，基督正是以此来证明自身的神性。叶莲娜在幻象中看到了“完全复活”的基督：

> 她又叩下头去，热切地把前额碰着地板，画了十字，又重新伸出双手，开始请求：“唯一的希望寄托给你了，最纯净的圣母。全看你了。请你去求求自己的儿子，求求上帝，让他降下奇迹……”
>
> ……而叶莲娜通过圣母去祈求的那一位完全无声无息地来了。他出现在击碎了的棺材旁边，完全复活了，样子亲切和善，赤着脚，叶莲娜的胸部扩张了，脸上出现了红晕，眼睛充满了光，满溢着无泪的哭泣。她用脸颊和额角紧贴地板，然后把整个心灵向着火光，……火光膨胀开了来了，嵌在光轮中的黝黑的脸明显地有了生气，而眼睛诱导着叶莲娜不断说出更多的话。
>
> ……门外和窗外都是一片寂静，天暗得非常快，于是又一次出现了幻象——苍穹的玻璃般的光，一些从未见过的红黄色的沙丘，橄榄树，大教堂像心里吹拂进黑色的、古老的寂静和寒意。①

看到基督的圣容是信仰行为最神秘、最震撼心灵的时刻，布尔加科夫将这一神秘场景表现出来，虽然指名为“幻象”，但又将叶莲娜的幻象与阿列克谢奇迹般的康复(“复活了的土尔宾”)联系起来，体现出作家本人对基督教的态度比较模糊。更引人注意的是，叶莲娜并没有直接向基督祈祷，而是求助于圣母马利亚，以圣母为中介求上帝显容基督行奇迹。圣母马利亚曾在十字架旁目睹了基督的受难与死亡，拉

---

① 布尔加科夫：《白卫军》，见《布尔加科夫文集》(第三卷)，许贤绪译，北京：作家出版社，1998年，第300页。

撒路的姐姐马利亚也经历了兄弟的死亡，而叶莲娜也正面临兄弟的死亡，这是一个以女性情感体验的共通感为纽带的关系，叶莲娜觉得圣母最能体会她的痛苦，她一直强调圣母与基督的家庭关系，多次称圣母为庇护者。叶莲娜本人也正是土尔宾一家的庇护者，也是圣母般的永恒女性的形象。

布尔加科夫在作品中最纯正的基督形象也就是在幻象中出现的“那一位”了，是一个信仰者眼中的基督形象，就像从灵魂的记忆深处走来，是火光中依稀可见的面容，这面容最重要的神情是亲切和善，还有天堂所特有的眼神——应该是“天堂之梦”中提及的“纯净，深沉无底，从内部发亮”，召唤人倾诉内心。产生了幻觉的叶莲娜还看到了古老的历史远景以及从未见过的自然风光，进入到了永恒之中。她没有意识到天色渐暗，也不知道自己在房间里祈祷了多久，而是体验着信仰与希望的永恒状态。

复活后的阿列克谢重新当起了治疗性病的医生，继续与世界的不洁和痛苦打交道。梅毒患者鲁萨科夫来寻求治疗。这个人物在《白卫军》第九章出现过，作为长相酷似叶甫盖尼·奥涅金的白军装甲营指挥官米哈伊尔·谢苗诺维奇的对照。米哈伊尔过着令人羡慕的“健全”生活，他身体健康，生活优越，擅长演讲，业余写科学著作，是诗歌沙龙的组织者，还恰到好处地养着两位情妇，似乎是一个全面发展的模范人物。而事实上，他却是个自私自利的机会主义者，以狡猾的方式破坏自己管理的装甲车，暗中阻挠热心上战场的其他军官，丧失了基本的良知和责任感，是一个空有一副好皮囊却对他人、社会无益的“多余人”。

梅毒患者鲁萨科夫是米哈伊尔文学社交圈的一个不受欢迎的成员，他称米哈伊尔是“城市里所有人中最强的”、“如此漂亮，似乎有点太健康了”，而自己则像这个城市一样“正在烂下去”。梅毒患者与城市都被这些所谓的“强者”和“健全者”抛弃，自生自灭。梅毒患者是有罪的弱者，他曾狂妄地写诗讽刺基督教理想，患上了虚无主义的时代病，相信人可以像米哈伊尔那样凭借自己的健康、才智获得幸福，但当他染上梅毒后，才醒悟并求助于上帝的怜悯，明白基督教对于弱者的爱与拯救是不可或缺的崇高道德与精神慰藉。健康与否是个偶然事件，但人的幸福不能建筑于偶然性之上，机会主义者由于随波逐流追求短暂的物质、个人满足，其精神世界是空虚不定的，人的幸福只能以永恒的信仰为根基，爱与良知同样如此。“疾病和痛苦在他看来是不重要的，非本质的。他没有感觉到害怕，而是感到了一种明智的顺从和敬仰之情。”①最后，在梅毒患者眼中，米哈伊尔是个“反基督者的先驱”。基督也曾行洁净麻风病人的奇迹，梅毒患者在神父的劝导下重新拾起生活的信念，在基督教精神指引下寻求“复活”。

《白卫军》最后以弗拉基米尔的半夜里的十字架作结，重申了作家的时间观——忧患，痛苦，血，饥饿，瘟疫：一切都会过去。人的身体和事业都是短暂的、历史时间的产物，战争作为人类的欲望、仇恨、追求等世俗生活力量的集中体现更是阶段性的，只有天国和上帝永存。

二、《狗心》中的伪神与伪人

1. 革命洪流中的“诺亚方舟”

普列奥布拉仁斯基教授与公寓管理委员会连续不断的冲突贯穿小说始终，他为了捍卫普列切斯坚卡大街的这七间公寓，甚至冒着被“抓起来”的危险，对新政权的基层管理者们直言“我不喜欢无产阶级”②，表现出与新世界极不和谐的孤傲态度，坚决要按照旧的生活方式生活：

> 他突然吼叫起来，脸色顿时由红变黄。“我要在餐室用餐，在手术室手术！请你们把这一点转告全体住户会议。另外，我诚恳

① 布尔加科夫：《白卫军》，见《布尔加科夫文集》（第三卷），许贤绪译，北京：作家出版社，1998年，第319页。

② 布尔加科夫：《狗心》，见《布尔加科夫文集》（第二卷），曹国维、戴骢译，北京：作家出版社，1998年，第220页。

地请求各位回去做你们自己的事情，让我像所有正常人一样，在餐室，而不是卧室，不是儿童室，安心地吃顿饭。”[①]

普列奥布拉仁斯基顽固地认为新政权极力推广的新生活方式不过是对有秩序的旧生活的扰乱，是正常生活方式的粗暴打断，他似乎完全与新世界隔离开来，不觉得新的历史纪元已经开始，而只把这种历史变动视为阶段性的、有待改正的混乱。期望洪水终将退去，革命的不可思议的狂热终将消失。他迫切希望自己能被当局忘却，不要与无产者有任何往来，不从新政权里得到任何身份认证：“……让他们以后再也别提我的名字。当然。对他们来说，我已经死了。”[②]从而守住这“七个房间”的家园——宁静的、可以安享美餐的家园。

布尔加科夫热衷于描绘餐桌，他笔下的普列奥布拉任斯基教授也把进餐作为头等大事，在《狗心》这部中篇小说中，进餐场景也频频出现。有研究认为“对普列奥布拉任斯基的餐桌的描述就是对新经济政策的美食佳肴的赞美：餐前冷食、餐前热食、伏特加酒、葡萄酒、鲟、半熟的拷牛肉、雪茄烟。在这里布尔加科夫伸手越过战士共产主义的饥饿年代去与果戈理，这位餐桌上的19世纪荷马握手”[③]。作家对餐桌美食的刻画的确给人以物质的充裕感，但如果抛开作家的政治观点，我们可以发现布尔加科夫在《白卫军》中同样较多地描绘了餐桌和食物。对他而言，餐桌和食物是与家园密不可分的。《狗心》这样描写餐桌：“房间中央是张陵墓那样沉稳的桌子，铺着洁白的台布，上面放着两套餐具，两条叠成教皇三重冠式的餐巾和三只深色酒瓶”[④]。“餐桌”与“陵墓”、基督教神圣数字“三”、“教皇”这几个词让人联想起基督教

---

① 布尔加科夫：《狗心》，见《布尔加科夫文集》（第二卷），曹国维、戴骢译，北京：作家出版社，1998年，第217页。

② 同上书，第220页。

③ 莱斯利·米尔恩：《布尔加科夫评传》，杜文娟、李越峰译，北京：华夏出版社，2001年，第68页。

④ 布尔加科夫：《狗心》，见《布尔加科夫文集》（第二卷），曹国维、戴骢译，北京：作家出版社，1998年，第221页。

的圣餐，尽管这里并没有明确的与基督教相关的暗示。

"正是在这用餐的时候，菲利普·菲利波维奇最终获得了上帝的称号。"[①]《狗心》中的"上帝"是个日常词语，没有太多宗教意味，布尔加科夫没有在这部作品中进行严肃、艰深的宗教思考，更多的是从神话原型的角度利用基督教神话元素，因此他笔下的"基督"不具有世界观意义，而只是原型人物形象，如《大师和玛格丽特》中的耶舒阿，是去神圣化的、世俗的凡人，不具有神性，他的道德也没有超越尘世人的道德高度。如果说教授是《狗心》这部小说中的"基督"，他也同样是个去神圣化的、世俗的基督。有着爱憎分明的世俗情感和偏爱美酒佳肴的生活情调，唯一接近基督神迹的"返老还童"术还具有反讽意义，他绝非基督宗教中真与善的化身。教授与他的学生，还有狗，都在愉快的氛围里进餐，直到楼下无产者开大会的歌声干扰了教授的美餐，使他大发议论指责新世界的混乱与嘈杂破坏了宁静的生活："菲利普·菲利波维奇越说越激动。鹰钩鼻的鼻翼翕动着。饱餐以后，他精力充沛，犹如古代的先知，声若洪钟，滔滔不绝，头上的白发闪着银光。"[②]

美好的饮食、与友人共同进餐的气氛、对宁静生活的追求是布尔加科夫家园感的显著特征，变容为"先知"的教授向人们传达的"启示"非常简单——保卫旧世界的、田园牧歌式的家园。狗在教授寓所的幸福生活与推动小说情节发展没有关系，但布尔加科夫还是饶有兴趣地描写了这些日常生活琐事，这深深浸透着作家的生活情调，即对家园的眷恋及田园牧歌生活的诗性幻想。这种情调在《孽卵》中也同样有所体现，描写国营农场夜晚美景、阳台上罗克的永恒形象、"如林中仙女一般不幸的"杜妮亚……喜剧性的、讽刺性的叙述中萦绕着怀旧的抒情气息。

布尔加科夫还细致地描绘了教授家的厨房，从狗的视角出发，厨

① 布尔加科夫：《狗心》，见《布尔加科夫文集》（第二卷），曹国维、戴骢译，北京：作家出版社，1998年，第230页。

② 同上书，第227页。

房就是天堂中天堂:“悟出项圈的价值以后,狗第一次访问了天堂中至今严禁它入内的那块福地——厨师达里娅·彼得罗夫娜的王国。”①厨房意味着温暖、食物与安逸,但作家却给这个天堂福地一幅地狱的外观:

> 炉灶内失火似的发出呼呼的声音,平底锅里嗤嗤直响,泛着泡沫,跳跃着沸腾的油花。炉门不时啪的一声弹开,露出烈火翻滚的可怕的地狱。②

“火炉”在西方文化语境中是“家园”的符号,同时也是地狱的象征。毫无疑问,作家以上的描绘中渗透了这两种文化意蕴。在厨房工作的女性“燃烧”着“永恒”之火,这火却不是神圣的,而是“痛苦”与“情欲”,这里涌动着无法满足、无法抑制的欲望之火,厨房成了制造“食”与“性”等人性基本需求的场所。沸腾的油花、烈火翻腾的炉子都使读者联想到弥漫着硫磺烈火气息的、对有罪之人进行无休止惩罚的永恒的地狱,那也是痛苦与欲望涌动交织之地。幸而厨房的炉火也有停息之时,那就是宁静的夜晚,宁静是家园的特征,这时,时间又回归到家园的时间节奏之中,不再是永恒的惩戒,而是日日夜夜的轮回,凡俗人的日常生活:

> 晚上,石头炉口里的火焰熄灭了,下半截遮着白窗帘的窗户里一片普列奇斯坚卡浓重而又威严的夜色,空中亮着一颗孤星。厨房的地上还没有干。大大小小的锅子闪出神秘的光……③

高踞于厨房之上的,是普列奇斯坚卡(该地名意为“神圣”)浓重而威严的夜色,空中的孤星就像上帝之眼,以神圣的原则俯视人间众生,连餐具都在这种冷静威严的气氛中“闪出神秘的光”。在自传色彩浓

---

① 布尔加科夫:《狗心》,见《布尔加科夫文集》(第二卷),曹国维、戴骢译,北京:作家出版社,1998年,第232页。

② 同上书,第233页。

③ 同上书,第233页。

厚的短篇小说《回想起》中，“普列奇斯坚卡的星空”也如诗歌意象般多次出现。布尔加科夫擅长通过自然景物描写来传达某种幽微的、难以言表的，与精神、宇宙相关的生命体验、生命情调，在宁静的家园感中体味自然、宇宙甚至是神性的奥秘。宁静的家园即是天堂。“在他的最后一部长篇小说中玛格丽特对大师说，‘请听那无声的世界。要倾听、享受这你一生从未拥有过的——宁静’，如果要完全理解这句话的含意，惟有结合作家早年在莫斯科生活时体验的肉体与情感压力，以及在《一篇有关住房的论文》中叙述人的声明：‘宁静是一件伟大的东西，是众神的礼物、天堂，这便是宁静。’”①

但是，普列奥布拉任斯基教授并不是“神圣”家园的守护者，尽管“普列切斯坚卡大街”（Пречистенка）这一名称是由俄语词“圣洁的”（Пречистый）一词而来。这里并不是神圣之地：生活方式糜烂的旧贵族在这里出入，只为利用教授高超的医疗手段“恢复青春”，以长久保持情欲的快乐；教授为已经成为半老徐娘的贵妇人移植猴子的卵巢，满足其肉体快乐，这并无任何神圣感可言。作家是带着辛辣的讽刺意味来描写这些病人的，甚至连教授本人对这项职业也报以不以为意的态度，在给病人诊治时自顾自地唱着歌剧，不觉得自己的职业有任何道德上的价值，他只是怀有纯粹对科学的兴趣，行医不过是为稻粱谋的生存手段罢了。

2. 伪基督的造人实验

普列奥布拉任斯基的名字有“变形”、“易容”的意思，暗喻他像基督一样，是上帝的显现，具有能行奇迹的能力，同时也从事的是如同上帝造人般的事业。虽然如此，普列奥布拉任斯基的形象却与福音书上的耶稣基督大不相同，与其说他是苏维埃社会中的基督，毋宁说是一名术士：“做手术时他像一个‘牧师’、一个‘受唆使的凶手’、一个‘吃饱

---

① 莱斯利·米尔恩：《布尔加科夫评传》，杜文娟、李越峰译，北京：华夏出版社，2001年，第60—61页。

喝足了的吸血鬼'，对那只狗来说他是有关狗的神话故事中的一个'魔术师、术士及男巫'。"[①]普列奥布拉任斯基教授也不是一个邪恶的形象，而是一名正派的绅士、长者、导师，对仆人而言是亲切幽默的，对狗来说是温和宽容的"救世主"、"至高无上的恩人"。虽然他拿动物做实验，但却尽量善待动物，不像虐待动物的食堂炊事员。作家赋予了这个人物正面色彩。

"上帝"在这座只有七个房间的寓所出场了：

> 上帝那双裸露到臂肘的手戴着棕红色橡皮手套，滑腻而又迟钝的手指在脑回间蠕动。有时，上帝拿起铿亮的小刀，小心翼翼地切开富有弹性的黄色脑髓。[②]

虽然从狗的角度称教授为上帝，有种戏谑意味，但普列奥布拉任斯基教授在股掌之间掌控生与死的权柄的确像上帝一样。最为神奇的莫过于在这艘诺亚方舟中"造人"的"神迹"了。"上帝"与"术士"这两个词在小说中互相替换：

> 灿烂的白光中站着一名术士……此人便是菲利普·菲利波维奇。一顶主教帽形状的白帽遮住了他那整齐的白发。上帝着一身白衣，白衣外面，仿佛神甫胸前佩着绣有十字架的长巾一样，套着狭长的橡皮围身。两只手上戴着黑手套。[③]

《圣经》记载："耶和华神使他沉睡，他就睡了；于是取下他的一条肋骨，又把肉合起来。"(《创世记》2：21)就像描写一个简约的造人手术，布尔加科夫的造人实验也同样是一个外科手术：移植人体最高端的器官脑垂体和最基础的生殖腺睾丸，分别隐喻人性(精神)与动物性

---

① 莱斯利·米尔恩：《布尔加科夫评传》，杜文娟、李越峰译，北京：华夏出版社，2001年，第67页。

② 布尔加科夫：《狗心》，见《布尔加科夫文集》(第二卷)，曹国维、戴骢译，北京：作家出版社，1998年，第234页。

③ 同上书，第237页。

（欲望），脑垂体决定了人的外观（上帝的形象）与精神活动，睾丸则是人爱欲行为的根源。这二者在狗的身体（物质的团块）上发挥作用，产生了基本的、初具雏形、有待发展的人——沙里科夫 Шариков（名字从狗名沙里克 Шарик 而来："圆圆的、胖胖的、傻乎乎的良种小狗"）。

沙里科夫是杂糅动物、旧人、新人特性的畸形儿。他从狗变成人是一个渐变的过程，初期表现出狗的记忆和习性，等彻底变成人后就成了令人讨厌的恶棍也就是被移植的脑垂体的主人——小偷、酒鬼、无赖丘贡金，或者说是意外死亡的丘贡金借狗沙里克的尸体复活了，从此那条油滑但不失可爱的长毛狗沙里克变成了形容猥琐行为不端的沙里科夫，这是一个旧社会的下层人"像住板棚的贫民"，没有教养更难以规训，他的刁钻狡黠使得"希望把沙里克培养成一个精神高尚的人"的造人计划根本不可行。此时，"造人"已经完全超越了自然、生理意义上的创造（教授凭借科学已然做到），而是塑造精神上的人，这也是基督教造人神话的题中之义。基督教义对上帝造人的阐释丰富而深刻，这是人类思想史上最古老的话题之一，布尔加科夫在此并没有追问这个复杂的问题，而只是用艺术的方式重写了这一原型神话。有研究认为《狗心》借用了一个关于造人的伪经传说：

> 这伪经传说写道，在造夏娃之前，上帝给亚当创造了一名叫丽利特的妻子，但丽利特的性格恶劣，因此上帝将之变成灰尘，又从亚当身上取下一根肋骨变成一位名叫夏娃的女人。[①]

这个伪经传说是个关于创造、毁灭与重新创造的故事，一旦所造之物不理想，达不到"神看着一切所造的都甚好"的目的，就只能将这拙劣的造物毁灭，使之"尘归尘，土归土"，以便创造更好的。《狗心》也有创造和毁灭造物的情节，"上帝"普列奥布拉任斯基教授对自己失败的造物却显得无能为力，对自己的造人实验本身失去了信心。根据

① 任光宣等：《俄罗斯文学的神性传统——20世纪俄罗斯文学与基督教》，北京：北京大学出版社，2010年，第52页。

《圣经》,上帝用尘土造人,将生气吹入他的鼻孔,才使人有了灵魂。教授创造出的人,是没有灵魂没有生气的人,"旧人"沾染的旧社会的市井无赖习气、奴隶气:依赖主人却时刻心怀怨恨,对自己的存在不满意又自暴自弃贪图享受,这是作家给"旧人"的一幅绝佳讽刺画。沙里科夫从"出生"以来就表现出与公寓管理委员会的亲和力,成为了新社会的改造对象,逐渐成为无产阶级"新人",获得了苏维埃政权的身份证甚至还当上了公务员。"新人"还闹出了一场命名风波:他为了报户口给自己取名为波利格拉夫(Полиграф),有"复写器"、"印刷厂"、"多产作家"的意思。"可能会被理解为是对有意创作一种新的'无产阶级'文学这一设想的讽刺。"[①]这个喋喋不休大谈劳动人民权利的"新人"确实像公寓管理委员会的复写器,只会不假思索地复述流行的浅薄政治理论,没有自己独立的灵魂和思想,却在意外的浴室捕猫事件中发现了自己的捕猫天赋,他的"狗性不改"给教授的方舟带来水患,安宁的家园成为泡影;更可怕的是,沙里科夫企图利用自己在新政权中的地位迫害自己的创造者教授,上演一出被造物反抗造物主的阴谋剧。迫不得已,教授承受着道德抉择的巨大压力,决定亲手毁灭掉自己的造物。

虽然造人实验的成功是科学史上的创举,但其实是毫无意义的,因为自然界"它每年都坚持不懈地从千千万万废物中区分和创造出几十个杰出的天才",教授的造人实验是对造物主权力的僭越,是人企图成为上帝的疯狂举动。人不可能成为上帝,最多只能成为拥有危险技术的"术士",暗喻了苏维埃政权旨在改造人的"文化革命"的荒诞。在同样科幻题材的《孽卵》中,佩尔西科夫教授出于科学精神制造出的红色生命射线,也被无知狂妄者利用酿成灾难,正是因为侵犯了生命的神圣性。红色射线不是苏维埃政权的自喻,也不是来自上帝之国,而是地狱之火、魔性的无节制的生命力。

---

① 莱斯利·米尔恩:《布尔加科夫评传》,杜文娟、李越峰译,北京:华夏出版社,2001年,第70页。

布尔加科夫的《狗心》可以说是一部借鉴了基督教元素的、具有强烈讽刺倾向的幻想小说。相比之下，《白卫军》则较多地涉及了道德伦理和生命哲理思考，以基督教观念作为统摄全文的道德立足点，直接引自福音书的句子更是体现了作家思想与基督教传统的深刻关联。

第四节　耶舒阿：以东正教之心领受的耶稣

如果说索洛维约夫的贡献在于把上帝请回了哲学领域，把宗教的东西重新注入哲学，以人的神性之维来抗拒俄国 19 世纪 60—70 年代已经年代弥漫开来的虚无主义，那么，布尔加科夫则追随他的脚迹，在反抗上帝、迫害教徒、毁坏教堂的最紧张的时刻为无神论的世界重新书写耶稣形象，将道德伦理、精神道德问题置于小说的中心地位，并把俄罗斯文艺复兴的精神领袖别尔嘉耶夫的哲学原则作为小说《大师和玛格丽特》的思想艺术主旨，这就是“对绝对道德准则的需求是人的‘我’的绝对自由的需求”①。

一、耶舒阿与耶稣

《大师和玛格丽特》巧妙地书写了耶稣从降生到受难、复活的全过程，只是用笔隐晦，不易被读者察觉。如耶稣的降生是通过介绍无家汉伊万的诗作提到的。在小说开篇，莫斯科 牧首湖畔，年轻诗人无家汉因为创作了关于耶稣的诗而遭到莫文联主席、某大型文学刊物主编柏辽兹的训诫。在写耶稣的形象时，虽然色调阴暗，却把他写成了活生生的人。而在柏辽兹看来，“耶稣这个人物本身在历史上根本没有存在过，所有关于耶稣的故事纯属虚构，全是不折不扣的神话”②。沃兰德正告：“请你们记住：耶稣这个人还是存在过的。”③小说的古代

① Бердяев Н.А. *Судьба России*. М.-Харьков，1998. с. 12.

② 布尔加科夫：《大师和玛格丽特》，钱诚译，北京：人民文学出版社，2004 年，第 3—4 页。

③ 同上书，第 15 页。

章节就是对其存在的见证：通过魔王的叙述展开的小说第二章，时空转到1世纪的耶路撒冷，以耶舒阿之名出现的流浪哲学家在彼拉多面前受审。行刑和掩埋分别由伊万的梦和大师的小说展示出来。复活的细节在小说中没有出现，只是在结尾，耶舒阿安排了另外两个主人公的结局：通过利未·马太转托沃兰德给大师以永久的安宁，请大师在小说的结尾让彼拉多获得宽恕和解脱。读者分明可以辨出，这就是在真理与至善的王国中获得永生的耶稣。

从作家设置的人物（耶舒阿、本丢·彼拉多、利未·马太、犹大等）和基本情节（受审、行刑和掩埋等）与福音书的对应关系中，都可以见出耶舒阿与耶稣形象的同一性。作为基辅神学院教授之子，布尔加科夫从小熟谙圣经：“《旧约》和《新约》在他的精神生活中占有重要地位。……《圣经》是通过引文、形象和气息进入他创作的书。”[①]作家手头用的是《圣经》的俄译本，同时，家里还藏有希伯来文《圣经》。他不懂希伯来文，古犹太语对于他或许既是引发激情、激发想象力和创造力的遗物，也是为主人公命名的由来。

从词源学上看，耶舒阿·伽-诺茨里（Иешуа Га-Ноцри 源自 Иешуа ha-Ноцри，ישוע הנוצרי）即为拿撒勒人耶舒阿（Иешуа из Назарета），“耶舒阿”和“约书亚”本是一个词（钱诚的中译本为避免混淆，将其译为前者）。而“耶稣”（Ιησους）是希伯来语“הושע（Yehoshua）”或阿拉米语“שוע 约书亚（Joshua）或耶书亚（Yeshua）”的希腊文音译。希伯来《圣经》（基督教的《旧约全书》）中一卷以其希伯来名字“约书亚”命名，摩西死后他被指定为以色列领袖，引领以色列民众回归迦南。两约之间的犹太人很多以此为自己的儿子命名。诺斯罗普·弗莱在《伟大的代码——圣经与文学》中指出：“耶稣、约书亚是相同的字，因此玛利亚得到通知称他的孩子为耶稣或约书亚时，其类型学的意义是：律法主宰已经结束，对‘应许之地’的攻击已经开始（《马太福

① Яновская Л. *Записки о Михаиле Булгакове*. М.: Параллели, 2002. с. 85.

音》1：21)。"[①]无涉是否相信基督教的耶稣存在的问题，犹太人正式称呼福音书中的耶稣为"耶稣·伽-诺茨里(הנוצרי ישוע，Иешу ха-Ноцри)"，"Ешу"是名，个别口语有时会加上词尾"а"音："Ешуа"。定冠词"Га"为"就是这一个"的意思，强调这正是基督教的奠基者，是基督教信条中神的三个位格之一——圣三位一体的第二个位格"神子"，而不是别的同名者。"Ноцри"为拿撒勒的，即"来自拿撒勒城"之意。按希腊语发音"Ιησοῦς Χριστός"为耶稣基督。希伯来语称基督教为Нацрут，其中"-ут"为后缀，"н. ц. р. (נצרת)"为词根，犹太教中对基督教的称呼和拿撒勒相关"Ιησους Ναζαρηνος(Назарет，Нацерет)"，因此，这一称呼可能还意味着"基督徒耶稣"。[②]

布尔加科夫吸收借鉴了西方学术著作和文学艺术中耶稣基督的各种表现传统。在他注明1938—1939年的《长篇小说资料》和最后工作的笔记的第30—31页，有一系列摘录，包括博罗伽乌兹和埃夫伦(Брокгауз и Ефрон)的《百科辞典》，勒南的《耶稣的一生》(1863，俄译本1906)，英国坎特伯雷大教堂教长、维多利亚女王时代作家弗雷德里克·威廉·法拉尔(Frederic William Farrar，1831—1903)的《耶稣基督的一生》(1874，俄译本1885)，德国犹太历史学家海因里希·格雷茨(Heinrich Graetz，1817— 1891)的《犹太人的历史》(12卷本，1853—1875)。这些历史信息都成为作家重塑耶稣形象的重要参照。勒南的《耶稣的一生》几乎伴随了他写作《大师和玛格丽特》的全部岁月，从1929—1939年间，他做了大量摘录(推测是从1906年出版起)，并汲取了历史学派对耶稣进行人化处理的笔法[③]。布尔加科夫要从福音书中寻找"活的"上帝，把耶稣写成一个"存在过的"活生生的人，在世俗化

① 诺斯洛普·弗莱：《伟大的代码——圣经与文学》，郝振益、樊振帼、何成洲译，北京：北京大学出版社，1998年，第224页。

② 参见 http://levhudoi.blogspot.ru/2011/12/blog-post.html，2013—3—3.

③ Яновская Л. *Записки о Михаиле Булгакове*. М.：Параллели，2002. с. 93.

的线索中重现福音书的故事。[1]

世纪之交以索洛维约夫为代表的俄罗斯知识分子的思想探索是布尔加科夫塑造耶舒阿形象的重要资源。从 19 世纪末起，官方教会就出现了深刻危机。他们将教条化作为自己的宗教特权，激烈反对所有异端思想。宗教活动家捷尔纳夫采夫（В. А. Тернавцев，1866—1940）[2]认为："教会宗教社会理想的缺失是其自身陷入绝境的原因。""教会力量薄弱；没有敞开天空降下圣灵的信仰和思考的宽度。最主要的是，他们在基督教中认识和理解的只是停留在尘世生活的死后理想，在社会关系方面是空虚的，没有真理的实现。"[3]在此背景下，索洛维约夫于 19 世纪 90 年代提出基督教是建立在永恒的道德约言基础上的社会进步的宗教。而精神进步的主要条件在于"以耶稣基督的榜样为指导的人的活动"[4]。这一思想成为当时部分俄罗斯知识分子自我意识的根源。他们逐渐意识到唯物主义和实证主义世界观的虚妄，纷纷出离"此岸"世界，开始洞察对他们隐约敞开的"彼岸"价值，很多人从实用地理解建立在马克思主义和无神论基础上的现实转向接受寻神形态的宗教意识。所谓寻神，就是寻找失去的伦理指向，这一指向必然引起那些此前与上帝断裂的知识分子重新省察，以克服左的激进主义教条，回到精神的开端。这一进程由此被命名为俄国宗教哲学的复兴。当时的"知识阶层"对《圣经》文本的兴趣与其说是在表面的情节，不如说是在内在的决定人的存在关系的道德哲学问题上。布尔加科夫的父亲曾积极参与纪念索洛维约夫的宗教哲学团体，直接见证了关于信仰问题的紧张辩论。布尔加科夫就是站在俄罗斯宗教复兴的

---

① Яновская Л. *Записки о Михаиле Булгакове*. М.: Параллели, 2002. с. 82.

② 瓦列金·亚历山大·捷尔纳夫采夫（Валентин Александрович Тернавцев，1866—1940），俄罗斯宗教活动家，宗教哲学学会组织者之一，东正教最高会议成员。

③ Тернавцев В.А. Русская Церковь перед великой задаче // *Новый путь*. 1903. №1. с. 7—8.

④ Ермичев А.А. 《Я всегда был ничьим человеком》// *Н. А. Бердяев. Pro et contra*. Кн. 1. СПб. 1994. с. 19.

道德伦理角度，艺术地解决了陀思妥耶夫斯基提出的“有没有上帝，有没有不死”的重大问题。在他的小说中，伊万·别兹多姆内的转变就是这部分知识分子的一个缩影，耶舒阿则是体现着永恒道德理想的榜样。

二、软弱的神人与自由精神

耶舒阿是布尔加科夫在新的时代背景下以东正教之心所领受的耶稣，他以鲜明独特的言行举止与圣经文本中的耶稣形成强大的张力与对比。布尔加科夫略写救主的降临与复活，试图弱化其宗教神秘意义，以便强化基督那不需要超自然证据的道德伦理学说。就内在精神而言，耶舒阿恰似陀思妥耶夫斯基《宗教大法官》中的耶稣，拒绝“奇迹、神秘和权威”，追求精神自由的绝对价值（见图 15）。

图 15　《旷野中的基督》，克拉母斯科伊，1872 年

小说浓墨重彩地集中铺写耶舒阿尘世生命的最后一天受审、受难的场景，通过显示其软弱性和无力自保性的情节来反衬其“非此世性”、“神圣性”。福音书中的耶稣乃上帝之子，深知自己降临人世的使命是为人类赎洗罪孽，早已做好殉难牺牲的准备，所以在彼拉多面前

除了承认自己是犹太人之王以外拒绝回答任何问题,视死如归,毫不畏惧。在布尔加科夫的小说中没有人子和神子的对立,这与勒南从"学术"角度对所有传说和幻想的福音书故事进行"净化"不同。耶舒阿27岁而不是33岁。当彼拉多问及他的身份时,这位流浪哲学家招认自己是拿撒勒人,没有提是上帝或上帝之子。他没有亲人子嗣,"孤身一人在世",不是童贞女玛利亚之子,不记得父母是谁,听人说父亲是叙利亚人而不是犹太人。刚开始受审,就因称彼拉多为"善人"而被中队长捕鼠太保鞭打得鼻青脸肿。他显出常人的胆怯,连忙顺从地改口叫"总督大人"。这种软弱的神人的特质在著名教会神学家C. H. 布尔加科夫的《东正教——教会学说概要》中得到充分阐释:

> 进入东正教民族心灵和最能抓住这个心灵的,不是在十字架上受难的基督,而是活在世间的温和的谦恭的基督形象,他是上帝的羔羊,担承了世界的罪孽,使自己成为一个降临世界的温顺的人,为世上所有人服务,自己却不接受任何服侍。无怨无悔地承受诽谤、羞辱和唾骂,却报之以爱。潜在地包含全部"幸福"的虚心之路,主要是对东正教的心灵敞开的。这颗心灵所寻求的神圣性(俄罗斯人民在"神圣的罗斯"这个名称中表达了自己的这种追求)就是最大的容忍和自我牺牲。所以对于东正教、特别是俄罗斯正教来说,富有代表性的就是所谓"属神的人们",这些神人不是来自此世,没有此世之城,而是无家可归的流浪者,是为基督而生活的圣愚。……客西马尼园祷告之后,基督在受辱和受难之时,已不创造奇迹了,但在他的这种人性的无力自保性(无论他的神性力量还是来自圣父的天使大军,都不能消除这种软弱性)之中,却包藏着最强大的力量:仿佛主在此正是亲身践行自己"论福"的诫命,号召一切忍辱负重的人也这样做。神圣性的这种软弱形式是非此世性的表现。①

---

① C. H. 布尔加科夫:《东正教——教会学说概要》,徐凤林译,北京:商务印书馆,2001年,第188—189页。

在理性主义绝对化的时代背景下，耶舒阿是超越"神秘、奇迹和权威"的精神自由的榜样，是"新宗教意识"的体现者。福音书记载，耶稣从小就显现出异于常人的神力，并在耶路撒冷治愈各种病人、让死者复活以显示上帝的权能。在东正教的理解中，基督对世界的拯救是看不见的，要求看见神迹是不信的表现[①]。故小说将其神迹压缩为透视并治愈彼拉多的偏头痛。福音书中的耶稣有十二个门徒，进入耶路撒冷时骑着毛驴，前行后随的人呼唤"和撒那"，小说中的耶舒阿却没有门徒，只有税吏利未·马太被他的布道吸引，扔下钱袋追随他云游。背叛耶舒阿的加略人犹大并不是他的门徒，只是因偶然相识而应他的请求谈了对国家政权的看法。他宣扬的不是此世的王国，而是超越世俗权威的永恒的王国："任何一种政权都是对人施加的暴力，将来总有一天会不存在任何政权，不论是凯撒的政权，还是别的什么政权。人类将要跨入真理和正义的王国，将不再需要任何政权。"[②]

别尔嘉耶夫指出："各各他的宗教是自由的宗教。上帝的儿子，以'奴仆的形象'出现在世人的面前，受尽世间的磨难，被钉死在十字架上，他面向的是人精神的自由。"[③]这一思想可以作为解读耶舒阿形象内涵的钥匙。在他身上，没有任何强制性的力量，要求像信仰他像信仰上帝一样。利未·马太在羊皮纸上记录的耶舒阿的言行，因没有文化而将他的话错记成要人们"去拆毁圣殿"[④]。"拆毁圣殿"的行为是与耶舒阿推崇的精神自由相悖的一种强制和奴役，所以他才唯恐"这种混淆将要持续很长时期"。

俄罗斯宗教哲学认为，世界和生命都是完整的存在，人的认识扎根于人的生命存在中。脱离了整体生命和与整体生命相对立的领域

---

① 参见徐凤林：《俄罗斯宗教哲学》，北京：北京大学出版社，2006年，第229页。

② 布尔加科夫：《大师和玛格丽特》，钱诚译，北京：人民文学出版社，2004年，第28页。

③ 别尔嘉耶夫：《陀思妥耶夫斯基的世界观》，耿海英译，桂林：广西师范大学出版社，2008年，第47页。

④ 布尔加科夫：《大师和玛格丽特》，钱诚译，北京：人民文学出版社，1999年，第22页。

就没有任何生命了。正如弗洛连斯基所言:“真理应当是完满的,应当包容一切。”[1]既然耶舒阿所代表的真理是无法言说、不可分割的完满生命,那么,感知真理的器官就不是头脑而是心灵。因此,将基督作为道德的绝对抽象地接受是不可能的,通向他的唯一的道路是心灵的感觉。梅列日科夫斯基指出:“为了相信基督。正确地思考、了解基督是不够的”,“应该了解基督本身,就像在自己的道路上重新与他相遇”,“在人子中见到神子”[2]。特鲁别茨科伊写道:这在很大程度上是直觉的个人的过程,它构成了“民族弥赛亚主义、人类更新的基础,但只是依靠俄罗斯的思想、俄罗斯的上帝和基督”[3]。因为“俄罗斯的基督”不是吸引人的理想,不是活在教堂祭坛上,而是活在人心灵祭坛的救主。

东正教有别于理智的天主教的一个重要标志就是它首先关注人的情感方面,渗透着“神秘的颤栗”。其基本公理不是通过理性,而是通过情感达到的。这就是在20世纪的宗教哲学中深刻意识到存在着心灵的开端的原因。尤里凯维奇(П.Д. Юркевич,1826—1874)[4]的观点很有代表性:心灵不只是“人的灵魂和精神生命的聚集”[5],而且“意味着某个神秘的中心,目光无法企及的神秘的深处”[6],这一深处把整个世界、完全的无限性都融入自身。因而,人存在的意义在于“寻找这一自身的永恒”,而为此应该“寻找自己真正的‘我’,探究自己心灵的深处”[7]。只有当人自由地信仰,意识到自由行善的必要性,并选择那

---

① Флоренский П.А. *Сочинения*. Том 1(1). М.,1990. с. 12.

② Мережковский Д.С. О новом религиозном действии. Открытое письмо Н.А. Бердяеву // *Бердяев Н.А. Pro et contra*. Кн. 1. СПб. 1994. с. 157.

③ Трубецкой Е.Н. Старый и новый национальный мессионизм // *Н.А. Бердяев. Pro et contra*. Кн. 1. СПб. 1994. с. 240.

④ 尤里凯维奇(Юркевич П.Д. 1826—1874),乌克兰哲学家和教育家,俄罗斯哲学的代表。

⑤ Юркевич П.Д. Сердце и его значение в духовной жизни человека по учению Слова Божии // Юркевич П.Д. *Философские произвидения*. М.,1900. с. 69.

⑥ Вышеслáвцев Б.П. *Этика преображенного Эроса*. М.,1994. с. 272.

⑦ Там же. с. 273.

条通往光明的道路时，才可能发生改变。由此便可以理解，彼拉多的追悔是自觉的生命历程、自由的心灵选择，他执著地期待了两千年的月光之路（лунная дорога）就是“重新与他相遇”的真理之路（путь）[①]，自由之路，解放之路。

三、真理与至善

作者怀着最纯洁的热忱，塑造了他心中更接近上帝本身的形象耶舒阿。作为真理与至善的化身，他是人的至高理想和榜样，也是布尔加科夫思想结构的核心。面对彼拉多的千年之问“真理是什么？”（见图16）耶舒阿没有明言：“此时此刻的真理就是你的头在痛。痛得很厉害，致使你怯懦地想到自戕。”[②]这句话就如陀思妥耶夫斯基的耶稣以一吻回答了宗教大法官的质疑，包含着对生命的无限体认。

图16　H. 格《真理是什么?》，1890年画布油画 233×171

耶稣在福音书中的布道是对耶舒阿形象的最好注解：“我就是道路、真理、生命（Я есмь путь，истина и жизнь）”。据弗洛连斯基考证，俄语里“真理”（Истина）来自动词“有”

① 这和俄语“道路”隐喻在文学文本中的使用又发生了契合：“путь 的隐喻意义往往在 дорога 的背景上得以实现，也就是说，путь 采用了 дорога 的形象”。见张冬梅：《俄罗斯民族世界图景中的文化观念“家园”和“道路”》，哈尔滨：黑龙江人民出版社，2009年，第116页。

② 布尔加科夫：《大师和玛格丽特》，钱诚译，北京：人民文学出版社，2004年，第25页。

(есть),所以真理就意味着“真实的现存之物”[①]。С.布尔加科夫认为:真理在其神性存在中是“道路和生命”。从词源学上看,“道路”(путь)的原初意义是“找到”、“发现”。[②] 真理之路即为“发现/找到”“实在”,实有即为生命。沃兰德在作品第一章中就开宗明义地指出:“耶稣这个人还是存在的,不需要任何证明”。当柏辽兹和伊万否定上帝、否定魔鬼时,沃兰德狂笑并震怒道:“你们这里是怎么搞的?不论提起什么,一概没有!”他厉声质问:“如果说没有上帝,那么,请问,人生由谁来主宰,大地上万物的章法由谁来掌管呢?”[③]可以认为,小说中四个耶路撒冷的章节就是对他存在的见证,就是“发现/找到”“实在”的过程。

洛斯基(Н.О. Лосский,1870—1965)指出:“俄罗斯民族性格的基本的、最深层的特点是它的宗教性,以及与此相联系的对绝对之善、只有在天国中才能实现的善的寻求。”[④]真理作为最高现实,也是在生命的三者统一中的善和美[⑤]。索洛维约夫将上帝定义为“绝对者通过真理在美中实现善”[⑥]。耶舒阿是绝对的善(上帝)的化身,是善的道德律令的体现者,是通过言与行完成的思想的创造者。福音书中耶稣的山上布道在这里被浓缩成一句话:“所有的人都是善人”。他坚信“这个世界上没有恶人”,即使是冷酷无情的刽子手捕鼠太保马克,杀人犯

---

① Флоренский П.А. *Сочинения*. Том 1(1). М.,1990. с. 157. 见徐凤林:《俄罗斯宗教哲学》,北京:北京大学出版社,2006年,第168页。

② 是具有印欧语性质的共同斯拉夫语词,在印欧语中的词根是 pent—/pont—(«спучать»,«идти»,«дорога»)。该词根在捷克语和波兰语中还具有“朝圣”的意义:чеш. Pout′—«паломничество»,«богомолье»;польс. Pantnik—«паломник»。古德语 fandon(现代德语为 fahnden)——«выслеживать»,«идти по следам»,具有找到、发现之意。而在古俄语中该词从11世纪开始使用,其词义与现在大致相同,表示«дорога»,«проход»,«путешествие»。参见张冬梅:《俄罗斯民族世界图景中的文化观念“家园”和“道路”》,哈尔滨:黑龙江人民出版社,2009年,第93页。

③ 布尔加科夫:《大师和玛格丽特》,钱诚译,北京:人民文学出版社,2004年,第10页。

④ Лосский Н.О. *Условие абсолютного добра*. М.: Политическая литература. 1991. с. 240.

⑤ Булгаков С.Н. *Свет невечерний: Созерцания и умозрения*. М.: Республика. 1994. с. 70.

⑥ 索洛维约夫:《完整知识的哲学基础》,见《索洛维约夫著作选》,两卷本,莫斯科1988年俄文版,第104页。转引自张百春:《当代东正教哲学思想》,上海:上海三联书店,第84页。

迪司马斯、赫斯塔斯和巴拉巴，卑鄙龌龊的告密者犹大，在他眼里也皆为善人。他理解并医治彼拉多的头痛；被钉上十字架后承受烈日的炙烤和肉体折磨，依然坚定善的信念，把水让给另一名死刑犯。耶舒阿和福音书中留下和平的耶稣一样，把心灵的温暖、慈悲和宽恕给予了这个世界，以自己的殉难牺牲将善的种子播撒开去。真理就在于善遍布全世界，世界的希望在于善的实现。在他身上体现着永远高于复仇和惩罚的宽恕和慈悲："真理的第一个层次是正义，最高层次是慈悲。"[①]当人们像他一样爱上仇敌的时候，权力与暴力的机构就会自动消失。所以，他虽死去，也必将复活。而以强力惩恶扬善的此岸之王沃兰德，即使成就，也必然离去。

在小说中，耶舒阿所祈祷的普世的、包罗万象的爱和本丢·彼拉多对生命的理性态度形成了鲜明的对立冲突。耶舒阿和彼拉多、大师和柏辽兹的对立都寓于这一本质当中。心灵和头脑的主题几乎同时在关于大师的小说和耶路撒冷章节出现，在彼拉多审问"流浪哲学家"时达到高潮。耶舒阿预言"旧信仰的圣殿将会坍塌，一个新的真理的圣殿将会建立起来"，这与古代俄罗斯对律法与恩典的理解具有相似的寓意：由冰冷的理性主宰的律法时代将会终结，依靠内在的生命直觉蒙受恩典、获得精神启蒙的时代终将到来。

对理性和权力的绝对盲信必然导向悲剧。那些社会意识形态的主导者和维护者把一切与流行观念相悖的异端都被视为精神病，却不知自己已经患上了脱离生命完整的精神分裂。在俄语中与"理性"、"理智"、"智慧"（ум，разум）相对应的"疯子"即为"非理性"、"无理性"（безумие，безумный）。在公元 1 世纪的耶路撒冷，犹太总督彼拉多判定耶舒阿有罪的批语腹稿是："该流浪哲人显然患有精神疾病"[②]。耶舒阿"系神经错乱，罪行是胡言乱语，在耶路撒冷和其他几个地方扰乱

---

① Лакшин В.Я. Мир Михаила Булгакова // *Литературное обозрение*. 1989. № 10. с. 66.

② 布尔加科夫：《大师和玛格丽特》，钱诚译，北京：人民文学出版社，2004 年，第 26 页。

民心”[1]。在他的思维逻辑中：“凯撒政权不是你这疯子、罪犯可以说三道四的！”[2]在20世纪的莫斯科，不承认上帝和魔鬼存在的柏辽兹和伊万一致认定沃兰德是疯子，伊万甚至向沃兰德挑衅：“您从来没有在精神病院呆过吗？”然而，当他把亲眼目睹的一切通报给格里鲍耶多夫之家的成员们时，即刻转变为现实理性眼中的异类，被送往精神病院。精神病院在那个颠倒错乱的时代反而具有了正面的象征意义：既是行贿受贿的房管所主任博索伊、宁要脑袋不要真理的报幕员孟加拉斯基、让集体齐唱停不下来的机关工作人员回归健全理智和生命完满的福地，也是遭受迫害的大师的避难之所和精神分裂的伊万回归正途的教化之所。

灌注着完满的生命的真理仅凭人类有限理性无法抵达，头痛、精神分裂乃至人头落地便是对虚妄的人类的严厉惩罚。彼拉多的头痛在于良知与理性的激烈冲突。他分裂的个性就如那件血红衬里的白色披风一样呈现出两级对立的特征：红色象征地上人间，表示折磨、血、牺牲、痛苦；白色象征生活、神圣的光明、纯洁无瑕、不染红尘、超越时间。一方面，他信奉罗马和凯撒的利剑，为了不断送自己犹太总督的前程，把宣讲和平的哲学家判处死刑，双手沾上了耶舒阿的鲜血，成为道德的罪人；另一方面，他又良知未泯，向往耶舒阿的真理。自起了处死耶舒阿之念，他便陷入了不可救药的头痛和永无绝期的追悔。枯坐在绝对孤独的悬崖上，他醒悟到“怯懦是人类缺陷中最最可怕的缺陷”[3]。在相隔两千年的历史时空中，人们犯下同样的罪孽，承受更严厉的惩罚。不相信上帝和魔鬼的柏辽兹被有轨电车轧断头颅，报幕员孟加拉斯基被公猫揪下脑袋，成为上帝存在的第七项见证；在撒旦晚会上，沃兰德用柏辽兹的颅骨酒杯为存在干杯。这既是对理性的嘲讽，也确认了耶稣所代表的历史文化价值。

---

① 布尔加科夫：《大师和玛格丽特》，钱诚译，北京：人民文学出版社，2004年，第33页。

② 同上书，第29页。

③ 同上书，第328页。

“一切真历史都是当代史”[1]：布尔加科夫以历史的追光烛照现实，促使现代人反躬自省，由此生成了《大师和玛格丽特》中古代世界和现实世界间内在的召唤关系。而写神的目的是为了人：在耶路撒冷的悲剧中，耶舒阿和彼拉多是两个互为支撑的存在，正如别尔嘉耶夫所强调的：“上帝诞生于人而人也诞生于上帝”[2]，或者说“如果没有神，也就没有人”[3]。在被后者称作“基督学”的俄罗斯宗教哲学中，人是上帝面前的唯一存在。耶舒阿形象的意义在于，用真理与至善铺就一条充满爱、温暖、安宁和希望的月光之路，感召彼拉多和伊万等迷途的人们回归永恒的精神家园，重获新生。

第五节 彼拉多：从大希律王宫到月光之路

在第二章便隆重登场的本丢·彼拉多绝对是其中不容忽视的重要人物，他不仅是三个时空的接洽，也是全书最复杂、最矛盾、也最接近人类本性的形象。作者关心的并不是他笔下的这位罗马总督到底符不符合《圣经》或是历史原型，而是他能不能为我们提供一条走向光明的道路：犯下杀死耶舒阿重罪的本丢·彼拉多，孤独地站在信与不信、善与恶、光明与黑暗的临界处思考并痛苦着，在将近两千年的漫长惩罚中，他最终能否走上那条盼望已久的月光之路呢？

一、罪：“怯懦是人类缺陷中最可怕的缺陷之一”

本丢·彼拉多一出场便给人以威严刚硬之感，然而这个“身穿血红衬里的白色披风，迈着威风凛凛的骑士方步走出大希律王王宫正

---

① 贝奈戴托·克罗齐：《历史学的理论和实际》，傅任敢译，北京：商务印书馆，1982年，第2页。

② Бердяев Н.А. Мое философское миросозрение //Бердяев *Н.А. Pro et contra*. Кн. 1. СПб. 1994. с. 26.

③ Соколов Б. *Булгаковская энциклопедия*. М.: Локид-Миф, 1998. с. 86.

殿”[1]的总督大人实际上却正被不为人知的可怕的偏头痛所折磨，这种病却根源于他对人类缺乏信心。为确保自身地位的稳固，彼拉多不得不时刻绷紧神经，他仇视所有人，仅把所有的眷恋寄托在一只狗身上。当耶舒阿称他为“善人”时，他立即矢口否认，他厌恶这一称谓，甚至觉得自己被侮辱了，因为这个可怜的罗马总督根本就不相信这个世界上还存在着所谓的“善人”，他已经对被全耶路撒冷称为“凶残的怪物”这一事实麻木不仁了。不仅如此，对于自身的恶，他毫不遮掩，反而以恶所带来的威慑力为荣。他自以为强大，身为耶路撒冷最高统治者，足以操纵他人的生死，于是声称能割断系着耶舒阿性命的发丝；但当耶舒阿指出他的错误，回答“只有那个系上这根发丝的人才能够割断它”[2]时，彼拉多对恶之权威的绝对信奉开始动摇。

起初，彼拉多对耶舒阿的关注仅仅源于这个犯人能够治好自己的偏头痛，直到两人进行了关于善恶问题的争论，才使他又看到了人性的美好，对人世重拾信心，并开始对这个拿撒勒人产生了莫名的好感。为拯救耶舒阿的性命，让这珍贵的火种在黑暗中保留下来，彼拉多不止一次地发出暗示，要耶舒阿在供词上说谎。但耶舒阿至真的本性决定了他的诚实，他甚至开诚布公地承认了自己关于政权的看法：“任何政权都是对人施加的一种暴力，将来总有一天会不存在任何政权，不论是凯撒的政权，还是别的什么政权。人类将跨入真理和正义的王国。”这意味着耶舒阿将自己送上了十字架——他必死无疑。

与此同时，彼拉多对人性重新建立起的信心也随着耶舒阿的悲剧命运而轰然倒塌，这样一个笃信世人本善的义士只因为讲了一句不该讲的真理而将被处死，真理与正义的王国怎么可能建立起来？他刚刚开始苏醒的良心不愿处死这义人，但正如耶舒阿所说的，“怯懦是人类缺陷中最最可怕的缺陷”[3]，这个不曾在凶残敌人面前退却的勇敢的金

---

① 布尔加科夫：《大师和玛格丽特》，钱诚译，北京：人民文学出版社，2004 年，第 16 页。
② 同上书，第 24 页。
③ 同上书，第 328 页。

矛骑士，此时却在自己罗马总督的前程面前退却了，他高喊着“世界上从来没有、现在没有、将来也永远不会有比当今圣上提贝里乌斯皇帝的政权更伟大、对人类来说更美好的政权”[1]，心里却充满对这一说法的厌恶及自我厌恶。权衡再三，他还是背叛了自己的良心，核准了地方公会对耶舒阿的死刑判决。但是彼拉多仍没有放弃最后一丝希望，他奢望逾越节的大赦能为他提供一个两全其美的结果——这义人不必流血，他的似锦前程也可以安如泰山。

不幸的是，彼拉多并不如他自己所认为的那般强大，他的心灵在遵循道德的过程中再一次软弱下来，他虽有向善之心却终究缺乏坚强的意志和不顾一切的决绝，结果在与犹太大祭司该亚法的对抗中败下阵来。

> “怯懦是人类缺陷中最可怕的缺陷”，彼拉多又一次输给了自己，抑或说是输给了自己的欲望，他不敢与耶路撒冷的宗教势力彻底决裂，他不愿“为了一个对凯撒皇帝犯下罪行的人而断送自己这犹太总督的前程”。[2]

所以，他必须为这软弱而造成的恶果负责，耶舒阿难逃一死，他本丢·彼拉多也必将忍受良心的折磨，即使他事后做出千般补偿，这义人的鲜血仍染红了他的双手且永难洗净。

时间向前滚动着，物质文明在不断进步，汽车、电话，种种机械设备相继诞生，两千年的漫长岁月足以使沧海化为桑田，而罗马总督本丢·彼拉多的罪行却从两千年前的耶路撒冷一直延续到了两千年后的莫斯科市。见证过骷髅地死刑判决与执行的魔王沃兰德带着他的侍从们来到莫斯科，他在以魔术表演的方式观察莫斯科居民之前点明，相对于物质的发展，更为重要的是“本市居民的内心是否发生了变化”[3]，也就是物质文明的外表下人们的精神世界是否发生了改变。一

---

① 布尔加科夫：《大师和玛格丽特》，钱诚译，北京：人民文学出版社，2004年，第29页。

② 同上书，第328页。

③ 同上书，第125页。

次次的试验让魔王很失望,他不禁感叹道:

> “这些人呀,人毕竟是人嘛。他们喜欢钱财,这也是历来如此的……人类是爱钱财的,不管它是什么造的……嗯,他们太轻浮了……慈悲之情有时也会来扣他们的心扉……都是些普普通通的凡人……总的来说,很像从前的人……”①

两千年前的本丢·彼拉多由于他的怯懦而获罪,这种罪在康德的《单纯理性限度内的宗教》曾被提到过。康德将人趋恶的自然倾向分为三个不同的层次:人本性的脆弱,即“我所愿意的,我并不做”;人心的不纯正,即将非道德动机与道德动机混为一谈;人心的恶劣,即把道德动机置于其他非道德动机之后。“我所愿意的,我并不做”便是彼拉多的“恶”,也是三种倾向中最靠近善,也最为普遍地存在于人的内心的一种。

但是,人类却总也无法摆脱这一倾向,这“恶”跨越千年仍深深扎根于人的内心,不肯被“善”同化,究其根本便是“怯懦”作祟。布尔加科夫在《大师和玛格丽特》上部的第六章设计了柳欣这个人物,其目的就是淡化时空的差异感,进一步说明人类所有缺陷中最为可怕的“怯懦”。

柳欣是位诗人,更是位有证件、能够自由进出“格里鲍耶陀夫之家”的著名诗人,他一直以来都为他所获得的荣誉而沾沾自喜。然而诗人“无家汉”伊万在发了疯之后毫不隐讳地指责他是“庸才加草包”,大声嘲笑他的“五一”献诗,这一行为令柳欣极为愤怒。但当他静下心来细细思考,竟然发觉自己真是个骗子,曾经发表过的那些歌功颂德的所谓的“诗篇”,不仅是欺骗大众,更是欺骗自己,是犯罪:“我写的那些东西,我自己也一点都不信。”②但即使在意识到这一切之后,柳欣所做的也不过是借酒浇愁,他怯懦地认为自己丝毫无法改变现在的生

① 布尔加科夫:《大师和玛格丽特》,钱诚译,北京:人民文学出版社,2004年,第128页。
② 同上书,第73页。

活道路，只能选择忘却来麻痹自我。

更可悲的是，还有许多仍处在权势淫威之下的人并没有察觉到自己正在犯罪。大师关于本丢·彼拉多的小说章节一经发表，文学界批评甚至诋毁他的文章便气势汹汹而来，指责他贩卖“彼拉多私货”，说他是“猖狂的旧教徒”。这些文章表面上的理直气壮，越发显露出其骨子里的底气不足，不得不虚张声势，以怒不可遏、语无伦次来掩饰，阿里曼、拉铜斯基之流愚昧无知，只是盲从“莫文联”的评价标准，根本无视大师小说中的真与美。最终，这种类于人身攻击的攻讦使无辜的大师患上了恐惧症，他开始害怕黑暗，日渐消瘦，夜夜开灯方能入眠，无处可去只能寄身于精神病院，最后决定放弃一切，甚至包括他深爱着的玛格丽特，而那些迫害他的人却还自以为做了件保护大众思想不被毒害的大好事。

布尔加科夫之所以选择“莫文联”为魔王考察人心的开始，其原因恰恰在于文学在社会生活中所扮演的角色。文人是社会的良心，他们的重要责任是引导大众的思想，以使整个社会向着更真更美的方向发展，如果连“社会的良心们”都失去了“良心”，甚至不知“良心”为何物，那么这个社会便只能乌烟瘴气下去。多数人和柳欣一样，在发现自己有罪时的反应不是自我惩罚或努力改正，而是去忘却——假装那罪从来就不曾存在过；为数更多的人是阿里曼与拉铜斯基的同类，长久的怯懦使其根本没有勇气去质疑那些被扭曲了的善恶标准，陷入罪中而不自知，更谈不上改正或接受惩罚。然而，在人的灵魂升华的过程中，“罚”是不可跳过的一步，是获得救赎的关键，也是为什么在读者眼中温良无害的大师按功德只去了安宁之地而暴虐恣睢的罗马总督却能踏上月光之路的原因所在。

二、罚：将近两千年的代价

罪一旦发生，便无法靠自身来涂抹和补救。无论是在《新约·马太福音》(27：24)中，用水在众人面前洗手并推脱说：“流这义人的血，罪不在我,你们承当吧。",还是在《大师和玛格丽特》中,埋葬耶舒阿、杀死告密的犹大、向利未·马太示好,这一切的一切都为时晚矣——血已然流下,本丢·彼拉多所犯下的罪过也已无法洗净。

人若犯了罪便当接受惩罚,但所谓的惩罚并不仅仅是针对肉体的,更根本、重要的还是精神方面的折磨。"遭到玷污的天性和犯罪的心灵会对自己进行报复,比任何人间的制裁都更为彻底"[①],陀思妥耶夫斯基这里所提到的"心灵对自己的报复"便是所谓的"心罚",这种惩罚绝不是别的什么人或什么机构强行加诸的,而是一个还有良知的人对自己的罪过所自觉进行的最深入、最彻底的处罚,也就是良心的谴责。

本丢·彼拉多犯下重罪的后果便是必须接受无穷尽的"心罚",他在绝望中模糊地意识到,自己下令处以极刑的不单单是一个活在现世之中的人,而是"善"这一概念本身,而"善"的永恒性也就同时注定了这份罪孽的永恒,"永世长存……从此便永世长存了"[②]。不但如此,作为罗马总督,彼拉多自然是整个耶路撒冷的最高统治者,在他宣布死刑判决时,全城连一个暗示不满的人都没有——麻木的民众只是贪看热闹的看客,就连虔诚的利未·马太都没有杀掉彼拉多为耶舒阿报仇的想法,所以他的罪根本就不可能通过人间的肉体上的刑罚来减轻。这样一来,所有的惩罚都将来自于内心,痛苦也必加倍。

从彼拉多怯懦地向犹太大祭司该亚法妥协的那一刻开始,惩罚就在进行。"好吧,就照此办理",此话一出,彼拉多便感到"有一种极可怕的悔恨,一种回天无术、无可奈何的悔恨控制了他的全身,烧灼着他的心"[③];他放弃了搭救耶舒阿的最后机会,高声宣布得到特赦之人的名字"巴拉巴",只觉太阳轰然四分五裂,目难见物,耳中满是鸣叫;大

---

① 陀思妥耶夫斯基:《卡拉马佐夫兄弟》,耿济之译,北京:人民文学出版社,1981年,第1082页。

② 布尔加科夫:《大师和玛格丽特》,钱诚译,北京:人民文学出版社,2004年,第33页。

③ 同上书,第34页。

错已然铸成，他疲惫又惴惴不安，即使在安宁的月光下也得不到安宁。

《约翰福音》(12：35)中，耶稣曾说道："光在你们中间，还有不多的时候，应当趁着有光行走，免得黑暗临到你们。那在黑暗里行走的，不知道往何处去。"黑夜独有的静谧使之成为人自我审视和拷问的空间，人与内心最隐秘、最孤独的有罪的自我进行交流，而黑夜中高悬于空的满月正如审判之眼，清冷且明察秋毫："莫文联"主席柏辽兹在被有轨电车轧掉脑袋之前看到了满月；出卖耶舒阿的犹大死时，他的左脚伸在一片月光中；彼拉多宣布审判结果的当天，也就是耶舒阿被钉死的那一天，也是满月当空，而自那个处死了义人耶舒阿的逾越节的后一个夜晚开始，每个月圆之夜，都会有一条月光之路从天上倾泻下来。彼拉多想沿着那条路走上去，好与耶舒阿继续他们还未完成的争论，却总也无法踏上那条路。他只能枯坐在祭坛般的石头平台上，守着一汪深红色的、似乎永远也不会干涸的水(那暗示着耶舒阿的血，《马太福音》26：28："这是我立约的血，为多人流出来，使罪得赦")，为失眠所苦，为曾经的罪追悔莫及，他甚至听不到山石崩塌的巨响，也看不见周围出现的人——悔恨像一把斧头，毫不留情地砍断了他与一切人的联系，他的心中除了两千年前的罪过竟容不下第二件事了。这漫长的痛苦看似是魔王沃兰德对彼拉多施予的惩罚，但在根本上却是彼拉多的自我惩罚——魔王只是给予他永恒的时间，审判与行刑的却是他内心的法庭。

在这充满痛苦的惩罚与反省中，彼拉多开始渐渐醒悟，心也越来越向耶舒阿靠近。他虽然在与犹太大祭司该亚法争夺特赦权时妥协，却也在愤怒的激荡下狠狠地教训了这个道貌岸然的家伙一顿，并为"不必装腔作势，不必斟酌词句"而越说越轻松；第一次梦见月光之路后，他在朦胧中指出捕鼠太保的差事是在"摧残士兵"，这些都是那个还不曾遇见义人耶舒阿的傲慢的罗马总督绝不会做、也不敢做的；早上还不愿为那个对凯撒皇帝不敬的人而断送前程，在深夜他却宁愿断送了——"只要能使那个绝无任何罪过、只是想入非非的幻想家和医生免遭死刑，他一切都在所不惜”[①]。

为一个满月而付出将近两千年代价的本丢·彼拉多开始憎恨个人的永世长存和盖世无双的荣誉，也开始明白作为一个税吏的利未·马太为什么愿意把钱扔到路上，跟随一个破衣烂衫的流浪者四海为家，并情愿与他“交换一下命运”——与身体方面的痛苦相比，灵魂的折磨可怕千倍万倍。

与彼拉多所在的石头平台类似，现实时空中的精神病院也是一个祭坛，或言是一个远离了当时莫斯科血红繁杂污浊的孤岛世界，负罪的灵魂孤独地在此得以自省——这里的人和彼拉多一样，既无法踏上月光之路得到拯救，也没有人到他们那里去。

波内列夫·伊万·尼古拉耶维奇曾是一位“著名诗人”，他在与“莫文联”主席柏辽兹讨论即将出版的反宗教长诗时“偶遇”魔王沃兰德，三人进行了简短的关于上帝问题的讨论。魔王质问：“如果说没有上帝，那么，请问，人生由谁来主宰，大地上万物的章法由谁来掌管呢?”伊万抢着回答“人自己管理呗”[②]。我们权且抛开上帝存在与否这一问题，而从另一个角度审视伊万的答案，就会看到赤裸裸的人类中心论思想，人可以主宰一切，包括自身，那么人类便可以为所欲为，去践踏弱者不会被惩罚，去行善也得不到任何报偿。然而，魔王准确地预见了柏辽兹的死亡，这“第七项论证”颠覆了伊万固守的信念，从而使其神经错乱，被送入了疯人院。冷静下来的伊万认识到自己过去的错误，那些他曾引以为傲的诗作现在看来是如此之“不堪入目”，于是便立誓不再写诗。在与大师的对话中，他也更为深刻地感受到了自己的无知。几年之后，重新开始生活的伊万做了教授，在历史和哲学研究所做研究工作，也不再能记起自己与魔王的相遇，但每个满月到来之夜，他就会心情激荡，烦躁不安，做关于彼拉多和耶舒阿的梦，并在

---

① 布尔加科夫：《大师和玛格丽特》，钱诚译，北京：人民文学出版社，2004年，第329页。
② 同上书，第10页。

行刑之时大叫着惊醒。这便是对伊万的惩罚，即使关于罪的记忆已然消逝，惩罚仍然在进行。

三、最后的裁决："你解脱了！他在等待你！"[①]

《启示录》(8：7)中写道："第一位天使吹号，就有雹子与火搀着血丢在地上；地的三分之一和树的三分之一被烧了，一切的青草也被烧了。第二位天使吹号，就有仿佛火烧着的大山扔在海中；海的三分之变成血。海中的活物死了三分之一，船只也坏了三分之一。第三位天使吹号，就有烧着的大星，好像火把从天上落下来，落在江河的三分之一和众水的泉源上。"

末日清帐之时与《创世记》中的灭世不同，后者是用四十个昼夜的大雨和泛滥的洪水，前者则是通过天火与惊雷。布尔加科夫在《大师和玛格丽特》中不止一次用雷与火营造了庄严而又恐怖的末日气氛，下部第二十九章《命运注定》写道：

> 从西方袭来的这片黑暗笼罩了整个庞大的城市。一座座桥梁、宫殿都不见了。一切都忽然消失，就仿佛它们从来没有在世界上存在过。一条火蛇飞速地穿过整个天空，接着一声巨大的轰隆声震撼了全城。[②]

结尾处，忏悔两千年的罗马总督本丢·彼拉多终于得与耶舒阿同行，一起走上了月光之路。这之前也有一段类似的描写："它仿佛来自一大片奔腾翻滚的乌云，那乌云正以雷霆万钧之势向地面压过来，世界像是到了末日。"[③]不仅如此，就连花园大街第302号乙楼和"格里鲍耶夫之家"也都是彻底葬身于火海之中，作者是在用这一"末日"景象来暗示沃兰德莫斯科之行的完满结束，也在尝试着给出一个问题的

---

① 布尔加科夫：《大师和玛格丽特》，钱诚译，北京：人民文学出版社，2004年，第394页。

② 同上书，第374页。

③ 同上书，第406页。

答案，这个问题不单单寄居在所有相信主，相信末日存在的人的心中——因为在最后审判之时，被拣选的人和义人是很少的，同时也折磨着那些虽无一定信仰，但也期望知晓死后世界秘密的人，这个问题便是：当最后的审判降临之时，什么样的人能够被拣选上天堂，什么样的人又该被打下地狱？

图 17 《大师和玛格丽特》插图

在《大师和玛格丽特》中，耶稣对本丢·彼拉多的审判是假手于大师完成的。当这位因彼拉多而饱经磨难、又因彼拉多而得到永恒安宁的学者为他呕心沥血的著作完成最后的注脚，大叫着“你解脱了！解脱了！他在等待你！”之时，一条月光之路便向忍受了将近两千年心罚的前罗马总督的脚下伸展过去；而最后，伊万的梦又为这千年之罚画上了最为圆满的句号：身披血红衬里的白色披风的彼拉多和穿着旧长袍的耶舒阿一同走在月光之路上，那只威武而安详的尖耳朵大狗斑迦也寸步不离地跟在后面，同它所爱的主人一道走进了光明(见图 17)。

这一结局是很值得玩味的，读者或许难以理解，为什么做尽恶事，甚至下令处死义人的罗马总督本丢·彼拉多能够得到光明，与耶舒阿同行，而饱受迫害、自己却从未害过一个人的大师按功德“只应得到安宁”？这其实是作者善恶观念的一种反射，布尔加科夫所想要表达的并不是对善的单纯赞颂，或对恶的一味批判，他所要赞美与追求的是二者的动态斗争过程，而非某个绝对的极点。他的这种态度通过《命运注定》中魔王沃兰德与利未·马太的对话清晰地表现了出来。利未·马太厌恶魔王，从他对他“邪恶之灵”、“阴暗之王”的称谓和说话的语气上不难发现这一点，魔王将这种厌恶评价为愚蠢。善恶是共生的，就像硬币的两面，只有善的世界不能称其为世界。事实上，即使是忏悔了两千年，最后得到宽恕与救赎，走了上月光之路的本丢·彼拉多也并非是全善的。他并没有完全战胜他内心的怯懦，对于曾经的罪，他没有勇气去正视，诚心哀求着耶舒阿：“根本没有行刑！是不是？我恳求你，说吧，没有行刑，对吗？”[①]

洛斯基在他的《陀思妥耶夫斯基及其基督教世界观》一书中曾对“良心的谴责”做过诠释：“与忏悔具有深刻差异的是良心的谴责，良心谴责这种状态产生于良心觉醒的时候，良心觉醒到那样一个程度，那时候人谴责自己恶劣的行为，但却没有放弃导致恶劣行为之欲望的力量。忏悔可以具有地狱般折磨的性质，但这种折磨持续的时间只是暂时的瞬间，而就良心谴责这正状态的本质来说，它拥有的是长时间的地狱般折磨的性质，这种漫长的折磨导致绝望和沮丧。”[②]

并不是所有“心罚”的结局都是主人公得到净化，从而走向光明，长时间地狱般的折磨会令更多的人自暴自弃。彼拉多是幸运的，他并没有在绝望和沮丧中堕落，而是挨过了两千年的折磨，得到了救赎。在这一漫长的历程中，来自他爱犬斑迦的默默陪伴和无声鼓励成为彼拉多的最大支撑：“谁在爱，谁就应该与他所爱的人分担命运”。

反观大师，他是“善”的，但这其中却夹杂着太多的怯懦。正如《约翰福音》所言，“一粒麦子不落在地里死了，仍旧是一粒。若死了，结出许多子粒来”(《约翰福音》12：24)，耶舒阿的死拯救了彼拉多的灵魂，他平静地面对他不应承受的刑罚，“夺去他的生命，他也并不怪罪”[③]。

---

① 布尔加科夫：《大师和玛格丽特》，钱诚译，北京：人民文学出版社，2004年，第407页。

② 转引自赵桂莲：《漂泊的灵魂——陀思妥耶夫斯基与俄罗斯传统文化》，北京：北京大学出版社，2002年，第272页。

③ 布尔加科夫：《大师和玛格丽特》，钱诚译，北京：人民文学出版社，2004年，第314—315页。

相比之下，大师的牺牲却没有什么价值，他开始恨自己千辛万苦创作出来的小说，“放弃了生活中的一切，也同样放弃了自己的姓氏”，甚至放弃了他至爱的玛格丽特。面对来自方方面面的攻讦，他害怕又不去采取自保或反击，他既不能与耶舒阿相提并论，也比不上本丢·彼拉多——他没有斗争的勇气，他的救赎大半来自于玛格丽特，没有这位女性他根本就无法得到永恒的安宁，势必被“恶”所吞没。

两千年前的耶路撒冷的历史时空、两千年后的莫斯科的现实时空、奴役着时间与空间却又安身其中的魔幻时空，布尔加科夫以他超越共现的时空观将这三者共同呈现给我们，让我们在这种奇妙的对接之中得以过去、现在、甚至未来为支点去思考，我们个人或者整个人类社会曾做过什么、正在做什么将来又要面对什么，是摆脱黑暗走向光明，还是怯懦地保持现状，抑或堕入深渊之中。

本丢·彼拉多为我们提供了一个走向光明的可能性。这个曾经几近堕入谷底的灵魂在犯下重罪之后完全通过自我惩罚而得到了救赎，与耶舒阿并肩走入光明世界，这对于那些对今世罪过与来世判决怀有深重恐惧的人而言是多么巨大的鼓舞和安慰——人通过苦心孤诣的求索与自省，便有可能抵达道德的伊甸园，大希律宫的罗马总督可以踏上月光之路，我们当然也可以，那时我们的心灵将不再怯懦和彷徨。

第三章

“魔鬼的福音书”[①]

在追求绝对的善的同时思考世界之恶的问题，是俄罗斯思想的一大特色。在文学艺术中，恶往往化身为恶魔的形象。这一形象承载着俄罗斯思想对恶的起因与恶的历史作用的严肃思考。在19世纪末20世纪初多元化价值观的前提下，出现了堪与“寻神论”相提并论的将“恶”奉若神明的现象。如此密集而大规模地“寻找撒旦”、赞美恶魔的景观，意味着对既有价值秩序的颠覆。

布尔加科夫小说中的恶魔形象即创作于这样的历史语境中。从《白卫军》中的恶魔想象、《献给秘密的朋友》中的魔影、《孽卵》中的蟒蛇，直到《大师和玛格丽特》中的魔王沃兰德，经历了一个发展变异的过程。沃兰德兼有诱惑者、反叛者、拷问者和审判者等多重身份：从本质看，他接近自己的对立面，是上帝的同盟，上

① Лакшин В.Я. Мир Михаила Булгакова // Булгаков М. *Собрание сочинений. В 5-ти т. Т.* 1. М.:1989. с. 57.

帝的惩罚之手，是理性之英明与尊严的化身，是黑暗之王、正义的原型和戏仿历史的神秘力量。他在传统恶魔的表象下实现绝对真理，《大师和玛格丽特》因此被称为“魔鬼的福音书”。

第一节　魔鬼学：从西方到俄罗斯

在西方文化思想史上，恶魔、撒旦、黑暗之王的形象从来都占据着不可或缺的地位。这一虚灵的形象在《圣经》中与上帝一起诞生，贯穿于西方文学的每一发展阶段。经过两千多年的历史变迁，在文学艺术作品中不断地被改写、变形、丰富和完善，成为一个历时久远、激动人心的主题。作为恶的化身，自由与创造的力量，它首先是以上帝的对立面出现，与上帝一起构成人性和道德选择的两级，从而完整地建立起人的道德评价系统。同时，面对恶行和不义，恶魔更多地担当起拷问和审判的职能，成为上帝的强有力的同盟和正义的化身，具有了救世功能。

一、魔鬼学的起源与发展

魔鬼学这一术语在一般的词典中被简化为“在一系列远古以鬼神信仰为基础的宗教里关于恶灵（恶魔）的学说”[①]；在达利词典中是“关于灵，关于无形体的造物的学说”[②]；在传统上，恶魔往往被解释为“在大多数世界宗教中，是恶灵，恶的力量与恶的开端，与化身为最高的神的绝对的善相对立。”[③]在博罗伽乌兹—埃夫伦《百科辞典》中有如此定义：“恶魔在古典文学中总的来说意味着拥有超人的力量，属于不可见的世界，并影响着人们的生活和命运。”可以断定，在人类意识中魔

① *Словарь русского языка*: *В* 4 *т*. М. 1985. Т. 1. с. 385.

② Даль В.И. *Толковый словарь живого великорусского языка*: *В* 4 *т*. Т. 1. М. 1998. с. 427.

③ *Энциклопедия мистических терминов* / Авторы-составители Васильев С. Гайдук Д. Валерий Нугатов. М.: Локид-Миф. 2001. с. 427.

鬼世界形成的早期,“在关于恶魔的思想中,内在的转换同古代宗教发展的总的进程有着切不断的联系。我们在这里找到两个相关的宗教思潮:一个是在细分的意义上,从原始的混合的泛神论生发出作为特殊的恶灵的恶魔概念;另一个思潮是在宗教世界观综合的意义上,逐渐从混乱的多神和恶灵转向一神。”[①]就其广义而言,恶魔学说是关于魔鬼世界的现象与形象的学说,它涵盖了人与魔鬼世界的代表相互作用的全部光谱,属于总的神话学的一部分。它将多神教的神与灵的二元论本质视为同一,将反映善与恶的一切形象体系都纳入到基督教的观念之中。

从语义学的角度考察,应该可以更清楚地理解这一概念:恶魔的本质是对立,是敌人。这种语义既如古犹太教的根源“stn、satan”(撒旦:敌人,障碍,反对者),亦如古希腊语的“διάβολος”:在“恶魔”(Дьявол, Devil)和“恶”(Зло, evil)之间,就如同印欧语系的词根dev——从中衍生出印欧语系的devas(神)与英语中的divene(神的)之间没有任何关系一样。英语的devil和德语的Teufel或西班牙语的diablo一样,都出自古希腊语diabolos。“diabolos”意为“诽谤者”、“作伪誓者”或者是“反对者”。[②] 恶魔与撒旦是同义词,不过撒旦一词更为古老,更适合表达作为最高“黑暗之王”的具体的超自然的身份。“恶魔”一词在负面色彩上更胜一筹,也具有更普遍的意义。而在“恶灵”的意义上,他们是相通的。此外,在公元前3—前2世纪旧约的古希腊语翻译中黑暗之王还有“撒旦”、“卢西弗”、“梅菲斯特”等几个称谓。

有意味的是,光明与黑暗的关系又获得了现代科学的佐证。现代天体演化理论与《圣经·创世记》的解说竟不谋而合:在创世之初,光产生于黑暗之中。它证实,在宇宙中发光的物体源于暗物质的燃烧(切断星际间的气体和尘埃)。《圣经》中说:“起初,神创造天地。地是

---

① *Энциклопедический словарь*. *Т*. 10. / Изд. Брокгауз Ф.А. Ефрон И.А. СПб., 1891. с. 374.

② Джеффри Бартон Рассел. *Князь тьмы*: *Добро и зло в истории человечества*, СПб.: Евразия, 2002. с. 16-17.

空虚混沌，渊面黑暗；神的灵运行在水面上。神说，要有光，就有了光。”（《创世记》1：1-3）因此，黑暗最初是作为不完整和不统一之物，只是在世界被分为两个空间——光明与黑暗之后才各自独立。上帝选择了光明作为永久的居住之所，天使也在这里安居①。歌德在《浮士德》中通过梅菲斯特之口道出二者的关系：

> 我是一体之一体，这一体当初原是一切，
> 后来由黑暗的一体生出光明，
> 骄傲的光明便要压倒黑暗母亲，
> 要把它原有的地位和空间占领。
> 不过它无论如何努力都不能成事，
> 因为它总是依附于各种物体。
> 它从物体中流出，使物体美丽，
> 物体却又阻碍它的行程……②

从本质上说，魔鬼与上帝的关系是相互依存、不可分割的一体两面。正如“没有魔鬼就没有上帝”，这个公式同样可以逆转。关于这一点，荷兰版画家艾舍尔（M.C. Escher，1898—1972）在他的作品《替罪羊》（1921，见图 18）中作了形象的描绘：魔鬼以上帝的阴暗面、神的本质的阴暗面出现③。作为敌人和对立面出现的魔鬼不存在任何现实独立的可能性。

魔鬼世界以离奇诡异的现象和不断更新的形象引起人们的热情关注。这些形象凭借自身的生命力，有的进入神话，有的逐渐消失在人们的视野之外。一般而言，魔鬼形象越是自然真切，与民间的魔鬼和古代神话联系得越是紧密，就越是能够给人们带来强有力的激情体

---

① Сдобнов В.В. *Русская литературная демонология: этапы развизия и творческого осмысления*. Тверь.: Золотая буква, 2004. с. 13.

② 歌德：《浮士德》，董问樵译，上海：复旦大学出版社，1982 年，第 70 页。

③ Джеффри Бартон Рассел. *Дьявол. Восприятие зла с древнейших времен до раннего христианства*. СПб.: Издательская группа Евразия, 2001. с. 27.

验。在漫长的历史岁月中,西方人对恶魔主题的研究从未中断,有关著述层出不穷。据当代法国学者罗伯特·缪舍姆伯雷(Robert Muchemdle)在《7—20世纪的恶魔史纲》①提供的参考书目,仅20世纪下半叶,相关的著述就达29页,约430种。在1896—1999这一百多年的时间里,相关影片片名就罗列了16页,约225部。只要世界上还有恶行存在,只要对人性的关注、对道德的选择没有停止,只要人们还关注彼岸生活的奥秘,对魔鬼的兴趣就不会减弱。

图18 艾舍尔《替罪羊》,1921

俄罗斯文学对魔鬼的兴趣呈波浪式发展,具有周期性的特征。若干世纪以来,魔鬼学都是为教会和国家的趣味服务,同宗教道德教益和对多神教的谴责联系在一起。只是到了18世纪,艺术功能才开始变得多样化起来。但启蒙时代对以往魔鬼学的理解仍然怀有偏见,将其视为民间的迷信和礼仪,这显然是对多神教神话的无知与过时的理解。到了浪漫主义时代,特别是19世纪20—30年代,魔鬼主要作为创作幻想的对象,并达到了一个高峰。在19世纪的俄罗斯文学中,批判现实主义占绝对优势,一切虚灵幻想的东西都让位于对社会现实的批判和对小人物悲剧命运的关注,社会问题和日常的、现实的世俗生活取代了神秘主义。19世纪40年代,实证主义者对浪漫主义的魔鬼学持讥嘲、冷漠或尖锐批评的态度,诗歌中树妖和人鱼公主的形象被认为是时代的落后现象。

---

① Мюшембле Робер. *Очерки по истории дьявола*: *XII—XX вв*. Пер. С французского Е. В. Морозовой. М: Новое литературное обозрение, 2005 (Robert Muchemdle, Une histoire du diable XIIe—XXe siecle).

19世纪末20世纪初的白银时代，在经历了对民间魔鬼学的兴趣惯常波动之后，随着这一文学主题的繁荣，对俄罗斯作家与“魔鬼”的相互关系的研究达到了更高的水平。相关的著述主要有И.马图舍夫斯基的专著《诗歌中的魔鬼：历史与心理》(1901)、Н.М.门德尔松的论文《18世纪的魔鬼传说》(1902)、梅列日科夫斯基的论文《果戈理与鬼》(1906)、А.В.阿姆菲捷阿特洛夫的专著《群鬼与鲜花》(1913)、Ф.А.梁赞诺夫斯基的专著《古代俄罗斯文学中的魔鬼》(1915)等等。[①] 苏联时期，由于官方对无神论的倡导，这一传统曾一度中断。20世纪90年代以后，随着新宗教热潮的兴起，俄罗斯学术界对恶魔主题的思考又进入了一个新的活跃周期，出版了一大批魔鬼学辞典、百科全书和专著。主要有М.А.季莫菲耶夫主持编著的《文艺复兴时期的魔鬼》(1995)、М.弗拉索娃的专著《俄罗斯迷信的新“字母表”》(1995)、文集《敌基督：来自国内精神性的历史》(1995)、О.Д.茹拉威尔的专著《古俄罗斯文学中人魔订约的情节》(1996)、А.И.维诺格拉多娃的论文《人与魔鬼的性关系》(1996)、М.雅姆博尔斯基的专著《恶魔与迷宫：图解，变形与模仿》(1996)、А.В.毕金的专著《自17世纪的俄罗斯魔鬼学史：中篇小说索洛莫尼的疯妻子》(1998)和博士论文《14—20世纪俄罗斯文献中的魔鬼传说》(1999)、А.Е.马霍夫编著的《魔鬼的花园：中世纪与文艺复兴的地狱神话词典》(1998)、Т.Е.阿勃拉姆尊的博士论文《17世纪下半叶俄罗斯文学中的迷信概念及其反思》(1998)、И.Ю.文茨基的论文《茹科夫斯基的某种幽灵》(1998)、Л.Н维诺格拉多娃的专著《斯拉夫的魔鬼学与礼仪神话传统》(2000)、С.Л.斯洛勃德纽克的专著《白银时代的魔鬼》(1996)和《趋恶而行：古代诺斯替学说和1880—1930年的俄罗斯文学》(1998)、В.В.斯多勃诺夫的专

---

① Матушевский И. *Дьявол в поэзии: история и психология*. М., 1901; Мендельсон Н.М. Демонологическое сказание XVIII века // *Известия Отделения русского языка и словесности АН*.М., 1902. Т. 7. Кн. 2; Амфитеатров А.В. *И черти, и цветы*. СПб., 1913; Рязановский Ф.А. *Демонология в древнерусской литературе*. М., 1915.

著《俄罗斯文学的魔鬼学：发展历程与创作反思》(2004)、Г.В. 雅古舍娃《20 世纪被诱惑的浮士德》等等。[①] 从题目上可以见出俄罗斯文学魔鬼学的复合性特征：从古至今，从欧洲到俄罗斯，从宗教到文学，涵盖的时空范围极其宽泛。

二、诺斯替学说影响下的宗教哲学对恶的阐释

人类驱赶“恶灵”，却留下了恶。被从宗教中驱赶的“恶灵”却首先被艺术而后被哲学承接过去。20 世纪俄罗斯文学对世界之恶的反思，仅仅在基督教和多神教思维的框架下不可能被充分领悟。俄罗斯现代主义的恶魔绝对不同于《圣经》中的恶魔，在某种程度上，他们拥有上帝的全部标记。把“恶”奉若神明，虽然趋近尼采和陀思妥耶夫斯基的观点，但是还远远不能揭示这一现象的深刻历史文化根源。因此，

---

① *Демонология эпохи Возрождения* (*XVI — XVII вв*). Общая редакция и составление Тимофеева М.А.М., 1995; Власова М. *Новая «Абевега» русских суеверий*. СПб., 1995; Антихрист(из истории отечественной духовности): Антология. М. 1995; Журавель О.Д. *Сюжет о договоре человека с дьяволом в древнерусской литературе*. Новосибирск, 1996; Виноградова А.И. Сексуальные связи человека с демоническими существами//*Секс и эротика в русской тратиционной культуре*. М., 1996; Ямпольский М. *Демон и лабиринт*: (*Диаграммы, деформации, мимесис*). М., 1996; Пигин А.В. *Из истории русской демонологии XVII века. Повесть о бесноватой жене Соломонии*: *Исследование и тексты* (*монография*). СПб.: “Дмитрий Буланин”, при участии: Koln: Bohlau Verlag, 1998; Демонологические сказания в русской рукописной книжности XIV—XX веков (Повесть о бесе Зерефере; Повесть о видении Антония Галичанина; Повесть Никодима типикариса Соловецкого о некоем иноке; Повесть о бесноватой жене Соломонии). Дис. доктора филол. наук. СПб.: 1999. Сад демонов: *Словарь инфернальной мифологии средневековая и Возрождения*. Автор—состовитель Махов А.Е.М., 1998; Абрамзон Т.Е. Суеверные представления и их осмысление в русской литературе второй половины XVII: Автореф. Дис. доктора филол. наук. СПб. 1998. Виницкий И.Ю. Нечто о привидениях Жуковского//*Новое литературное обозрение*. М., 1998. № 32; Виноградова Л.Н. *Народная демонология и миф—ритуальная традиция славян*. М., 2000. Слободнюк С.Л. *Дьявол Серебряного века*. 1996; *Идущие путям зла*…: *древний гностицизм и русская литература* 1880—1930 *гг*. СПб.: Алетейя, 1998. Сдобнов В.В. *Русская литературная демонология*: *этапы развизия и творческого осмысления*. Тверь.: Золотая буква, 2004. Якушева Г.В. *Фауст в искушениях XX века*. М.: Наука, 2005.

要解答20世纪初俄罗斯文学中为恶“正名”的问题，还需要考察对俄罗斯宗教哲学与文学影响深刻的诺斯替学说。

诺斯替学说主要由东方神秘主义和古代唯理论构成，对20世纪初世界观的形成起到了最后的作用。诺斯替教派是古希腊罗马时期流行于地中海地区的一支秘传宗教，公元初期该教的一些派别接受了新兴的基督教思想，成为基督教最原始的支派之一（即“基督教诺斯替派”，该派在2—3世纪盛极一时，后来被基督教正统派贬为异端）。亨利·查德韦克认为诺斯替主义是一个融合了东西方各种宗教和哲学的大杂烩：

> 诺斯替主义者宣称他们能揭示出上帝的神秘启示，并把它和来源于各种宗教传统里的神话和礼仪结合在一起。诺斯替主义又是（而且目前仍然是）由多种成分杂凑而成的神智论。在其思想体系中，秘教、东方神秘主义不但与占星术、巫术、犹太教传统哲学相糅合，还吸收了带有悲观情调的、关于人的真正家园并非寓于有形世界之中的柏拉图学说，尤其掺进了基督教中关于基督旧书的认识和理解。另外，精神与物质、心灵与肉体的二元论，以及有着强烈影响的决定论或前定论，也在该思想体系中融为一体。①

对化身为恶魔的世界之恶的问题的关注集中体现了诺斯替思想的影响。恶的化身往往通过两种方式现身于世。第一种方式是旧神，对新宗教而言成为恶的开端的化身。另一种是超自然的本质，由于一系列的原因摆脱了对自己的主宰者的服从。一元论宗教包括基督教往往接受后者。然而，循着这种方法，教会很难解释恶的起源的道德伦理问题。从本体论的角度来看，恶魔是从上帝中分离出来的，是宗教世界观不可分割的一部分，是超自然存在的灵。如果恶灵是由善的

① 约翰·麦克曼勒斯主编：《牛津基督教史》，张景龙等译，贵阳：贵州人民出版社，1995年，第41页。

上帝创造的话，那么谁应该为他的行为负责？在宗教领域内，一神教无论如何都无法绕过“魔鬼”的概念。人们通过不同的言说方式表达着对作为一神的上帝的质疑：

19 世纪基辅神学院教授 K. 波波夫质问道：“什么是上帝，为什么他成为如此不完善的物质世界的罪人？如果上帝是无限完善的，那么为什么会出现与恶有关的世界？”①

俄罗斯宗教哲学家特鲁别茨科伊从自由的角度提出同样的问题。他认为，神正论里最重要的问题是关于恶的问题。上帝是一切统一，是包含一切的绝对。那么，恶是否在上帝之中呢？若不在上帝里，则上帝不是一切统一，若恶是不完满的，那么上帝就不是完满的，不是完善的，因此就不能成为人生追求的目标。……基督教在这里建立了上帝与被造物的双向关系，一方面上帝爱世人，另一方面世人有不爱上帝的自由，有选择的自由。被造物有可能反抗上帝，这就是恶。恶的根源在于被造物的自由。人生的意义就在于选择上帝，爱上帝，借助上帝的恩赐与上帝结合。②

当代法国历史学博士和文学博士乔治·米努阿在他最新出版的《魔鬼》一书中写道：“如果存在着作为善与恶的根源的一个上帝，那么接下来的问题就是：恶的谱系是如何建立起来的。上帝越是从绝对中分离出来，他就越是强大的、善的、包罗万象的，也就越需要魔鬼。于是便可以得出超乎寻常的结论：只有撒旦能够拯救上帝。事实上，真正的信徒即使在撒旦缺席的一瞬间信仰全能的慈悲的上帝可以拯救一切肉体的和道德的痛苦，那么全能的上帝何以创造如此不完善的世界和人间的苦难？”③

基督教最优秀的思想家们经过长期探索解决了这一悖论。基督

---

① Попов Константин Дмитриевич. *Тертуллиан, его теории христианского знания и основные начала его богословия*. Киев, 1880, магист. диссертация, с. 16.

② 见张百春：《当代东正教神学思想》，上海：上海三联书店，2000 年，第 106—107 页。

③ Минуа Жорж. *Дьявол*. пер. с фр. Лебедевой Н.М. : Аст—Астрель. 2004. с. 5—6.

教会有关魔鬼问题的观点可以得出下列命题：首先，魔鬼是上帝创造的灵。因此，他不是先知先觉，全知全能。其次，魔鬼一开始是被“善”所造，因此它的“仇恨”是不可克服的，故而上帝不能也无须为他的行为负责。再次，魔鬼成为“恶”是因为不正确地运用上帝赋予所有理性生灵的自由意志的结果。因此从创造的本质中分离出来的恶不能成为实体，这就意味着，无论在上帝的意志中还是在由他创造的世界上，都没有恶的基础。显然，这种状况依据的是伦理道德的二元论原则。根据这一原则，在承认恶的被规定的独立性的时候，基督教限定了它的影响范围。

恶的问题在古代诺斯替学说中得到了解决。当今学术界将诺斯替学说理解为“宽泛的中古和中世纪宗教哲学的第一个时期，即包含诺斯替主义、摩尼教[①]、二元论的中世纪的异端邪说……”[②]在19—20世纪之交，对诺斯替主义的关注却牵引出一系列产生于2—3世纪的作为基督教会对立面的学说。诺斯替论者解决的主要问题、探索的“出发点和终极目的”是关于“恶的起源”的问题。他们感兴趣的那些问题与基督教大致相当，然而这些问题是循着另一条路向解决的，最后形成了与基督教对立的观念体系。

当代学者 С. Л. 斯洛博德纽克将诺斯替学说解决善与恶的问题的特征归纳为如下几个方面：

(1) 将“恶”与物质世界视为同一，诺斯替论者将上帝本身与创造的事实彻底区分开来，为此提出关于存在特殊的精神王国——中柱原(一种植物)；

(2) 物质世界是精神世界的歪曲的复制品，因而有某个或者同雅赫维(创世者)，或者同撒旦自身视为同一的上帝高踞其上。

(3) 综上得出结论：《圣经》中呈现的世界，是未知的与恶的王国，

---

① 波斯人摩尼在公元3世纪创立的宗教。

② Гностицизм. *Философский энциклопедический словарь*. М., 1983. с. 118.

是退化的最高力量(эон)[1]——雅赫维,或者是“恶魔”的王国;

(4) 显然,在相近的观点体系中,《圣经》雅赫维的对立面——蛇通常不被理解为正面的本质,并等同于最高力量,在某种程度上拥有创世者所缺失的精神智慧;

(5) 诺斯替教的魔鬼与基督教的雅赫维在权力上平等的条件同样在于,不同于基督教,诺斯替学说的“魔鬼”不失本体论基础。它是最高上帝流散的结果,是从他的光中流出的产儿。这就意味着,他不是被造物,不是被创造出来的,自身就有一部分神的本质。

(6) 在部分体系中(土星,马尔吉奥恩)这种情况形成的更加尖锐。恶的化身的形象永远对真正的上帝呈现。

(7) 对于诺斯替论者而言,无论基督教的魔鬼化身为善还是恶——雅赫维的敌手,在诺斯替教中都明显缺少认识能力和绝对创造的能力。[2]

实质上,诺斯替论者形成了与基督教对立的观点体系:赋予恶以实体的性质,诺斯替的崇拜者势必把《圣经》中善的上帝与恶的开端等量齐观。

在诺斯替学说及其亲缘学说(摩尼教、土星、阿尔毕派)中,善与恶的关系问题完全不是在基督教的思维轨迹上得到解决的。在赋予恶以本体论的基础之后,诺斯替论者及其继承者完全改变了《圣经》中魔鬼和上帝关系的实质。极端的二元论基本上赋予恶的开端以上帝的全部标记,认为他在某种情况下仍然是永恒的善。

基督教将诺斯替教视为异端是不无依据的。诺斯替论者运用为现代人的意识所熟悉的《圣经》形式,以自己的建构破坏了基督教学说之根本。他们贬低上帝所创造的世界,甚至戏仿某种精神世界。他们

---

① Эон,希腊语 aeons,诺斯替论者将其作为从上帝和世界时代和世界秩序之上的主宰者流溢出的最高力量。

② Слободнюк С.Л. *Идущие путям зла...: древний гностицизм и русская литература* 1880—1930 *гг*. СПб.: Алетейя, 1998. с. 40.

信奉关于幻想的基督具有人的本质的学说，不承认拯救者的化身；诽谤旧约中的造物主；否定意志自由的教条，在最高的卓越智慧中见出了拯救；诺斯替信徒们反对基督教建立在对上帝恐惧的基础上的知识（гносис），自然引起了教会方面的强烈不满。实质上，诺斯替论者并不是恶魔主义者，他们不过是"第三种力量"。他们所关注的恶只是基督教的魔鬼在诺斯替体系中的化身。在这里可以找到上帝的全部表征。它包含着诺斯替关于撒旦的最重要的"异端邪说"，保留了相关的二元论原则。

在19、20世纪之交这一重估一切价值的历史转型时期，俄罗斯的哲学家和艺术家们的视角不约而同地转向古老的学说，深入研究哲学与神智学的观点，提出"世界之恶"的非经典形式。关于俄罗斯宗教哲学无法回避的基本主题——恶的问题，几乎每一位哲学家都有所著述。但其中又存在着根本性的分歧，分歧的根源就在于是否受到诺斯替学说的影响。

A. 洛谢夫在《弗拉基米尔·索洛维约夫及其时代》中称"诺斯替神智学文献是索洛维约夫创造的源泉之一"[①]，他的诺斯替主义直觉隐藏在《神人类的讲座》的寓意中，在诗中更为明显。索洛维约夫将古代诺斯替学说的成分汲取到自己的哲学中，他思考的基础是索菲亚必然会脱离神的完满。"在索菲亚里包含着自我确证、或者是鼓舞意志的可能。"他在一篇早期手稿中写道："索菲亚按自己的原则要求部分本质的现实存在；那种存在以其特殊的自我确证为前提，以撒旦为前提。撒旦作为一种现象（真实的存在）是自我（ego）所必需的。索菲亚生出撒旦，撒旦＝超验的我（费希特）。一索菲亚＝夏娃。一逻各斯[基督]＝亚当。一逻各斯[基督]作为造物主＝第一个亚当。一逻各斯作为基督＝第二个亚当。（堕落的索菲亚一世界灵魂）。[②] 根据索洛维约夫

① Гайденко П.П. *Владимир Соловьев и культура Серебряного века*. М.: Наука. 2005. с. 229.
② Соловьев Вл. *Полное собрание сочинений и писем*: В 20 *т*. Т. 2. М., 2000. с. 165.

的宇宙论,脱离了上帝的索菲亚生出造物主和撒旦,是世界创造的主角:这一神话成分的诺斯替性质非常明显。他在晚期在俄罗斯和普世教会里宣布世界灵魂或“堕落的”索菲亚作为神的创造者的对照并非偶然。索洛维约夫在索菲亚里为撒旦命名,时而是“宇宙精神”,时而是“混乱精神”,如果在诺斯替的宇宙论框架下考察,这种“思想混乱”又是可以理解的——对于诺斯替信徒而言,宇宙是由于索菲亚的宇宙堕落而产生的恶魔本质的产物。

同索洛维约夫一样,C.布尔加科夫也用“堕落的索菲亚”的概念解释恶的起源。洛斯基不同意这一解说,认为“恐怕不能把堕落了的生物称之为索菲亚的”[①]。他认为,恶不仅仅是存在的不完满,也即相对性的无,在它身上有着某种独特的内容,恶永远是善的寄生物,它利用善的力量得以实现。但是这种离开善便寸步难行的无能本身却必须以为恶者的创造性的机敏和脱离上帝的创造活动,以及人的脱离上帝的生活表现的自由为前提,尽管为恶者也是由上帝创造的。[②]

C.布尔加科夫的索菲亚学说受到特鲁别茨科伊的批评。他认为,在C.布尔加科夫那里,……恶表现为某种索菲亚的状况——这一时期内部分裂的结果,正是如此,一切基督教的神正论都破灭了:因为允许原罪……在索菲亚里,显然,不是上帝创世的事实的辩护,而是反对他的沉重指责……C.布尔加科夫通过诺斯替的方式,将索菲亚作为独立的爱安(эон, aeons,最高力量)来思考。

弗兰克认为,“在终极意义上,恶或者恶的本初根源潜藏在上帝本身的不可知的深处”。他揭示了雅可布·伯麦和谢林对恶的理性直觉。“对恶的责任是建立在这样一种本初的现实因素之上的,这个因素虽然也在上帝之中(因为一切毫无例外在上帝之中),但并不是上帝本身或与上帝相对立的东西。”“恶产生于不可表达的混沌,这种混沌

---

① H.O.洛斯基:《俄国哲学史》,贾泽林等译,杭州:浙江人民出版社,1999年,第295页。
② 同上书,第294页。

仿佛产生于上帝与非上帝的交界。”[①]

别尔嘉耶夫的哲学被评价为“东正教的灵知”，他遵循诺斯替的经典：“神秘的灵知(гнозис)对恶的问题永远给予二律背反的解决，其中二元论永远同一元论结合在一起”[②]。但从本体论上，他不同意恶是从上帝中流出的说法，认为“神灵是绝对存在的体现者，是常在的万物统一”[③]。“恶处于相对者方面，而不是唯一绝对者和第二绝对者方面，所以恶不能限制绝对者王国，不能以神灵为自己的条件。恶是无能，因而不可能限制绝对力量。恶的方面从来不与神灵存在方面往来，所以这两个方面不可能有任何界限。”[④]“魔鬼不是与上帝相关联，与上帝相对立的力量，也不是具有与上帝中的存在相比的存在力量；它的领域——非存在、谎言和欺骗。”[⑤]他进而指出：“恶的道路就是脱离上帝的造物的道路，就是追逐自己离开了存在的幽灵的造物的道路。魔鬼只是恶的第一造物，它体现着与圣子对立的本原，它是不应有的造物形象。反基督者[⑥]也是造物的新神、偷换造物主的坏蛋。”[⑦]

在文学研究中，别尔嘉耶夫经常在广义上运用诺斯替概念。在《陀思妥耶夫斯基的世界观》中指出：“陀思妥耶夫斯基想要了解恶，在这方面他是诺斯替论者。”[⑧]在《艺术的危机》中他说：“那些了解完整性的奥秘与分歧的奥秘的新型的诺斯替论者，冲向新的生活、新的创造和新的艺术。”[⑨]“梅列日科夫斯基……是我们时代的特殊类型的诺斯替论者，他令人惊奇地阐释福音书文本，洞察某些奥秘。”[⑩]

---

① Н.О. 洛斯基：《俄国哲学史》，贾泽林等译，杭州：浙江人民出版社，1999 年，第 353 页。

② Бердяев Н.А. *Философия свободы. Смысль творчества*. М., 1989. с. 258.

③ 别尔嘉耶夫：《自由的哲学》，董友译，上海：学林出版社，1998 年，第 137 页。

④ 同上书，第 139 页。

⑤ 同上书，第 140 页。

⑥ 在俄语中，敌基督和反基督是一个词“антихрист”。

⑦ 别尔嘉耶夫：《自由的哲学》，董友译，上海：学林出版社，1998 年，第 139 页。

⑧ Бердяев Н.А. *О русских классиках*. М., 1993. с. 150.

⑨ Там же, с. 309.

⑩ Там же, с. 229.

俄罗斯思想中的诺斯替倾向并非只存在于哲学中，在文学中也同样存在。同时，也绝对不能把哲学根源缩减到只剩下诺斯替学说。这是一种复杂的、开放性的综合，包括将索菲亚和基督作为神的卓越智慧的化身来敬重的东正教、欧洲神秘主义学说、希伯来神秘哲学及其相关的占卜术、浪漫主义、德国哲学及其他学说。但在对恶的主题的思考中，诺斯替学说的作用显然是占了上风。在20世纪初文学作品中出现的魔鬼都被现代人作为基督教世界之恶的化身来考察。这就意味着，恶只是对善的本质认识过程中的某种反衬。文学家们试图通过自己的路径穿越另一个空间、用自己的坐标体系重新衡量这个世界。以此为出发点，“俄罗斯的魔鬼”开始了在20世纪初的俄罗斯文学中的胜利游行。

第二节 魔鬼形象原型：从基督教到多神教

魔鬼形象原型可以追溯到《圣经》和斯拉夫神话两个传统，这是19—20世纪的俄罗斯文学中“寻找撒旦”、赞美恶魔现象的宗教文化渊源。基督教文化传统中的恶魔形象原型和俄罗斯文学对魔鬼兴趣的波浪式发展历程决定了俄罗斯魔鬼学的复合性特征——魔鬼形象兼具诱惑者、反叛者、拷问者和审判者等多重身份，在特定的历史条件下，成为绝对的善与正义的化身、自由与创造的力量、上帝的强有力的同盟，从而具有了救世功能。

一、《圣经》及西方文化传统

俄罗斯文学植根于东正教文化基础之上。虽然承自拜占庭的东正教更多地保留了原始基督教的成分，有自己独特的民族意识和独特的主题（比如对“恶”的强烈关注），但万变不离其宗，它毕竟与西方天主教、新教一样，同属于基督教文化的一部分，是西方文化的一个流脉，也必然受到西方思想文化的影响和渗透。《圣经》及《圣经》以降的欧洲思想文化中的相关主题仍然是俄罗斯文学中魔鬼形象最初的灵感源泉。这一线索的魔鬼形象主要有这样几种类型。

第一种类型是促使人类理性觉醒的诱惑者和反叛者。在整个犹太教《旧约》和早期基督教经典文献中，撒旦故事的轮廓尚不清晰。蛇最早在《旧约·创世记》中作为诱惑者和反叛者引诱亚当、夏娃偷食知识之树上的禁果，使人以自由意志弃绝上帝，选择自己的人生之路：在摆脱蒙昧理性觉醒，获得智慧明辨善恶，失去天堂走向苦难尘世的同时也获得了自由。自由从此与怀疑、反叛和"恶"联系在一起。

在二元论宗教的影响下，希伯来一神教也发生了变化。撒旦逐渐成为上帝的对立面和恶的化身，以恶魔的身份出现在民间传说和宗教文献上。《新约·启示录》(12：3—20：10)记载了关于魔鬼的较为准确的传说，撒旦有了具体形象，并与诱惑亚当夏娃堕落的蛇联系起来："有一条大红龙，七头十角，七头上戴着七个冠冕……它的尾巴拖拉着天上星辰的三分之一，摔在地上……在天上就有了争战。米迦勒同他的使者与龙争战，龙也同它的使者去争战……大龙就是那古蛇，名叫魔鬼，又叫撒旦，是迷惑普天下的。它被摔在地上，它的使者也一同被摔下去。""那迷惑他们的魔鬼，被扔在硫磺的火湖里，就是兽和假先知所在的地方。他们必昼夜受痛苦，直到永永远远。"

11—12世纪以后，基督教的"魔鬼撒旦"与欧洲各民族民间流传的古老的邪灵异怪结合，撒旦成为上帝势均力敌的对手，麾下有一大群妖魔鬼怪和恶天使，正如上帝统帅着许多长着翅膀的善天使一样。从此，关于善天使(米迦勒、加百列等)与撒旦征战和圣徒们施神迹战胜恶魔的故事就流传开来。撒旦与上帝一样深深地进入了人们的日常生活，并与上帝在每一桩小事上论战不休。一切自然灾害、个人不幸、生活失意，都是因为魔鬼作祟。魔鬼无处不在，无孔不入，附身于各种自然物上。托马斯·阿奎那在他的巨著《神学大全》中写道：妖魔鬼怪能呼风唤雨，制造电火，掀起风暴，这是不容置疑的信仰。

弥尔顿的《失乐园》将《创世记》和《启示录》连接起来并进行了创

造性的改写。黑暗之王拥有传统撒旦故事的三重角色：曾经的天堂里的天使长，地狱里的魔王，伊甸园里引诱人类始祖的蛇。与专横任性的上帝相比，卢西弗俨然是一个迷人、优雅而骄傲的天使。他拒绝崇拜造物主之子，藐视上帝、睥睨权威，揭发上帝禁令的非理性，从而肯定了人应有的权利，点燃了人的主体意识，使人超越自身限制而成为像上帝一样的人。在17世纪理性主义禁锢的时代，弥尔顿以赞美的笔调赞美了这位气宇轩昂、具有“万不可及的魄力与庄严”、向旧秩序和绝对权威挑战和反抗的斗士。

19世纪的浪漫主义思潮在欧洲文化中开启了以恶魔为开端的时期：很多欧洲的作家、诗人、音乐家都转向了恶魔主题。恶魔的叛逆和反抗精神受到诗人们的热情讴歌。“恶魔诗人”拜伦的卢西弗也属于这一系列，都是一种强悍的恶灵（духи），同属旧约中叛变的天使衍生出的上帝的反叛者的画廊。他们几乎与上帝势均力敌，但双方较量的最终结果是反叛者的失败。波德莱尔在《献给撒旦的连祷》中称撒旦为“最聪明美丽的天使，/ 被命运出卖、被夺去赞美的神”，在一连串的祈求“请可怜我漫长的悲苦”之后，以“祷告”宣示了人的立场：

撒旦，愿光荣和赞美都归于你，
在你统治过的天上，或是在你
失败后耽于默想的地狱底下！
让我的魂有一天在智慧树下
傍着你休息，当树枝在你头上
伸展得像一座新庙堂的时光！①

第二种类型，是诱惑者和试炼者。这一类型的魔鬼在体力上不及前一种类型那般强大，却以讽刺的、无懈可击的逻辑辩论冲击了敌手的理性。然而在这条路上上帝的反叛者也并非注定会取胜。这一类

① 波德莱尔：《恶之花 巴黎的忧郁》，钱春绮译，北京：人民文学出版社，1994年，第300页。

型最早出现在诗剧《约伯记》中。撒旦又一次扮演了试炼者的角色，唤醒了人的主体意识。他是神子之一，充当耶和华的巡按使，在人间往返穿梭。在设立了一个完美的义人约伯后，撒旦问上帝："约伯敬畏上帝岂是无故的呢?"这一疑问超越了《创世记》对上帝权威的质疑，对上帝与子民之间的关系提出诘问。上帝接受了撒旦的疑问，让他去考验约伯，但却不可以伤害约伯本身。约伯从笃信上帝，听从天命，到埋怨上帝不分是非，最后提出一系列"天问"。基督教提倡因信称义，如果上帝对"信"产生怀疑，就意味着与人类的背约，撒旦的出现恰好回避了这种尴尬，他的疑问其实是对整个基督教信仰体系的消解。有鉴于此，经上说"不可试探你的主，上帝"，被用来消解撒旦的疑问。另一方面，撒旦又是为上帝所造的世界上的一切灾难承担责任的工具。《圣经》传统在人类意识中塑造了"伟大的被冤屈者"的形象。这种奇异现象如此震撼想象力，以至于连中世纪的人都认为撒旦是"伟大的被冤屈者"。20 世纪俄罗斯作家诗人安德列耶夫（Л. Андреев，1817— 1919）、索洛古勃、古米廖夫等都挺身捍卫这一形象。在《新约·马太福音》中，撒旦完全摆脱了上帝的同盟，诱惑圣子耶稣。面对撒旦的试炼，耶稣的坚定恰与亚当夏娃构成鲜明对比。

位居这一系列顶峰的当属歌德的梅菲斯特。从结构上看，歌德的诗剧《浮士德》以上帝与魔鬼、魔鬼与浮士德的二重赌赛为基础展开情节线索，似乎是《约伯记》的变形和改写。实际上，歌德对资本主义上升时期善恶关系的思考更为辩证和深入。他没有将二者视为绝对的对立，而是看作互相依存、互相转化的关系，揭示了恶的历史作用。作为否定的精灵，梅菲斯特从反向激发了浮士德的向善向上之力，促使这位年老的书生走出书斋投入火热的生活，从知识之树转向常青的生命金树。因此可以说它是作恶造善的力之一体，代表着个性无限扩张的可能性。关于这一点，布尔加科夫的同道、著名作家扎米亚京精辟地指出："一个真正的人永远都是浮士德，而真正的文学则无疑是梅菲斯特，并且，梅菲斯特是世间最伟大的怀疑论者，同时也是最伟大的浪漫主义者及理想主义者。他借助各种可恶的毒药——怜悯、讽刺、冷嘲、高傲——毁灭了一切成就以及现存的一切，这完全不是因为他迷恋毁灭的烈火，而是因为他心中坚信，要用人的力量达到上帝般的完美境界。”①

第三种类型，是审判者和拷问者，上帝的助手和同盟，人间罪恶的惩罚者。在《新约·启示录》中，魔鬼与上帝征战败北，被扔进火湖并捆绑一千年。而在但丁的《神曲》中，魔王撒旦成了地狱之王，上帝的惩罚之手。诗人代行上帝之职，对尘世的罪恶进行最后的审判。撒旦便是上帝的助手与同盟，象征着以恶制恶的强力。他长有三副面孔，处在地狱最底层那永久的冰湖的中心：

> 悲哀之国的皇帝从半胸以上露出在冰层外面；与其说巨人的身材比得上他的手臂，毋宁说我的身材比得上巨人：现在你可以想见，全身要和这样一部分相称，应该有多么高大。如果他原先那样美如同现在这样丑一样，还扬起眉毛反抗他的创造者，那他成为一切苦难的来源，是理所当然的。②

他专事惩罚谋杀暗算、叛国卖主的罪大恶极者。富于深意的是，撒旦的尾巴竟是诗人通往净界的阶梯。

综上可见，怀疑、反叛、诱惑——这些恶的因素都是自由精神的体现，作为恶的化身的魔鬼形象必然与本能欲望、肉体罪恶、生命欲望联结在一起，挑战着理性、规则、秩序和权威。这一属性在《圣经·创世记》里就已经被规定好了，中世纪宗教剧中的魔鬼就是他的变形和延伸。巴赫金在《弗朗索瓦·拉伯雷的创作与中世纪和文艺复兴时代的民间文化》中肯定了魔鬼所象征的自由精神：“在中世纪宗教神秘剧的魔鬼剧中，在诙谐的阴间景象的描写中，在戏仿体的传说中，在韵文故事……中，鬼就是各种非官方观点、神圣观念的欢快的、双重性的体

① 转引自莱斯莉·米尔恩：《布尔加科夫评传》，北京：华夏出版社，2001年，第199页。
② 但丁：《神曲·地狱篇》，田德望译，北京：人民文学出版社，1994年，第282页。

现者，物质—肉体下部等的代表。鬼身上没有任何恐怖和异己的东西（在拉伯雷对爱比斯德蒙的阴间见闻的描写中，‘鬼也是很好的兄弟和顶好的酒友’）。有时鬼和地狱本身只不过是滑稽产物而已。而在浪漫主义的怪诞风格中，鬼则具有某种恐怖、凄凉、悲剧的性质。地狱的笑变成了阴暗的、幸灾乐祸的笑。”①

一般认为，中世纪宗教剧中的魔鬼形象又衍生出欧洲戏剧中的丑角。苏珊·朗格在《情感与形式》中讨论了这一问题。她指出，这种观念认为生命的精灵和万恶之源是同体的，而一般认为是相反的。因为不能否认，这个傻瓜（喜剧丑角）是个精力充沛的家伙，实际上他与动物界倒很相近，在法国戏剧传统中，小丑帽子上有一个鸡冠，在英国，旁奇尼罗（英国传统戏剧中丑角的名字）的鼻子就是猛禽的长喙衍变而来。他简直就是情感、狂怒、冲动，即性欲的化身。丑角喜剧精神的本质就是生命力的象征，他的一切行为都是生命力的直接表现，是本能欲望的表现。一旦代表理性与绝对权威的上帝成为人们的精神桎梏，魔鬼的叛逆就以否定之否定的特质体现出一种精神解放的渴盼与期待。从这个意义上说，魔鬼既是救赎，又是人类精神中不可或缺的平衡力量。

二、斯拉夫传统及19世纪前俄罗斯文学中的魔鬼形象

古代俄罗斯文学中的魔鬼学基本上融合了《圣经》与斯拉夫神话两个传统，二者的地位在不同的时期此消彼长，最终凝聚为一个整体，并形成了你中有我，我中有你的独具特色的魔鬼观。

斯拉夫的魔鬼学是在漫长的历史岁月里逐渐丰富和完善的。恶魔形象的泛神论根源与二元论的基础源自自古以来的生活实践，没有受到外来影响。在稳定而复杂的进化基础上，古代泛神论与二元论的自然观可以安置多神、产生很多新的崇拜和仪式。不再被信仰的神与

① 巴赫金：《拉伯雷研究》，李兆林等译，石家庄：河北教育出版社，1998年，第48页。

灵，则逐渐被遗忘或者被编成故事传说中的人物，同时从那里又衍生出部分魔鬼。在多神教晚期，斯拉夫的魔鬼学不仅成长起来，而且还按功能被细分了。在民间意识中最稳定的神灵是与生活习俗、利益与日常事务直接相关的。魔鬼成了很多民间节日不可分割的部分：没有任何节日不安排吸血鬼，但是不再给他们提供祭品。在圣诞节节期和谢肉节，都会来很多乔装打扮的人，开始做魔鬼的游戏并唱歌。其中可以明显地看出对彼岸世界具有多重理解的多神教本质。例如，斯拉夫人相信人鱼公主可以让大地充满雨水，就用水冲洗喧闹的鱼美人。同时他们又相信同这些生灵的联系可能会招致死亡的危险。

在某种程度上，善与恶是大多数斯拉夫神灵的本质。斯拉夫人的恶与黑暗之神的万神庙被住在地狱的黑神主宰。黑神与白神永远争斗，不能彼此战胜对方，便均权分配，转换为白天与黑夜，日与夜就成为这些神的化身[①]。“黑神的主要侍从之一尼依（尼雅、魏依）是地狱之神，同时还是死亡之上的命运，他在冬天化身为‘死亡’。这个神被认为是黑夜的噩梦、幻象和幽灵的使者——手上脚上都长着长毛的高个儿驼背老头。他是永恒的恶，因为他不得不昼夜不停地工作——接纳死者的灵魂。”[②]在西斯拉夫人中，这一对精灵名气很大。“在东斯拉夫人中，风神司特利博格同时又是在充满恶行的世界上惩罚违法者的神，是毁灭者，他的复仇当受诅咒。”[③]这些神且善且恶，但有些行为主要针对人的恶行，如口哨、风暴和坏天气之神，或者海洋之神，铁石心肠、凶狠残暴、手上布满弯曲利爪的死亡女神。

公元988年罗斯受洗后斯拉夫的魔鬼学经历了很大改变。多神教与基督教在魔鬼学观念上的统一过程持续了几个世纪的时间。基督教在9世纪上半叶就开始渗透到俄罗斯，其时多神教同新信仰展开

---

① *Славянская мифология*：*Словарь—справочник*/сост. Вагурина Л. М.；вступ. ст. Микушевич В.，М.：Линор，2004. с. 67.

② Там же. с. 45.

③ Глинка Г.А. Древняя религия славян // *Мифы древних славян*. Саратов，1993. с. 128.

了强有力的斗争。这一斗争的悲剧情节在《往年纪事》(11 世纪到 12 世纪初)中得到反映。基督教的魔鬼学伴随着大批布道文学涌入罗斯。拜占庭的传教士金口约翰(Иоанна Златоуст)[1]的著作得到了最广泛的传播,从 9 世纪起,普及本《金口》(*Златоуст*)、《金水流》(*Златострүй*)、《伊兹马拉戈特》(*Измарагд*)等等在罗斯便广为人知。金口约翰的魔鬼学是简化而又完备的,被置于基督教信仰的框架之内。魔鬼、恶魔被解释为人类的敌人,受其诱惑而堕落的人,其灵魂将会被投入到永受磨难的地狱火谷。金口约翰对多神教怀有敌意,激烈地批评斯拉夫的节日和礼仪,将其指斥为"魔鬼的占卜术""恶魔的祭礼""魔鬼的晚祷游园会""小鬼的游戏"等等。拜占庭布道者的讨论并非总是符合早期罗斯东正教的特征,他们的著作在俄罗斯经常被修改。此外,依托《圣经》文本和传道文学,俄罗斯的修士们提出了独特的观点。都主教基里尔·杜罗夫斯基(Кирилл Дуровский)在《关于人类灵魂的寓言》里断言,在基督第二次降临之前灵魂不会堕入地狱。

最终,《圣经》的上帝并未随着基督教的被接受而完全取代斯拉夫的神灵。在这一过程中,基督教的魔鬼学与多神教的神灵既相互对抗又相互妥协与融合。对斯拉夫人而言,基督教本来是另类的、奇异的现象,但关于灵魂不死和复活之说对他们很有吸引力,这同原始的对死者的祭仪并不矛盾。构成贵族和僧侣阶层的俄罗斯大公们首先毫不迟疑地接受了《圣经》的魔鬼学。而民间魔鬼的鲜活魅力又不可抗拒,于是在这个圈子里广泛流传的伪经的传说就成了一种有趣的嫁接:当撒旦的追随者被从天上抛下时,落到水里的成了水怪,落到森林里的成了树妖,落到房子里的成了家神……而斯拉夫的精灵就是那些小鬼,在多神教的土地上出现得比天使还要早。"民间万神庙无可计数的精灵和小神没有消失,甚至没有改变自己的特征,只是有一些

---

① 原意为"巧舌如簧者",此为绰号。

成了敌人，因为后来停止供奉他们。”[1]在经历漫长的对抗之后，大多数多神教的魔鬼逐渐退到密林深处，在民俗、礼仪和节日中定居下来。

虽然从前的诸神现在被称作恶魔或邪恶的妖怪，但是人们仍然相信他们存在。有时候，在旧妖魔和基督教圣像之间，存在某种君子协定之类的情况。比如，一个非常受人喜爱的妖怪叫“房子爷爷精”。搬家时一家人要举行移动这个妖怪的专门仪式。基督教的神职人员不得不为俄国农民履行同样的义务，被请去用巫术仪式和咒符从屋里驱赶妖怪。

在最初的几个世纪里，魔鬼学一直是为教会和国家的趣味服务，同宗教道德教益和对多神教的谴责联系在一起。保存在传说、礼仪和节日中的斯拉夫魔鬼学在经历了尖锐的批评后渐渐隐匿起来，但在某些信仰多神教的作品如《伊戈尔远征记》中仍然得以表现。在17世纪的作品中这种倾向达到了顶峰，如《萨瓦·戈鲁德钦纳记事》（*Повесть о Савве Грудцине*）、《乌里扬尼亚·拉扎列夫斯卡娅记事》（*Повесть о Улиянии Лазаревской*）、用于提高宗教献身精神的大司祭阿瓦库姆及老友的纪事和行传等等。

随着基督教的传入，《圣经》的魔鬼学以其完整性和系统性获得了越来越得到广泛的接受。在17—18世纪近百年的时间里，魔鬼学基本上是经波兰、欧洲渗透到俄罗斯的。从反映古俄罗斯作者们的宗教意识——对死后另一世界的真诚信念明显地转变为艺术创造的幻想。早期的俄罗斯诗人以《地狱图景》、《插图》等宗教道德说教关注罪人在地狱中永久受苦这一独特主题。最生动的地狱是安德烈·别罗伯茨基在著名的伪经《圣母的苦难历程》（*Хождение Богородицы по мукам*）影响下写成的《宾塔捷乌古姆》（*Пентатеугум*）。魔鬼学的主要形象是撒旦。他强悍有力的个性和巨大的能量可以直接影响人们的命运。俄罗斯作家们认为，魔鬼是世界之恶的化身。恶魔的功能在于强化宗

---

① Никольский Н.М. *История русской церкови*. М.: 1983. с. 26.

教道德、减少恶行,如在日常生活中强化东正教、基督教戒律,强化遵守教规者、教会、沙皇、大公权力的神圣。

到了18世纪,《圣经》的恶魔学说逐渐为俄罗斯作家所接受。在18世纪上半叶,很多传统的魔鬼学及其化身的特征被留存下来。然而科学教育的发展骤然减缓了文学中的魔鬼进程,魔鬼主人公变成了喜剧嘲讽的对象。魔鬼学从古代向启蒙时代的转向在费奥方·普罗科波维奇的作品中得到了鲜明表现。在诗歌中改写《圣经》和翻译外国作品的现象非常普遍。

18世纪60—70年代,对斯拉夫魔鬼学的态度从嘲笑、批评转向善意和尊重。对民间"神话"的收集整理工作充分展开,并以文学作品的形式出现。多神教信仰的因素甚至渗透到俄罗斯古典主义的高级语体中,但是在悲剧和颂歌中还谈不上有意识有目的地运用。关注斯拉夫多神教的目的主要在于强化俄罗斯社会的民族自我意识,唤起对祖国历史、民俗与民族志的兴趣。对古代神话、斯拉夫民间传说的模仿和复制,以及在此基础上进行新的艺术创造成为文学的自觉使命。斯拉夫的魔鬼学不仅被视为多神教的迷信和离奇现象,而且被视为俄罗斯古代民间的"幻想性"作品。这一观点从作家影响到广泛的读者层。壮士诗、"讽刺喜剧"和在魔幻喜歌剧中"复兴"的传说壮士歌的主人公频频出现。而对于很多有教养的人而言,斯拉夫魔鬼学还属于"下层财富"。

18世纪到19世纪初的魔鬼学具有复合性的特征。斯拉夫神话与《圣经》神话在一部作品中汇成一种独特的复合物,反映古老的双重信仰,官方东正教和民间的礼仪与节日,其中还不乏欧洲神话、东方传说故事的主人公。所有这些都是在俄罗斯的背景下,围绕着现实历史人物出现的。复合性令魔鬼的性格更加丰富,并具有了娱乐功能:在一些"可笑的魔鬼"身上折射出启蒙者、讽刺者和智者对迷信偏见的笑。这种笑声在世纪末逐渐减弱,并转向对传说与幽灵的笑。

魔鬼学与浪漫主义具有一种天然联系,同整个神秘主义一样,是后者不可或缺的组成部分。新的神话研究使19世纪初文学的魔鬼学具备了多样性的特征，斯拉夫的魔鬼学受到更多的关注。在戏剧特别是魔幻喜歌剧中，彰显出斯拉夫神话的魅力。这是斯拉夫精灵被积极地“浪漫化”的过程。这一时期的讽刺诗保留着一部分18世纪魔鬼学的特征，但更重要的是出现了真正的创造性的接受。茹科夫斯基是浪漫主义文学恶魔论的代表。他真诚地相信死后的异在，对魔鬼世界的真诚信念和诗人的幻想紧密交织在一起。在规模上，他的《天堂之歌》明显逊于《恶魔之歌》。在叙事诗里，他的恶魔世界被描绘成一个封闭的空间，很多精灵从这里畅行无阻地闯入人世。魔鬼的作用主要在于宗教教育功能，是诱惑与惩罚的象征，这一点与《圣经》相同。相比之下，斯拉夫的魔鬼所起的作用显著减少。茹科夫斯基坚持写“高雅的诗”，他不能容忍恶魔力量的理想化。魔鬼在他这里只是一个参照，可以让读者感受到对阴间来客的恐怖，但同时又不能没有正面的神秘的理想。在《挽歌》中，主人公站在两个世界——人间与魔鬼世界的门槛上，张皇失措地期待着某种神秘可怕的东西。

魔鬼在文学中的作用随着浪漫主义的发展得以强化。在19世纪20年代的俄罗斯诗歌和小说中，各种魔鬼思潮异彩纷呈，《圣经》与斯拉夫魔鬼学的主人公以及二者的复合物纷纷登场。恶魔形象的神秘性、奇异性、幻想性及其“理性主义”构成了浪漫主义文学的独特魅力。果戈理笔下的魔鬼呈现出乌克兰乡村的民间多神教色彩，散发着浓郁的民族气息。对魔鬼、妖精和巫师的尽情嘲弄和对人民的勇敢、机智和爱国精神的礼赞结合在一起。主人公的英勇与旧时魔鬼的对立是其浪漫主义美学的重要特征。莱蒙托夫在黑暗沉滞的高压统治下写出叙事诗《恶魔》和长篇小说《当代英雄》，在批判主人公的利己主义给他人带来毁灭和灾难的同时，更赞美他们强烈的反叛精神。《恶魔》叙述了一个天使反抗上帝的神话故事：因天使刚愎自用，不受上帝宠信，被贬黜为魔鬼。他愤懑之余，诱劝人们抗拒上帝，揭露它的伪善，终使自己成了“上天的敌人”和“宇宙的灾难”。更为重要的是，作为

“认识与自由的皇帝”和“天国的流浪者”，恶魔被表现得强悍有力、威武不屈、虽败犹荣，在某种程度上可以认为是高傲而孤独的诗人自况。别林斯基盛赞这一形象，说它“具有广阔想象力和形象的力量”，是对专制权力的反抗和对自由渴望的象征。在恶魔身上，已经带有浓厚的现代气息。俄罗斯的撒旦仿佛是“世界灾难”的化身，“崇高的抗议”的化身。最终，尼采的超人哲学成为恶魔主题的顶峰。陀思妥耶夫斯基见到了隐秘的深渊，他怀着先见的忧虑指出这一点，并寻找对恶的克服之路。

第三节　俄罗斯绘画与音乐中的巫魔形象

19世纪中期至20世纪初期，俄罗斯民族艺术开始形成，绘画和音乐领域的创作从文学领域寻找题材，文学作品成为绘画与音乐的灵感源泉。恶魔以一种否定精神出现，不断否定上帝所创造的世界，呈现出世俗化、个性化的态势。这一特点在弗鲁贝尔的绘画作品以及巴拉基列夫、穆索尔斯基、鲁宾斯坦、里亚多夫、斯克里亚宾的音乐作品中得以充分体现。

一、弗鲁贝尔的恶魔系列组画

绘画大师弗鲁贝尔依据莱蒙托夫的叙事长诗《恶魔》精心绘制了20余幅以“恶魔”为主题的插图，包括《坐着的恶魔》(1890，见图19)、《塔玛拉与恶魔》(1890—1891)、《塔玛拉的舞蹈》(1890—1891)、《恶魔头像》(1891)、《飞翔的恶魔》(1899)、《被打倒的恶魔》(1901—1902)等。画家在画布上勾勒出一个神情阴郁、哀伤、孤独而“内心孤傲的流浪者形象”[①]：恶魔傲骨嶙峋，对天国和人间充满疑虑的痛苦，成为不

① 王永：《永恒的忧伤和困惑——诗人莱蒙托夫和画家弗鲁别利笔下的〈恶魔〉》，载《社科纵横》(新理论版)2009年第4期，第261—262页。

为天国和人间所容的双重孤独者，处在一种无垠的寂寞之中。

弗鲁贝尔是19世纪末俄罗斯巡回展览画派的叛逆者，他的作品隐喻、忧郁、晦涩、灵艳，兼具诗歌般的浪漫和悲剧的悲情气息。画面中的恶魔形象介于神、人、魔之间，难以一语定论。人物形象块面坚实饱满，布局紧凑，着色丰富而主题彰显，具有独特的艺术魅力。弗鲁贝尔并没有局限于莱蒙托夫的文学作品，而是以他独特的绘画语言诠释了独特的恶魔形象。他深知：“绘画并不臣服于文学，也不应当为政治所利用。”①

图19 弗鲁贝尔《坐着的恶魔》，1890画布油画，114×211

弗鲁贝尔的画作构图虚幻、色彩纷呈。在《坐着的恶魔》中，画面的右侧绽放的山花仿佛一块块形状各异、五彩斑斓的水晶石，棱角分明却不失灵气，每块颜色的填涂都是随心随性却又恰到好处。青年时期潜心学习矿物学的经历使他的画作散发着磷光，对色彩的运用奇特而显张力。《飞翔的恶魔》中，土灰色的天空似乎满布沙石，黑灰色的

---

① 陈铭：《另一种感人至深，恶魔的悲剧——初探弗鲁贝尔的恶魔形象与俄罗斯文学传统的联姻》，载《美术广角》2011年第5期，第70页。

双翼如同缀满铅石让人觉得沉重，就连恶魔的面色都要比其他画作里恶魔的脸部色调灰暗许多，但是目光中的亮白色虽少却有“画龙点睛”的作用，透出恶魔坚定的意志和不屈的精神。

画家笔下的恶魔总是棱角突出、轮廓线分明：垂直坐立于山巅的恶魔是严肃而孤独的；飞翔的恶魔在画面中成水平架设，虽苦苦挣扎但尚未失去平衡，因此既有天地间的厚重感又暗示着恶魔的坚定抗争；被打倒的恶魔整体是倾斜的，不仅如此，恶魔残碎的肢体、羽毛、翅膀都是倾斜设置，唯独那不屈的头颅仍然昂然直立，绝无半分妥协。此外，画家的线条在长短、粗细、曲直、刚柔的多重变化之中形成节奏感，造成有疏有密、有紧有松的节奏，对渲染观者情绪起到引导和想象的作用。如《塔玛拉的舞蹈》中，塔玛拉的柔美线条与恶魔的刚硬线条形成鲜明反差，二者的欢乐与痛苦也跃然画上。

弗鲁贝尔创造了自己的镶嵌画式的绘画肌理：在恶魔系列组画中，画者多以黑色打底，然后逐层上色，有时会有意让底色露出些许不大的色块，产生层次感和厚重感。通常底色多使用暗沉的颜色，之后逐层铺以稍明亮的浅色，逐层上色、套色的绘画肌理使画面始终保持节奏感和创作的情绪，让观者有广阔的遐想空间。

恶魔系列组画的最大特色是“表现孤独苦闷的情绪”①。如《坐着的恶魔》中，坐在夕阳光辉下的恶魔透露出画家内心激荡不安的情感和孤独无助的哀伤。弗鲁贝尔生性敏感脆弱，屡遭命运捉弄：46岁得子，却是天生唇裂，又在一场感冒后不幸夭折。他精神崩溃，四年后又丧失视力，结束了他钟爱一生的绘画生涯。

二、音乐中的恶魔世界

19世纪是俄罗斯民族音乐形成的重要时期，这一时期的音乐作

① 刘莉萍：《俄罗斯绘画巨匠弗鲁贝尔的油画世界》，载《大众文艺》2010年第8期，第59—60页。

品大量地描绘俄罗斯民族节日的光辉和魔鬼狂欢的场面，再现俄罗斯本民族人民的生活实景，传递自由、幸福、欢乐的生活理念。民族音乐中表现的恶魔已经不是西方传统宗教观念中的“恶魔为恶”、“万恶的精灵”，而是不同程度地退去了奸诈和恶毒的色彩。受到浪漫主义风格的影响，斯克里亚宾在钢琴剧《撒旦史诗》中就刻画了一个自由狂喜、放荡不羁的撒旦形象。此外，这类作品还有巴拉基列夫（М.А. Балакирев，1837—1910）的交响诗《塔玛拉》（1882）、穆索尔斯基（М. П. Мусоргский，1839—1881）交响诗《荒山之夜》（1867）、安东·鲁宾斯坦（А.П. Рубинштейн，1829—1894）的歌剧《恶魔》（1890）、里亚多夫（А.К. Лятов，1855—1914）的《妖婆》等。

1. 巴拉基列夫的《塔玛拉》：高加索古堡的恶魔狂欢夜

塔玛拉是莱蒙托夫同名叙事短诗中的人物，她像天使一样美丽，却又是一个残忍的恶魔。她居住在能够俯瞰北高加索捷列克河的古堡中，每逢夜晚她都引诱路过的商旅和牧人同她一起欢宴通宵，乘机将他们杀掉并弃尸在捷列克河上。晨光初露，河水吞没了被丢弃的尸体，塔玛拉重新隐回到古堡之中。米里·阿列克谢耶维奇·巴拉基列夫的交响诗采用“塔玛拉”的标题，并不完全以莱蒙托夫的原诗为蓝本。一般认为，这首交响诗的引子和尾声充满神秘色彩和不安情绪，和莱蒙托夫的原诗比较切近，但乐曲重点是描绘东方民族节日的光辉夺目和人魔共舞、欢快流连的宴会场面，再现的是高加索山地民族生动逼真的生活画面，塔玛拉的形象已经失去奸诈和魔法的力量，她只是作为音乐织物的一点穿插而已。

2. 穆索尔斯基的《荒山之夜》：荒山上的巫魔狂欢

穆索尔斯基的交响诗《荒山之夜》的构思源于果戈理的小说《圣约翰之夜》中关于巫婆安息日的描写，表现的是巫魔狂欢的场面。这是19世纪欧洲民族乐派兴起后，俄国民族乐派利用本民族民间音乐、传说等素材勾勒出的一部杰出的交响音画。

作者在原稿上有一段文字描述："来自地下深处非人类的轰鸣。黑暗幽灵的出现，以及随后黑暗之神的登场。这是对黑暗之神的赞颂和阴间的祭奠。在狂欢作乐最热闹时，远方传来乡村教堂的钟声，这声音驱散了黑暗幽灵，破晓到来。"

全曲主要描绘了三个场景：魔王的出场、巫魔集会狂欢、黎明前众巫魔被教堂钟声驱散。乐曲开始由弦乐以极低的音量演奏出急速三连音，起初声音微弱随后迅速提高，木管、铜管乐器组先后加入，勾画出荒山之巅群魔乱舞的疯狂场景。群魔的出场是为黑暗之王"车尔诺包格"现身所做的铺垫，长号与大号在低音声部的齐奏演绎出威严而低沉的旋律。随后出现乐队齐奏，乐曲逐渐加强力度，整首乐曲到达激烈的高潮，狂欢进入了高潮的阶段，仿佛一个个幽灵在空中飞舞、骑着扫帚的女巫呼啸而过……突然，远处传来微弱而清脆的钟声，天已渐渐破晓，牧歌一样的旋律预示着熟睡的农民已经苏醒，这段纯朴的旋律与前面戏剧性的音乐形成鲜明的对比，再也听不到狂欢的喧闹，群妖悄悄溜走，乐曲也在这样的平静安宁中结束。

在这部作品中作曲家充分发挥了他的配乐天赋，表现出极强的音色对比：乐曲以快板开始，小提琴和木管奏出狂风劲吹、阴森恐怖的场景，三个长号和一个大号齐奏表现出魔王的降临；在中间表现巫魔狂欢的场景时，总有一个以小号为主的铜管乐器奏出庄严的主题，似乎是魔王在主控着会场，发号施令；直到结尾表现破晓之后众妖魔离去，乐曲才放缓速度，在竖琴的琶音衬托下，单簧管用神秘声音表现乌克兰民间的抒情牧歌，长笛明亮清澈的声音预示着新一天的开始。

此曲以巫魔狂欢作为主题，优美的旋律透着清新和谐的大自然气息，象征着人间的美好，结尾表现众精灵和魔王的宴乐狂欢时最终"以人间的钟声作结"①，预示光明战胜黑暗、邪恶终究敌不过正义的人生理念。

---

① 邱晓枫：《欧洲音乐的发展与交响作品欣赏》，北京：清华大学出版社，2005 年，第 315 页。

3. 鲁宾斯坦的《恶魔》：痛苦中走向成熟

《恶魔》是安东·鲁宾斯坦根据莱蒙托夫的同名作品创作的十四部歌剧中最经典的作品。歌剧塑造了一个不畏权威的“邪恶精灵”：恶魔处于痛苦与欢乐、幻想与成熟的边缘，它不断打碎人们的美丽幻想，让人在经历痛苦的过程中走向成熟。这部歌剧具有极高的艺术成就，它以刻画人物的细腻动人著称，其独特的音乐风格令人瞩目：气势磅礴、声震林木的曲段与细腻感人的抒情曲段相辅相成，这种风格也成为俄罗斯音乐传统的一部分，其学生柴可夫斯基歌剧人物细腻刻画的手法就是对老师创作风格的继承。

4. 里亚多夫的《妖婆》：诙谐而幽默

里亚多夫据俄罗斯民间神话写成的交响音画《妖婆——巴茨雅嘎》(1905)、《女妖》(1910)最能体现作曲家的创作手法：既有民族传统音乐的继承，又大胆融合了西方印象派音乐特色。

两部作品勾勒出一个幽默、诙谐的巫婆形象，如《妖婆》的总谱写道：

> ……妖婆走到院子里，打了一个口哨，在她面前便出现一个带着木杵和拖帚的石臼。巫婆坐在石臼里离开院子，一边用木杵划行，一边用拖帚扫去痕迹……①

音乐集中表现的是女妖和妖婆出现时的欢乐场面、在林间急速飞驰的轻巧欢快以及坐在石臼中晃荡前行的步态，作品中的巫婆形象已经退去奸诈和邪恶，换之以怪诞、笨拙的形象，听众不禁联想到一副憨态百出、幽默诙谐的漫画。妖婆是俄罗斯民间神话的典型人物，性格矛盾，行为乖戾，怪诞中不乏善良。音乐以此作为主题是对民族文化的继承。作曲家的配乐技艺精巧，用简洁的音乐材料勾勒出妖婆的鲜明形象。乐曲没有明显的内部结构，乐句、乐节一反传统音乐使用强

---

① 邹佳默：《音乐小品大师里亚多夫》，载《音乐生活》，2005 年第 4 期，第 70 页。

烈音阶对比向前推进的手法，是对印象派音乐风格的融合。

里亚多夫的音乐是复合型的，创作风格中继承性占主导，这与他师承格林卡、与里姆斯基和巴拉基列夫的亲密交往是分不开的，体现了民族音乐创作的同源性；然而1889年的巴黎之行和1910年的德国游历让他接受了西方的音乐风格，体现出印象派创作倾向。

19世纪俄罗斯绘画和音乐中的恶魔形象多以一种否定传统的精神出现，或忧郁孤独，或幽默诙谐，或自由狂喜，对人间幸福、欢乐充满向往，对强权从不畏惧妥协。这些创造体现出民族艺术家在绘画和音乐领域的精神追求。弗鲁贝尔以恶魔入画，孤独忧郁的情绪是画家人生经历的体现；音乐作品中的魔鬼和女巫形象不同程度地脱离奸诈和邪恶，表现了世俗人性，再现了俄罗斯人民的生活实景和真实性格，传递出自由、幸福和欢乐的生活理念。布尔加科夫受到以上种种潜移默化的影响，循着这些精神轨迹开始了他的创造。

第四节　布尔加科夫早期作品中的恶魔想象

在创作《大师和玛格丽特》之前，布尔加科夫作品中的恶魔想象已在几部作品中崭露头角：《魔障》向我们展示的是人与世界、人与自身分裂之后产生的恶魔情景；《孽卵》与《狗心》则用蟒蛇、狗人这些邪气逼人的被造物带来的恶果，揭示出妄图僭越上帝特权的知识分子的魔性；而长篇小说《白卫军》则着力展示了暴力革命带来的人间地狱，并激发人在启示录的氛围中追索善的可能性。

一、《魔障》：分裂的恶魔

1924年，布尔加科夫在《矿藏》丛刊上发表的中篇小说《魔障》（又译《恶魔记》），正是这部作品开了布尔加科夫“恶魔撒旦”主题写作的先河。

小说第一章一开始平实精准的叙述语调让作品布满了现实主义的气息：“一九一二年九月二十日，‘火柴中基’的出纳员戴上他那顶令人恶心的、带有耳罩的棉帽，将那张有彩色条纹的拨款单塞进公文包里，就乘车走开了。这是上午十一点钟的事儿。”[①]然而，随后故事的发展却逐渐走向怪诞离奇，主人公柯罗特科夫魑魅魍魉的梦境逐渐从其坚固清晰的现实中分裂出来，恶魔的气氛也渐次浓重。

从小说整体的内容结构来看，前两章无疑描绘的是主人公的现实遭际，进入第三章之后，小说的描述对象已经不再是现实，而是朝柯罗特科夫的噩梦过渡：

> 及至清晨，房间里弥漫着呛人的硫磺气味。拂晓时分，柯罗特科夫沉入梦乡，做了一个荒唐而又可怖的梦：仿佛那是在一个绿茵茵的草地上，在他的面前冒出了一个偌大的、长着两条腿活人似的弹子球。这景象太让人恶心了，弄得柯罗特科夫叫喊起来而惊醒过来。在朦朦胧胧的晨霭中，有那么大约也不过五秒钟的光景，他好像还觉得，那球就在眼前，就在床边，非常浓烈地散发着硫磺味。可是后来这一切全消失了。柯罗特科夫翻了个身过后便睡着了，就此再也没有惊醒。[②]

作者由此暗示，之后发生的一切不过是柯罗特科夫潜意识中刮起的一场恶魔风暴。

在弗洛伊德那里，梦是“完全有效的精神现象——愿望的满足”[③]，梦反映了人内心深处潜意识中最为迫切的欲望。柯罗特科夫游历的梦之地狱，在其中遭受的除职之悲、被窃之痛、屡屡向上级求告无门之焦灼，乃至最终被各式怪力乱神纠缠致死之惨境，正是他缺乏安全感的精神泣血。梦境的书写之所以会从现实的故事中分裂出来，实际上是因为主人公与世界关系的断裂。

---

① 布尔加科夫：《布尔加科夫中短篇小说选》，周启超选编，北京：中国文联出版社，2009年，第3页。

② 同上书，第7页。

③ 弗洛伊德：《释梦》，车文博译，长春：长春出版社，2004年，第93页。

在前两章纯然基于现实的故事情节中，已经透出了荒诞的端倪：故事发生于苏维埃经济形势严峻的时期，以实物产品作为薪金的代替，这本就是一个看似荒诞不经的事件；在物资管理部门中，人浮于事、互相推诿的情景也令人啼笑皆非；主人公为检查火柴的质量，被不期而遇的劣质火柴划伤眼睛又同样是令人瞠目。前两章的视角是现实的，但现实的内容却纯然是荒诞，让人无从解释："一个哪怕可以用极不像样的理由解释的世界也是人们感到熟悉的世界。然而，一旦世界失去了幻想和光明，人就会觉得自己是陌路人。他就成为无依托的流浪者，因为他被剥夺了对失去家乡的记忆。而且失去了对未来世界的希望。这种人与生活之间的距离，演员和舞台之间的分离，真正构成荒诞感。"[①]荒诞的不是人，也不是世界，而是人同世界的关系，这早已不是什么新鲜的话题，进入20世纪，无论是思想界还是文学界，都无不为难以修复的人同世界的断裂感悲鸣哀叹："受到威胁的不只是人的一个方面或对世界的一定关系，而是人的整个存在连同他对世界的全部关系都从根本上成为可疑的了，人失去了一切支撑点，一切理性的知识和信仰都崩溃了，所熟悉的亲近之物也移向缥缈的远方；留下的只是处于绝对的孤独和绝望之中的自我。"[②]布尔加科夫的创作正是回应补充了这种思想主潮。进入第三章之后，作者将主人公柯罗特科夫的梦境从对其现实的描绘中分裂出来，正是想将现实中的荒诞放置到适宜其滋长的梦境土壤，从而将荒诞的情形推到极致，以凸显现实亦幻亦真的荒诞本质。在梦境里，"柯罗特科夫痛苦地喊了一句，直觉觉得这里像所有地方一样，也要闹出某种奇诡的事儿。他那饱受折磨的目光环视了四周，害怕那张刮得光溜溜的面孔，那个光秃秃的蛋壳似的脑袋，又会从什么地方冒出来。"[③]这是梦还是现实，抑或是梦已

① 加缪：《西西弗的神话》，杜小真译，北京：三联书店，1987年，第6页。

② 施太格缪勒：《当代哲学主流》（上卷），王丙文、燕宏远、张金言等译，商务印书馆，2000年，第182页。

③ 布尔加科夫：《布尔加科夫中短篇小说选》，周启超选编，北京：中国文联出版社，2009年，第33页。

经成为了最为现实的现实?

在布尔加科夫笔下的这场噩梦,已经并非只是一段光怪陆离的潜意识那么简单,而是带有异常强烈的魔鬼色彩。在之前那段象征着现实与梦过渡的引文中,划过火柴之后留下的“硫磺味”,正昭示着柯罗特科夫的梦境与魔鬼的联系。我们熟悉的是,在西方基督教文化中,作为魔鬼撒旦象征的古蛇最害怕的物质莫过于硫磺,在圣经的启示录中,魔鬼撒旦最后失败之时所受到的惩罚也与硫磺紧密相关:“那迷惑他们的魔鬼被扔在硫磺的火湖里,就是兽和假先知所在的地方。他们必昼夜受苦,直到永永远远。”(《启示录》20:10)在随后柯罗特科夫在梦之地狱中经历的一系列怪诞遭际中,到处弥漫着硫磺的气息,也就暗示着魔鬼的气息:主人公与新站长卡利索涅尔第一次的相遇就觉得“这陌生人的话语透出一股火柴味儿”[①];当主人公在追逐大胡子卡利索涅尔的过程中,经历了一个陌生的小老头出现又消失的过程,“当他跑下楼下时,那小老头已然不在了。他消失了。柯罗特科夫又扑向那小耳门,去猛拽那门把手。小耳门原来已经锁上了。在半明半暗中隐约散发出一股硫磺味”[②];小说的最后,变成公鸡的卡利索涅尔“钻到地下去了,留下一股硫磺味”[③]。此外,梦作为幽深险昧的潜意识的表达,本身就带有黑暗的质素,主人公柯罗特科夫在梦中体验的一系列幻觉正可以看做是被魔鬼附身的结果:“不应断言,所谓精神病与魔鬼的侵扰毫无关联,至少在某种情况下可以把幻觉看作是对神的世界的发现,不过不是这个世界的光明部分,而是其黑暗部分。但除了这种为通灵者所能达到的直接幻象外,黑暗力量的影响还以不可见的、精神的方式进行。”[④]

---

① 施太格缪勒:《当代哲学主流》(上卷),王丙文、燕宏远、张金言等译,商务印书馆,2000年,第8页。

② 同上书,第20页。

③ 同上书,第41页。

④ C.布尔加科夫:《东正教——教会学说概要》,徐凤林译,北京:商务印书馆,2001年,第158页。

以上从总体的内容架构上我们可以看到,这篇小说通过现实与梦境的分裂叙述,充分展示了在人的潜意识中那股乘虚而入的魔鬼的力量,这也正是人与世界关系断裂的直接表征。接下来,我们着力分析下在柯罗特科夫梦中盘旋着的人格分裂的魔鬼。

进入小说的第三章,梦的第一章节,我们遇到了有着魔鬼容貌的卡利索涅尔:

> 这个陌生人的个头是如此之矮,仅仅能够到高个子的柯罗特科夫的腰部。不过,这个头上的缺陷算是由这陌生人那异常宽阔的肩膀得到了补偿。四四方方的身躯架在两条歪歪斜斜的腿上,况且那左腿还是瘸的。但最为引人注目的莫过于其脑袋。这脑袋活像一个巨大的鸡蛋模型,他横卧在脖颈上,其尖头朝前……那小脸蛋儿直刮得发青,一双绿幽幽的、像大头针尖那么小的眼睛,坐落在两个深深地凹陷下去的眼窝中。[①]

然而,随着故事的发展,柯罗特科夫又遇到了第二个卡利索涅尔,这个卡利索涅尔不再是之前那个歇斯底里、暴虐的、带着铜盆声调的上级,而是"蓄着一副亚述利亚人般呈波浪状的垂胸大胡子"[②],声音温柔纤细的普通干事。"作家运用人物身体的变形这一怪诞文学的常用手段,并发展了陀思妥耶夫斯基描写同貌人的俄罗斯文学传统,对照性地展示出了官僚主义者媚上欺下的双重假面。"[③]

接下来,不单是卡利索涅尔,主人公柯罗特科夫也逐渐开始走向分裂。这一分裂的前兆是主人公柯罗特科夫被误认为大胡子卡利索涅尔的助手——科洛勃科夫,作为前者的柯罗特科夫是一个谨小慎微、兢兢业业的人,而后者科洛勃科夫却相反,是一个色欲熏心、趋炎

---

① 布尔加科夫:《布尔加科夫中短篇小说选》,周启超选编,北京:中国文联出版社,2009年,第8—9页。

② 同上书,第19页。

③ 谢周:《滑稽面具下的文学骑士》,重庆:重庆出版社,2009年,第33页。

附势的小人。而在第十章时，主人公柯罗特科夫在到达检察委员会官员德日金的办公室之前所乘的电梯中，借助镜子这一独特的隐喻道具，柯罗特科夫成功地分裂为两个人：“带镜子的电梯舱开始下降了。两个柯罗特科夫一起坠落到下面。第一个也是主要的柯罗特科夫把电梯舰壁上镜子里的第二个柯罗特科夫给忘了。”①当他殴打了德日金之后，从一个追逐者变成了一个被追逐者，在电梯舱里再次看见了分裂的自己：“柯罗特科夫钻进那小盒子般的电梯舱，面对着另一个柯罗特科夫在沙发上坐下来，他喘着粗气，就像那落到了沙滩上的鱼。”②

小说主人公在精神分裂状态下出现同貌的诱惑者——魔鬼的传统，其实可以追溯到17世纪的俄罗斯文学：“当时有一篇诗体故事《戈列-兹洛恰茨基的故事》叙述了一个年轻富商之子背叛家庭，离家出走，后来发了财，这时内心的罪恶意识开始抬头，出现了一个魔鬼戈列-兹洛恰茨基诱引他落入饥寒交迫、走投无路的境地，又怂恿他去犯罪，最终年轻人进入修道院才摆脱了魔鬼的纠缠。在后来的俄罗斯文学中，这种同貌人——魔鬼成了作家们在揭示人物内心矛盾、信仰动摇或人格分裂的一种常用的叙事方式和表达手段，也是俄罗斯文学中的一个永恒主题。”③无论是卡利索涅尔的分裂，还是之后主人公柯罗特科夫的分裂，都暗示着魔鬼力量的介入。人格的分裂是魔鬼对世界作用的结果，这是东正教神学界普遍存在的观点，是东正教精神的一个本质特征。C. 布尔加科夫指出：“罪孽使人的本质产生可怕的裂缝，并且这种裂缝越深，人陷入罪孽的程度就越大。”④在那个充满着怪诞离奇事物的梦之地狱中，柯罗特科夫不禁哭号：“——我这是闯下

---

① 布尔加科夫：《布尔加科夫中短篇小说选》，周启超选编，北京：中国文联出版社，2009年，第43页。

② 同上书，第47—48页。

③ 刘锟：《东正教精神与俄罗斯文学》，北京：人民文学出版社，2009年，第108页。

④ 谢·布尔加科夫著：《亘古不灭之光》，王志耕、李春青译，昆明：云南人民出版社，1999年，第239页。

什么祸了？——柯罗特科夫恐惧起来。”[①]“闯了什么祸”，不禁让人勾起对原罪的猜想，梦中人物屡屡出现的人格分裂，反映了现实中主人公柯罗特科夫那个病态而痛苦的灵魂，正因为他的内心已经进入了魔鬼的因素，所以他才被恶所控制，显现出恶的本质，才只能在焦虑和迷惑的黑暗之中生存。

小说的结局是主人公柯罗特科夫在被追捕的绝望中纵身跃下高楼，坠入深渊："阳光灿烂的无底深渊是那样地在召唤着柯罗特科夫，他简直喘不过气来。随着一声令人惊悸的、呼唤着胜利的叫喊，他纵身一跃，腾空而起。”[②]这让人想起陀思妥耶夫斯基的小说《群魔》中引用圣经的一段题辞："那里有一大群猪在山上吃食。鬼央求耶稣，准他们进入猪里去；耶稣准了他们。鬼就从那人出来，进入猪里去。于是那群猪闯下山崖，投在湖里，淹死了。”(《路加福音》8：32—33)被魔鬼本性吞没的人要么求助于基督，以敬爱主的行为来赎自己的罪，要么最终走向毁灭，就像猪群一样从悬崖跳下。显然在《魔障》这部小说中，布尔加科夫将这个被恶魔附体并分裂为二的主人公柯罗特科夫判处了坠崖的死刑，没有给其任何救赎的可能，也从侧面凸显了这个恶贯满盈、病态世界的末日气氛。

值得一提的一个细节是，被魔鬼缠身进而开始走向分裂的主人公柯罗特科夫，同样也展示了魔鬼作为惩罚与拷问者的积极一面。小说的第十章，柯罗特科夫忘掉了那个“镜子里的第二个柯罗特科夫”，摆脱了之前唯唯诺诺的弱者形象，拥有了撒旦般的强力意志，拥有着以恶制恶、亦正亦邪的力量。被魔鬼撒旦附体的柯罗特科夫走出了电梯，走进了德日金的前厅，“一个头戴高筒帽、脸色红扑扑的大胖子迎着柯罗特科夫说道：——妙极了，我正要拘捕你。——无法拘捕我，——柯罗特科夫回答道，发出那撒旦般的笑声，——因为我是谁还

① 布尔加科夫：《布尔加科夫中短篇小说选》，周启超选编，北京：中国文联出版社，2009年，第31页。

② 同上书，第50页。

不知道哩。自然，既无法拘捕我也无法让我结婚。至于波尔塔瓦我可是不去的。”[①]在这段以毒攻毒、恰如其分的宣言中，透射出一股无所畏惧的磅礴之势与浩然之气，这也正开启了《大师和玛格丽特》中魔鬼沃兰德的先声。

二、《孽卵》《狗心》：僭越的恶魔

《孽卵》（又译《不祥的蛋》）与《狗心》这两部中篇小说是布尔加科夫的代表作，二者以其相似的主题内容常被研究者一并讨论。在这两篇小说中，科学无疑成为了恶魔诞生的催化剂：加速生物繁殖与生长的“红光”带来了巨蟒滔天的末世景象，而将人的脑垂体植入狗脑的尝试则创造了一个带着邪恶“狗心”的怪人，手握科学利剑的教授与医生，也因僭越神域的特权从而坠入魔界，促使人对知识分子的魔性问题进行深入的反思。

在《孽卵》中，教授佩尔西科夫在用显微镜观察变形虫的过程中，在没有调整好焦距的镜片下发现了那道“生命之光”，之后他的助手伊万诺夫帮其造出了分光箱，捕捉到了那红色的光束。教授利用这道光束孵出了数量惊人的蝌蚪，也宣告了实验的成功。然而这第一次的成功似乎就预示着之后不祥的情景：面对“一群又一群的蝌蚪不断爬出研究室，爬遍整个研究所”这一“莫名其妙鬼才知道的景观”[②]，作者借潘特拉克之口说出了“如今他对这教授便只有一种感觉了：死亡的恐惧”。[③] 是的，“佩尔西科夫教授发现了可怕的生命之光啦。”[④]这可怕的生命之光在罗克的手中变得一发不可收拾：为了弥补国家爆发鸡瘟带来的损失，“红光国营农场”主罗克希望借此“红光”来孵蛋生鸡，

① 布尔加科夫：《布尔加科夫中短篇小说选》，周启超选编，北京：中国文联出版社，2009 年，第 43 页。

② 同上书，第 67 页。

③ 同上书，第 68 页。

④ 同上书，第 74 页。

然而工作人员因失误却将蟒蛇蛋认作鸡蛋寄送给罗克，进而孵出了充满罪恶气息的蟒蛇，这一幕是触目惊心的：

> 整个暖房活像一个蛆虫窝。暖房的地板上有无数条巨蛇在爬动。或缠成一团，或蠢蠢欲动，发出咝咝声响而钻来钻去，或摇头晃脑而瞪目张望……一条条大大小小的蛇，顺着电线爬上窗户，又从门窗往上爬，从棚顶上的通风孔钻出去。就在那球形电灯上还挂着一条通体漆黑的斑纹蛇，它有好几俄尺长哩，它的脑袋在球形灯上不住地晃动着，就像钟摆似的。[①]

罗克和妻子、两名特工人员因此相继死于非命。大量繁殖的蟒蛇蔓延到斯摩棱斯克，甚至要大举攻向莫斯科，因而带来了全城的恐慌：

> 莫斯科这一夜可真是疯了，无数只电灯形成了熊熊燃烧的火海……户户家家，都有人时不时地喊叫出什么来；所有楼层的窗户里，都时不时地探出一张张扭曲的面孔来，那些面孔都纷纷把目光投向天空，投向那承受四面八方的探照灯柱切割着的苍穹。[②]

横行的蟒蛇在这篇小说里无疑就是恶魔的化身。在《新约·启示录》中，撒旦就与诱惑亚当、夏娃堕落的蛇有了直接的关联：“有一条大红龙，七头十角，七头上戴着七个冠冕”(《启示录》12：3)；“它的尾巴拖拉着天上星辰的三分之一，摔在地上……在天上就有了战争。米迦勒同他的使者与龙争战。龙也同它的使者去争战”(《启示录》12：4—7)；“大龙就是那古蛇，名叫魔鬼，又叫撒旦，是迷惑普天下的；它被摔在地上，它的使者也一同被摔下去”(《启示录》12：9)；“那迷惑他们的魔鬼被扔在硫磺湖里，就是兽和假先知所在的地方。他们必昼夜受痛

---

① 布尔加科夫：《布尔加科夫中短篇小说选》，周启超选编，北京：中国文联出版社，2009年，第130—131页。

② 同上书，第140页。

苦，直到永永远远。”(《启示录》20：10)在蛇和龙，也就是撒旦控制的地方，它指挥着众小鬼为祸人间，正像这篇小说中蛇群肆意盘曲挺进在人间，给莫斯科带来逃亡的恐慌乃至流血事件那样，这是处在撒旦统治之下的罪恶之城的象征。

在《狗心》中，虽然没有昭著的宗教性魔鬼意象，但从化身为人的沙里克的种种恶行中，我们也不难看出在他身上恶魔的影子。他贪婪、粗俗、偷盗、荒淫、妄语、做假证陷害教授，这条条罪状无不生于罪恶的渊薮。尽管能直立行走，说人话，但依旧未能摆脱兽性的钳制：“您还处在最低级的发展阶段……不过是个初具人形、智力低下的生物。您所有的行为都是野兽的行为，而您居然在两个受过高等教育的人面前放肆透顶，也愚蠢透顶地胡扯什么社会分配问题，提议把东西匀着分分……可这当儿，又在偷吃牙粉，不懂牙粉不能吃。”[①]但最坏的不是兽性，却是人性，或者说，最坏的是人性深层的兽性：“现在沙里科夫表现出来的只是狗的残余习性。再说您得明白，问题的可怕在于他现在长得恰恰是人心，而不是狗心。在自然界里各种各样的心里面就数人心最坏！”[②]这句话颇为宿命般地昭示了沙里科夫进一步向罪恶深渊的滑落，他甚至当上了“莫斯科公用事业局清除无主动物(野猫之类)科科长”。之后开始以权投机谋私，行的全是罪恶官僚的勾当，把人心的邪恶暴露得淋漓尽致，最后甚至要害人性命：“沙里科夫自己请出了死神。他举起被猫咬得满是伤痕、散发出腥臭味的左手，朝菲利普·菲利波维奇做了个侮辱的手势，随后，右手从衣袋里掏出手枪，对准危险的博尔缅塔尔。”[③]所幸的是，这样半人半狗的魔物，最终在还原手术中复归了原形，“脑海里流淌着美好、舒坦的念头”[④]。

---

① 布尔加科夫：《狗心》，见《布尔加科夫文集》(第二卷)，曹国维、戴骢译，北京：作家出版社，1998年，第277页。

② 同上书，第291页。

③ 同上书，第301页。

④ 同上书，第305页。

无论是蟒蛇还是半人半狗的魔鬼，都是科学家一手造成的，因而知识分子因僭越上帝的特权从而感染魔性的问题也是这两篇小说的旨归。

在《孽卵》中，教授佩尔西科夫俨然被赋予了上帝的荣耀："就让我们直截了当地来说吧：您可是发现了一种前所未闻的现象。——看得出来，伊万诺夫是在竭力克制着，可是他到底还是把心里憋着的话给吐露出来，——佩尔西科夫教授，您这可是发现了生命之光呀！"[①] 佩尔西科夫创造了"生命之光"，而在西方基督教文化里，这种"生命之光"恰恰就是与上帝联系在一起的，上帝说："'要有光'，于是就有了光。"(《创世记》1：1—3)当罗克为了分光镜的事情探访教授佩尔西科夫的时候，潘克拉特的举止更是突显出了佩尔西科夫神般的威严感：

> 有人敲了敲门。——喏？——佩尔西科夫发问。门"吱"的一声轻轻地响了一下，只见潘克拉特走了进来。他双手笔直地垂于裤缝边，出于对眼前这座尊神的恐惧，他的脸色直发白，他这样开口道：——外面，教授先生，有个罗克找您来了。[②]

篇末，当教授的研究室遭到狂怒人群围攻的时候，佩尔西科夫竟被比作耶稣：

> 一张张扭曲的面孔，一件件扯碎的衣衫，在一条条走廊里蹿动，有人放了一枪，棍棒舞动起来。佩尔西科夫稍稍往后退了几步，将那道通向研究室的门给掩上了，研究室里，玛利亚·斯捷潘诺夫娜惊惧不已，已经跪在地板上了。佩尔西科夫张开双臂，犹如那被钉在十字架上的耶稣……他不愿让人群进去，满腔愤懑地吼道：——这可是道道地地的发疯……你们完全是一群野兽。

---

① 布尔加科夫：《布尔加科夫中短篇小说选》，周启超选编，北京：中国文联出版社，2009年，第68页。

② 同上书，第101页。

你们要干什么?[1]

《狗心》中的医生菲利普·菲利波维奇同样也被抬高到了与上帝相当的位置:“科学打开了一个新的领域:不用浮士德的曲颈瓶造出了矮人。外科医生的手术刀为生活召来了一个新人。普列奥布拉任斯基教授,您是下凡的上帝。”[2]

光,不仅仅是上帝的创造,魔鬼路西弗也分享着上帝的荣耀,但却挥霍了上帝的荣耀。“路西弗”在希伯来语中意为“明亮之星”,亦称“晨星”“启明星”。《圣经》中先知以赛亚作歌讽刺巴比伦王享受短暂的荣华富贵后必将经历灭亡:“明亮之星,早晨之子啊!你何竟从天坠落?”(《以赛亚书》14:12)《新约》中耶稣安慰他派遣的70位传教士时说:“我曾看见撒旦从天上坠落,像闪电一样。”(《路加福音》10:18)可见魔鬼虽然能成为理智之光的源泉,却也能毁灭人的灵魂。因为当人的主体意识被点燃之后,人们常渴望超越自身的限制而成为像上帝一样的人,但正是这种僭越使人变成了从天坠落的启明星,成为了魔鬼路西弗的俘虏。

撒旦是上帝所造,却与上帝作对。在《旧约》中,撒旦原是上帝的侍者,与上帝众子一起侍奉上帝。“神的众子来侍立在耶和华面前,撒旦也来在其中。”(《约伯记》1:6)“天使又指给我看,大祭司约书亚站在耶和华的使者面前,撒旦也站在约书亚的右边,与他作对。”(《撒迦利亚书》3:1)教授佩尔西科夫与医生普列奥布拉任斯基用科学造出改良版生物原本是要延续生命的生存,却不料这些改良版的生物变身撒旦与造物主作对,佩尔西科夫因其落得被暴民打死的下场,医生面对张狂的沙里科夫也发出了“可是现在,请问这都是为了什么?为了能有一天把一条可爱的狗变成一个可恶的流氓,让人见了连头发都一根

① 布尔加科夫:《布尔加科夫中短篇小说选》,周启超选编,北京:中国文联出版社,2009年,第147页。

② 布尔加科夫:《狗心》,见《布尔加科夫文集》(第二卷),曹国维、戴骢译,北京:作家出版社,1998年,第250页。

根竖起来"[①]的感叹。对这些异化的生物来说，教授与医生的确是他们的造物主，对真正的造物主上帝来说，这些妄图用科学之光僭越神的知识分子则是真正异化的生物，是魔鬼。

在《创世记》中，蛇作为诱惑者和反叛者引诱亚当、夏娃偷食知识之树上的禁果，使人以自由意志弃绝上帝。被造物在获得智慧、明辨善恶的同时，他们的自由却与怀疑、反叛和"恶"联系在一起。教授佩尔西科夫与医生普列奥布拉任斯基都是被智慧树的果实毒害了灵魂的典型。在《孽卵》中，罗克面对拥有宏富智慧的佩尔西科夫，隐隐感觉到了这种放肆地支配智慧之自由带来的魔性：

> 从他那双小眼睛的神情就可以看出，是那个隔成十二层的大书柜最先让他感到震惊了，这书橱高，直戳天花板，整个儿让书给塞满了。接着，当然要推那几个分光箱，那里面，犹如地狱里似的，熠熠发亮地闪动着经由透镜放大了的深红色的光束。佩尔西科夫本人呢，就置身于由反光镜抛射出来的那束红光的尖端之外的这片昏暗之中，而端坐在转椅上，这就显得相当神奇壮丽而高深莫测。[②]

罗克在佩尔西科夫分光镜的协助下，成为了这场大灾难的始作俑者，因而也成了恶魔的一分子：

> ——我一定能孵出小鸡来的！——亚历山大·谢苗诺维奇兴冲冲地说道，一会儿从箱子一侧的小监视孔里，一会儿又从箱子顶部的大通风孔里往里看，——你们瞧着吧……怎么？我孵不出来么？——可是，您知道吗？亚历山大·谢苗诺维奇，——杜妮娅微笑着说道，——康佐夫卡村上的庄稼人说，您这人是个敌

① 布尔加科夫：《狗心》，见《布尔加科夫文集》（第二卷），曹国维、戴骢译，北京：作家出版社，1998年，第288页。

② 布尔加科夫：《布尔加科夫中短篇小说选》，周启超选编，北京：中国文联出版社，2009年，第102页。

基督者。人家说,您这些蛋是魔鬼蛋。用机器来繁殖可是罪孽。人家都想杀死您呢。①

《狗心》中的医生普列奥布拉任斯基,这一俄罗斯的“弗兰肯斯坦”,在沙里克的眼里成为了带着魔鬼色彩的“术士”:

检查室里从未见过的强烈灯光把狗惊呆了。天花板上一盏圆灯亮得刺眼。灿烂的白光中站着一名术士,嘴里哼着那支歌唱尼罗河神圣堤岸的曲子,只是凭着一股隐隐约约的气味狗才认出,此人便是菲利普·菲利波维奇。②

在给沙里克换脑垂体的手术结束之后,布尔加科夫甚至直接以“魔鬼”代称医生:

菲利普·菲利波维奇像吸足血的魔鬼那样,直挺挺地离开了手术台……季娜出现在门口,她扭过脸,不愿看见血泊中的沙里克。术士抬起两只惨白的手,摘下血迹斑斑的帽子。③

与佩尔西科夫不同的是,普列奥布拉任斯基逐渐意识到了自身的罪恶,并毅然决然地决定终止罪恶的蔓延,为沙里科夫做了还原手术。

他又点燃一支雪茄,久久地吸着,把叼在口中的一端完全嚼烂了。最后,完全孤独,映照在台灯绿色光中的教授,仿佛白发苍苍的浮士德一样。④

正是在这种对罪恶之源的苦闷思索中,他得出了人不应该僭越上帝的位置的结论:“瞧,大夫,如果一个研究者不是循着自然规律摸索

① 布尔加科夫:《布尔加科夫中短篇小说选》,周启超选编,北京:中国文联出版社,2009年,第118页。

② 布尔加科夫:《狗心》,见《布尔加科夫文集》(第二卷),曹国维、戴骢译,北京:作家出版社,1998年,第237页。

③ 同上书,第243页。

④ 同上书,第280页。

前进,而想强行解决问题,揭开秘密,那就请您尝尝沙里科夫的滋味,吃不了兜着走。"①

三、《白卫军》:暴力革命的恶魔

《孽卵》与《狗心》固然表达了渴望僭越上帝之位的科学家最终充满魔性、造就魔物的主题,不可忽视的是,这两部作品还带有异常强烈的政治讽喻性质,也可以从另一个角度体察与暴力革命相关的恶魔想象。"布尔加科夫在自己的小说中将20世纪俄国的暴力革命和社会变革与科学家的危险实验相提并论,从而将俄国革命也视为不符合社会发展规律的人为进化。在这两部小说中,不仅有喻指革命思潮的、用德国仪器制造出的'红光',以及寓意为'改造'的'普列奥布拉任斯基'这一姓氏,而且还有作家借两位教授之口对俄国革命以及革命后俄国社会形势直接的议论和嘲讽。"②这种将俄国暴力革命视为危险的科学实验,并强调其魔性的一面,在布尔加科夫的另一部作品——《白卫军》中被表现得更为显豁。

布尔加科夫以国内战争时期发生在乌克兰战场上的历史事件为素材,于1923年创作了长篇小说《白卫军》。主要的故事发生在1918年12月中旬至1919年2月初的隆冬时节,亦即黑特曼统治瓦解、彼得留拉分子进入基辅城之后又撤离、布尔什维克即将占领基辅这一局势风云变幻的时期。故事并未正面着力描述这三种势力争斗冲突的场面,而是以白卫军作战失利逃亡的场景为主,以土尔宾一家与白卫军军官的视角展开历史全景的叙述。作者"把他们在社会大变革中的选择和举措作为可悲地卷入历史漩涡中的个人所难以左右的一种社会现象来加以处理。"③

---

① 布尔加科夫:《狗心》,见《布尔加科夫文集》(第二卷),曹国维、戴骢译,北京:作家出版社,1998年,第288页。

② 谢周:《滑稽面具下的文学骑士》,重庆:重庆出版社,2009年,第44页。

③ 戴骢:《布尔加科夫文集·总序》,北京:作家出版社,1998年,第4页。

布尔加科夫笔下的革命，充满了神秘主义的宗教气氛，通篇散发着启示录的意绪。在小说起始的题辞中，革命的力量与一种自然的力量联系在了一起，这个力量就是暴风雪："下起了小雪，突然变成了鹅毛大雪。狂风怒吼；暴风雪来了。刹那间黑暗的天空与雪的海洋浑成一片。一切都消失了。'唉，老爷，'马车夫叫道，'糟了，暴风雪！'"[①]革命，作为历史变迁浓墨重彩的一笔，正像肆虐的暴风雪一般以它的冷漠残酷将我们裹胁其中，却并不听从人们主观意志的呼唤，甚至到最后完全改变了我们的预期。正如勃洛克所言："革命与大自然是难兄难弟。革命就如同龙卷风，如同暴风雪，总是带来新的、意外的东西；它残酷地迷惑许多人；它轻而易举地使尊贵的人葬身于它的漩涡急流之中；它常常把那些不值得尊敬的人安全送到陆地。"[②]对布尔加科夫来说，革命暴力的魔咒也是异常残酷，这种客观的冷漠带来的只能是死亡，是无一人生还的死亡。阿列克谢·土尔宾在上战场之前做的那个天堂之梦中得到了一个残酷的真理："一个人相信，另一个人不相信，而你们大家的行为都一样：互相扼对方的喉咙。而至于营房，日林，这事要这样来理解，你们大家，日林，都是一样的——在战场上被打死的。"[③]在小说开始，土尔宾一家怀揣着正义的信念渴望进入战场为荣誉而战，但随着黑特曼的弃城而逃，抛下满腔热血的他们去直面战场残酷的杀戮与流血，这不禁让人怀疑起这场争斗的正义性。"没有义人，连一个也没有"(《罗马书》3：10)。当阿列克谢深受重伤时，他不禁怀疑起义战的存在的可能性，他为自己在逃亡中因自卫不小心伤及的敌人感到内疚："抓住他！我是凶手。不对，我是在战斗中开的

① 布尔加科夫：《白卫军》，许贤绪译，见《布尔加科夫文集》(第三卷)，北京：作家出版社，1998年，第1页。

② 勃洛克：《知识分子与革命》，林精华译，北京：东方出版社，2000年，第161页。

③ 布尔加科夫：《白卫军》，许贤绪译，见《布尔加科夫文集》(第三卷)，北京：作家出版社，1998年，第77页。

枪。或许只是把他打伤了……”[①]甚至那个迫使德国人落荒而逃的、给土尔宾一家带来巨大伤害的敌人头目——彼得留拉，他究竟是否存在这个甚为荒诞的问题，在阿列克谢最终的梦境呓语中都被提了出来：“佩土尔拉……今天夜里，不会更晚，就要结束了，再也不会有佩土尔拉了……可是，有过他吗？或许这都是我做梦梦见的？”[②]就像安德列耶夫的《红笑》中所揭示的那样：

> “我不理解战争，而且我一定会发疯，像我哥哥一样，像成百上千从哪里遣送回来的人一样。但这并不使我害怕。我认为丧失理智就像哨兵死在岗位上一样光荣。但是这样的期待，这种缓慢而又不可逆转地向疯狂接近，这好似有什么岸然大物坠落进深渊时的瞬间的感觉，这备受凌虐的思想的难以忍受的痛苦……”[③]

不知为谁而战，不知对谁作战，这就是身处革命第一线的兵士最大的绝望。

战争的罪恶使世界变成地狱，但操控战争的并不是魔鬼，恰恰是人类自身残忍的兽性：

> 兽性是人们所固有的一种特性，一种即使在和平时期（如果地球上还有和平时期的话）人们也不陌生的特性。让我们回想一下，心地善良的俄国人是怎样把钉子钉进基辅、基希涅夫和其他城市的犹太人的头颅里的……[④]

就像《日瓦戈医生》的主题向人不无忧心地展示的那样：历史“它仍不是人类理性的有意识的建构，它仍太过依赖生物现象、兽性本质

---

① 布尔加科夫：《白卫军》，许贤绪译，见《布尔加科夫文集》（第三卷），北京：作家出版社，1998年，第303页。

② 同上书，第303页。

③ 安德列耶夫：《安德列耶夫中短篇小说集》，靳戈等译，上海：上海译文出版社，1984年，第290页。

④ 高尔基：《不合时宜的思想》，余一中、董晓译，广州：花城出版社，2010年，第18页。

的连续性，而不是自由的王国。”[1]在《白卫军》中，布尔加科夫俨然采取了高屋建瓴的俯瞰角度，用冷静客观的眼光审视这场植根于人性之恶的战斗。无论是白卫军、彼得留拉分子还是即将进入基辅城的布尔什维克，都将按所行之事受审：

> 我看见了站在上帝面前的死了的和伟大的人，书打开着，另一本书也打开着，这是一本生活的书；于是死人们都按各自做过的事和书中所写的内容受审。
>
> “于是海交出了在海里的死人，死亡和地狱交出了在死亡和地狱里的死人，每个人都按自己做过的事受审。[2]

小说中弥漫着启示录的氛围，布尔加科夫就直接在文中表达了末日的绝望感：

> 发生了如此的灾祸和不幸，如此的征战，流血，火灾和洗劫，绝望和恐惧……唉，唉，唉！[3]

当彼得留拉占领城市，举行那场群魔乱舞的阅兵仪式时，作者是这样描绘的：

> 这不是有蛇一般肚皮的灰色乌云在城里翻滚，这不是棕黄的浑浊的河流在古老的街道上流淌——这是彼得留拉的不可计数的军队在走向古老的索菲亚广场接受检阅。[4]

如前文所述，蛇在西方宗教文化中正是邪恶化身，用蛇来喻指彼得留拉的军队，更着重突显了暴力革命的恶魔属性。在被占领的城市，随处可见的都是断臂残肢的恐怖景象：

> 一个没有脚的人，黑不溜秋的，屁股钉着一块皮革，像一只衰

---

① 卡尔维诺：《为什么读经典》，黄灿然译，南京：译林出版社，2006年，第227页。
② 同上书，第319页。
③ 同上书，第66页。
④ 同上书，第268页。

老了的甲虫,用袖扒着踩烂了的雪,开始在人们的中间爬了起来。残疾人,肢体不全的人裸露出发青的小腿上的疮,像抽搐和震颤瘫痪似的摇着头,翻出白眼睛装瞎子。该死的里拉琴在人群深处呻吟、哭叫,像车轮一样吱哑吱哑地响,折磨着灵魂,作践着心脏,提醒着人们想到贫困、欺骗、绝望和草原上走投无路的被追逐的野物。[1]

之后,尼科尔卡回到家乡寻找纳伊-土尔斯的遗体时,看到了因战争而死亡的尸体堆:“黑房子的四角立着巨大的圆筒,里面满满地,满得往上凸起,装着一块块和一段段人肉,一张张人皮,手指,一块块碎裂的骨头。”[2]所有这些都不难让人联想起小说中反复出现的启示录的那段可怖的话:“第三位天使把碗倒在江河与众水的源泉里,水就变成血了。”(《启示录》16：4)

按照C.布尔加科夫的说法:

俄罗斯的启示观念具有双重性,相当于启示录预言本身的两重性,——即黑暗性和光明性。从黑暗性而言,这里所接受的是启示录预言的黑暗面,启示录具有末世论的色彩,预言世界末日的来临,有时不无恐慌和精神逃避……还活跃着另一种启示录,其中充满了对教会生活中的新的、尚不为人知的可能性的希望和预感。[3]

在布尔加科夫的《白卫军》中的启示录色彩也是如此,除了上述的黑暗面,依旧拥有着光明的一面。

在布尔加科夫的创作中,他笔下的城市——基辅已经成为了一个

---

① 卡尔维诺:《为什么读经典》,黄灿然译,南京：译林出版社,2006年,第267页。

② 布尔加科夫:《白卫军》,许贤绪译,见《布尔加科夫文集》(第三卷),北京：作家出版社,1998年,第293页。

③ 谢·布尔加科夫:《东正教——教会学说概要》,徐凤林译,北京：商务印书馆,2001年,第221页。

文化符号，就在1923年，布尔加科夫就创作了特写《基辅城》：“城市在他笔下是魔鬼的城市，是一把火烧毁之后又复活的城市，是文化积淀深厚的古老城市——耶路撒冷、基辅、莫斯科三个古老城市的综合体……它在作者的笔下，被描写成一个有血有肉、富有灵性的人。大街小巷、房屋、居民构成了它的血肉之躯，祖国、家庭是它最坚实的精神基地，是人类文化永恒价值的象征。因此，保护基辅在内讧和巨变中的完整性就是保护人类文化，而真正能承担起这项重大任务的就应该是富有使命感的知识分子。”[①]“与混乱中的城市相比，土尔宾的‘家’就像是逃避洪水、拯救人类的一只‘诺亚方舟’”，[②]是精神的家园。

无论是城市的街道、房子以及家什摆设都成为文化传统价值的象征，这些事物被布尔加科夫在《白卫军》中用温馨惬意的笔触描写了出来：“然而幸运得很，钟是不死的，萨尔达姆的木匠也是不死的，而荷兰式的瓷砖火炉像明智的山岩在最艰难的时候也总是活泼泼和热烘烘的。”[③]“地板亮得发光，而在目前这样的12月里，桌上一只不透明的圆筒形花瓶里还是插着天蓝色的绣球花和两株忧郁的、热烈的玫瑰，肯定生活的美好和牢固，尽管邪恶的敌人已经兵临城下，他们大概会毁掉这个城市并把残存的一点安静用皮靴踏得粉碎。”[④]布尔加科夫借主人公之口说：“永远，永远也不要从灯上摘下灯罩！永远也不要鼠窜般地没有明确目标地逃避危险。在灯罩旁边打瞌睡吧，读书吧——让暴风雪去吼叫，——等着吧，让人家来找你。”[⑤]灯，作为光明的象征，能够给人抵御象征暴力革命的暴风雪的勇气。当阿列克谢·土尔宾负伤后得到了天使般的列伊斯的救助，因而在绝望中燃起了一线希望，这线希望同样是以带着灯罩的灯光为象征物的：

---

① 温玉霞：《布尔加科夫创作论》，上海：复旦大学出版社，2008年，第118页。

② 同上书，第117页。

③ 布尔加科夫：《白卫军》，许贤绪译，见《布尔加科夫文集》（第三卷），北京：作家出版社，1998年，第3页。

④ 同上书，第12页。

⑤ 同上书，第25页。

> 他悄悄地睁开眼睛，以便不去惊动坐在旁边的女人，这时他看见了原来的一副图景：红色灯罩下的小灯平静地燃烧着，发出和平的光，而女人的侧影清醒地守在他身边。她像孩子般忧愁地翘起嘴唇，看着窗外。土尔宾发着高烧，动了一动，向她靠过去……①

虽然被暴力笼罩的基辅城已经兵荒马乱、暗无天日，但从未失去过上帝光芒的指引："但是照耀得最好的是弗拉基米尔山岗上巨大的弗拉基米尔手中拿着的白色十字架，它很远就能被看到。夏季，在漆黑的夜里，小船经常迷失在老人河的曲曲折折的河湾里和河柳林里，正是看见了远处的十字架，根据它的光亮，才找到进城的水路，靠上城市的码头。而在冬季，十字架照耀在黑色的天空深处，寒冷而平静地傲视着从右岸向莫斯科方向伸展的黑暗平坦的原野，以及两座横跨河面的大桥。"②

在小说的终末，身患梅毒、被恶魔缠身的鲁萨科夫也获得了拯救的希望。这个可怜的人为曾被什波良斯基引诱而亵渎神灵的行为忏悔、祷告：

> 我说的是反基督者的先驱米哈伊尔·谢苗诺维奇·什波良斯基，一个长着蛇的眼睛和黑色连鬓胡子的人。他到反基督者的王国莫斯科去了，为了发出信号并把天使们的军队领到这个城市来，以惩罚它的居民们的罪孽。像当年的索多玛和蛾摩拉一样……③

历经考验的鲁萨科夫成为了一个圣徒似的人物，开始阅读圣经，从中寻找出了新的希望："疾病在落掉，就像森林中被遗忘的枯枝上

---

① 布尔加科夫：《白卫军》，许贤绪译，见《布尔加科夫文集》（第三卷），北京：作家出版社，1998年，第226页。

② 同上书，第54—55页。

③ 同上书，第305—306页。

树皮自动落掉一样。他看见了蓝色的、深不见底的无数个世纪的烟尘，看见了无数个千年的走廊。他没有感觉到害怕，而是感到了一种明智的顺从和景仰之情。和平在他的心灵中扎根，他读到并相信：‘……把眼泪从眼睛中去掉，不会再有死亡、哭泣、号叫、疾病都将不会再有，因为以前的已经过去。’”[①]布尔加科夫正是借这样一个浴火重生的罪人之口，表达了对未来的期盼与信心。

是啊，俄罗斯的受难之旅在当时仍未结束，未来依旧是铁与血的未来，这些布尔加科夫都已经预料到了：“在第聂伯河河畔，弗拉基米尔的半夜里的十字架从罪恶的、血淋淋的和积雪的土地上升向黑暗的阴沉的高空。从远处看起来，好像是十字架的横杆消失了——与直杆合在一起了，而由于这样十字架就变成了一柄吓人的利剑。”[②]但通过仰望星空，将有限的生命融入无限的宇宙之中后，一切暂时的、恶魔般的苦难都将消逝，而精神仍能获得如上帝般的永生。就像布尔加科夫在《白卫军》末尾所允诺给我们的那样：“但是它不可怕。一切都会过去。忧患，痛苦，血，饥饿，瘟疫。当我们的身体和事业在大地上踪影全无的时候，剑将消失，而这些星星会留下来。没有一个人不知道这一点。那么为什么我们不愿意把自己的目光投向星星？为什么？”[③]

第五节 沃兰德：撒旦起舞

20世纪俄罗斯文学中最著名的魔鬼形象当属布尔加科夫的小说《大师和玛格丽特》中的魔王沃兰德。他与著名画家弗鲁贝尔的恶魔一起被认为是恶魔领域最伟大的创造。小说在作者最初的构思中名为《恶魔小说》，在1937年5月的日记中，作家的妻子仍然指出这是

① 布尔加科夫：《白卫军》，许贤绪译，见《布尔加科夫文集》（第三卷），北京：作家出版社，1998年，第319—320页。

② 同上书，第321页。

③ 同上书，第321页。

《基督与恶魔的小说》和《关于沃兰德的小说》。作品最初的书名是《魔法师》《工程师的蹄子》《有蹄子的杂技演员》《沃兰德的巡演》《大臣》《撒旦》《黑神》《黑暗之王》。书名的演变过程表明，魔王沃兰德的形象在小说结构中起到了关键作用，并且成为小说的主要内容。布尔加科夫将古老的福音书进行变形和重新改写，从小说开头沃兰德讲述耶稣的章节到“小说中的小说”的多层次结构，现出20世纪20—30年代的莫斯科现实社会与耶路撒冷世界的时空联系，沃兰德都是贯穿小说各个时空层面的主人公。

一、戏仿与重构

在小说中，布尔加科夫把若干历史与宗教文化传统——古代多神教、犹太教、早期基督教的成分、伪经、西欧中世纪的魔鬼学、斯拉夫神话观念（间接的东正教，更接近民俗的、而不是正统宗教）融合在一起。布尔加科夫专家伽林斯卡娅指出：“作为非正统的基督教的世界观的反映……耶稣的受难和利未·马太为耶舒阿请求沃兰德给大师和他的女友以安宁的奖赏得到注释……这个舞台，仿佛是说明异教徒的教义[摩尼教徒、（中世纪保加利亚的）波果米尔派、帕塔里亚运动参加者（11世纪后半期米兰和意大利北部其它城市所发生的人民群众运动）、韦尔登派（中世纪发源于法国南部的教派）、亚尔毕派（12—13世纪法国南部的一个教派，反对教皇权力、天主教教会压迫和教会的土地占有）]……”他们认为，大地不属于统治天空的上帝管辖，而处于魔鬼、“黑暗之王”的视界之内。[1] 这一切通过怪诞、讽刺的笔法，与莫斯科密集的日常生活互相渗透交融。

在沃兰德身上同样综合了很多原型要素。这一形象的塑造经历了一个复杂的演变过程。初稿中的恶魔形象要比最后一稿传统得多。

① Галинская И.Л. Криптография романа «Мастер и Маргарита» Михаила Булгакова // *Загадки известных книг*. М.: Наука. 1986. с. 95.

沃兰德以诱惑者和挑衅者的角色出场，如唆使伊万捣毁耶稣雕像，在1920—1923年的版本中，他在很多方面还与经典的可怜的“上帝的效仿者”相似，带有卑下的特征：“嘿嘿”地带着狡黠的笑，用俗语说话。在定稿中，沃兰德完全具有拜伦、莱蒙托夫和弗鲁贝尔传统中恶魔庄重威严的外貌，歌德的浮士德传统中魔鬼的诱惑与试炼的个性和但丁《神曲》中魔鬼的审判职能。虽然在外表上还保留着魔鬼的传统标志——眼睛颜色不一：“右眼是黑的，左眼不知为什么是绿的”，但事实上，M. 布尔加科夫已经摆脱了传统魔鬼形象的规范，在基督教圣经故事的框架内，又注入了多神教、犹太教与诺斯替教神话中二元论的灵魂。

沃兰德形象的出处与歌德的浮士德有着直接的联系，其音乐原型来自古诺的歌剧《浮士德》。魔鬼的名字“沃兰德”出自德语 Faland（魔鬼，诱惑者，骗子），在歌德的《浮士德》中的《瓦普吉司之夜》一场，梅菲斯特自称是“福兰特公子”（voland，在中古高地德语中是恶魔的别名）。小说扉页的题词也引自《浮士德》中的台词：“你到底是何许人？我属于那种力的一部分，它总想作恶，却又总施善于人。”

与沃兰德相比，歌德的梅菲斯特更富于浪漫色彩。歌德在梅菲斯特身上实现自己对善与恶的界限、宇宙的本质和历史的秘密这些不可能找到答案的问题的探索。与歌德不同，布尔加科夫没有试图寻找善与恶的界限。他认为，善与恶是永恒而无法割裂的生活矛盾，沃兰德就是这一矛盾的化身，他对利未·马太的一番话阐明了善与恶的辩证关系：

> “假如世上不存在恶，你的善还能有什么作为？假如从地球上去掉阴暗，地球将会是个什么样子？要知道，阴影是由人和物而生的。瞧，这就是我这把宝剑产生的阴影。此外，树木也产生阴影。你是不是想把地球上的一切树木和生物统统去掉，从而满足你享受光明的幻想呢？[①]”

---

① 布尔加科夫：《大师和玛格丽特》，钱诚译，北京：人民文学出版社，2004年，第371页。

关于光明与黑暗，即善与恶的关系问题，布尔加科夫还通过魔王的随从巴松管卡罗维夫·法戈特的命运再次呈现出来。这个在结尾处清帐之时变成穿着深紫色斗篷的忧郁骑士、黑魔法的异教徒，就是因为在谈到光明与黑暗时，说了一句不是很恰当的俏皮话，而不得不更多地充当滑稽角色，时间比他原来估计的长得多。

另据鲍里斯·索科洛夫在《布尔加科夫百科全书》所指，沃兰德还有一个原型——对布尔加科夫而言就是现代版的《浮士德》。文学家和记者埃米利·利沃维奇·明德林（Эмилии Львович Миндлин，1900—1980）的长篇小说《浮士德博士归来》的开头部分（未完成，于1923 年发表在选集的第二卷《复活》中），故事发生在 20 世纪初。这个浮士德还很像《大师和玛格丽特》早期稿本中的大师，他生活在莫斯科，后来去了德国，在那里遇见了梅菲斯特。在他的名片白底上用花体黑字标着"梅菲斯特教授"。[①]

沃兰德的一个重要原型是列奥尼德·安德列耶夫的剧本《人的生活》（1907）中一个穿灰衣服的人物。需要指出，这个人物出现在《大师和玛格丽特》作者非常熟悉的 С. Н. 布尔加科夫的《众神的盛宴》（1918）中，而安德列耶夫的剧本在很多方面为《撒旦的盛大晚会》提供了思路。在《人的生活》前言里，有一个穿灰衣的，象征命运、又称"黑暗之王"的罗克（Рок）在谈到人时说：

> "人为前行的光阴驱迫，不能自主地履历生命的所有阶段，无一或缺。为视界所限，他任何时候也看不到下一个阶段，可他不坚定的脚步却正要践履其上；为知识所限，他任何时候都不知道，下一天或下一个时刻会带给他什么。他茫无所知，为各种预感折磨，为各种希望和恐惧所焦虑，木然完成这些确定不移的先定目的。"[②]

---

① Соколов Б. *Булгаковская энциклопедия*. М.：Локид—Миф，1998. с. 164.

② Там же. с. 168.

图 20 《大师和玛格丽特》插图

撒旦作为福音书的主人公在宗教思想家 C. 布尔加科夫的观念中具有深刻的悲剧性："在此反映出嫉妒、仇恨、反抗基督，但是这一切都是在否定的系数下具有肯定的内容：被排斥的、受凌辱的、深藏的、对他不可抑制的爱，这种爱等待自己指定的时辰，最后的世纪终结，那时'魔鬼'不听从外在的强力，而是内在的服从。这可能会通过撒旦主义中撒旦的悔过完成。"①在基督教末世论的语境下考察，就可以见出，这一独特而复杂的魔鬼形象包含了悲剧的、戏剧表演式的、狂欢化的开端，他既是传统的又是戏仿的。

集作恶造善于一体的沃兰德同时完成破坏与重构。他否定的是背离了人类传统精神价值的社会，惩罚的是生活中的恶行与不义。他之所以降临莫斯科，是为了检验在理性崩溃、信仰缺失、不信上帝、不信魔鬼的时候，莫斯科人的灵魂是否发生了变化(见图 20)。沃兰德及其随从们以魔法师、教授、翻译、合唱指挥、杂耍小丑等身份亮相莫斯科，第一次施展魔法大加惩罚，就是让莫文联主席柏辽兹遭遇车祸，身

① Булгаков С.Н. *Труды о Троичности*. М., 2001. с. 290.

首异处。后者否认上帝和魔鬼的存在,宣扬"人死灰灭"理论,否定道德原则和个人责任。这些文化政客主导着社会的意识形态,致使整个社会失去了个性、思想、灵魂和意志。

在杂耍剧场沃兰德的导演下,莫斯科人丑态百出:为了争抢时装和卢布不顾廉耻,大打出手,表演了一出丑恶、龌龊、令人不安和厌恶的人生闹剧。柏辽兹刚刚人头落地,就有32份用祈求、威胁、中伤、告密等手段占用住房的申请交到房管主任手上,他的姑父波普拉甫斯基从基辅远道赶来不是为了参加葬礼,而是试图争得侄子住房的继承权;房管所主任博索伊以权谋私,收受贿赂,沃兰德及随从们先设计贿赂他再去报警,使其被捕。新闻记者莫加雷奇为了抢占大师的两间地下室,骗取大师的信任和友情,然后写信告密落井下石,说大师私藏非法书刊,剥夺了大师在现世最后的存身之地。瓦列特杂耍场的餐厅管理员索克夫以次充好欺骗顾客,中饱私囊,外表上却是一副可怜的穷人相。以拉铜斯基为代表的文学批评家们抛弃良知,言不由衷,口是心非,对大师口诛笔伐,欲置大师于死地而后快。办公楼里失去个人意志的职员们不约而同地高唱同一首歌却无法止住,最后被卡车集体送往疯人院……整体的混乱无序正是那个疯狂社会的真实写照。沃兰德的现身既意味着考验与揭露,同时也是严厉的惩罚,每一桩恶行恶事都没能逃过他的法眼,受到了应有的惩处。

对于创作出关于基督的小说并因此而遭受迫害的大师和他的情人玛格丽特,铁石心肠的魔王沃兰德也流露出慈悲与柔软的一面,全力成就这一对生死相依的情人。在撒旦晚会上,沃兰德为玛格丽特唤来了她苦苦寻觅的大师,恢复了大师被焚毁的书稿,成为人类传统精神价值的捍卫者。索科洛夫认为:"这不仅是戏仿,而且指向沃兰德和耶舒阿·迦-诺茨里的联系,耶舒阿决定大师和玛格丽特的命运,却请求沃兰德完成这一决定。"[1]别有意味的是,在初稿中为沃兰德起过

① Соколов Б. *Булгаковская энциклопедия*. М.: Локид-Миф, 1998. с.164-165.

的名字有“阿扎泽洛”（Азазело，后来成了随从的名字）、维利阿尔（Велиар）、捷奥多尔（Теодор，古希腊语意为“神赐”）。撒旦在世上的行动不过是在至高无上的上帝允许的范围内，按照造物主的意志完成的一切，不可能是恶，它指向创造的善，无论用什么标准衡量，都成为上帝的最高正义的反映。正是由于上帝的恩准和上帝的意愿，产生于恶魔的恶，对人变成了善。然而按照恶魔亘古以来的本性，他仍然停留在恶上。因此他断言“总施善于人”。

从作品的整个风格结构来看，撒旦的盛大晚会仿佛是最后审判的法庭，沃兰德更像是但丁《神曲》中的卢西弗，代上帝行惩恶扬善之职。当我们把距离拉开就可以发现，整部小说都笼罩着末日审判的氛围，魔王及其随从在莫斯科的整个活动就像是一场规模宏大的末日审判。在他们荒诞不经的行为中，在作者讽刺幽默的笔调下，透射出末日审判的庄严与神圣。在沃兰德身上没有反抗上帝或渎神的些许暗示，从本质看，他接近自己的对立面，是上帝的同盟，上帝的惩罚之手。如果说耶舒阿（原型为圣经新约中耶稣）是善与爱的化身和为拯救人类而自我牺牲的楷模，那么沃兰德在这里俨然是理性之英明与尊严的化身，是黑暗之王、正义的原型和戏仿历史的神秘力量，在传统恶魔的表象下实现绝对真理。M. 杜纳耶夫写道：“沃兰德在这里是正义的绝对保证，善的创造者，吸引人们热切的同情心的正义的法官。沃兰德是小说最有魅力的主人公，比耶舒阿要可爱得多。”①在这个意义上，《大师和玛格丽特》又可以被称作希望庆祝善的胜利的“第五福音书”。

二、作恶造善的力之一体

与以往文学作品中的撒旦形象不同，《大师和玛格丽特》中的魔王首先不是作为一个魔鬼的形象进入读者的视野。化名为沃兰德并改

---

① Дунаев М.М. *Православие и русская литература*. *VI*, М.: Христианская литература, 2000. с. 243.

变了形象的魔王并不像他的助手们一样给自己戴上了各种滑稽丑陋的面具，在现实的时空中，他始终以一个普通的人的形象出现。于是，读者对于"沃兰德"的审美首先不是从一个"魔鬼"开始，而是先把其当作一名"男性角色"。从这个角度看，沃兰德同样不失为一个富有魅力的形象。与他的随从们的疯狂不同，沃兰德示于人前的形象总是彬彬有礼、温文尔雅，说话咬文嚼字。在跟柏辽兹和伊万的对话中，使用诸如"请原谅"、"素不相识"、"不揣冒昧"、"治学高论"等文明用语；在魔法表演这个狂欢的大舞台上，沃兰德只起指挥作用，全是法戈特和别格莫特在咋咋呼呼、忙前忙后，沃兰德却似乎与这一片热烈的氛围毫无关涉。而他示于仆从、魔鬼和玛格丽特的则是目光深邃又犀利、肤色黝黑、额头上带着几道深深的皱纹的另一重形象；而且他穿着朴素甚至寒酸，哪怕出席他自己举办的舞会，这副打扮也没变。他仿佛很忧郁，总是出现"若有所思"的状态。在法戈特向他请示是否可以把报幕员的脑袋安回去时，他一个人在台上认真地喃喃自语：

> 这些人呀，人毕竟是人嘛。他们喜欢钱财，这也是历来如此的……人类是爱钱财的，不管他是什么造的，是用皮革，用纸，用青铜，还是用黄金造的，他们都喜欢。嗯，他们太轻浮了……嗯，是啊……慈悲之情有时也会来扣他们的心扉……都是些普普通通的凡人……总的来说，很像从前的人……只是住房问题把他们给毁坏了……①

然后就大声命令把报幕员的脑袋安上——拥有无限力量的魔王是认真地经历了一番思索和论证才做出这个决定，绝不滥用他的权力。他对待他那些胡闹的仆从们无奈又纵容；裁决事情爱憎分明，时而温和，时而威严；在与莫斯科市民们的谈话中常因被说服而显得柔和温顺，但在与马太的对话中却显得咄咄逼人、义正言辞；他有时尖刻

① 布尔加科夫：《大师和玛格丽特》，钱诚译，北京：人民文学出版社，2004年，第128页。

傲慢，在初见时毫不掩饰对玛格丽特的轻蔑，有时又随和放荡，甚至还和一位“迷人的女巫”有过一段旖旎的恩怨纠葛；他像正常人一样有脾气、有情绪，会生气黑猫成天玩一些下流把戏，会抱怨风湿病和祖母的草药……总之，他像一个孤独的思考者，又像是一位忧郁的诗人——这就是这一形象不同于以前的魔鬼所蕴含的独特审美特质。这样的塑造当然不是闲笔，在理性思考之外，作者用这样鲜明的形象显耀出“恶”的直观魅力；从理性分析来说，魔王沃兰德形象具有更为丰富的精神内涵。

作为诱惑者的恶魔。从最初圣经中引诱夏娃的古蛇到《浮士德》中引诱的魔鬼梅菲斯特，诱惑人心似乎一直是魔鬼们最擅长的本领。大魔王沃兰德这方面的本领当然也不容置疑。他和随从们改头换面、乔装打扮来到莫斯科拷问人心，首要的方法就是诱惑人心底的欲望，看它们会不会跳出来作恶。从他与柏辽兹和伊万的谈话开始，其实就用名字表明了身份；当女售票员绞尽脑汁地想沃兰德的名字时，曾怀疑到底是“沃兰德”(Voland)还是“法兰德”(Faland)，“Faland”在德语中意味“骗子、诱惑者”。这表明，这是魔王对自己角色的第一重定义。魔鬼们不停地放出蛊惑人心的诱饵：给尼卡诺尔高昂的房租；给女人们精致的衣服和饰品；给柏辽兹叔叔发死讯电报，诱惑他到莫斯科来继承房子；甚至为了请玛格丽特来主持他的舞会，在开始时还用大师的复归作为诱惑。他凭借无边的力量看穿人心，直指人心最幽暗、最脆弱的部分。

作为试炼者的恶魔。试炼与诱惑紧密相关，但是试炼比单纯的诱惑有更崇高的目的。《旧约·约伯记》中，撒旦曾作为上帝身边不安分的仆从试探约伯的信仰是否真诚；《新约·马太福音》中，撒旦作为反叛上帝的魔鬼试探耶稣的信仰。“否定的精灵”梅菲斯特也同样是一个试探的精灵。这些魔鬼或为了挑动上帝的不信任而试炼，或为了把圣人拖入深渊而试炼，但从来没有一个魔鬼像沃兰德这样为了惩罚罪恶、弘扬仁善而试炼。试炼一般都预设一个目的，然后通过两种途径实现,一条是施与无尽诱惑,一条是施加无限苦难。作为诱惑的恶魔,沃兰德用此途径试探出了了种种恶人。对于他想保护的善人,他则以种种苦难磨砺。他让玛格丽特心甘情愿地变成女巫,以魔女的身份帮他主持可怖的撒旦晚会;他以言语试探玛格丽特是否够聪明;让玛格丽特替他抹药膏试探她是否够忍耐……在一系列苦难之后,他居然抛出了一个巨大的诱惑作为试炼——可以满足她一个愿望。善良的玛格丽特放弃了内心最深的渴求而选择用这个机会去宽恕一个罪人。魔王虽然对玛格丽特这样无原则的善良报以嘲笑,但这却使玛格丽特最终通过了试炼,使她和大师都得到拯救。

作为叛逆者的恶魔。《失乐园》中撒旦因骄傲不愿向圣子基督臣服而被贬,他却立马起兵对抗。骄傲叛逆同样也是魔王沃兰德的品质。魔王初次与柏辽兹和伊万见面,就非常认真地与他们讨论上帝是否存在的问题。他明明属于上帝的一方,想要向这两个凡人证明上帝与魔鬼的存在。但听到柏辽兹的否认还是会开心地表示赞赏,对"上帝存在的五项证明"不屑一顾、嗤之以鼻;对神圣的门徒马太大加嘲讽……魔王最根本的叛逆在于他否认耶舒阿所代表的那种无条件的"善",坚定地为"恶"和作为"恶"之代表的自身的存在正名。他的所作所为——以恶惩恶,以恶扬善,把"恶"作为生存的手段和生命的必然要素——正是对基督精神的叛逆。"叛逆"是对僵化和陈规的反抗,是自由精神、自我意志的体现,更是"魔鬼"形象的永恒魅力所在。

作为审判者的恶魔。这是沃兰德在全书中承担的最重要的职能,也是作者对以往的恶魔形象的巨大发展。两个条件使他能够取代上帝主持这场末日的审判,一是他明确善恶之别的标准,二是他力量无比强大。除了在撒旦所管辖的地下王国,几乎没有魔鬼充当过法官的角色。一个恶的化身又怎么能认识善、理解善,并依据善恶的标准公正地做出裁决呢?原来没有魔鬼做到过,但是沃兰德却毫无障碍地承担起了这一责任。作为一个恶魔,他不仅理解善是什么,能够违背"恶魔的本性"给予"善"公正的待遇,他甚至还有一套关于善恶的哲学辩证法，据此审判现实时空、历史时空和魔幻时空中的大小事务。他不听举证、不听辩护，因为他全知全能，一切尽在掌握，而他的强力又能保证所有的判决得到坚决彻底地执行。也许问题在于，沃兰德毕竟不是至善的上帝，作为一个恶魔，集立法者、司法者和惩处者的身份于一身，真的能够保证“公正”吗？其实，沃兰德虽然有自己的“恶魔哲学”，可他在裁断时的基本依据却仍是上帝的观念。而且，不论是诱惑还是试炼，他的审判完全是基于每个人自己的选择。他只把问题放在那里，却不以自身来影响他们的选择，即他并不像“前辈”那样有意地去引导“恶”。所以他的判决没有冤案，是每个人必须承受的最终命运。

所以，沃兰德的形象在作品中已经非常接近上帝，至少已经是上帝的助手与同盟。但作者其实无意把它写成另一个上帝或者说拥有魔鬼名称的上帝，而是刻意在作品中保留了一些“恶魔”的特征，即前述的他作为“叛逆者的恶魔”的种种。作家为何一定要把《圣经》晓谕的、世所公认的审判者——上帝或者耶稣基督换成撒旦，又为何一定固执地保留撒旦“魔”的特征，时时提醒我们不要把它当做另一种面目的上帝？这背后承载着作者关于善恶怎样的思考？对末世论怎样的认识？又隐含着他对于社会现实怎样的期待？

对“恶魔”沃兰德的塑造不仅是全书最富魅力和光辉部分，而且在小说最后，魔王的侍从们也都纷纷脱去了滑稽的面具：卡罗维夫复归为一个极其忧郁、不苟言笑的骑士；公猫是个清瘦的少年侍从；阿扎泽洛本是眼神幽黑，冷若冰霜的恶魔旱魃——小丑的面具下原来是严肃的面容——这是作家在提醒我们直面“恶”的严肃和“善恶”的复杂辩证。

善恶是对立的，但也是伴生的。《圣经》中，上帝在一片黑暗的混沌中创造出光，从创世的那一刻起，光明就开始与黑暗并存共生。而在斯拉夫神话中，代表恶与黑暗的黑神与代表善的白神平分权柄，分别掌管黑夜与白天。基督教文化和斯拉夫民族文化共同给布尔加科夫滋养，启发着他对善恶必然并存的确认。在现实中有丧失了信仰、抛弃了道德的莫斯科市民，但同样也有善良柔弱、深怀忧虑的大师，有坚韧顽强、至善至美的玛格丽特；在历史中，有阴险狡诈的犹大，有凶狠毒辣的“捕鼠太保”，有存善念却怯懦的总督彼拉多，但是同样有宽容慈善的耶稣，有忠诚勇敢的马太；在本该充斥“恶”的魔鬼世界中，主宰者却是一个为善的魔王……善与恶如纸的正反面，总是这样融合、对抗或者此消彼长，这是世界之真实。但是，在沃兰德那里，善恶伴生不仅仅是客观的必然存在，更是必须要存在。他对利未·马太说善恶之关系如同万物及其阴影，如何能去掉阴影呢？更重要的是，如果没有恶，善又有什么作用呢？老实的马太说不出话来。如同恶是在反叛善的过程中被放大，善也正是在对抗恶的过程中得到彰显；如果没有恶，就无所谓善了。

恶的存在当然也不止是为了证明善的存在，它更是自由的证明。别尔嘉耶夫认为，上帝的创造是至善的，之所以存在恶，正是因为有自由，选择了恶才存在恶。如果这个世界不能选择，世界被强迫成为至善的存在，那么人就丧失了最宝贵的自由。[①] 身处苏联文坛严厉控制下的布尔加科夫对这一点应该有无比深刻的体会。所以我们发现，沃兰德在诱惑人心时只是给出令人心动的诱饵，从来不诱惑人怎样进行选择，许多选择的结果反而常常引起他的兴趣和思索。如前文所说，被魔王诱惑之人的选择完全没有受到任何胁迫、误导，他们完全需要为自己自由的选择负责，需要自己承受魔王降下的结果。所以，善不能被强迫，恶需要存在，它让我们时刻感到世界的不完美，时刻激发人类进一步向善的努力，永不停止走向“至善”的脚步。

同时，恶的存在也是为了纯化善的内涵。善恶的界限有时很模糊，甚至会发生含混，不断走向“至善”的努力有时会被混杂其中的恶所阻碍。但是，“恶”与“恶”之间的对抗和消耗却能导致“恶”从“善”中

---

① 别尔嘉耶夫：《陀思妥耶夫斯基的世界观》，耿海英译，广西：广西师范大学出版社，2008 年，第 40—44 页。

被不断剥离，帮助“善”获得更加纯净的面目。犹大告密，清除耶稣这个“异端分子”“教唆犯”，这是耶路撒冷城的律法和道德所赞赏的，他的行为被放置到了“善”的一边。如果没有总督命人杀死犹大，那么“背叛”就不能从“善”的字典里剥离；如果耶稣被钉十字架这件罪大恶极的事情没有发生，那么总督恐怕永远不会明白“怯懦”是“罪恶”；如果没有经过魔王撒旦的洗礼，大师可能永远不会抛弃他的软弱与妥协。“恶”帮助“善”明辨“伪装的恶”，帮助“善”惩罚“不明显的恶”，打破“善”那脆弱的和谐表象，成为“善”的有力同盟。

作家的善恶观是其塑造人物、设计情节的一个基础，但除此之外，审判的权柄移交魔王有着更为深刻的作家关于理想与现实的观照。

《大师和玛格丽特》所讲述的历史时空中的耶舒阿和彼拉多的故事几乎是一个不涉及外在因素，纯然关于美德与良心的故事。在作者庄严凝重的笔调下，这个故事显得越发崇高而单纯。耶舒阿固然是至善至美的代表，连犯了怯懦之罪的彼拉多的痛苦其实都源于他本来高贵伟大的心灵——一个卑琐的人是不会被“怯懦之罪”所折磨的。可令人奇怪的是，在这个“无比高尚”的故事中，“耶稣”却被描写成疲弱无力的——不仅是在他作为凡人耶舒阿的时候，而且甚至是在他已成为最高道德世界的主宰的时候。他解脱大师需要依赖沃兰德的力量，解脱彼拉多要依靠大师。换言之，耶舒阿的意义似乎只在于成为某种具有感召力的精神范型，却没有“力量”和“能力”——耶稣被“悬置”了。更让人吃惊的是，耶舒阿和彼拉多的这个故事与福音书中所讲的完全不一样，除了声称亲眼所见的魔王再也找不出其他的证人。而实际魔王是在与柏辽兹和伊万的交谈中说出这个故事为他“亲眼所见”，可依据当时的情况，那又是场不可信的交谈。这个故事还存在于大师所写的小说中，但文学故事并不能作为证据，连魔王都常常说“您虚构出的……”耶舒阿和他的至善似乎从根本上被消解了。除此之外，书中善恶的力量对比极不平衡。代表“恶”的魔鬼们力量强大，无所不能，把整个莫斯科玩弄于股掌之中。但善的代表如耶舒阿、大师和玛格丽特却孤独柔弱，是受侮辱和受损害的一群。更加明显的是，玛格丽特获得强大的力量是在她成为女巫之后。这与为什么作者不忠实于《圣经》的故事，直接赋予耶舒阿以强大的力量，让他做最高的审判者其实指向的是一样的问题。当然，在解答问题之前我们必须认识到，作者并没有放弃对"善"的赞颂和追求，也始终相信"善"的力量，这种力量让彼拉多在良心的审判中痛苦两千年，这种力量让玛格丽特成功完成了魔王的最后一道考验，结局也表明，拥有善才配拥有幸福。

面对这种安排，我们可以这样理解：如果让耶舒阿以无边的力量来充当这个审判者，作为至善的化身，面对恶人他应该选择宽恕还是公正的惩罚？如果宽恕，正义如何伸张？如果严厉惩处，耶稣是否还能作为永恒的爱的象征？他是否还具有让彼拉多良心自责两千年的力量？而如果玛格丽特和大师这些"善人"获得了最终审判的权力和力量，那么以人之局限——"不但没有可能制定一个短得可笑的时期的，比方说一千年的，计划，人甚至没有可能保证自己本身明天的事……人又怎么能进行管理呢？"[①]——审判的原则是否能够被确证？审判的有效性是否能够被长久地保证？另外，如果把审判的权力给了"善人"，人是否会僭越上帝的权威，变成另一种恶，就像莫斯科人不信上帝，妄图取代上帝一样？

所以，追求"公正"与"绝对"，即追求"绝对的公正"是作者穿越时空请来魔王主持这场"末日审判"的最重要原因。深受末世论影响的布尔加科夫在这部最后的作品中把末日的审判当做着力表现的内容，把恶人们的作恶和魔鬼们的审判都写成了一场盛大的狂欢，我们不难发现作家深刻的末日危机意识：对末世到来的焦虑但又充满绝望的期待。更不难发现作家在日益严峻的外部压力下，在被迫害、被打压的日益艰难的创作环境中对公正力量越来越强烈的呼唤。在这种呼唤中，我们看到的是一个有血有肉的作家全部的痛苦和绝望的挣扎。

---

① 布尔加科夫：《大师和玛格丽特》，钱诚译，北京：人民文学出版社，2004年，第10页。

艰难时世中他信仰耶稣但也许已不再期待弥赛亚;从未失却过对“善”的相信,但对在这个荒唐可怖的世界中,“善”是否具有普遍的拯救力量产生了怀疑。所以我们在小说结尾看到的是一个似乎遥不可及的、美得虚幻的(被月光铺满)道德世界和一对有情人“独善其身”的结局。耶舒阿作为弥赛亚是永恒的精神标杆,能拯救大师、玛格丽特和彼拉多,却无法挽救行将倾覆的莫斯科,恶的摧毁作用比善的惩罚作用更能给这个败坏的世界新生的希望和可能——作者强调了在一个诸丑横行、充满“敌基督”的世界中,“恶”有着不可替代的作用。作者在生命的最后岁月里,满怀悲愤地为“末世”设计了一个“魔鬼式”的而非“基督式”的解决方案,用永不妥协的精神吹响了战斗的号角。

第四章

《大师和玛格丽特》中的女性形象

在俄罗斯文学中，女性形象主要循着两条轨迹被塑造出来：一条是绝对形而上的轨迹，承载着作家诗人们的宗教哲学思考，另一条则更偏重关注女性的现实社会际遇。存在这一现象的原因在于俄罗斯文化传统对待女性态度的双重性：一面是作为完美的神的形象来膜拜，另一面是女性在社会中"东方式"的无权地位。对女性问题的提出和解答同样呈现出俄罗斯文化传统（包括哲学思想）与欧洲思想的巨大差异。在西方文明与文化框架下对于女性问题乃至性别问题通常主要是从社会学角度来考量、研究并试图寻找现实解决的途径，关注女性在法律与现实中的平等地位，女权主义因此作为社会政治运动、女性与性别研究出现。而俄罗斯文化传统却可以包容这截然对立的两极，并且更多地执著于形而上的层面，对女性的现实境遇很少给予应有的重视，即使有所触及也多半是浅尝辄止，更多的出路在于让陷于苦难深渊的女性通过福音书皈依上帝，以求得心灵的慰藉和解脱，以至于苦难也成了圣性的符号之一。

布尔加科夫很少描写女性,却在这两条轨迹上都有所建树,而且把它们发挥到了极致:女性形象或被圣化,如《白卫军》中的叶莲娜和尤莉娅;或者是圣魔合体,如《大师和玛格丽特》中的玛格丽特;或者让她们弃绝现实,由俗至魔,如安奴什卡、弗莉达、赫勒、娜塔莎。其中,最耀眼的当属玛格丽特。这一形象一经点化即成经典。从俄罗斯宗教哲学的核心索菲亚学说出发可以阐释玛格丽特形象圣性的一面。玛格丽特的名字本身就蕴含着与永恒女性的内在联系;在某种程度上可以见出,她的爱具有圣爱倾向,其选择在最高意义上追随着人类道德理想——智慧;她以肉体美与精神美的和谐统一出现在现实世界,昭示着现实世界的秩序和规范,与陀思妥耶夫斯基"美拯救世界"的理念相契合;她在小说结构的不同时空层面都与男主人公形成召唤关系,成为永恒女性的象征,最后契合于圣母形象。

玛格丽特、赫勒、娜塔莎等形象中魔性的神话学渊源依稀可辨。从人魔订约的神话传统寻找魔女形象和巫魔夜会的神话原型:作家对历史上的玛格丽特、瓦普吉司之夜的魔女形象和浮士德故事的情节线索进行了借用和改造。通过人物形象的变形变性、圣经原型结构、原型意象的化用,完成了对巫魔传说的重构和圣教仪式的戏仿:在狂欢化的背景下,玛格丽特超越了最初指定的魔女和撒旦晚会女王的角色,完成了文化传统赋予圣母和基督的使命:是复仇女神,也是儿童的保护者和罪人的庇护者;是撒旦晚会的女王,更是异神教最高的祭司和撒旦末日审判的助手。

第一节 大地母亲崇拜与圣母崇拜

女性崇拜观念历经漫长的历史岁月,已经渗透到民族集体无意识深处,对文学中女性形象的塑造具有决定性的意义。它具有深厚的思想基础,既植根于本民族的多神教传统,又吸收了西方基督教文化传统的成分，最终在与柏拉图主义（从理念说到爱欲说）具有天然联系的索菲亚学说中得以确立。女性崇拜作为俄罗斯民族意识的重要组成部分，导致文学中对尘世爱情的圣化。女性形象的圣化具有连接神境与人世的双重意义。

一、多神教传统与大地母亲崇拜

在俄罗斯的自我意识深处，大地被赋予女性和母亲的面貌，罗斯就是以女性面貌出现的。这一观念源自多神教传统。在诸多学术文献中列数俄罗斯国家的历史，通常都会从 998 年罗斯[①]接受基督教受洗开始计算。其实这并不完全准确。在 10 世纪之前的岁月里，斯拉夫部落就拥有相当漫长的古代历史，这些部落后来成为俄罗斯国家的核心。虽然在这段历史中至今仍有很多隐晦不明之处，但可以肯定的是，受洗前斯拉夫人关于人、关于人们周围的世界和天上与地下的诸神概念已经充分形成。他们信奉多神教，相信神灵无所不在，种种自然现象都被奉为神明，受到顶礼膜拜。罗斯受洗并不意味着基督教立即取代多神教，多神教的观念在罗斯根深蒂固。罗斯集体受洗，缺乏宗教教育，其基督教化经历了数百年与多神教的传统斗争与融合的漫长过程。俄罗斯东正教在宗教仪式、圣徒崇拜和圣物崇拜等各方面都融合有多神教传统的痕迹。用别尔嘉耶夫的话说："在一望无际的俄罗斯平原上高耸着许多教堂，挺立着无数的圣者和长老。但这片土壤仍是自然主义的，生活仍是异教的。"[②]

古代斯拉夫人多神教观念的基础是对女性和母性的广泛崇拜。最著名的斯拉夫与俄罗斯神话的研究学者 Б. А. 雷巴科夫（Б. А. Рыбаков，1908—2001）在《古斯拉夫人的多神教》[③]一书中就以女性文

---

① 罗斯（Русь），古代俄罗斯之名，特指古俄的各封建国，15 世纪末叶各封建国以莫斯科大公国为首实现统一，之后始称为俄罗斯（Россия）。

② 汪剑钊编选：《别尔嘉耶夫集》，上海：上海远东出版社，1999 年，第 12—13 页。

③ Рыбаков Б.А. *Язычество древних славян*. Москва：Наука，1981. с. 33-69.

化为基础进行独特的多神教分期。他划分出三个基本阶段：第一阶段具有两组超自然性质的主导特征：吸血鬼（Упырь）和别列基尼（Берегини）[①]。别列基妮是一些女性，从名字中已经可以见出其基础包含保护斯拉夫人的“播种”和“水岸”的意味。与其他任何一个古代神话中的女性形象一样，别列基妮同大地相联，她们是大地的化身，大地之神，同样也意味着收获。吸血鬼是男性，他们代表着恶的开端。这些形象在俄罗斯接受基督教之后，转化为一种低级神话中的人物。关于这些神话人物的概念已经存在了几百年，如今人们总是把另一种害人的吸血者同吸血鬼联系起来。

在第二个阶段斯拉夫人敬拜司生育的神罗德（Род）[②]。罗德是生命始祖，是体现着种的神，是一个祖先之后代的统一体。他通常被作为男性生殖器、渗透整个三界的独特的中心表现出来。“三界”包含为古斯拉夫人所熟知的天上、人间和地下三个世界，由此可见罗德无所不在的特征和重要意义。生育神通常被用作复数并同女性相连。生育神祭祀通常显示出同果实理念的直接联系，其中包含着种的延续与新生儿的命运的思想。[③] 在这个阶段，把男性同否定的开端混为一谈的现象消失了。

第三个阶段伴随着社会制度的变迁。公元980年基辅大公符拉基米尔（980—1015）尝试改革斯拉夫多神教，在众多的神祇中选定了雷神佩伦（Перун）、太阳神达日博格（Дажьбог）、霍罗斯（Хорс）、风神司特利博格（Стрибог）、带翅膀的狗西马尔格（Семарыгл，симарг）、丰收女神玛科什（Макошь）等六位。雷神佩伦置于俄罗斯万神庙之首。玛科什则延续了古代丰收女神的形象。符拉基米尔大公在王宫附近的小丘上为其建庙塑像，订立祈祷和祭祀的仪式，想以此来统一罗斯人

---

① 此为复数，原形为 Берегиня，是斯拉夫神话中的收获之神，后来与人鱼公主混为一谈。

② Род 在俄语中具有世系、种族、性别区分的含义。

③ Гл. ред. Токарев С.А. *Мифы народов мира*: *Энциклопедия* в 2-х т.，Москва: Большая Российская энциклопедия，1998. Т. 2. с. 384-385.

民的思想，树立权威，从而加强罗斯的统一以及基辅在全罗斯的地位。然而改革并没能带来预期的效果，弗拉基米尔最终放弃了多神教，于988年另选基督教为国教[①]。在这一阶段，女性类型的神（接近玛科什）负责家务，在社会空间的作用程度几乎降到了最低。其实几乎所有的斯拉夫神话学中的女性形象都可以跟一个统一的模糊不清的形象——伟大的母亲神（Великая Богиня-мать）、母亲—大地（Мать-земля）或则跟大地（Мать сыра земля）[②]的形象联系在一起。在很多壮士歌和谚语里都可以见到这些名字。在最古老的版本中，她是一切存在之物的源头，一切有生命与无生命之物都从她的腹部娩出。她是一个活生生的人，一个体验各种情感和激情的女人；是大地的乳母和庇护者，珍爱自己的儿女——俄罗斯人民，惩罚他们的敌人，悲悯自己战死疆场的儿子。[③] 正是在这样的语境下，大地被赋予女性和母亲的面貌，罗斯就是以女性面貌出现的。大地作为可以种植谷物的富饶耕地的概念，逐渐和大地作为祖国的概念融合在一起，成为俄罗斯文化传统中根深蒂固的大地母亲崇拜的基础。

俄罗斯宗教哲学也蕴含了泛神论的因素，这在索洛维约夫的哲学体系中即有所体现——其哲学思想核心的“万物统一”说把绝对者看作是包容一切的统一体。这一学说源自亚里士多德（Aristotle）、柏拉图（Plato）之后古罗马普罗提诺的“太一”说，经过谢林（F. W. J. Schelling）的同一哲学，到索洛维约夫这里，将东方基督教传统和西方哲学传统完美结合，用哲学语言表达东方基督教文化传统，即强调人与自然界在上帝爱的原则下统一为一个整体，认为万物统一就是上帝的实质（这里的上帝是哲学里的上帝而非基督教里的上帝）。整个世界、整个实在、整个存在，不仅具有外在的组织结构，而且具有内在的直觉。索菲亚是万物统一中的世界观和创造力的总和，是实现了的宇

---

① Шахматов А.А. *Повесть временных лет*. Петроград: Археогр. комис., 1916. с. 95.

② 在民歌中，“大地”本身即包含有母亲的意义 Мать сыра земля。

③ Рябов О.В. *Русская философия женственности* (*XI - XX века*). Иваново, 1999. с. 35-38.

宙秩序,是实现了的万物统一。大多数万物统一学派的成员都研究和坚持索菲亚学说,由此出发探讨宇宙论的问题。

C. 布尔加科夫身为东正教神甫,却能正视基督教在俄罗斯大地上融合吸纳多神教的历史事实,他赞成将他的学术体系说成是泛神论或是万物在神论(пантэнтеим),认为泛神论是索菲亚宇宙论中从辩证法的角度无法消除的因素。他特别强调包含在多神教对神的母性的尊敬中的宗教真理:"为俄西里斯①哭泣的伊西达②与伏在救世主身上的圣母之间的相似并没有使布尔加科夫感到困惑,相反,他认为神以女性身份出现,作为一个问题,是一种在基督教中尚未得到讨论的奥秘。"③他由泛神论出发推导出"大地神学":"对世界的创造是由世界之初对天和地的假设、索菲亚中两个中心的形成实现的",上帝所创造的大地不是古希腊罗马哲学中的物质,古希腊罗马哲学中的物质是"已经有索菲亚性流入的无,因而它是潜在的索菲亚。无获得了实际的存在,成为卡奥斯,成为希腊人、巴比伦人及其他民族神话所说的现实的无限者(απειρου)……对大地的创造在造世的第六天之外,是造世的本体论的起源(pruis)"。把光和黑暗分开,各种天体、植物、动物的出现,"所有这些都是由上帝的创造性话语所创造的,但这已经不是从无创造,而是从大地创造,这是对大地索菲亚内容和丰富思想的逐渐揭示。因此,这个'大地'好像是宇宙的索菲亚,宇宙的女性因素。'她'是伟大的母亲,自古以来人们便以各种虔诚的语言向她表示尊敬:得墨特尔、伊西达、赛比利、伊什达④。这个大地已经是潜在的神的土地,这个母亲已经在自己的创造中孕育着未来的圣母,使神得到体现的生命。"⑤

---

① 古埃及神话中管理天、地、黄泉三界的女神。

② 古埃及宗教中的水和植物之神,神话中的冥府之王。

③ Булгаков С. Н. *Свет невечерний: Созерцания и умозрения*. М.: Республика, 1994. с. 331.

④ 分别为希腊、埃及、弗里吉亚和古巴比伦神话中的女神。

⑤ Булгаков С. Н. *Свет невечерний: Созерцания и умозрения*. М.: Республика, 1994. с. 223.

别尔嘉耶夫在《自由的哲学》(1911)一书中，将对索菲亚的理解进一步扩展到对俄罗斯民族性的整体把握，归结到对俄罗斯大地母亲的崇拜。他写道："永恒的女性是玛利亚的贞洁，她与永恒的男性结合在一起，和逻各斯的男性结合在一起。全部的土地，所有的母亲——大地都是女性的，但她的女性是双重化的，正如全部女性的自然一样。土地是夏娃和玛利亚。只有在神秘主义的婚姻中能够解释逻各斯和世界的女性灵魂结合，和大地结合的奥秘。"[①]他认为："基督的世界精神，男性的世界逻各斯被女性的民族自然力所征服。被有异教渊源的俄罗斯土地所征服。这样，就形成了溶解于大地母亲，溶解于民族的集体自然力。俄罗斯的宗教信仰是女性的宗教信仰，是集体温暖中的宗教信仰，而这种温暖却被体验为一种神秘的温暖。……这样的宗教信仰拒绝男性的、积极的精神之路。这与其说是基督的宗教，倒不如说是圣母的宗教，大地母亲的宗教，照亮肉体生活的女神的宗教。……对俄罗斯人民而言，大地母亲就是俄罗斯。俄罗斯成了圣母。俄罗斯是孕育神祇的国家。"[②]

值得注意的是，开放的俄罗斯宗教哲学思想和保守的官方僧侣-禁欲主义的东正教之间存在重要区别。东正教对把索菲亚理解为永恒女性的象征和C.布尔加科夫的索菲亚学说中的泛神论倾向屡加责难。即使是在俄罗斯宗教哲学家之中，对索菲亚的理解也存在很大分歧，以至于在30年代中期，巴黎的侨民哲学家与神学家中引发了一场激烈的"索菲亚争论"。东正教会强烈谴责C.布尔加科夫的索菲亚学说中的泛神论倾向。事实上，这些受到责难的因素正是俄罗斯宗教哲学对融合了多神教遗产的东正教传统的正视和总结，体现了注重表达整体的精神体验的东方基督教的包容性特征。对俄罗斯文学产生深刻影响的也正是这些创新因素。

---

① 别尔嘉耶夫：《自由的哲学》，董友译，上海：学林出版社，1998年，第234页。

② Бердяев Н.А. *Судьба России*. *Кризис искусства*. М., 2004. с. 21. 转引自汪剑钊编选：《别尔嘉耶夫集》，上海远东出版社，1999年，第12—13页。

二、西方基督教传统中的圣母崇拜及其世俗化影响

就女性崇拜这一主题而言，基督教文化的影响主要表现为内在信仰和文学表达两个方面。其一是伴随着基督教本土化的过程，多神教遗产中女性起源的观念与基督教传统中的圣母形象相遇、融合、渗透，最终凝聚为对一神教圣母的崇拜，这一点成为东正教的一大特征；其二是彼得大帝改革后西方世俗化的基督教文化传统亦为俄罗斯所接纳。俄罗斯的诗人们发现，中世纪骑士理想的爱情模式正适合表达他们对永恒女性的圣洁情感，将尘世与天国连接起来。这种模式跨越了漫长的时空，成为西方文化传统在俄罗斯土地上的一次成功嫁接。

在罗斯大公弗拉基米尔988年从拜占庭接受基督教时，国内居民信奉多神教。在皈依基督教以后的很长一段时间内，起码在蒙古入侵以前，古罗斯多数民众并不了解基督教的意义和礼仪，仍然信奉多神教，只有一小部分王公、贵族和商人为基督教所吸引。多神教和基督教长期共存是不争的事实。当时所有都主教和大部分主教都是希腊人，他们奉命从君士坦丁堡来罗斯传教，却不懂罗斯语言。经过漫长的6个世纪，到16世纪初，多神教的罗斯终于转变为"神圣罗斯(Святая Русь)"。外来宗教成为民族宗教。从此，包括农民在内的俄罗斯人都称自己为"基督徒(христиане)"或"东正教徒(православные)"。

基督教文化中女性本源的思想在东正教中被发挥到极致。女性面貌表现为基督教教会——"基督的未婚妻"，为信仰而受难的人的庇护者和安慰者。女性神圣的理想受到基督教作者们的推崇，圣母玛丽亚占有至高无上的地位。由于直接接受了这种精神传承，在罗斯最受敬拜的圣像就是圣母玛丽亚。俄罗斯大地、俄罗斯和圣母的特殊的神秘联系也因此受到很多文化史研究者的重视。所有关于母亲神的概念都从根本上融进了基督教圣母的形象。用布尔加科夫的话来表述：

“圣母玛利亚是开在人类之树上的天堂之花。”[1]圣母的爱是绝对的：每一个罪人都可望得到她的救助。圣母是东正教面对外敌和严峻的圣父的守护者，是上帝与人的中介。作为道成肉身的人的方面和圣灵的体现者，圣母兼具神人二性，这种整全理解正是东正教与天主教、新教的一大分别。天主教拒绝承认圣母与人类的联系，人与神是截然分开的；新教对圣母的忘却和亵渎使其带有强烈的父性色彩，女性神的缺失与西方文学中女性的世俗化不能说没有内在关联。在俄罗斯文化中特别强调圣母的母性作用。女性与母性的开端、罗斯母亲的理念对于俄罗斯民族自我意识的形成具有特别重要的意义。泛神论和万有在神论将圣母和辽阔、深邃的俄罗斯大地联结起来。在俄罗斯民族的宗教幻觉中，俄罗斯就成为圣母的化身。

俄罗斯大地、俄罗斯和圣母的特殊的神秘联系也因此受到很多宗教哲学家的重视。所有关于母亲神的概念都从根本上融进了基督教圣母的形象。在索洛维约夫看来，如果说基督或逻各斯是永恒男性的化身，那么索菲亚就是永恒女性的化身，是创造世界的女性的一极。而对于逻各斯，她是基督的身体。然而基督的身体在普遍的表现中就是教会，因此索菲亚是教会。作为女性个体，她化身为玛利亚的形象，成为世界与上帝之间的中介。继而，重新看待圣灵，赋予圣灵以圣母形象，并赋予圣母拯救世界的使命，便成为从弗洛连斯基、C.布尔加科夫，直到梅列日科夫斯基、别尔嘉耶夫、洛斯基等新宗教意识的核心内容。弗洛连斯基神甫认为，索菲亚是“全体受造物的伟大根源”，是一种被造的存在，是圣父、圣子、圣灵之外的第四个位格。C.布尔加科夫则认为索菲亚是造物主的第三个位格——圣灵的个性化。他希望给俄罗斯的索菲亚探索提供一种抽象的神学的表现形式，他的学派也因此被称作索菲亚学派。他认为，“人的两种身份，男性和女性，是逻各

① C.布尔加科夫：《东正教——东正教学说概要》，徐凤林译，北京：商务印书馆，2001年，第147页。

斯和圣灵的形象。”圣灵是女性的、母性的因素。圣母则是人类的母亲，是“以人的身份出现的圣灵”。①

梅列日科夫斯基明确倡导“圣母拯救俄罗斯”的理念。他认为“能够拯救世界的不是美，而是爱，是永恒的母性，是永恒的女性。如果按照陀思妥耶夫斯基的话说，‘美拯救世界’，那么这就意味着：神圣的母亲将拯救世界。”②圣父没有拯救人类，圣子也没有拯救人类，只有圣母才能拯救人类。最高的统一即神性的社会，是与三位一体中的三位相联系的。这个阴性名词令人联想到在耶稣遗言集中，也就是口头流传下来的关于圣母的传说中，有一句说：“我的母亲是圣灵。”他正是如此解释三位一体的本质：圣父、圣子、圣母-圣灵。“旧约和新约后的第三约将是圣灵-圣母的王国。”③洛斯基接受了俄国宗教思想家的智慧学。他认为，继基督之后作为全世界的领导者的，是作为它的最亲密战友的造物存在——世界精神，圣“索菲亚”。童贞女马利亚就是“索菲亚（智慧）”在地上的显现，这样，她也为耶稣基督显现的事业服务。

索菲亚学说的主要意义在于解决上帝与世界的关系问题。在基督教里，无论是《圣经》传统还是教会传统，关于上帝与世界、上帝与人之间的关系问题一直十分模糊，“天”与“地”的距离具有一种不可克服之感。与西方神学带来的唯理主义的分裂相对立，建立在东正教基础上的俄罗斯精神渴求有机性和整体性。俄罗斯思想家们发挥天才的创造力，为克服分裂、达到上帝和世界的统一而把圣母和索菲亚的一种显现视为同一。索菲亚学说在神的父性色彩之外增添了女性因素，散发出宽广、深沉的母性气息。泛神论和万物在神论的神秘观念又将

---

① Булгаков С.Н. *Невеста Агнца*. Париж, 1945. См. Н. О. Лосский. *История русской философии*. М.: Высшая школа, 1991. 见 Н. О. 洛斯基：《俄国哲学史》，贾泽林等译，杭州：浙江人民出版社，1999 年，第 286—287 页。

② Мережковский Д.С. *Атлатида-Европа: тайна запада*. М., 1992, с. 293.

③ Мережковский Д.С. *Иисус Неизвестный*. Белград, 1932. с. 112.

索菲亚与圣灵-圣母和辽阔、深邃的俄罗斯大地联结起来。这种有机性和整体性也许就是源于西方而又被西方逐渐淡忘的索菲亚学说在俄罗斯却备受重视的原因所在(见图 21)。

图 21　符拉基米尔圣母像，约 1125 年，木板蛋彩画 75×53

西方世俗化了的基督教思想对俄罗斯文化同样产生了深刻影响。对圣母玛丽亚的崇拜直接引发了中世纪骑士文学对贵妇人的圣洁情意，这是一种从彼岸到此岸的心理转移。骑士精神对社会贡献的一个重要方面就是对爱情的崇拜。这不是一般意义的男女之爱，而是一种非尘世的和纯粹精神性的感情，是对典型女性美德近乎宗教式的挚爱，这种爱可以使崇拜者高贵起来。但丁少年时代就接触到法国骑士传奇和普罗旺斯骑士抒情诗，十八岁时作的第一首诗是抒写自己对所钟情的女子贝雅特丽齐的爱情的十四行诗。但丁对贝雅特丽齐的爱也自然带有骑士爱情的印记，是将世俗之爱升华为圣爱的最高典范，令索洛维约夫及后来的象征主义者们心向往之。在俄罗斯虽然从来没有出现过骑士制度，但是自从1698年彼得大帝改革之后，随着西风东渐，骑士精神中那种圣洁的爱情理想和优雅的礼仪却通过文学文化等各种途径通过贵族阶层渗透到整个社会。虽然俄罗斯思想家们一般不愿意承认骑士精神的影响，认为"东正教的圣母崇拜完全不具有西方对'美妇人'的骑士崇拜色彩，东正教圣母崇拜的严肃性是和轻佻的色情对立的"[①]，但是在文学作品中，东正教对圣母的崇拜确实发生了世俗化的转移，通常表现为一位忠勇骑士对美妇人绝对圣洁的理想爱情模式。在西方文学中，这种模式自但丁和贝雅特丽齐之后就几乎销声匿迹了。令人称奇的是，相隔几个世纪后，这一断了线的传统却在俄罗斯落地开花，得到了跨越时空的传承：只要看一看索洛维约夫的《三次相遇》、勃洛克的《美妇人诗集》、布尔加科夫的《大师和玛格丽特》、帕斯捷尔纳克的《日瓦戈医生》，就无法否认这种影响，只是西方骑士精神中的英雄主义被置换成了俄罗斯式的顶礼膜拜和自我牺牲。

第二节 柏拉图主义与索菲亚原型

作为欧洲文化史上各种形式的象征主义的精神基础之一，柏拉图主义的理念说和爱欲说分别从宇宙论和人类学两方面影响了俄罗斯宗教哲学对索菲亚的理解，"创世"与"爱"便是这种思考的出发点。经过俄国象征主义文学的演绎，索菲亚神话成为白银时代一道独特的文化景观。

---

① C. 布尔加科夫：《东正教——东正教学说概要》，徐凤林译，北京：商务印书馆，2001年，第147页。

一、柏拉图的理念说与索菲亚原型

因为从柏拉图那里感受并吸纳了相同的精神气息，索洛维约夫曾被著名哲学家罗帕金（Лев Михайлович Лопатин，1855—1920）[①]和特鲁别茨科伊公爵誉为俄罗斯的“柏拉图”。柏拉图主义对索洛维约夫思想的直接和间接的影响可以得到很多事实的佐证。一方面是通过但丁所受到的间接影响。但丁的哲学观曾受到新柏拉图主义的深刻影响，索洛维约夫作为但丁的忠实追随者，也必然会间接受到浸染。另一方面，直接的影响则表现在索洛维约夫在生命的最后两年曾经与米哈伊洛夫兄弟一同翻译柏拉图作品集（1899 年，即他生前出版了一卷）。他翻译的是柏拉图的几篇对话，并附上了自己的引言。而此前所著《爱的意义》（1892—1894）首先就是对柏拉图《会饮篇》的回应；他晚年的著作《三次对话》被认为是自柏拉图以来世界文学中最完美的对话；此外，索洛维约夫还专门著有《柏拉图的生活轶事》（1898）一书，将柏拉图的爱作为连接世界理想与世俗世界的中介，与《神人类讲座》（1878）中起同样作用的神的卓越智慧索菲亚相似。基于以上种种，在索洛维约夫以及后来的俄罗斯形而上学那里，必然体现出柏拉图主义的经典成果。

从宇宙论的角度观之，索洛维约夫接受了柏拉图关于两个世界的学说并加以发挥，认为现实世界、此岸世界和“理念世界”、彼岸世界共存，而且后者更为高尚、完善、永恒；尘世的现实只是彼岸世界的一种“苍白的影子”，一种被歪曲的类似物。而索菲亚则“是人与一切被造物存在总和的神圣化身，是文化与自然在上帝本体中的化身。如果用现代语言来表述，就仿佛是世界的方案和理念在上帝中的实现。”[②]“索菲娅是表现出来的、得到实现的理念。”[③]C. 布尔加科夫明确指出，就

---

① 罗帕金（Лев Михайлович Лопатин，1855—1920），俄罗斯哲学家，心理学家，莫斯科大学教授。

② Рашковский Е.Б. Владимир Соловьев: Учение о природе философского знания // *Вопросы философии*, М., 1982, № 6, с. 87.

③ 转引自别尔嘉耶夫：《俄罗斯思想》，雷永生、邱守娟译，北京：三联书店，2004 年，第 172 页。

其永恒性而言，索菲亚就是柏拉图的“理念世界”，是世界的原型，是万事万物的理念、形式。①

弗洛连斯基的思想完全是沿着另外一条进路发展起来的：如果说索洛维约夫致力于创造超乎一切传统之上的新学说，作为探索共同真理和世界宗教的有机表现，那么弗洛连斯基则确立了自己教会东正教传统的信仰和自己唯一的目的——索菲亚学说的启示。与之相应，他要求既表现万物统一，也表现作为正统东正教信仰因素的索菲亚和索菲亚学说。他研究完全建立在柏拉图主义和基督教柏拉图主义基础上的万物统一和索菲亚的概念本身，并证明柏拉图主义就是正统的东正教学说。②

图 22 《索菲亚——神的卓越智慧》，18 世纪初木板 金银白胶画 44×31，5

① C. 布尔加科夫：《不灭的光》，莫斯科：共和国出版社，1994 年，见张百春《当代东正教神学思想》，上海：上海三联书店，2000 年，第 341—342 页。

② Хоружий С.С. *О старом и новом*，СПб.：Алетейя，2000. с. 157—158.

另一位发展了索洛维约夫的索菲亚学说的是特鲁别茨科伊。他的形而上学的核心概念是绝对意识，其基础是有着“理念原型”和“神里的世界”的基督教柏拉图主义。他认为索菲亚是上帝关于世界的计划和构想，是理念世界，是被造物的永恒原型的世界。同时他辨析了作为理念世界的索菲亚与柏拉图的理念世界的实质区别。他把索菲亚完全归入先验领域，这就克服了被造与非被造的问题。虽然二者同样都是先验的，但在柏拉图那里，理念世界是绝对的存在，作为理念世界的影子的世界是完全不同的存在，两个世界是隔绝的。而基督教关于索菲亚的学说断定在这两个世界之间存在着一种关系，即决定和被决定的关系。他写道：“神的理念世界是完善的和完成的，其中没有任何不完满或不完善……这是永恒的神的现实，是永远宁静的本体世界……在神的意识与存在的秘密领域行动与思考是相符的：哲理是卓越智慧在一切完满中的实现。”[①]（见图 22）

俄罗斯哲学文化在领会柏拉图主义的哲学意向之后，经历了漫长的道路：从基辅罗斯和莫斯科罗斯的探索，经过 18 世纪俄罗斯新柏拉图主义的哲学建构，19 世纪俄罗斯哲学浪漫主义的偏爱，最终在索洛维约夫的万物统一的哲学体系特别是索菲亚学说中，广泛折射出柏拉图主义的灵光。

二、柏拉图的爱欲说与索菲亚原型

柏拉图的爱欲说对索菲亚神话也具有原型意义。对索菲亚的人类学理解表现为把人类性爱和对索菲亚的崇拜联系起来。在 19 世纪的俄罗斯，在爱的哲学发展中事实上存在着两条进路：第一条进路源于索洛维约夫，继之有卡尔萨文（Л. Карсавин）、维谢斯拉夫采夫（Б. П. Вышеславцев）和吉皮乌斯（З. Гипиус），他们复活并反思了古代的以人道主义为基础的新柏拉图主义关于爱、关于爱情与色情的观念。

① Трубецкой Е.Н. *Смысл жизни*. М.: Республика, 1994. с. 103.

另一条进路是以弗洛连斯基、C. 布尔加科夫、伊里因（И.А. Ильин）为代表的正统神学倾向，中世纪基督教将爱理解为 karitas——同情、仁慈和怜悯，是与家庭和婚姻相连的基督教伦理思想的综合。当时，这两种倾向在俄罗斯哲学中呈对立状态，并引发了十分尖锐的争论。拥有在平庸昏暗的生活中向往精神的天空、追求彼岸理想的浪漫情怀的20世纪俄罗斯文学，特别是象征主义文学，首先与第一条进路相契合。

在宗教哲学的阐释中，智慧与爱相辅相成，相依共存。柏拉图认为，最高的爱乃是一种哲学。爱“不是与有血有肉的配偶结合，甚至也不是与某个‘同类的心’的终身结合，而是灵魂与‘远远高出于人类情欲上面’的地区的‘永恒的智慧’的‘不可思议的融合’”。[①] 索洛维约夫认为，真正的爱，能导向对索菲亚的爱，是柏拉图的爱。历史的目的就在于达到婚姻神秘剧的结果，其中有永恒的自然（女性本质）、人神（男性本质）和永恒的智慧（合并了男性的神性和女性的自然本原）。普世性的宗教应是灵魂的宗教，灵魂的专门功能就是爱，以自由的内在联系将所有的精神实质统一起来的爱。爱的意义就在于它是获得个人和世界的有机联系、克服彼此疏远与孤独的唯一途径。世俗女子只是我们实现对索菲亚的爱的途径。每一个人都渴望对索菲亚的爱。这种爱可以通过柏拉图的男人对女人的爱实现。纯洁的柏拉图之爱唤起对具体的女性作为索菲亚之爱。男人应当在索菲亚身上爱自己的情人，或者在情人身上爱索菲亚。因此，索菲亚在人的个体生命中实现。[②] 索洛维约夫同样发现，虽然索菲亚只有一个，但可以通过各种女性呈现出来，似乎没有什么可以影响我们改变“哲学的”爱。

柏拉图爱欲说的另一理论基础是雌雄同体的学说。“雌雄同体”在现代宗教思想中占据重要地位。在很多传统的性别集合中都作为

---

① Tayler A.E. Plato: The Man and His Work, Methuen&Co Ltd, 1960. 见泰勒：《柏拉图——生平及其著作》，谢随知等译，山东人民出版社，1996 年，第 314 页。

② Соловьев Вл. Смысл любви. см. Русский Эрос или Философия любви в России. М.: Прогресс. 1991. с. 63.

还原人的起源的完整性来理解，是人类失乐园后的回归之路。柏拉图断言：人类最初是半阴半阳的，是宙斯把他们分成单性别的两半，他们渴望重新结合，以此来解释男女之间的恋爱和结合倾向的根源。此外，还可以在诺斯替学说、赫耳墨斯主义（герметизм）、德国神秘主义和浪漫主义中找到这一主题，它在俄罗宗教哲学中同样被广泛讨论。索洛维约夫在《爱的意义》中强调，人的价值的回归是男女之间爱的本质。柏拉图的男女之爱是这种价值回归的唯一方式。但他们的不同在于，柏拉图的阴阳同体只存在于形式领域，将理念置于实践之上，索洛维约夫使柏拉图爱的话语适用于乌托邦理想并且适用于把理念转化为生活实践的俄国传统。他既反对唯精神恋，也否定唯肉体爱，主张通过性爱来恢复人本质的完整性，达到与世界灵魂、永恒女性的结合。[①] C.布尔加科夫认为，在作为“受造人类在天上的原型”的神的索菲亚中存在有男性和女性两种因素，“人的索菲亚精神是男女两性的”：“思想、逻各斯的男性的、太阳的因素与接收、创造性地完成及体现美的女性因素结合在一起。”[②]因此，“不是唯有男性的本质独享尊荣并被奉若神明，女性的本质也同样如此。”[③]别尔嘉耶夫对索菲亚的理解与宗教创造的思想相联——创造一种新的生灵，在他身上主客体相同。雌雄同体的观念提供了这种新生灵的思想。他认为，女性的使命在于表现出“永恒女性”，同时感召男性的创造本质。梅列日科夫斯基同样认为理想的人格是某种两性人，即男人-女人。两性的分裂是人格的瓦解，是它分为两半，而完全的分裂是不可能的，因为“每个男性中都有一个神秘的女性，每个女性中都有一个神秘的男性”。神的雌雄同体既非男性亦非女性。他使性神化：因为“性是唯一的活生生的、有血有肉的、与‘另一个世界的接触’，是从自己的肉体走向他者肉

---

① Соловьев Вл. Смысл любви. см. Русский Эрос или Философия любви в России. М.: Прогресс. 1991. с. 67.

② Булгаков С.Н. *Утешитель*. Париж, 1936. с. 241.

③ Булгаков С.Н. *Купина неопалимая*. Репринт: Вильнюс, 1990. с. 144.

体,从我走向你,是从一的秘密走向圣灵的秘密的唯一途径。"①

白银时代的俄罗斯弥漫着世纪末情绪,是一个充满预感和灾难的世界,当代宗教哲学家赫鲁日(Сергей Хоружий)将白银时代比作俄罗斯的亚历山大里亚,"与索菲亚同在的索洛维约夫就是它的先知。"索菲亚学说由此成为当时俄罗斯知识分子诸多概念中最重要的神秘问题。索菲亚就是柏拉图的"理念世界",世界的原型,万事万物的理念、形式②。尘世女子犹如理念世界的影子,或者说是那一原型和理念的具体可感的"客观对应物"(T. S. Eliot),每一个女性都是索菲亚、永恒女性的化身,整个世界历史的进程就是索菲亚以不同的形式在不同层面上的实现。通过神秘体验和直觉观照,特别是爱的体验,实现与永恒女性的融合便成为俄罗斯思想家和诗人们的美好理想,文学正是实现这种理想的最佳途径。

文学中的女性形象是深厚的文化传统的折射。西欧的本原是天主教信仰,俄罗斯的本原是融合了多神教传统的东正教信仰。天主教和新教所推崇的个人主义、自由主义导致唯理论神学与世俗化的两极分裂。在此基础上,西方文学中的女性形象在中世纪之后,都回归到完完全全的人,她们脚踏实地执著于世俗人生,一般不会被罩上圣性的光辉。在东正教里,对基督的信仰和对圣母的崇拜是密不可分的整体,"对圣母的爱和崇拜是东正教笃信精神的灵魂",这种爱与崇拜通过神人类体现出来。神人类,即通过圣灵得以实现的生物的神,意味着人与神的连结,在这一基本的俄罗斯思想中也隐含着对索菲亚的追求。缘此,俄罗斯文学中女性形象的圣化便具有了双重意义:一方面直接把人生提升至神境,融入天国,体现出东正教理想的神圣性,另一方面又使神境贴近大地,加入人世,引发出对大地母亲(神圣俄罗斯母亲)的深挚感情,并体现出万物神秘统一的观念。从 19 世纪起,俄罗

---

① Мережковский Д.С. *Атлатида-Европа: тайна запада*. М., 1992. с. 174.

② Булгаков С.Н. *Свет невечерний: Созерцания и умозрения*. М.: Республика, 1994. с. 192.

斯的诗神一直没有忘却对女性的礼赞。在20世纪曙光中离去(1900年7月)的宗教哲学家和诗人索洛维约夫更是开启了特定的象征原型——永恒女性和世界灵魂。他对尘世爱情的圣化使得后来文学中的女性形象含纳了更多的圣性成分、神秘意味和哲理沉思。俄国象征主义文学以及后来的20世纪的俄罗斯文学对永恒女性都表现出一种深刻的情感认同,很多女性形象都是对这一原型的改写和翻新。

第三节　巫魔传说:渊源与重构

在《大师和玛格丽特》中,人物的魔性特征源于在欧洲有着悠久的宗教文化传统的人与魔鬼订约的传说。所谓人魔立约,即指人类出于私欲,企图通过与魔鬼签约获得撒旦的超凡能力。按照条约,人以灵魂换取财富、权力、爱情、还童术、隐身法和其他非以此不能得到的东西。如履约至终,人的灵魂就永拘地狱。关于人魔订约的最早记载见于《圣经·以赛亚书》(28:15):"你们曾说:'我们与死亡立约,与阴间结盟。敌军如水涨漫经过的时候,必不临到我们。因我们以谎言为避所,在虚假以下藏身。'"西欧一些国家到12世纪始闻人魔立约之说。

人魔订约是魔鬼学的核心事件之一,它构成了小说的结构中心。而关于魔女的传说则是人魔订约故事的源头之一。在俄语和英语中,"魔女""女巫""女妖"都是一个词:"ведьма","witch"。魔女本身即含有"与魔鬼订约的女性"之意,与魔鬼订约是其自觉行为。魔女被认为具有召唤精灵恶魔和掌握咒语的能力。最能体现魔女和魔鬼关系的活动当数巫魔夜会,这是为崇拜撒旦而举行的男女巫师聚会。与会者骑扫帚柄赴会,扫帚柄上涂着含有幼童脂肪的魔膏。也可骑乘化为动物或人的魔鬼或由魔鬼拖着飞抵夜会。人变成动物,猪变成交通工具,类似情节在文学作品中经常遇到。在《大师和玛格丽特》中,作家刻意表现了交通工具这一神话元素:玛格丽特的地板刷;尼古拉·伊万诺维奇被娜塔莎用油脂变成骟猪，并成了到狂欢夜会的运送工具。据16、17世纪的有关记载，夜会始于仪仗游行和向撒旦膜拜，而后是宴会、黑弥撒和舞会，高潮是纵淫取乐。当魔鬼抨击基督教时，出席者都大声赞扬。

> 夜会通常是在一山顶举行，如传说中的维纳斯山。……其他地方还有：德国布罗肯、东阿尔卑斯山的托纳尔、布伦瑞克的梅里巴斯、法属黄金海岸的布里亚涅、汝拉山脉的尚布莱、阿登山脉的卡利尼昂、康塔尔的米拉，以及匈牙利的扎贝伦、考帕斯塔托和瓦斯帕库。被称为拜鬼会的小型巫魔夜会则在穷乡僻壤和私人住宅举行。大小夜会均在深夜开始，鸡鸣结束。①

小说中的撒旦晚会就安排在花园大街第302号乙楼50号这座远近闻名的"凶宅"，但从这斗室却延伸出了可以任意扩展的时间和空间。另外，在比利时和荷兰，还有一名女魔充当夜会女王。德朗克尔在《叛逆天使多变说》中写道："有些女巫认为有个王室头衔，或者被推为巫魔夜会女王，是一种荣誉。"②布尔加科夫的玛格丽特就是因为与同名法国女王的血统关系而成为撒旦晚会的女王。

人们最初对巫魔夜会的臆想可追溯到希腊罗马神话中的酒神祭祀。③这种夜晚举行的秘密活动为神话故事和巫术传说提供了无数的源泉。文学艺术自诞生之日起，就从这些神秘行为中汲取养料，并转而成为巫术活动的重要领域之一。欧洲各民族传说中的巫魔狂欢夜会有两处对布尔加科夫影响非常深刻，可以认为是《大师和玛格丽特》中撒旦晚会的原型。一处是在德国哈尔茨山脉布罗肯峰举行的盛大巫魔夜会（见图23）。耐人寻味的是，这样一个激发人们想象力的巫魔

---

① 蒋梓骅、范茂震、杨德玲编：《鬼神学词典》，西安：陕西人民出版社，1992年，第145页。
② 同上书，第145页。
③ 见德里克·帕克、朱丽亚·帕克：《魔法的故事》，孙雪晶、冯超、郝铁译，西安：陕西师范大学出版社，2003年，第110页。

图 23 《撒旦的情人》,18 世纪,版画

详尽地描述了女巫们在夜间聚会的场景,女巫们围绕着头上长角的撒旦跳舞,她们一直被视为"撒旦的情人"。她们不仅与魔鬼厮混,还煮食婴儿。这幅画集中表现了人们对"邪恶女巫"的想象。

夜会竟源于一个虔敬的修女。圣瓦普吉司(santa walpurgis,710—779)生于英国德文郡,随兄赴德传教,为本尼迪克廷教团修女,后任海登海姆修道院主持,死后在德、荷、英等国被尊为最孚众望的圣徒之一。5 月 1 日原为英国土著督伊德教徒的古老节日,后改为圣瓦普吉司瞻礼日。由于督伊德教徒在基督徒看来是异教,其神被认为是魔鬼,还由于督伊德教徒越来越少,他们常在夜间秘密举办仪式,到圣山献祭品并燃烧五月篝火,于是产生了这样的传说:每年 4 月 30 日至 5 月 1 日夜,魔女们便纷纷夹着飞帚、叉棍等来到这里与魔鬼举行彻夜的狂欢舞会,庆贺圣瓦普吉司修女节。关于瓦普吉司之夜,弥尔顿的《失乐园》曾有过描写,歌德的《浮士德》将其作为梅菲斯特的重要活动场所。G. 希尔特编著的《三百年文化史画册》中有一幅铜版画,题为《邪恶的该死的魔鬼节日的精确描摹稿》,也是以瓦普吉司之夜为题材:"左上角是一队跳跃的、舞蹈的、卖弄风情的男男女女,有的穿衣服,有的半裸或全裸。吹奏风囊笛和号角的乐师。上方是羊角撒旦:

孤零零一个魔鬼群闪着燐火：空中是骑着羊、叉腿和扫帚成群飞行的女巫。处极刑的法场。中央是一口锅，一个穿衣服的女巫在烧火，一个裸体女巫掀起了锅盖，随着蒸汽升起了各种各样的形体。其右是只猫，下面是个摊贩，手持剑、头盖骨、死婴，还有一些手捧秘典及瓶瓶罐罐的女人。右下方是倾圮教堂里的乱七八糟的风魔活动。"①对歌德的《浮士德》耳熟能详的布尔加科夫自然也将瓦普吉司之夜化用到自己的小说中，让它成为撒旦晚会的文学原型之一。他甚至让沃兰德亲口告诉玛格丽特："可我总觉得这膝盖痛的毛病是一个迷人的魔女给我留下的纪念：一五七一年我在布肯罗山上的道场里认识了她，有一段时间我们过从甚密。"②不同的是，瓦普吉司之夜只是作为《浮士德》庞大故事体系中的一个场景，在《大师和玛格丽特》中撒旦晚会则被扩展为故事情节发展的高潮。

另一处巫魔夜会原型是传说中的女巫安息日，时间是每年 6 月 23 至 24 日，即施洗者圣约翰之筵前夕。乌克兰向来是巫魔传说盛行之地，果戈理的小说《圣约翰节前夜》和穆索尔斯基的幻想曲《荒山之夜》便是表现这方面题材的传世名作。《圣约翰节前夜》是《狄康卡近乡夜话》中的名篇，在浪漫迷人、神秘而略带恐惧的狂欢氛围中，魔鬼渗入到人们的日常生活深处，为温馨静谧的乌克兰乡村之夜增添了奇幻色彩。果戈理这样虔诚的基督徒在另一篇小说《五月之夜》的卷首竟然写下了这样的题词："只有鬼才知道！基督徒着手做一件事情，他跟个野狗追兔子似的，焦急呀，焦急呀，结果还是一事无成；可是只要碰上了鬼，尾巴一摇，渴望的东西就会自天而降。"魔鬼的魅力由此可见一斑。穆索尔斯基的《荒山之夜》原名为《荒山上的圣约翰节之夜》，作曲家的创作灵感来自一部叫做《女巫》的剧本和法国作曲家圣-桑的交响诗《骷髅之舞》，而作品中的荒山即指布尔加科夫的故乡基辅附近的

---

① 参见歌德：《浮士德》第一部注释，绿原译，北京：人民文学出版社，1994 年，第 190—191 页。蒋梓骅、范茂震、杨德玲编：《鬼神学词典》，西安：陕西人民出版社，1992 年，第 127 页。

② 布尔加科夫：《大师和玛格丽特》，钱诚译，北京：人民文学出版社，2004 年，第 264 页。

特里格拉夫山,它在俄罗斯传说中很有名。音乐中,恶神(也许就是魔鬼)装成黑羊,指挥各种恶鬼,男女巫师以及杂七杂八的凶神恶煞在这里狂欢。整个作品的内容可以用总谱上的一段文字说明来解释:“从地底下传出的神秘声响。——黑夜的精灵出现,接踵而至的还有撒旦王。——颂赞撒旦王,魔鬼做弥撒。——安息日的狂宴。——在狂宴的高潮,传来了远处乡村教堂的钟声,黑夜的精灵四散。——破晓。”[①]这一场景在戈雅的名画《女巫安息日》中亦有表现,画面上一只大黑羊被一群凶相毕露的老妖婆团团围住。由于基督教文化的同源性,特里格拉夫山上的这个狂欢之夜相当完整地体现了欧洲巫魔夜会的内容。斯克利亚宾的钢琴剧《撒旦史诗》亦对布尔加科夫产生了重要影响。布尔加科夫酷爱音乐,又尊果戈理为心目中的恩师,这几部作品对他都产生了潜移默化的影响。

最初的人魔订约神话或许可以追溯到中世纪法国罗特波夫的《德奥菲勒的奇迹》:德奥菲勒为财势以灵魂与魔鬼订约,在获得财势后害怕魔鬼索取他的灵魂,向圣母祈祷而终于获救。而流传范围最广、影响最大的是浮士德与梅菲斯特的契约。浮士德为欧洲中世纪传说中的一位半神话半真实的人物,可能为魔法师,传说他与魔鬼订了出卖灵魂三十四年的契约,享尽各种人间欢乐,死后入地狱的故事。文艺复兴以来,不断有人利用这一传说进行创作。英国伊丽莎白时期的戏剧家马洛写过《浮士德博士一生的悲剧》(1588),在德国还演出过由浮士德故事改编而成的木偶戏和其他戏剧。18世纪末以后莱辛、鲁多尔夫·韦德曼、弗里德里希·米勒、克林格尔、克·迪·格拉伯、尼·雷曼、约翰·尼科劳斯·菲采尔也写过浮士德的故事。歌德的诗剧《浮士德》堪称这一题材的巅峰之作,继之有托马斯·曼的小说《浮士德博士》(1943),这两部作品使浮士德的形象广为人知。此外还有1904年M. A. 奥尔洛夫的《人与魔鬼订约的故事》,几乎同时代的A.

① 杨民望:《世界名曲欣赏·俄罗斯部分》,上海:上海文艺出版社,1986年,第64页。

В.阿姆菲捷阿特罗夫的《中世纪的日常传说和文学中的魔鬼》,埃米利·明德林1923年创作的《浮士德博士归来》。同时,浮士德还相继成为李斯特、瓦格纳、柏辽兹和古诺等音乐作品的创作主题。显然,在漫长的流传过程中,这一神话作为完整的叙述文本已不复存在,它通过各种变体与阐释的总和融会在文化母体中,每一个相关文本都是神话的碎片反映,并成为对它的转述与重构。主人公浮士德的形象随之不断被赋予新的时代内涵。

歌德的《浮士德》对布尔加科夫的影响几乎渗透到作家生活和创作的每一个层面。小说《白卫军》甚至是在《浮士德》钢琴曲的幻听中完成的,据作家的妹妹维拉回忆,在中学和大学期间,仅古诺根据作品第一幕改编的同名歌剧他看过41场。[①] 他赞美这部自己最喜爱的歌剧为"永恒的浮士德",甚至说"浮士德完全是不朽的"。[②] 布尔加科夫以古代之旧器盛时代之新酿,把浮士德与梅菲斯特的故事揉碎重拼,在与魔鬼订约这一情节框架下,让玛格丽特成为浮士德的女性变体(П.安德列耶夫因此称《大师和玛格丽特》这部小说为一种"反浮士德")。不同于中世纪的魔女的是,玛格丽特是被动经受诱惑,方与魔鬼订约,这一点与浮士德相同。Б.索科洛夫主编的《布尔加科夫百科全书》考证玛格丽特形象的渊源关系,认为从外形来看可以追溯到歌德《浮士德》中的玛格丽特(中译分别为玛甘泪、甘泪卿、格蕾琴等等)。一些细节还可以在埃米利·明德林的长篇小说《浮士德博士归来》中找到。比如,沃兰德送给玛格丽特的金马掌就与这部作品中的"金马掌"小酒店有着很明显的关联(在这里浮士德第一次同玛格丽特相遇)。《浮士德博士归来》中的一幅插图同样可以在布尔加科夫的小说中找到反映。在被保存下来的作家的文献里有一份复归的明德林小说的文献,在176—177页之间有一幅尼文斯基(И. И. Нивинский,

---

① 莱斯莉·米尔恩:《布尔加科夫评传》,杜文娟、李越峰译,北京:华夏出版社,2001年,第5页。

② Состав. Е.С. Булгакова, С.А. Ляндрес. *Воспоминания о Михаиле Булгакове*. М.: Советский писатель, 1988. с. 235.

1880/81—1933)的版画插图。版画上画着一个镜前的半裸女子,左臂上搭着有白衬里的黑色外套,右手拎着黑袜子和黑色尖头高跟鞋。她留着黑色短发,这就是玛格丽特抹上阿扎泽勒具有魔法的回春脂之时从镜中看到的自己。[①]

人魔订约的魅力主要在于魔鬼的超越性。巴赫金在讨论怪诞风格时指出:"怪诞风格——包括浪漫主义的怪诞风格在内——揭示的完全是另一个世界、另一种世界秩序,另一种生活制度的可能性。它完全超越现存世界虚幻的(虚假的)唯一性、不可争议性和稳固性。"[②]循此,布尔加科夫借用历史上的玛格丽特、瓦普吉司之夜的魔女形象、浮士德故事的情节线索以及博罗伽乌兹和埃夫伦《百科词典》的文章中有关魔鬼学、魔杖一挥、魔鬼、魔女的魔法与巫魔狂欢夜会等诸多特征,着意模仿巫魔传说的深层结构,使这一神话的情节、主题与形象弥散于文本的整个空间。同时,他又融入了自己的天才创造,让这些古老的神话焕发出新的生机。对巫魔传说的重构为充实作品细节的内在寓意提供了可能。

第四节　玛格丽特:圣魔合体的女性形象

关于《大师和玛格丽特》的中心主人公问题是布尔加科夫学中引起普遍关注的重要话题之一。因为小说层次繁多、结构复杂而为后来的各种阐释和解读提供了可能。多数批评家从小说原名《魔鬼的福音书》出发认定小说的中心主人公就是沃兰德;导演维克丘克从迷途的人类寻找精神家园的立意出发,在所改编的音乐剧中将无家汉伊万作为中心视点……凡此种种,都不无道理,但却大多忽视、低估了玛格丽特在小说中的作用,只看到了她作为大师情人的单一层面。虽然玛格

① Соколов Б. *Булгаковская Энциклопедия*. М.: Локид-Миф, 1998. с. 264-265.

② 巴赫金:《〈弗朗索瓦·拉伯雷的创作与中世纪和文艺复兴时代的民间文化〉导言(问题的提出)》,见《巴赫金文论选》,佟景韩译,北京:中国社会科学出版社,1996年,第149页。

丽特在小说第二部才正式出场，却以内在的精神联系着全书所有的情节线索，故解读这一形象对理解全书题旨具有提纲挈领的意义。作家在小说中建构了一个涵盖现实时空、历史时空和魔幻时空的庞大时空体系。与此相对应的是，玛格丽特串联起小说的各个时空层面，在各个层面都与男主人公形成对应关系：在现实时空里，玛格丽特是大师挚爱的情人，以全部的柔情帮助大师成就他的事业；在魔幻时空，她化身为魔女，做了一夜撒旦晚会的女王，成为魔王沃兰德末日审判的助手；在象征层面，她与象征逻各斯的耶舒阿遥相呼应，是爱与美的精神范型在尘世的显现，成为永恒女性的象征。她身上既有圣性的一面，更有魔性的一面；她是永恒女性在尘世的代表，又是与魔鬼订约的魔女。圣魔同体令她的性格丰满充盈，独具魅力。

一、索菲亚与“玛格丽特”

索菲亚即永恒女性，人类对索菲亚的追索和称颂可以追溯到古希腊时代，在古希腊语中是“智慧”（Σοφία）之意。在犹太教与基督教概念中索菲亚是上帝的卓越智慧的化身。诺斯替学说将它作为世界的“开端”，认为它同宇宙和人类都有着深刻联系。18世纪乌克兰哲学家沃洛斯柯达和共济会作家对索菲亚学说都有自己的理论建构。19世纪后期，俄罗斯宗教哲学和神学创始人索洛维约夫成为这一学说的集大成者，因为他毕生致力于永恒女性问题研究，通常认为他的“哲学体系应被称为永恒女性的哲学”[①]。在索洛维约夫影响下，索菲亚学说在俄罗斯受到空前重视。象征主义文学乃至后世俄罗斯文学更是对永恒女性表现出心醉神迷的痴恋。因为内涵极其丰富，思想家们的阐释也不尽一致，但归结起来，可以见出诸如“创世”“爱”“智慧”“美”“秩序”“善”“圣母”等基本内容，这些共同的品格都可以在玛格丽特身上找到印记，这一形象因而具有了多重历史文化内涵。

---

① H.O.洛斯基：《俄国哲学史》，贾泽林等译，杭州：浙江人民出版社，1999年，第131页。

玛格丽特的名字可以从两个方面寻找到出处。首先,从词源学的角度来看,这个名字恰好体现出索菲亚精神中男性因素和女性因素的综合。18世纪乌克兰哲学家斯科沃罗达(Г.С. Сковорода)在讨论世界的女性开端时,在文集中出现了"玛格丽特"一词。有资料显示,布尔加科夫在写作《大师和玛格丽特》期间,通过埃恩(В. Эрн.)的著作接受了斯科沃罗达的某些哲学共设。埃恩认为,"在自己哲学直观的最高时刻",斯科洛沃达谈到了"世界的女性本质,他与超出智慧理性的圣母的神秘联系"。他是将其作为"新的纯粹俄罗斯的形而上学"来讨论他的这些观点的,从中同样产生了索洛维约夫的永恒女性主题。[1] 在18世纪的俄语中,它意为阳性集合名词的"珍珠"(жемчук),阴性名词的"一颗珍珠"(жемчужина),并走出教会斯拉夫语(在那里是希腊外来语)。然而在18世纪这个词是经过拉丁语渗入俄语的。在希腊语中,"μαργαριτηs"是阳性,而在拉丁语中"margarita"是阴性。在俄罗斯文学语言中它有两种语法形式:既可以是阳性,也可以是阴性:Маргарит是阳性,而Маргарита是阴性。[2] 在小说中似乎看不出其中的直接联系,但布尔加科夫为女主人公命名为"玛格丽特"也并非偶然的巧合。

另一可以在小说中得到确证的出处是歌德《浮士德》中的玛甘泪和15、16世纪的两位法国女王,鲍利斯·索科洛夫编纂的《布尔加科夫百科全书》充分阐释了其中的神秘联系。[3] 在《浮士德》的尾声,玛甘泪受到神秘合唱队的歌颂。在《大师和玛格丽特》最后一稿的准备资料中,保存着博罗伽乌兹和埃夫伦百科词典中关于玛格丽特·波旁(那瓦尔的玛格丽特,1492—1549)和玛格丽特·瓦卢阿(Маргарита Валуа,1553—1615)的文章摘要。玛戈女王在大仲马的小说中成为

---

① Эрн В. *Указ. соч.*, с. 341. См.: И. Л. Галинская. *Загадки известных книг*. М.: Наука, 1986. с. 85

② Галинская И.Л. *Загадки известных книг*. М.: Наука, 1986. с. 88.

③ Соколов Б. *Булгаковская энциклопедия*. М.: Локид-Миф, 1998. с. 264-265.

天主教徒和胡格诺教徒之间分裂的浪漫起因。她同亨利四世(那瓦尔的亨利,1553—1610)——未来的法兰西国王亨利四世的婚礼,正如词典的文章中所记载的,“有着豪华的庆典,以 1572 年 8 月 24 日巴托罗缪之夜和巴黎的血腥婚礼为终结”。在叶尼塞河河畔,得知她身世的胖子称她为“光辉的玛格女王”,并嘟嘟囔囔地“用俄语胡诌起来,中间还夹杂着不少法语。他解释说,他的一个巴黎朋友戈萨尔举行了血腥的婚礼”。[①] 戈萨尔是在玛格丽特·瓦卢阿转述的文章里提到的巴黎的一个出版者,生活在 16 世纪中期,但是布尔加科夫把他变成了与那个不知名的胖子一样的巴托罗缪之夜的参与者。小说还多次提示玛格丽特与法国女王的联系。当“既是魔术师,又是唱诗班指挥,既能兴妖作怪,又能当翻译”[②]的卡维洛夫举着神灯引领玛格丽特进入 50 号住宅里面那似乎无限扩展的魔幻空间时,告诉她“您自己也是有王室血统的人”[③],是 16 世纪一位法国王后的“曾孙的曾孙的曾孙的曾孙女”[④]。在玛格丽特赴撒旦晚会的路上,追随她变成魔女的家庭女佣娜塔莎骑着骟猪飞翔在沉睡的森林上空,就呼叫着“我的法兰西王后”[⑤]。撒旦晚会后大师和玛格丽特重回地下室,便直接称她为“玛格”。历史上的玛格丽特都是永恒女性的象征,是作家与诗人的保护神,布尔加科夫的玛格丽特当然承继了这一基因。

二、“升华的爱的最高客体——这就是智慧”[⑥]

玛格丽特首先作为爱神为大师而存在,是女性、忠贞、美丽和为爱而自我牺牲的象征。如果说大师书写的是人类真理的篇章,那么她追

---

① 布尔加科夫:《大师和玛格丽特》,钱诚译,北京:人民文学出版社,2004 年,第 251 页。
② 同上书,第 255 页。
③ 同上书,第 257 页。
④ 同上书,第 258 页。
⑤ 同上书,第 247 页。
⑥ C. 布尔加科夫:《亘古不灭之光·译者序》,王志耕、李春青译,昆明:云南人民出版社,1999 年,第 6 页。

随和守护的便是人类最高的道德理想,即智慧本身。从柏拉图在《会饮篇》中提出的两个阿佛洛狄忒的概念观之,可以见出玛格丽特的选择从一开始便含有属灵的圣爱成分。柏拉图指出,有“天上的”和“地上的”两个阿佛洛狄忒,前者来自上苍,代表一种高尚纯洁的爱,值得人们真正向往与追求;后者为宙斯和狄俄涅所生,更多地象征着地上之爱与情欲之间不可分割的联系,因此被看成是低俗的、放荡的[①]。Вл.索洛维约夫继承并发展了这一思想。布尔加科夫在第二部第十九章《玛格丽特》开篇,就为读者展示了玛格丽特与大师之间高尚纯洁、超凡脱俗的爱情。玛格丽特似乎完全忽略了“地上的阿佛洛狄特”的情欲、物欲的一面,她和大师灵犀相通的爱情以大师的事业为依托。大师的写作是对人类精神文化传统的继承,是智慧的体现。在阿尔巴特街那间地下室,玛格丽特悉心照料着孤独写作的大师,以她的爱慕与柔情鼓励、鞭策大师完成小说创作,自言“她的全部生命就寓于这部小说中”(见图 24)。她“一生唯一珍贵的东西”是藏在旧丝绸衣料底下的一本褐皮旧相册,里面有一张大师的照片,一个大师遁入精神病院前交给她的存折,几片干枯的玫瑰花瓣、被火烧坏的十几页书稿。她的眼泪都是为大师和耶舒阿的悲剧命运而流:在那个虚无主义盛行的时代,大师因改写福音书中彼拉多和耶稣的故事而遭受压制和批判,心灰意冷之际,他把书稿投入炉膛,匆匆赶到的玛格丽特抢救出断简残篇。她懊悔自己没能事先留下来陪伴大师,为书稿被毁而痛哭失声;在大师失踪的日子里,她曾反复诵读那部经火烧之后落得无头无尾的小说,“想着降临到耶路撒冷上空的暴风雨”而哭干了眼泪;重逢后,她为大师那颗饱经忧患、备受煎熬的头颅放声痛哭:“看,你这双眼睛成了什么样子!眼睛里空无一物……而你的肩上,肩上却有沉重的负担……他们摧残了你!把你毁了……”[②]这些泪水传达出文化女

① 柏拉图:《文艺对话集·会饮篇》,朱光潜译,北京:人民文学出版社,1963年,第224—226页。
② 布尔加科夫:《大师和玛格丽特》,钱诚译,北京:人民文学出版社,2004年,第377页。

神对文明失落的痛苦哀伤。

图 24 叶琳娜·谢尔盖耶芙娜·布尔加科娃
——玛格丽特的主要原型①

如果将玛格丽特与普希金的塔吉雅娜作一下对比，就会发现不同时代两位女主人公截然不同的选择其实很有意味。索洛维约夫非常赞赏塔吉雅娜的行为，认为这是“永恒女性”在长诗中的最高体现，“因为她拒绝了她所爱的奥涅金，忠实于自己从来没爱过的丈夫，她没有怜悯的理由，因为他健康，自信、自我满足。她这样做的唯一原因是道德责任——这是罕见而有趣的现象。”②若从二者所爱的对象观之，奥

① 1932 年 10 月 4 日，叶琳娜·谢尔盖耶夫娜·纽伦堡成了布尔加科夫的第三任妻子。她几乎是同时进入作家的生活和小说世界。《大师和玛格丽特》最初的构思中玛格丽特这一形象的原型。神奇美好的爱情启迪了作家的创作灵感，成就了这部旷世之作。小说中大师和玛格丽特缠绵悱恻、荡气回肠的爱情几乎就是布尔加科夫和叶琳娜·什洛夫斯卡娅的受情的摹写：她原是一名将军的妻子，丈夫是一个正派的好人，还有两个可爱的孩子，生活优裕，但她却深感空虚。与才华横溢的穷困书生布尔加科夫相识后，生活立即变得激动人心，充满意义。婚变后，她给父母写信说：“一切都很迅速，电闪雷鸣一般，至少在我一方，是爱到永远不分离。”在长期遭受封存迫害的艰难时日，布尔加科夫曾对心爱的叶琳娜·谢尔盖耶芙娜说：“全世界都在反对我——我只是一个人。现在我们是两个人，我什么都不怕。”叶琳娜的陪伴有如神助，布尔加科夫顶着巨大压力劳作十二年，临终前完成这部“天鹅的绝唱”；“烧不毁的手稿”又使这段旷古之爱化为永恒。叶琳娜为布尔加科夫作品的记录、打印、保存和发表而呕心沥血。1970 年她去世之后，骨灰与丈夫合葬于新处女公墓（又译“新圣女公墓”）。

② Соловьев Вл. *Собр. соч.* 2-е изд., Т. 7. СПб., 1912. с. 85.

涅金和大师虽同属不同时代的多余人，但两人所代表的精神价值不同：奥涅金身上只有否定没有建树，自己的灵魂尚且无所皈依，塔吉雅娜对他的放弃就是必然选择；大师虽性格软弱却坚执人类永恒的精神价值，玛格丽特在最高意义上追随的是人类道德理想。其次，玛格丽特离开聪明英俊的专家丈夫，一个正派的好人，抛弃了原来优裕的生活来陪伴才华横溢的穷困书生，这种选择本身已经蕴含了圣爱本身的苦难特性。正如柏拉图在《会饮篇》所言，爱神（圣爱）永远贫困："他实在粗鲁丑陋，赤着脚，无家可归，常是露天睡在地上，路旁，或是人家门楼下，没有床褥。"[①]大师危难之际，她义无反顾地表示："我愿意同你一起毁灭。"[②]为寻找失踪的大师，玛格丽特甘愿自我牺牲。当魔王的随从阿扎泽勒在亚历山德洛夫街心花园邀请她访问一个"外国人"时，她以为"必须对他以身相事"，可还是勇敢地接受邀请去做撒旦晚会的女王。这份生死相依的爱情以其忠诚与执著、奉献与牺牲获得了道德力量，玛格丽特显现出"非尘世的美"。因此可以说她是爱神，是文化女神，人类智慧的守护者，永恒女性的象征。

三、"美拯救世界"

玛格丽特还是纯美的化身，她以肉体美与精神美的和谐统一出现在现实世界，契合着陀思妥耶夫斯基"美拯救世界"的理念。索菲亚的本意"圣智慧"所标志的是秩序、规范，与之对立的是混乱和无序。根据使徒的说法，现实世界根本上是无序的和混乱的，"全世界都卧在那恶者的手下"(《约翰一书》5：19)。C. 布尔加科夫解释说："世界远离索菲亚不是在实质上，而是在它的状态上。"[③]所以，世界在实质上是索菲亚的，是智慧的，有秩序的。索洛维约夫指出："在最终的结局永恒

① 柏拉图：《文艺对话集·会饮篇》，朱光潜译，北京：人民文学出版社，1963年，第260—261页。

② 布尔加科夫：《大师和玛格丽特》，钱诚译，北京：人民文学出版社，2004年，第153页。

③ C. 布尔加科夫：《经济哲学》，见《布尔加科夫文集》两卷本，莫斯科1993年，第163页。转引自张百春《当代东正教神学思想》，上海：上海三联书店，2000年，第339页。

的美将是卓有成效的,从中将可以得出拯救世界的结果。当她的欺骗性的相似者像那大海的泡沫一样消失,就会产生地上的阿佛洛狄忒。"[①]C. 布尔加科夫认为肉体的重要意义在于它是美的条件。"精神上的感知,理念的被感知,便是美。美是世界的绝对性因素,就像逻各斯一样。它是对上帝的第三个位格——圣灵的新发现。"[②]

在这里,玛格丽特精神的美除了爱,还体现为对真理的执著追求。正如索洛维约夫关于万物统一说的著名命题:"绝对在美中通过真实现着善。"[③]而"绝对价值即真善美是与圣三位一体相对应的。"[④]亦如E. 特鲁别茨科伊所说:"彻底的爱不仅出现在盛情的赞誉之中,而且出现在完善的美之中。"[⑤]两千年前,耶舒阿留下遗言:"怯懦是人类缺陷中最最可怕的缺陷。"玛格丽特作为追求爱情、捍卫真理和正义的勇士,是现实世界中唯一在克服自身"彼拉多之罪"——怯懦的人。沃兰德降临 20 世纪 20—30 年代的莫斯科的目的,就是要检阅人们的灵魂深处还有没有彼拉多之罪。当理性崩溃、信仰缺失、不信上帝、不信魔鬼的时候,人们的灵魂会变成什么样?[⑥]《大师和玛格丽特》所展示的正是这样一幅可怕的图景。这是一个充满了自私、贪婪、伪善、欺骗和谎言的世界,失去了道德约束的人们为所欲为,道貌岸然的外表下隐藏着灵魂的怯懦和卑污。

在弥漫于全书的混乱喧嚣的氛围里,在作家嘲讽戏谑的叙述语调中,玛格丽特作为真善美三位一体的实体成为全书的一抹亮色,一个优美的乐音,成为拯救世界的美。面对压制迫害,大师也曾软弱怯懦,焚毁书稿,精神崩溃,而玛格丽特尽管痛苦悲伤,却从未绝望和屈服。

---

① Соловьев Вл. *Стихотворения*. 7-е изд., доп. М.: Советский писатель, 1921, с. XIII.

② C. 布尔加科夫:《不灭之光》,第 251 页,见 H. O. 洛斯基:《俄国哲学史》,贾泽林等译,杭州:浙江人民出版社,1999 年,第 269 页。

③ Соловьев Вл. *Философские начала цельного знания - сочинение в 2-х т*. Т. 2. М., 1988. с. 104.

④ 见 H. O. 洛斯基:《俄国哲学史》,贾泽林等译,杭州:浙江人民出版社,1999 年,第 127—128 页。

⑤ Трубецкой Е. Н. *Смысл жизни*. М., 1918. с. 146.

⑥ 布尔加科夫:《大师和玛格丽特》,钱诚译,北京:人民文学出版社,2004 年,第 328 页。

她化身魔女疯狂地捣毁剧文大楼里迫害大师的拉铜斯基住宅之举就是对颠倒错乱的时代秩序的否定和矫正。她的善良和仁慈都给予了弱者和不幸的罪人：当她看见那个受到惊吓的小男孩，便立即停止了对批评家住宅的疯狂扫荡，温柔地安慰小男孩，给他讲自己的故事，直到他进入梦乡；在撒旦晚会上，她替因闷死自己孩子而被判入狱多年的弗莉达求情，请求魔王不要再让使女给她送那条手绢；与大师傲世出尘后，她又为因判处耶舒阿死刑而在月光下经受两千年良心惩罚的彼拉多求情，请求魔王让他解脱。

如果说耶舒阿属于历史层面，存在于人们的追忆与期待中，代表着永恒的道德哲学思想，是失根的人们永久的精神家园和灵魂的安息之所，那么玛格丽特的美、善良与仁慈则昭示着现实世界的秩序和规范，她的愤怒和复仇具有捍卫真理、匡扶正义的性质，作家借助这个肉体美与精神美和谐统一的形象赋予迷乱愚钝的世界以灵性和希望，启示着人们的良知和理性。在历史和现实这两个遥远的时空体系中，人物之间的召唤关系和作品的深刻寓意就这样彰显出来。

玛格丽特的形象本身蕴含着爱、智慧、美与善等多重品性，代表着一种广泛的联系，这又契合了索菲亚作为上帝与人的中介的功能及其多重身份的特征。在宗教传统深厚的俄罗斯，由对圣母玛丽亚的崇拜，对永恒女性索菲亚的渴慕和追索所引发的对女性的圣洁情意逐渐扩展为一种稳定的社会心理基础，使得这片土地上的诗神总是格外眷顾女性。布尔加科夫的玛格丽特堪称是这一传统在20世纪的延续。

布尔加科夫让玛格丽特带着圣爱的光辉来到这冷酷混乱苦难的世界，成为一种救赎力量，为这个世界带来慰藉和温暖。而作为小说的内在灵魂，这一形象又同时协调了小说的各个结构层面。在小说结尾处，玛格丽特进入伊万的梦境，被赋予了超越现实的形而上的意义："这时，月光河中忽然凝聚出一位无比秀美的妇女，她挽着一个满脸胡茬、惶惑的四下张望的男人向伊万走过来。"[①]这与日月同辉的意象令

① 布尔加科夫：《大师和玛格丽特》，钱诚译，北京：人民文学出版社，2004年，第407页。

人联想起米开朗基罗著名的雕塑《哀悼》：美丽而痛苦的圣母怀抱刚刚死去的耶稣，表情哀伤而悲悯，像高山依托着流淌在身边的河流，他们各自独立而又彼此相属；同样，玛格丽特的圣洁之爱也滋润并守护着大师孤独而高贵的灵魂，重返地下室的大师正是从女性之爱中汲取了无法从自身获得的精神力量。当他们走向永恒的家园时，玛格丽特的话音就“像刚才走过的小溪一样潺潺流淌、喁喁私语”：

> “你倾听吧，尽情地享受这生前未曾给过你的宁静吧！看，前面便是你可以永久安身的家，这是给你的奖赏。……你将看到点起蜡烛的时候，屋里的光线多么柔和。你将戴着你那油污斑斑的永恒的小帽，唇边带着微笑，沉沉入睡。睡眠将使你身体健壮。你的判断力将变得明智起来。你已经不可能再赶走我了，我将守护着你的睡眠。”①

图 25 作家墓碑 作者摄于莫斯科新圣女公墓，2001 年②

① 布尔加科夫：《大师和玛格丽特》，钱诚译，北京：人民文学出版社，2004 年，第 395 页。

② 叶琳娜为寻找一个最合适的墓碑一次次寻访，总是失望而归。有一次，她在石匠的院子里，在一个堆积废料的大坑之中，发现了一块叫做“各各它”的黑海大理石，这块石头曾作为墓碑被安放在丹尼尔修道院的果戈理墓地。30 年代，果戈理遗骸被迁往新处女公墓，在其新墓上立了一座作家半身塑像，这块石头也就被废弃了。叶琳娜·谢尔盖耶夫娜当即决定买下。这块象征殉难的石头被用作布尔加科夫的墓碑似乎是冥冥中的天意，因为作家一直将果戈理作为自己心目中的恩师：“尼古拉·瓦西里耶维奇让我高兴起来，他在那些阴沉沉让人无法入眠的夜间给我以那样的慰藉。”如今果戈理的墓石终于成为他亡灵的守护者。

1940年小说完成后不久，布尔加科夫就长眠于叶琳娜身边，兑现了他们刚刚相爱时的诺言。1970年，叶琳娜去世后与布尔加科夫合葬于莫斯科新处女公墓，生活与艺术再次叠合在一起（见图25）。忠贞不渝的爱情超越死亡获得了新生，这是悲剧中的喜剧，不幸中的万幸。那远离尘嚣的小桥流水、含苞待放的樱桃树、弯弯曲曲的葡萄藤、舒伯特的音乐和静谧的烛光正象征着永久的安宁与和谐。这是历史给予他们的最高报偿，也昭示着人类道德理想的不朽生命力。

四、撒旦晚会：对圣教仪式的戏仿

1966年9月14日，刚刚接触到布尔加科夫小说文本的M. 巴赫金给作家的遗孀——玛格丽特的生活原型叶琳娜·谢尔盖耶夫娜·布尔加科娃写信："我现在完全处在《大师和玛格丽特》的影响下。这是一部具有特殊艺术力量和深度的伟大作品。"[①]其兴奋程度不亚于当年尼采发现陀思妥耶夫斯基；或许是他从中看到了与自己小说诗学的某种契合。他在《〈弗朗索瓦·拉伯雷的创作与中世纪和文艺复兴时代的民间文化〉导言（问题的提出）》一文中曾经指出："在浪漫主义的怪诞风格中，正反同体往往变成了强烈的静态对比或僵化的反比。"[②]玛格丽特正是这种圣魔合体的形象。她既是永恒女性的象征，又是与魔鬼订约的女性，这一特征使她有别于俄罗斯文学传统中以圣洁高雅著称的女性群像而独具魅力。在她身上，圣性与魔性并非呈"强烈的静态对比或僵化的反比"，而是互相依存、互相渗透，和谐有致地交融在一起，表现出作家超乎以往"浪漫主义的怪诞风格"的创作技巧。

布尔加科夫在小说中分别对《圣经·约翰福音》和魔鬼学进行了庄严改造和讽刺性模拟，玛格丽特形象的二重性分别与之呼应。如果说玛格丽特的圣性主要源于宗教传统中对圣母玛丽亚的崇拜，对永恒

---

① Соколов Б. *Булгаковская энциклопедия*. М.: Локид-Миф, 1998. с. 308.

② 巴赫金：《〈弗朗索瓦·拉伯雷的创作与中世纪和文艺复兴时代的民间文化〉导言（问题的提出）》，见《巴赫金文论选》，佟景韩译，北京：中国社会科学出版社，1996年，第141页。

女性索菲亚的渴慕和追索，那么其魔性亦植根于深刻的神学与历史哲学传统。上帝与魔鬼在基督教神话中是两个相辅相成，互为依存的概念，这是善与恶、美与丑、灵与肉、光明与黑暗、肯定与否定等一系列二元对立统一的具象化体现。当他们内化到人自身时，便表现为圣魔二重性特征。恶的力量因此受到但丁、弥尔顿、歌德、莱蒙托夫等历代诗人作家的称颂，这也正是玛格丽特转向魔鬼的意义所在。

布尔加科夫对巫魔传说的重构和对圣教仪式的戏仿集中体现在《撒旦的盛大晚会》一章。在狂欢化的背景下，在怪诞诙谐与庄严神圣结合的叙述语调中，细心的读者会见出黑弥撒的表象下隐含着的圣教仪式的原型结构和原型意象。这种戏仿体最早起源于古代基督教时期，具有悠久的文学传统。在中世纪，“在拉丁语诙谐文学的进一步发展中，教会圣事和教理的一切方面无一例外地都有了戏仿体的复本，这是所谓的‘parodia sacra’，亦即‘神圣的戏仿’”。其中，保留至今的为数颇多的戏仿弥撒的作品有《醉鬼的弥撒》、《赌徒的弥撒》。[1] 在神话范畴内，黑弥撒与弥撒的内在本质非常接近。布尔加科夫巧妙地运用这一特征对巫魔传说进行了净化处理，以魔鬼神话的外壳包裹着圣教精神的内核，使变成魔女的玛格丽特仍然保持圣性的纯洁。

玛格丽特与魔鬼订约的过程就是信仰转变的过程，作家用“我相信”一词将信仰的对象暗中转向魔鬼。在基督教传统中，“相信”往往专门用于表明对上帝的信仰。在神话构成中，巫魔夜会总是与黑弥撒联结在一起。与魔鬼订约者将撒旦作为神来祭拜，“本人宣布放弃并否认上帝、圣母玛丽亚、圣徒、洗礼、父亲、母亲、亲戚、天堂、大地及世上的一切”，声明之后进行新信仰的洗礼，并宣誓效忠。[2] 布尔加科夫为“相信”补充上代词“我”，使得二者的界限变得含混不清。玛格丽特在心灵的煎熬中预感到那即将临近的神秘转折：“我相信！——玛格

① 巴赫金：《〈弗朗索瓦·拉伯雷的创作与中世纪和文艺复兴时代的民间文化〉导言(问题的提出)》，见《巴赫金文论选》，佟景韩译，北京：中国社会科学出版社，1996年，第110—111页。

② 玛格丽特·穆礼：《女巫与巫术》，黄建人译，桂林：漓江出版社，1992年，第93页。

丽特激动地低声说——我相信，一定会发生一件什么事！不可能不发生，真的，为什么我会注定痛苦终生呢？”[①]这里的“相信”具有圣教仪式的庄严肃穆，因为她对大师的爱伴着宗教般的迷狂，甘愿为找回幸福接受任何改变。“只要能知道他是否还活在人世，为此让我把灵魂抵押给魔鬼也心甘情愿！”[②]与魔鬼订约就成了进一步叙述的情节框架。于是，在克里姆林宫对面的长椅上，凄苦绝望的玛格丽特身边出现了魔王的随从阿扎泽勒。从那一刻起，主人公身上发生的一切都以满足订约为前提，变成魔女，参加与撒旦相会的舞会并做舞会女王就是订约条件。接下来发生的情节果然证实了她的预感：“这天晚上她目睹了魔力的显示，经历过各种奇迹，现在她已隐约猜到自己去见的是什么人了。但她并不觉得害怕。一个强烈的愿望——在那里可以挽回自己的幸福，使她变得无所畏惧了。”[③]当她接过阿扎泽勒带来的魔术油脂的时候，这场订约就真正开始了。她忠实履约并如愿以偿地找回了心爱的大师。至小说结尾，从撒旦晚会回到地下室的玛格丽特情不自禁地对大师赞美沃兰德，再次肯定了这次订约，明确了撒旦作为上帝同盟的角色定位：

图 26 《大师和玛格丽特》插图

---

① 布尔加科夫：《大师和玛格丽特》，钱诚译，北京：人民文学出版社，2004 年，第 223 页

② 同上书，第 228 页。

③ 同上书，第 253 页。

"'刚才你无意中言中了：魔鬼知道这是怎么回事。而且，我告诉你，魔鬼也会把一切都安排好的！'只见她两眼放光，从沙发上一跃而起，跳起舞来，同时大声喊叫着：'我跟魔鬼打上了交道，多么幸福啊！我多么幸福，多么幸福啊！噢，魔鬼呀，魔鬼！我说，亲爱的，您只好同我这女妖精一起生活了！'"①

玛格丽特的圣魔转化过程通过形象的变形变性处理表现出来。布尔加科夫浓墨重彩地描写她的眼睛，从而传达人物内心的变化。"这个眼睛无时不在闪着某种莫名其妙的火花的女人究竟还需要什么？这个一只微微含睇、那年春天用洋槐花装扮自己的诱人女子究竟还需要什么？"②在描写恶魔的语境中，绿色是恶魔、魔鬼出现的标志。玛格丽特抹上回春脂后，顿时变得年轻而充满活力。她心情舒畅，纵情大笑。更引人注目的是，她的眼睛变成了绿色：原先的"两道纤眉变得又浓又黑，端端正正地弯在两只绿莹莹的眼睛上"③。这是魔性附身的标志。主人公由此获得了超人的能力——飞翔和隐身、前所未有的素质、力量和超越现实的自由(见图 26)。她把黑暗的力量赋予的这些新的能力付诸复仇行动。在飞翔中见到戏文大楼的牌子，她"不禁发出一声饥饿的猛兽般的吼叫"④；在疯狂捣毁迫害大师的批评家拉铜斯基住宅的时候，她体会到一种"强烈的喜悦"；在撒旦晚会(又称百王晚会)上接见各色魔怪精灵时，她声音洪亮；见到为侵占大师的两间地下室而告密的阿洛伊吉·莫加雷奇，她大叫着扑上去用指甲去抓他的脸。如此疯狂不羁同原先那个满腹柔情的少妇简直判若两人，也与大师的懦弱形成鲜明对照。巴赫金指出："对一切怪诞风格来说，疯狂这一主题都是一个很典型的现象，因为它可以使人用另一种眼光，用

---

① 布尔加科夫：《大师和玛格丽特》，钱诚译，北京：人民文学出版社，2004 年，第 375—376 页。
② 同上书，第 222 页。
③ 同上书，第 235 页。
④ 同上书，第 241 页。

没有‘被正常的’，即众所公认的观念和评价所遮蔽的眼光来看世界。”[①]玛格丽特的疯狂就是在以“另一种眼光”批判并对抗丑恶现实的结果。当作家设计文学批评家阿里曼的名字时[②]，就暗示出玛格丽特复仇行为的正义性。在小说结尾，她饮下毒酒后摒弃魔性恢复原貌：“那种暂时的、魔女特有的斜眼、魔鬼的残忍和桀骜不驯的神情，统统从她脸上消失，这张脸上又显出生气，变得柔和可爱，刚才还猛兽般地呲着牙的嘴现在是一张痛苦地咧开的女人的嘴了。”[③]在与大师一起离别尘世之际，美妇人玛格丽特才复归于圣性的本体。这一细节从另一侧面蕴含着对现实的否定和批判。

布尔加科夫首先对巫魔夜会的实质性内容进行了改造，并对魔女的行为进行了原则上的修正，如取消了对圣地的公开侮辱和渎神行为，如女性与魔鬼结成肉体联盟、做撒旦情人和儿童祭品的主题，如摒弃了中世纪魔女身上惯有的血腥残暴而代之以温柔慈悲。在巫魔文学传统中，魔女按契约往往要喝童子血行恶害人，孩子除了在狂欢夜会和黑弥撒上做撒旦的宗教祭祀，还常常用来做魔术油脂。宗教法官斯普伦格和克拉梅尔在著名的教会文件《女巫之锤》(1486)中介绍了这种最典型的魔术油脂：“魔女们准备好用儿童身体熬制的油脂，特别是受洗前死去的孩子的身体。”[④]多数魔鬼文学都承袭了准备油脂的特别细节。油脂是魔女必备的象征物，没有它魔女就不成其为魔女，更无法获得飞往狂欢夜会的能力。小说在反向意义上借用了魔女/孩

---

① 巴赫金《〈弗朗索瓦·拉伯雷的创作与中世纪和文艺复兴时代的民间文化〉导言(问题的提出)》，见《巴赫金文论选》，佟景韩译，北京：中国社会科学出版社，1996年，第140页。

② 与古代拜火教中所说的恶的本原——黑暗与罪恶之神阿里曼(亦称安赫拉曼纽)相同。

③ 布尔加科夫：《大师和玛格丽特》，钱诚译，北京：人民文学出版社，2004年，第381页。

④ 斯普伦格和克拉梅尔都是多明我会修士、宗教法庭法官。该书是对教皇英诺森巴是1484年颁布的通谕《最高愿望》的解释。全书分四部分。第一部分是给异端和巫术下定义；第二部分论述符咒和魔法；第三部分确定破除符咒和魔法的途径，如宗教裁判所、主教辖区或民事法庭等；此外还对调查、审讯和刑罚做出各种规定。最后一部分是驱魔程序。该书被大部分欧洲国家采纳，成为法庭追究、审讯、判处巫师的标准。Шпренгер Я. Инститорис Г. *Молот ведьм*, с. 182, 184. см.: Палюс. *Практическая магия*. Т. 2. М., 1992. с 358-359.

子这一结构因素。阿扎泽勒送给玛格丽特的油脂虽由魔女熬制，却散发着"一股沼泽地的水藻气味"、"沼泽地的草木气味"[①]。这喻示玛格丽特的魔力来自大自然，得到与自然同在的合理性。儿童不再是魔鬼的祭品，相反，在沃兰德的地球仪上，刚刚来到人世就死于战争的婴儿恰恰是人类自身罪孽的祭品。在疯狂扫荡陷害大师的批评家拉铜斯基住宅的时候，正是那个受到惊吓的小男孩促使玛格丽特停止了复仇行动。她温柔地安慰小男孩，为他讲述自己的不幸遭遇，直到他进入梦乡。

布尔加科夫化用中世纪非常普及的"苦难的历程"——冥界之旅的原型结构重塑魔女形象。有关这一原型的最古老的传说可以追溯到《圣经》福音书：在受难周，耶稣的灵魂降临地狱，从撒旦的权柄下解救了遵守教规者并把他们引向天堂。在很多基督教伪经，特别是希腊斯拉夫东方伪经《圣母游地狱》《圣母的苦难历程》等篇章中也有圣母亲临地狱，天使长米迦勒做引路者的传说。其时，圣母为受苦的罪人流泪。她跪在上帝的宝座前，不加歧视地为地狱里的大众请求上帝赦免。在《神曲》中，但丁让维吉尔和贝雅特丽齐分别做诗人幻游三界的向导，便是对这一原型的重构。陀思妥耶夫斯基《卡拉马佐夫兄弟》中的《宗教大法官》一章更是直接引述了《圣母游地狱》的情节。在布尔加科夫的小说世界里，当玛格丽特在魔王的随从卡维洛夫的引导下由"凶宅"进入结构复杂的地狱空间，检阅历史上的各色精灵魔怪时，这一原型再次出现。玛格丽特以圣母般的慈悲为忏悔的罪人弗莉达和彼拉多祈求赦免，时间恰恰是复活节前的星期六，与受难周的圣教历史事件同步。她向魔王沃兰德请求对弗莉达的宽恕，忍痛放弃自己获得酬报的机会。弗莉达获得宽恕是在基督教的象征符号下实现的：

---

① 布尔加科夫：《大师和玛格丽特》，钱诚译，北京：人民文学出版社，2004年，第234页。

“弗莉达哀号一声，匍匐在玛格丽特面前，接着手脚便摊成了十字。”[1]另一次向魔王求情发生在与沃兰德一行策马飞离尘世的时候。当年的犹太总督明知耶舒阿无罪，却判处这个流浪哲学家死刑，良心的怯懦给他带来永无绝期的精神惩罚。见到月光下悬崖边深自忏悔的彼拉多，玛格丽特又一次动了恻隐之心：“为了某年某时的一个满月而付出一万二千个满月的代价？不是太多了吗？”[2]弗莉达和彼拉多都获得了解脱，玛格丽特也因为她的爱与慈悲而得到了这场人魔订约的酬报：沃兰德唤来了她苦苦寻觅的大师，并恢复了她视若生命的大师的书稿。

黑弥撒上还出现了一系列对圣教仪式原型意象的化用。玛格丽特一出场便带有黑弥撒的高级僧侣——撒旦的祭司的意味。基督教的高级僧侣往往都佩有明显的胸标，主教将饰有宝石的基督或圣母的小像挂在胸前，祈祷时站在一块绣着鹰像的小小圆形地毯上。舞会上“卡罗维夫把一个镶在椭圆框里、系在项链上的、沉重的黑毛狮子狗雕像挂在玛格丽特胸前”。接待客人时，她踩着一个“绣着金狮子狗的垫子”。[3] 圣像和鹰被换成了狗，而黑狗从中世纪起就是魔鬼的象征。在歌德的《浮士德》中，撒旦出场时就是以黑色卷毛狮子狗的形象现身。随后卡罗维夫和河马便表现出对玛格丽特的格外敬畏。在基督教礼拜中有信徒吻神甫手的仪式，赤身裸体的玛格丽特主持晚会，接受成千个被处绞刑者和杀人犯亲吻她的膝盖。基督徒接受圣餐礼时手放在胸前的十字造型在这里也可以见到讽刺性的模拟：魔鬼爵士乐队

---

① 此处为笔者据原文译出："Послышался вопль Фриды, она упала на пол ничком и простерлась крестом перед Маргаритой." Булгаков М. *Мастер и Маргарита*. М.: АСТ, Олимп, 2001. с. 303. 中译本均未译出“十字”：“弗莉达哀号一声，匍匐在玛格丽特面前，接着便摊开了手脚。”见《大师和玛格丽特》，钱诚译，北京：人民文学出版社，2004 年，第 292 页。“响起弗丽达的号啕痛哭声，她扑倒在地板上，在玛格丽特跟前伸出双手。”见《撒旦起舞》，寒青译，北京：作家出版社，1998 年，第 338 页。

② 布尔加科夫：《大师和玛格丽特》，钱诚译，北京：人民文学出版社，2004 年，第 392 页。一万两千个满月，指的是千年，又通过沃兰德之口说将近两千年，故此处或为笔误，或为虚写。

③ 布尔加科夫：《大师和玛格丽特》，钱诚译，北京：人民文学出版社，2004 年，第 267 页。

的指挥“看见玛格丽特就深深地弯腰施礼，两手几乎够着地板。然后直起腰来尖声高叫：‘阿利路亚！’他拍了一下膝盖，然后又交叉着手在另一个膝盖上拍了两下……”[①]一声“阿利路亚”(赞美上帝)道出了这场黑弥撒实质上与圣教仪式的一致性。

“酒”与“血”意象的转换亦打着鲜明的宗教文化传统的印记。黑弥撒上注满了香槟酒、葡萄酒和白酒的硕大酒池和喷泉流溢出希腊传统中酒神祭祀的沉醉与狂欢，通过转换又喻示出基督教关于“复活”的观念。耶稣在最后的晚餐上宣告：“……这杯是用我血所立的新约，是为你们流出来的。”(《路加福音》22：19-20)当沃兰德用祭祀之杯畅饮麦格尔男爵的鲜血为存在者的健康干杯时，转瞬间恢复了自己的“本来面目”：“他身上那件打补丁的脏衬衫和脚上的破鞋不见了，现在他披着一件黑斗篷，腰间跨着长剑。”[②]魔王把颅骨杯举到玛格丽特唇边，她听到另一个声音说道：“不要害怕，女王，鲜血早已渗进地里，在撒下热血的地方，现在已经是葡萄藤上果实累累了。”[③]这里又仿佛可以听到耶稣基督关于“我是真葡萄树……”(《约翰福音》15：1)布道的回响，跟告密者麦格尔男爵已经没有任何关联。玛格丽特顿时感到甜美的浆液流遍了全身。大师复活后神思恍惚，又是酒让他恢复了理性。回到地下室后，阿扎泽勒奉沃兰德之命，给大师和玛格丽特带来一瓶“犹太总督喝的那种法隆葡萄酒”，“他们举起杯子对着窗外即将逝去的、暴风雨前的阳光照了照。透过酒杯，他们觉得一切都染成了血红色。”[④]如果说回春脂使玛格丽特由尘世出离到魔界，那么酒便成了疯狂与理性、此岸与彼岸之间过渡的媒介。魔鬼神话与基督神话在这里再次相遇、叠合，魔鬼的救赎意义被暗示出来。

在撒旦晚会亦庄亦谐、亦虚亦实、光怪陆离的狂欢节气氛中，不知

---

① 布尔加科夫：《大师和玛格丽特》，钱诚译，北京：人民文学出版社，2004年，第269—270页。

② 同上书，第282页。

③ 同上书，第283页。

④ 同上书，第380页。

不觉地完成了种种神秘的转换，圣魔之间没有明显的界限。这里没有传说中地狱血雨腥风的阴惨恐怖，撒旦晚会也不再是一场丑陋而放荡的狂欢，相反，魔王沃兰德所提供的是复归的乐园景象：在叶尼塞河上的绿色小岛为玛格丽特举行了欢迎仪式，婀娜的柳树下青蛙音乐家用木笛演奏雄壮的进行曲，人鱼公主跳起月下圆舞，裸体魔女们向她行宫廷式的屈膝礼请安，长着连鬓胡子的胖子向她致敬，一个羊腿男人为她在草地上铺上锦缎，黑羽毛的白嘴鸦司机开着黄色敞篷汽车为她送行；当玛格丽特从那闻名遐迩的“凶宅”走进撒旦晚会的奇异空间，见到的是热带森林中跳来跳去的鹦鹉，约翰·斯特劳斯指挥的庞大乐队，鲜花矮墙、喷泉飞瀑和偌大的酒池……这一切似乎暗含着从丑恶现实进入美好灵境的隐喻。撒旦身披黑斗篷，手持利剑进行庄严神圣的末日审判。在这样的背景下，玛格丽特的两次洗礼便成为圣魔二性的象征表达：一次是刚抹上回春脂后飞临叶尼塞河接受大自然的洗礼，荡涤了现实世界的污浊，仿佛带有基督教的圣性特征；另一次是午夜时分在撒旦晚舞会现场接受的鲜血浴，由魔王的侍女赫勒和她自己的女佣娜塔莎为她冲洗，使得“她仿佛穿上了一身血红的法衣”[①]。缘此，她得以不断超越最初为她指定的魔女和撒旦晚会女王的角色，完成了文化传统赋予的圣母和基督的使命：既是复仇女神，又是儿童的保护者和罪人的庇护者；既是撒旦晚会的女王，又是异神教最高的祭司和撒旦末日审判的助手。布尔加科夫就这样完成了他的伟大创造。

第五节　女性侍仆群像：由俗至魔之路

在俄罗斯，诗神总是格外眷顾女性，代代诗人作家合力铸造了一个风采迷人的女性形象画廊：普希金的塔吉雅娜、屠格涅夫的丽莎、

① 布尔加科夫：《大师和玛格丽特》，钱诚译，北京：人民文学出版社，2004 年，第 267 页。

娜塔丽娅、叶琳娜、奥斯特罗夫斯基笔下的卡捷琳娜，陀思妥耶夫斯基笔下的娜斯塔霞·菲利波夫纳，索尼亚……皆具备高贵典雅、善良仁慈、坚强勇敢、承受苦难、自我牺牲等崇高品格。这种圣化意识到了俄国象征主义者那里几乎发展到了极致。索洛维约夫的《三次会面》、勃洛克的诗集《美妇人集》戏剧《玫瑰与十字架》、别雷的长篇小说《彼得堡》等都是这方面的典范。帕斯捷尔纳克《日瓦戈医生》中的拉拉、布尔加科夫《白卫军》中的叶莲娜、尤利娅和《大师和玛格丽特》中的玛格丽特应该说都是这一传统在20世纪的延续。然而，在《大师和玛格丽特》中还有几个别具特色的底层女性形象：安奴什卡、弗莉达、赫勒、娜塔莎——这是一个被忽略的重要群体。她们虽然出场次数不多，却颇为引人注目。她们身份卑微，无论在现实世界还是魔幻世界，都是女仆或侍者。她们从不同侧面环绕着玛格丽特，和魔幻世界紧密相连。和俄罗斯文学中对女性形象圣化的传统相反，在上帝缺位的时代，魔幻世界呈现出的美好正义对她们形成了一种强烈的吸引力，由她们串联起一条由俗至魔之路。她们在小说中承载着批判庸俗恶浊的现实世界和肯定魔幻世界的功能，也给鬼影瞳瞳的莫斯科增添了几分神秘色彩。

一、安奴什卡：串联与见证

安奴什卡是《大师和玛格丽特》中出现最早的、有名字的女性形象。但她的出现是间接的，只有名字在沃兰德的喃喃预言中被提及："因为安奴什卡已经买了葵花子油，不仅买了，而且已经把它洒了。所以，您那个会议开不成了。"[①]这时的安奴什卡是一个隐晦的形象，没有人知道她是谁，也没有人知道她出现的意义。这些疑问在她第二次出现时得到了解答。那是当柏辽兹已经被轧死之后，围观的妇女们大声地议论："都怪安奴什卡，就是在我们花园街的那个安奴什卡！是她

---

① 布尔加科夫：《大师和玛格丽特》，钱诚译，北京：人民文学出版社，2004年，第13页。

干的好事!”[①]

故事发展至此,安奴什卡作为全书第一个有姓名的女性配角已经发挥了重大的作用。她是导致柏辽兹死亡的主要原因:如果没有她把葵花子油洒在地上,柏辽兹就不会滑到电车下面去。但是布尔加科夫并没有让她正式出现,甚至连外貌都没有交待过。这种出场方式正是布尔加科夫的匠心所在。安奴什卡作为“柏辽兹之死”的引线,如果正式出现,并且在柏辽兹意外死亡之前表演了洒油的全过程,那么整个故事就会失去应有的神秘诡异的氛围,变成一种巧合。布尔加科夫曾将他的创作特点总结为“神秘主义黑色(我是一个神秘主义作家)”[②],他用预言将故事构架起来以营造这种神秘诡异的氛围:魔王做出预言,被预言者的命运全部应验,无一例外。这一情节具有强烈的魔幻色彩,需要一些线索性的人物,她们的行为有意无意地将事态的发展推向沃兰德预设的结果,使文本显得更为合理可信。安奴什卡就是这样一个重要的人物。她并未真正出场,但却导致了一场惊人的意外死亡。

在小说的后半部分,安奴什卡这个快要被读者遗忘的人物再次出现:“在玛格丽特和大师等人从珠宝商遗孀的故居出来之前,这家楼下的第 48 号住宅里曾出来过一个干瘦的女人,一手提着圆铁桶,另一只手拎着个提包,准备下楼去。她不是别人,正是星期三在公园转门旁碰碎葵花子油瓶而使柏辽兹大倒其霉的那个安奴什卡。”[③]这一段文字将安奴什卡这一人物重新拉回到读者的脑海中,而且给出了一个确切的外貌描写。同时下文还对安奴什卡的生活状态进行了交代:“这女人在莫斯科究竟干些什么?她靠什么维持生活?谁都不知道,或许永远也无人知道。……此外大家还清楚两点:一是这女人出现在哪

---

① 布尔加科夫:《大师和玛格丽特》,钱诚译,北京:人民文学出版社,2004 年,第 45—46 页。

② Письмо Правительству СССР, 28 марта 1930 года. Михаил Булгаков. *Собрание сочинений*, Т. 10. *Письма*. М.: Голос. 2000. с. 256.

③ 布尔加科夫:《大师和玛格丽特》,钱诚译,北京:人民文学出版社,2004 年,第 303 页。

儿,哪儿便立即生出乱子来;二是她的外号叫'瘟神'。"[1]深更半夜起来干活的安奴什卡见到了离开撒旦晚会的瓦列奴哈、尼古拉·伊万诺维奇、大师和玛格丽特从窗户飞出去,又拾到了玛格丽特失落的金马掌。在阿扎泽勒索要的时候她矢口否认,企图据为己有,直到差点被掐死才不得不交出来,由此落得个"老妖婆"[2]的骂名。

从安奴什卡最常出没的地点——厨房、石油商店、菜市场来推断,她的身份更像一个家庭女工。这个人物的原型就因为一只眼患白内障而经常打翻各种物品。[3] 在他人口中,她是一个与灾祸相连的"瘟神"、一个贪婪的"老妖婆"、一个"傻女人"。也正是因为这些特征,才更方便成为沃兰德的惩戒之手,成为魔幻时空和现实时空的串联者和见证者。

二、弗莉达:苦难与解脱

弗莉达在《大师和玛格丽特》中的出场仅有一次,就是在撒旦晚会上。当这个披头散发、赤身裸体的女人第一次出现在玛格丽特面前的时候:"看上去很年轻,不过二十来岁,体态苗条,容貌动人,非同寻常,但那双眼睛却透着惶惶不安和乞哀告怜的神情。"[4]是什么折磨得这个女人如此虚弱呢?是她杀子的行为!卡罗维夫介绍说,三十年前,当弗莉达在咖啡馆做侍者的时候曾被店老板强暴而产下一名男婴,因无力抚养,在树林里用手帕把孩子憋死后埋掉,从此受尽精神折磨,几近疯狂:在被法庭处死后的三十年里,每天早晨她都要面对侍女夜里送来的手帕,灵魂时刻不得安宁。杀子——这一敏感而令人发指的话题,在《大师和玛格丽特》中,以一种隐晦的方式出现。

---

① 布尔加科夫:《大师和玛格丽特》,钱诚译,北京:人民文学出版社,2004 年,第 303 页。

② 同上书,第 307 页。

③ Левшин. В. САДОВАЯ 302-ВИС, см. М. Булгаков. *Мастер и Маргарита*. М.: АСТ, Олимп, 2001. с. 484.

④ 布尔加科夫:《大师和玛格丽特》,钱诚译,北京:人民文学出版社,2004 年,第 274 页。

西方历史学和人类学显示，杀子悲剧作为一种社会现象在人类历史的每个时期和世界的每一种文化中普遍存在，尤其是“母亲杀子”占有很大比重。在西方文学中，这一情节屡见不鲜。最早可以追溯至古希腊著名悲剧作家欧里庇得斯，他在《美狄亚》中塑造了一个因为丈夫不忠而怒杀亲生骨肉的母亲形象。后来的歌德的《浮士德》、威廉·华兹华斯的诗歌《山楂树》、乔治·艾略特的《亚当·比德》、美国作家约翰·厄普代克的《兔子，跑吧》，以及第一位获诺贝尔文学奖的黑人女作家托妮·莫里森的小说《宠儿》等等，都出现了母亲杀子的情节。这一令人发指的行为触犯到人类的伦理禁区，但是人们往往忽略了这是处于无权地位的女性作为受害者所采取的一种极端的报复方式。比如在《美狄亚》中，尽管伊阿宋抛弃了自己的结发妻子和儿子、趋炎附势且巧言令色，然而当美狄亚杀子之后，舆论全部倒向伊阿宋，似乎只有美狄亚是罪大恶极的。在《大师和玛格丽特》中弗莉达的故事似乎是在重复《浮士德》中那个钟情于诗人主人公、溺死孩子而被处绞刑的不幸女子玛甘泪的悲剧。撒旦的舞会上出现的都是恶人，但似乎只有弗莉达受到了最严厉的惩罚，连黑猫河马都对她嗤之以鼻，并认为男性在这件事情上不负责任，只有女性才是罪魁祸首：“店老板跟这有什么关系？在树林里憋死孩子的又不是他！”[①]在杀子行为中，无论女性是出于什么动机，罪责都被公认为是最大的。

在西方文化中，“家庭天使”一向被视为母亲形象的经典。一位理想的母亲必须精心抚育孩子，具有奉献和牺牲精神，谦逊，温柔，顺从，不争强好胜，对性持保守态度。这是几个世纪以来，由许多历史学家、人类学家、社会学家、哲学家、心理分析学家、妇科学家、产科医生和生理学家们共同构建的“母性”理论。追溯到古希腊时期的亚里士多德，他认为：子宫内胚胎是由于男性精液的刺激而使女性月经来潮之时形成。这表明女性在生殖活动中处于被动地位，男性是生命的缔造

---

① 布尔加科夫：《大师和玛格丽特》，钱诚译，北京：人民文学出版社，2004年，第274页。

者,在人类繁衍的进程中占主导地位。这一学说一直盛行至17世纪晚期,其影响则贯穿了整个19世纪,并引导其他科学领域参与对母性意识形态的构建。[①] 在这一理论的铺垫之下,母亲成为生育与抚养孩子的工具,成为孩子的附属品。母亲杀掉孩子,相当于扼杀了自己生存的意义,因此被看作是最大的恶行,杀害自己亲生骨肉的母亲仿佛是万恶之最,为人不齿,遭人唾弃。

在弗莉达杀子行为中,隐含着对男权社会的控诉。正因为店老板对她实施了强暴,而且不承担抚养孩子的义务,才诱发了弗莉达的犯罪。布尔加科夫的思考相当深入:他把弗莉达塑造成了一个令人怜爱的女性。除了抚养的责任,在那个时代,一个未婚先孕的女子首先要面对舆论和道义谴责。一个阅世未深的受害女子杀死自己的骨肉,还要承担这种双重苦难的全部后果,这是极不公平的。唯有玛格丽特替她指控逍遥法外的罪魁祸首:"咖啡馆的老板呢,他哪儿去了?"魔王最终被她的慈悲之心感化,终日借酒浇愁的弗莉达最终得到了宽恕,从良心的不安中解脱出来。

三、赫勒:死亡与复活

赫勒是一个魔女,是魔王沃兰德最年轻的侍从,是沃兰德一行中唯一的女性。"赫勒"(Гелла,希腊语:Ελλη)的名字出自博罗伽乌兹和埃夫伦《百科辞典》的"魔法"一文,上面记载,在希腊的莱斯沃斯岛,人们用来称呼很久以前非正常死亡、死后变成吸血鬼的少女。在小说中赫勒出现的次数并不多,也没有像黑猫河马等那般发挥很大的作用,但是她每一次出场都给人留下极深的印象。[②]

在瓦列特剧院,她是有着绿莹莹的眼睛、体态苗条匀称的美女:"这姑娘简直是十全十美了。她站在橱窗旁边,微微含笑,俨然一副女

① 陈蕾蕾:《西方文学中母亲杀婴母题和母性的重构》,《华南师范大学学报》(社会科学版),2003年第6期。

② Соколов Б. *Булгаковская энциклопедия*. М.: Локид-Миф, 1998. с. 169.

主人气派。”[1]沃兰德评价她“机智、聪明，无论吩咐她做什么，她都能办到”[2]。美丽聪明几乎是魔女的必备条件。

赫勒经常以裸体或者半裸示人。她因赤身裸体而使瓦列特剧院餐厅管理员索克夫大为难堪：“给他开门的是个年轻姑娘，她赤身露体，仅仅在腰部风骚地系着一条花边小围裙，头上还结着个白色发结。”[3]赫勒象征性地穿了一件衣服，仅是因为见客的需要，在没有“外人”的情况下，便恢复到全裸状态。《大师和玛格丽特》中的魔女几乎都是裸体的，这种裸体并不带有任何色情意味，而是去掉一切伪饰的纯洁的象征。

《浮士德》中的玛甘泪死于绞刑，赫勒脖子上也有一条紫红色伤疤，这暗示她是一个死而复生的女妖。脚上金光闪闪的绣鞋透出魔女特有的妖气。在撒旦晚会上，她搅拌着锅里带硫磺气的东西，用手直接捞一种冒着烟的油膏往沃兰德膝盖上涂抹；又和娜塔莎一起给玛格丽特用鲜血洗浴；还为了一桩小事和黑猫打斗。这些属于另一个世界的魔女的品性让她帮助魔王实现惩罚的使命。在以吸血鬼的样貌出现时，她令剧院总务协理瓦列奴哈心惊胆战：一个“全身一丝不挂的少女，一头棕红的头发，两眼射出瘆人的磷光”，“两只手凉得出奇，像两个冰块似的压在他身上”[4]。在阿·托尔斯泰的《吸血鬼》中，少女吸血鬼亲吻自己的情人，赫勒咯咯响的牙齿和她对瓦列奴哈的不祥之吻或许便借鉴于此。在演魔术那天夜间她在财务协理里姆斯基的窗外又现身为女尸：“她从通气窗口伸进头来，棕红色的头发披散着，她把胳膊尽量往里探，用指甲抓挠着下面的立插销，摇晃着窗框。继而她的胳膊开始拉长，仿佛那是胶皮制的，肤色也变成腐尸般的浅绿色。”

---

① 布尔加科夫：《大师和玛格丽特》，钱诚译，北京：人民文学出版社，2004年，第130页。
② 同上书，第262页。
③ 同上书，第209页。
④ 同上书，第116页。

她带着地窖般的霉烂味，"前胸上有一大块烂疮"。[①] 雄鸡打鸣后，那女尸的牙齿磕碰得咯咯响，棕红的头发倒竖起来，随后逃之夭夭。里姆斯基转眼间从年富力强的中年男子变成了白发苍苍的老翁。

在50号住宅的那场火灾中，赫勒和沃兰德的另外三个随从从窗户的浓烟中飞出，从此再无踪迹。撒旦带随从告别莫斯科的最后飞行场景中没有她的身影，似乎是被作者遗忘了。[②]然而，从赫勒这一形象在小说中的功能来看，布尔加科夫又似乎是故意遗漏了这个最年轻的随从。传统上女妖属于最低级的鬼魅，赫勒只是在杂耍剧场、凶宅和撒旦晚会上起到了辅助作用，故而她最后的缺席还可能意味着在沃兰德及其随从们在莫斯科的弥撒结束后的迅速遁形。她和一般的吸血鬼(活死人)一样，保留了自己最初的面貌。当夜色揭去所有的伪装之时，赫勒只能重新变回死去的少女。这样的安排也符合撒旦晚会上"黑弥撒"的"死亡——生命——死亡"的结构模式。

四、娜塔莎：自由与超越

娜塔莎是玛格丽特忠实的女仆，有一个普通的俄罗斯名字，对情节的推动起到的作用较少，所有活动都是这位女性在进行自我的满足与升华。在她身上体现着最强烈的超越现实的自由精神。

起初，娜塔莎安心照顾女主人的生活，也保守着女主人所有的秘密。当娜塔莎描述剧院奇遇时关于戏院奇遇的描述时，玛格丽特不相信她的话："娜塔莎，亏你说得出口，不害羞！你也是个读书识字的人，又挺聪明……"[③]作为仆人的娜塔莎勇于忠于事实，为自己所见

---

① 布尔加科夫：《大师和玛格丽特》，钱诚译，北京：人民文学出版社，2004年，第162页。

② 据布尔加科夫研究专家拉克申回忆，当他对作家的遗孀叶琳娜·谢尔盖耶芙娜指出这一点时，她"惊诧地看着我，用难忘的语速喊道：米沙忘了赫勒!!!"Соколов Б. *Булгаковская энциклопедия*. М.: Локид-Миф, 1998. с. 171.

③ 布尔加科夫：《大师和玛格丽特》，钱诚译，北京：人民文学出版社，2004年，第225页。

辩解。

娜塔莎实现从女佣到魔女的飞跃是基于对物质的蔑视和对自由的向往。在玛格丽特变成女巫后，把自己的衣服、香水都留给她，她却不屑一顾："娜塔莎忘记了掉在地板上已经揉皱的衣服，跑到大穿衣镜前，她贪婪而炽烈的目光盯住盒中剩下的油脂，双唇翕动着像在说些什么。"[①]这段细节描写揭示出娜塔莎的内心活动：她希望"能够生活，能够飞翔"，成为和女主人一样青春焕发的自由人。娜塔莎解放自我的途径也具有一定的创造性。她异想天开地把油脂抹到了垂涎她色相的有妇之夫尼古拉·伊万诺维奇的脸上，把他变成一只肥大的骟猪，骑着他追随玛格丽特飞到叶尼塞河沐浴，又飞到撒旦晚会做了赫勒的助手。这样的情节设计一方面颇具滑稽和讽刺色彩，给伊万诺维奇这样的伪君子一记热辣辣的耳光，也给了娜塔莎这样的普通妇女一个解放的契机，使她们拥有工具作为勇气的支持，从而挣脱出生活的束缚。最后，她恳求玛格丽特为她向魔王求情，要永久留下来当魔女："我再也不想回那所独院去！我既不嫁工程师，也不嫁技术员！"[②]在这个美女心中，自由远比尘世的物质满足更可贵，她那迎风披散的头发、那回荡在夜空中的笑声都张扬着自由精神。

这四个际遇不同、形态各异的女性形象一步步从现实世界向魔幻世界趋近：安奴什卡是一个完全世俗的女人，因为沃兰德的安排，在偶然中她的命运与魔幻世界发生了交集，她的愚蠢和自私是被否定的现实因素；弗莉达是个死后灵魂受苦的女子，因杀子之罪受到惩罚，在玛格丽特为她求情获得魔王宽恕后得以解脱。小说中的三位魔女——玛格丽特、赫勒、娜塔莎则个个年轻貌美、精力充沛、聪明机智、睥睨世俗、敢作敢当：除了玛格丽特兼具圣魔二性之外，赫勒是早已出离尘世的活死人，脖子上的疤痕似乎暗示着她曾经的苦难，对魔王

---

① 布尔加科夫：《大师和玛格丽特》，钱诚译，北京：人民文学出版社，2004 年，第 236 页。
② 同上书，第 300 页。

的忠诚和对现实丑恶的报复表现出她对尘世的彻底弃绝；娜塔莎从自觉地追随玛格丽特到做赫勒的助手，比玛格丽特走得更远，对尘世的弃绝也更坚定。她们寄身魔幻世界，是因为在那里象征光明的“满月之夜是节日之夜”①，魔幻世界的自由、公平、正义反衬出现实世界的苦难、自私、虚伪。在向魔幻世界运动的过程中，这些女性形象如众星拱月，衬托出玛格丽特的爱、善和美。

① 布尔加科夫：《大师和玛格丽特》，钱诚译，北京：人民文学出版社，2004年，第236页。

结语

布尔加科夫的家园之旅[①]

一个常常困顿于此世的栖息之所的穷苦书生，却殚精竭虑地为人类追寻永久的精神家园；一个在古老的宗教神话渊源里寻找永恒的精神价值的作家，在辞世(被尘封)26 年之后，竟以自己的作品创造了一个经久不衰的神话：如果说当年布尔加科夫在《大师和玛格丽特》中，用魔幻笔法描绘了 20 世纪 20—30 年代莫斯科光怪陆离的图景，那么如今，布尔加科夫在某种意义上已成为莫斯科的象征，他的作品也化作了莫斯科一道绝胜的风景，为这座城市平添了一层奇幻的色彩。

每当夜幕降临，总有几家剧院在上演布尔加科夫的戏剧和改编成戏剧的作品，如《白卫军》《狗心》《剧院情史》《孽卵》《逃亡》等，其代表作《大师和玛格丽特》更是有四家剧院同时上演不同的

---

① 布尔加科夫的莫斯科和故居之旅为以起点，竟无意中进入了布尔加科夫研究的一个路径：文学地方志或小说地形学。而家园之旅也正是布尔加科夫精神探索的旨归，故起点又为终点，权作结语。

话剧版本。仅著名老导演柳比莫夫(Юрий Любимов)执导的塔甘卡剧院(Театр на Таганке),从1977年4月6日到2002年4月27日,25年间就已经演出了1000场,且场场爆满。演出迄今已超过39年。2001年12月,先锋派导演维柯久克执导的现代版本在儿童音乐剧院首演,吸引了无数痴迷的超级观众,竟然还售出了不少站票。在各家书店的文学架上,不同版本的《大师和玛格丽特》总是占据着最醒目的位置。据圣彼得堡Вита Чова出版社2001年版的插图精装豪华本统计,这部"在抽屉的黑暗中"被封存了26年的杰作从1966年发表直至2001年1月,除进入15种作品选集之外,仅小说单行本就有117种之多。俄罗斯的中学教学大纲把它列为必读书目。法国《理想藏书》把它列为49种俄国图书之首。所以实在无法统计有多少读者和观众接受过这部作品的浸润。

在莫斯科,凡接触过《大师和玛格丽特》的人,恐怕很难把书中场景和现实世界截然分离开来。莫斯科不仅是小说情节的发生地,也是作品不可分割的组成部分。这里的大街小巷都跟小说情节发生着千丝万缕的联系。老城区的每一个角落,每一座楼房,每一套住宅,每一间地下室都在作家的笔下获得了新生。去过牧首池畔或者花园大街,走在老阿尔巴特大街上,你总会不由自主地想起书中的场景。在迎面过来的黑猫身上,没准儿就能见出别格莫特的影子。而从遮盖城市上空的雷雨

图27　《大师和玛格丽特》插图,作者不详

云团中还可能发现身披长斗篷、靴子上佩着闪闪发光的马刺的黑衣骑士的身影。特维尔街的哪条胡同，是大师和他的情人玛格丽特邂逅相逢的地方？有多少次当我从莫大十五层宿舍的窗口眺望莫斯科澄澈的天空，总会产生似真似幻的感觉：

> 雷雨已消失得无影无踪，一道七色彩虹像拱桥般横亘在整个莫斯科上空，它的一端落入莫斯科河，仿佛在吸吮河水。在高处，在山岗上，可以看到两片树丛之间有三个黑魆魆的人影，那是沃兰德、卡罗维夫和河马。他们骑在三匹鞍韂齐全的黑马上，眺望着河对岸的城市和闪耀在千万扇朝西的窗户上的破碎的太阳，眺望着女修道院中的一座座美丽的小塔。[1]（见图 27）

这里难道就是魔王沃兰德率随从及大师和玛格丽特告别莫斯科，飞上渺渺太空的麻雀山——这个此岸世界的终点吗？

莫斯科是布尔加科夫的第二故乡。自从 1921 年来到这个城市，直到 1940 年弃世而去，他在这个城市度过了近 20 年的风雨人生，坎坷磨难中迸射出生命的壮丽辉煌。初到莫斯科，他找到了工作却没有住处。那是相当寒冷的十一月，他在林荫道露宿过一夜。走投无路之际，他来到火车站准备离开这座城市，却意外地碰上了昔日好友。好容易有了容身之地，粗暴的房管会主席却不给开与朋友同住的住房证。他在万般无奈中给列宁写申请书，找乌里扬诺娃转递，房子问题才得以解决（《回想起》，见《布尔加科夫文集第一卷・剧院情史》，作家出版社 1998 年版）。历史就是这样充满了偶然和机巧，假如当时布尔加科夫离开了莫斯科，那么他的人生旅程很可能就是另一番图景了。

2001 年 10 月一个阴雨绵绵的日子，我曾循着书中的线索追踪布尔加科夫的家园之旅。牧首湖是一个普通的方形小池塘，静卧在距马雅可夫斯基地铁站不远处的一个居民区里（见图 28）。谁能想象，就是

---

① 布尔加科夫：《大师和玛格丽特》，钱诚译，北京：人民文学出版社，2004 年，第 386—387 页。

图 28　牧首湖,作者摄于 2001 年

从这里出发,布尔加科夫张开他自由奔放的想象翅膀,展开了一个奇幻的艺术世界。在伊万的家园之梦中,这里既是起点又是归宿。把莫斯科闹得地覆天翻的魔王沃兰德及其随从们就是在这里初次现形的。岸边那把长椅,也许正是小说开篇莫文联主席柏辽兹和诗人无家汉讨论无神论问题时坐过的;在小说的最后一章它再次重现:每逢春天月圆之夜,傍晚时分,从前的诗人无家汉都要回到牧首湖畔,在这条长椅上静坐,陷入回忆和深思……此时,经历了柏辽兹之死和大师的教诲,他已抛弃了那意为"失去精神家园"的笔名,在历史和哲学中找到了人类永恒的精神支柱,获得了存在的根基。

离牧首湖不远,就是花园大街 10 号——布尔加科夫于 1921—1924 年住过的地方,他在这里开始构思《大师和玛格丽特》这部不朽的杰作。作品中的"凶宅"原型就是这座"П"字形五层大楼:"这座楼的第 50 号,是早就出了名的,虽不能说是声名狼藉,至少也可以说是怪名远扬了。"[①]一个门洞便隔出一方天地,将喧嚣的花园大街挡在外面,任布尔加科夫恣意纵横,导演他诡秘奇崛的魔幻故事(见图 29,30)。

① 布尔加科夫:《大师和玛格丽特》,钱诚译,北京:人民文学出版社,2004 年,第 76 页。

图 29　花园大街 10 号，布尔加科夫和塔吉雅娜·尼古拉耶芙娜于 1921—1924 年住在这里。他在这里开始构思《大师和玛格丽特》。

图 30　花园大街 10 号乙楼 302 号，作者摄于 2001 年

书中那抒写耶稣和彼拉多的故事的大师所居的半地下室的原型，一说在西夫采夫胡同 45 号，一说在曼苏洛夫斯基胡同。但在这栋楼底层那露出地面的半截小窗前，我却分明还听得见他美丽聪慧的情人玛格丽特高跟鞋的回声。然而我却没有玛格丽特那般幸运——一闪身就可进入地下室与她梦绕魂牵的大师相会。楼门紧闭，等了半天才过来一个壮实的小伙子，神情冷漠而傲慢。“请问可以进去看看吗？”

“可以，但要交钱。”——要留买路钱！经过一番讨价还价，以 40 卢布成交。他按过门铃打开单元门。此时，外面阴郁的天井和里面昏暗的楼道都空无一人。刚刚在地铁里经历了一次未遂的被盗，心中不免掠过一丝惶恐——进，还是不进，成了一个问题。不过，既然不远万里从中国赶来，就一定要看看。进得门去，小伙子告诉我开门的方法，接着问我从哪里来，是研究布尔加科夫的吗？——作答后他居然不收钱了，或许是我这朝圣者的虔诚感化了他？他指点我布尔加科夫的故居在最顶层。正懵懂着，他不知钻进几层的大门就不见了，真是个神出鬼没之地！空寂的楼道里只有我一个人，听得见心跳的声音。定定神，看到墙上那么多壁画，都是《大师和玛格丽特》中的人物和情节：手持利剑的沃兰德、垂泪饮泣的玛格丽特、被钉上十字架的耶稣、在黑狗的陪伴下凝望一轮皎月的彼拉多、办公桌前写字的空衣架、煤油炉上和有轨电车上的黑猫、洒了油瓶的安努什卡……画旁写满了书中的名言警句和作者的即兴发挥，如撒旦晚会上沃兰德那振聋发聩的点题之语：“原稿是烧不毁的。”[①]在有轨电车旁则借安努什卡之口道出自己的生命体悟：“每个人都有自己的有轨电车，重要的是不要轧死你。”这些民间艺术家自由无羁地挥洒着笔墨，让一个个早已烂熟于心的人物和精彩瞬间从作品中跳脱出来，定格在他故居的墙壁上。

爬到顶层，敲门，没有人声，却突然传出两条恶狗的狂吠，吓得我连连后退——好一幅撒旦晚会的场景！如果此时从里面冲出个黑猫或者什么失魂落魄的角色来，我也丝毫不会奇怪……惊魂甫定，索性边后退边拍照，让这些壁画留在胶片上作为永久的记忆。想想很多前来拜谒的外国朋友连大门都进不来，我有了这些照片也算不枉此行了。

然而，布尔加科夫的故居却从此成了不能释怀的牵挂。在 2002 年 2 月底一个飘雪的日子，我又一次来到故居门前。几个刚刚出来的

---

① 布尔加科夫：《大师和玛格丽特》，钱诚译，北京：人民文学出版社，2004 年，第 295 页。

大学生告诉我今天是开放日，可以进。意外的惊喜！原来，上次恰逢周末关闭，慌乱中又错敲了对面51号的大门。仔细一看，51号的大门上虽然画着黑猫，却分明写着“善宅”。对面的50号才是真正的“凶宅”！跟上次相比，两套住宅之间的墙壁上又多了几个意味深长的大字：“要是有黑暗，就该有光明。”(见图31,32)

图31　花园大街10号乙楼302号里五层的50号，墙上写着：“要是有黑暗，就该有光明。”作者摄于2001年

图32　“凶宅”内部，就是作品中闹鬼的“凶宅”的原型，现为布尔加科夫住宅博物馆。作者摄于2001年

讲解员小伙子非常耐心地回答参观者的各种问题。他对我解释，因为访客较多，邻居们不胜其烦，所以才有了51号那两条凶猛的大狗。50号年久失修，破落的样子却也更显出“凶宅”本色。大师的房间还没有布置，紧锁的门里空空荡荡。隶属于莫斯科市政府的布尔加科夫国际慈善基金会正在抓紧修复。几个工作人员在布置一个实物展，看得出资金紧张，但仍然表现出一丝不苟的匠心。这座“П”型楼房原是富翁皮吉特建的烟厂，后因花园环路内禁建工厂而改建成住宅。最早这里住的都是知识分子，革命后房客结构发生了变化，以附近印刷厂的工人为主。布尔加科夫当时刚到莫斯科，靠报社菲薄的收入过活，困难时 50 卢布要支撑 10 天，连《孽卵》的重印稿费都要请求出版社预支，房间里一张写字的桌子都没有。最恼人的是这些相邻的房客经常喝酒、吵闹、打老婆、打孩子，甚至在房间里养猪、在楼道里杀鸡，严重干扰了作家的生活和工作。[1] 因为生活困窘，布尔加科夫无处可逃，便借助天才的想象使自己在斗室中超越无奈的现实，将艺术世界作为心灵的居所和对抗现实的武器。他化腐朽为神奇，让他们一直走进他正在构思的《大师和玛格丽特》的艺术世界，成为小说人物的原型。如那个因为一只眼患白内障而经常打翻各种物品的家庭女工安奴什卡，在小说中打碎了油瓶，让葵花油洒了一地，致使无神论者柏辽兹命丧有轨电车轮下，成了魔王沃兰德的惩罚之手。魔王及其随从们自由往来，大施神威，如入无人之境。控制人们思想的柏辽兹人头落地，整天饮酒作乐、勾引妇女的剧院经理斯乔帕被瞬间移到雅尔塔，以权谋私的房管所主任被拘捕归案……其余那些令人生厌的邻居，则施魔法让他们或失踪或发疯，先图个笔下的大快人心。布尔加科夫本人的现实生活时空和艺术时空就这样纠缠在一起。

住宅内的几个房间分别陈列着布尔加科夫不同时期的照片，近年搜集的有关研究专著以及不同版本的作品插图原作。跟楼梯边上的壁画相比，这些创作艺术手法极其精湛，题材也更加宽泛：魔王沃兰德手执利剑的黑色剪影映在墙上，其威严判若神明；身披斗篷的大师和玛格丽特站在麻雀山上回望这座城市，告别他们曾经的家园；他们与沃兰德及其随从骑着骏马驰骋在暗夜里，委屈、忧伤过后代之以冷漠和永久安宁的预感；端坐在峭壁旁石椅上的彼拉多，经受着两千年

---

① 《酒湖》《忘忧酒》，见《布尔加科夫文集第一卷・剧院情史》，北京：作家出版社，1998 年；Левшин В. САДОВАЯ 302-ВИС，см. М. Булгаков. *Мастер и Маргарита*. М.：АСТ，Олимп，2001. с. 484.

良心折磨，期盼着那条拯救的月光之路；房管主任站在马桶上，正鬼鬼祟祟地往卫生间风洞里窝藏受贿钱款；魔王的随从卡罗维夫发出苦涩的谑笑……相同的题材，不同的艺术构思和表现手法，绝无重复和雷同。正如"有一千个读者就有一千个哈姆雷特"一样，每一位画家都在描绘自己心目中的《大师和玛格丽特》。如此激发艺术家们的想象力和创造力的作品，在20世纪的西方文学中实属罕见。最吸引我的是拉伊赫施泰因（A. A. Райхштеин）的作品：布尔加科夫坐在一张破旧的写字台后面，一双深邃的目光凝望着不可知的深处。台灯下，在笔、墨水瓶、一摞书和玛格丽特的小像中间，呈现出大师笔下的立体世界：楼群中开出一辆有轨电车，楼群上空彼拉多带着那条忠实的狗奔向象征光明与解脱的皎月。三个打开的抽屉里塞满了书稿，暗示了书稿要被藏在"抽屉的黑暗中"的坎坷命运。写字台下两幅大幕拉开，又展开了《土尔宾一家的日子》中的一个戏剧场景：几个小人儿围着一张圆桌在饮酒狂欢。仅用黑白两色，就几乎把小说的巨大艺术空间全都浓缩在尺幅之内，而且凸显出那个特定时代的悲剧气氛，独运的艺术匠心令人叹为观止。（见图33）

图33　拉伊赫施泰因的画作

2005年又一次借访学的机会踏上莫斯科的土地，安顿下来我第一件事就是再访布尔加科夫故居。1995年10月23日，布尔加科夫国际慈善基金会已经将这个“凶宅”修缮一新，凸显“手稿是烧不毁的”主题，但遗憾的是楼道里那些壁画不见了。当年钱诚先生将自己翻译的《大师和玛格丽特》版本和翻译稿酬捐赠给基金会，上次他们告诉我，这本书被一位中国读者借出未还。后来经我和朋友们的努力，这一译本又一次回归自己的“家园”，被安放在作品的多语种版本的展架上。这回工作人员托我转交赠给钱先生的捐款纪念。12月，当十集同名大型电视剧热播的时候，我认出，当时给我指路的那个声音洪亮的小个子男人正是扮演柏辽兹的演员——他们刚拍完电视剧的花絮。2007年3月26日，莫斯科市政府宣布 M.A. 布尔加科夫博物馆正式开放，这是俄罗斯第一家布尔加科夫博物馆[①]。

在同一栋楼的另一个单元是于2004年5月15日开放的“布尔加科夫之家”文化教育中心。那里建有作家的塑像，展出很多布尔加科夫电影和剧作的照片，别格莫特和黑猫的塑像则坐在草坪的长椅上。他们组织各种纪念活动，并把《布尔加科夫百科全书》全部搬到了网上，让这部继莱蒙托夫之后的俄罗斯第二部作家百科超越时空，为人类所共享，大师的不朽之魂获得了永生的形式。其实，在人们心中，布尔加科夫早已竖起了一座非人工的纪念碑。在新圣女公墓布尔加科夫那生满绿苔的“骷髅石”墓碑前，凭吊者敬献的鲜花常开不败。是的，“原稿是烧不毁的”，布尔加科夫的作品就像一个说不尽的故事，其丰富的蕴涵令人不断获得新的启示，也以其善与爱的精神价值永久地滋养我们的心灵。

---

① 基辅的布尔加科夫慈善基金会成立于2003年，协助相关的学术研究，并合作修缮了位于安德列耶夫斜坡13号的布尔加科夫博物馆。

后　记

时至今日，布尔加科夫的朝圣之旅已经延续了12年，这也正是布尔加科夫写作《大师和玛格丽特》的时长。令人欣慰的是，终于和云南大学文学院副教授孔朝晖博士以及我的学生们一起在神话诗学的领地开拓出一块小小的园地。他们完成的部分如下：侯朝阳，《耶稣基督在西方文化中的"人化"过程》《沉默的言说者：〈宗教大法官〉中的耶稣基督形象》和《主题与文体的多重狂欢》；孔朝晖，《布尔加科夫小说的空间意识》；毕雨亭，《布尔加科夫早期作品中的末世图景》和《彼拉多：从大希律王宫到月光之路》；罗妍，《布尔加科夫早期作品中的基督幻象》；梁世超，《中国的布尔加科夫研究：初具规模》和《布尔加科夫早期作品中的恶魔想象》；黄洁，《〈大师和玛格丽特〉中的末日审判》《群魔狂欢的世界》和《作恶造善的力之一体》；宋柳，《俄罗斯绘画与音乐中的恶魔主题》；考薇、梁坤，《女性侍仆群像：由俗至魔之路》。这既是一次严谨的学术训练，也是一次精神的漫游和洗礼。本书完稿适逢东正教复活节之日，经历两年的修改沉淀后终于可以交付出版之际，又逢基督教圣诞节。这一串奇妙的巧合大概就是冥冥中的天意了。

本书出版得到了北京大学出版社张冰编审、李颖编辑的大力支持，我的学生张琬琦、董晨、周君、李珊珊、冯歆然为书稿的后期校订做了大量工作，在此一并致谢。

梁坤

2013.5.5/2015.12.25/2016.4.22

附录

布尔加科夫作品目录

小说集

《袖口手记》*Записки на манжетах*（第一、第二部分分别于 1922、1923 年出版，1987 年首出合订本）

1.《医生奇遇》*Необыкновенные приключения доктора*（1922）

2.《红色冠冕》*Красная корона*（1922）

3.《中国的故事》*Китайская история*（1923）

4.《飞翔》*Налёт*（*В волшебном фонаре*）（1923）

5.《漂泊》*Богема*（1924）

6.《袖口手记》*Записки на манжетах*（1923）

7.《3 号夜里》*В ночь на 3-е число*（1922）

《年轻医生手记》*Записки юного врача*（1925—1926）

1.《公鸡绣花巾》*Полотенце с петухом*（1926）

2.《胎身倒转术洗礼》*Крещение поворотом*（1925）

3.《铁喉咙》*Стальное горло*（1925）

4.《暴风雪》*Вьюга*（1926）

5.《黑暗之灾》*Тьма египетская*（1925）

6.《失去的眼珠》*Пропавший глаз*（1926）

7.《星状疹》*Звездная сыпь*（1926）

8.《我杀死了》*Я убил*（1926）

9.《吗啡》*Морфий*（1927）

长篇小说

1924 《白卫军》*Белая гвардия*

1962 《莫里哀传》*Мольер*（*Жизнь господина де Мольера*）

1965 《剧院情史》(《死者手记》)*Театральный роман*（*Записки покойника*）

1967 《大师和玛格丽特》*Мастер и Маргарита*

中短篇小说

1920 《在咖啡馆》*В кафэ*（*В кафе*）

1921 《启蒙周》*Неделя просвещения*

1922 《乞乞科夫的奇异经历》*Похождения Чичикова*

1922 《招魂会》*Спиритический сеанс*

1922 《生命之杯》*Чаша жизни*

1923 《第一个儿童团》*1-я детская коммуна*

1923 《统计数字》*Арифметика*

1923 《我们生活的一天》*День нашей жизни*

1923 《恶魔记》*Дьяволиада*

1923 《不能接受和能接受的候选人》*Каэнпе и Капе*

1923 《基辅城》*Киев-город*

1923 《科马罗夫谋杀案》*Комаровское дело*

1923 《莫斯科即景》*Московские сцены*

1923 《谨防伪造!》*Остерегайтесь подделок!*

1923 《在玻璃天空下》*Под стеклянным небом*

1923 《赞美诗》*Псалом*

1923 《阁楼上的鸟》*Птицы в мансарде*

1923 《酒湖》*Самогонное озеро*

1923 《宝石生活》*Самоцветный быт*

1923 《四幅肖像》*Четыре портрета*

1924 《澡堂记事》*Банные дела*

1924 《淡黄色小册子》*Белобрысова книжка*

1924 《卖杂货的》*Библифетчик*

1924 《夫妻悲剧》*Брачная катастрофа*

1924 《布尔纳科夫的侄子》*Бурнаковский племянник*

1924 《回想起》*Воспоминание...*

1924 《总政膜拜》*Главполитбогослужение*

1924 《说话的狗》*Говорящая собака*

1924 《公正的审问》*Допрос с беспристрастием*

1924 《希望的付出》*Желанный платило*

1924 《奇妙的波尔卡舞曲》*Звуки польки неземной*

1924 《金色文件》*Золотые документы*

1924 《大自然的游戏》*Игра природы*

1924 《如何同〈汽笛报〉斗争,或艺术回应小品文》*Как бороться с «Гудком», или Искусство отвечать на заметки*

1924 《他是怎样发疯的》*Как он сошел с ума*

1924 《主席像消灭酗酒一样消灭了运输工》*Как, истребляя пьянство, председатель транспортников истребил. Плачевная история*

1924 《老鼠的谈话》*Крысиный разговор*

1924 《不能再高了》*Не свыше*

1924 《忍气吞声》*Незаслуженная обида*

1924 《啤酒的故事》*Пивной рассказ*

1924 《车轮上的广场》*Площадь на колесах*

1924 《醉酒》*Под мухой*

1924 《一个死者的奇遇》*Приключения покойника*

1924 《被吞下的火车》*Проглоченный поезд*

1924 《血腥教育》*Просвещение с кровопролитием*

1924 《撒哈拉沙漠》*Пустыня Сахара*

1924 《工农委》*Ре-ка-ка*

1924 《狗命》*Собачья жизнь*

1924 《墙对墙》*Стенка на стенку*

1924 《三种卑鄙》*Три вида свинства*

1924 《三个审讯室》*Три застенка*（Кривое зеркало）

1924 《三戈比》*Три копейки*

1924 《肖邦序曲》*Увертюра Шопена*

1925 《生命之水》*Вода жизни*

1925 《澡堂服务员伊万》*Банщица Иван*

1925 《带印章的布渣》*Буза с печатями*

1925 《双面切姆斯》*Двуликий Чемс*

1925 《酵母与便条》*Дрожжи и записки*

1925 《爱的保证》*Залог любви*（Роман）

1925 《布东娶妻》*Как Бутон женился*

1925 《救命!》*Караул!*

1925 《乘务员与皇族姓氏成员》*Кондуктор и член императорской фамилии*

1925 《欢腾的火车站》*Ликующий вокзал*

1925 《生命之光》*Луч жизни*（Фантастическая повесть）

1925 《让娜公主》*Мадмазель Жанна*

1925 《死人想要》*Мертвые ходят*

1925 《乐天的》Неунывающие бодистки

1925 《论酗酒的好处》*О пользе алкоголизма*

1925 《他们想要显示自己很有教养》*Они хочуть свою образованность показать*

1925 《庆祝梅毒》*Праздник с сифилисом*

1925 《墙报奇事》*Приключения стенгазеты*

1925 《工作达到 30 度》*Работа достигает 30 градусов*

1925 《审查》*Ревизия*

1925 《孽卵》*Роковые яйца*

1925 《一系列了不起的方案》*Ряд изумительных проектов*

1925 《和秘书结婚》*Свадьба с секретарями*

1925 《接上头颅》*Смычкой по черепу*

1925 《蟑螂》*Таракан*

1925 《被咬断的尾巴》*Угрызаемый хвост*

1925 《成功和不成功的类型》*Удачные и неудачные роды*

1927　《献给秘密的朋友》*Тайному другу*

剧作

1921　《毛拉的公子们》*Сыновья муллы*

1924　《汉宫之火》*Ханский огонь*

1924　《火红的岛屿》*Багровый остров*

1925　《佐伊金的住宅》*Зойкина квартира*

1925　《会计员的拳头》*Кулак бухгалтера.*

1926　《土尔宾一家的日子》*Дни Турбиных*

1933　《莫里哀》*Кабала святош*（*Мольер*）

1955　《普希金》(最后的日子)*Александр Пушкин*（*Последние дни*）

1962　《逃亡》(八个梦)*Бег*（*Восемь снов*）

1965　《伊凡·瓦西里耶维奇》*Иван Васильевич*

1965　《疯狂的茹尔金》*Полоумный Журден*

1966　《极乐之地》(工程师列恩的梦)*Блаженство*（*Сон инженера Рейна в четырех актах*）

1977　《巴统》*Батум*

1986　《战争与和平》*Война и мир*

1986　《死魂灵》*Мертвые души*

文章

1919　《将来的前景》*Грядущие перспективы*

1922　《商业复兴》*Торговый ренессанс*

1922　《红石头造的莫斯科》*Москва краснокаменная*

1922　《工人的花园城市》*Рабочий город-сад*

1922　《首都札记》*Столица в блокноте*

1923　《议员/勋爵克尔尊的纪念演出》*Бенефис лорда Керзона*

1923　《在吉明剧院》*В театре Зимина*

1923　《金色的城市》*Золотистый город*

1923　《11 月 7 号》*Ноября 7-го дня*

1923　《旅行札记》*Путевые заметки*

1923　《四十个四十》*Сорок сороков*

1923　《夏歌》*Шансон ДЭтэ*

1924 《文件 c》*Документ-с*

1924 《20 年代的莫斯科》*Москва 20-х годов*

1924 《生死时刻》*Часы жизни и смерти*

1925 《克里米亚游记》*Путешествие по Крыму*

1926 《歌颂我们的质量》*Акафист нашему качеству*

1973 《我做了个梦》*Мне приснился сон*

其它

1980 《米宁和波扎尔斯基》*Минин и Пожарский*（歌词）

1988 《黑海》*Чёрное море*（歌词）

1930 《致苏联政府的信》*Письмо правительству СССР*

1926 《英国别针》*Английские булавки*

电影剧本

1983 《钦差大臣》Ревизор

参考文献

作品

1. [俄]安德列耶夫著,《安德列耶夫中短篇小说集》,靳戈等译,上海译文出版社,1984。
2. [法]波德莱尔著,《恶之花 巴黎的忧郁》,钱春绮译,人民文学出版社,1994。
3. [俄]布尔加科夫著,《白卫军》,许贤绪译,作家出版社,1997。
4. [俄]布尔加科夫著,《布尔加科夫中短篇小说选》,周启超选编,中国文联出版社,2009。
5. [俄]布尔加科夫著,《布尔加科夫文集》(第一卷),石枕川译,作家出版社,1998。
6. [俄]布尔加科夫著,《布尔加科夫文集》(第二卷),曹国维、戴骢译,作家出版社,1998。
7. [俄]布尔加科夫著,《布尔加科夫文集》(第三卷),许贤绪译,作家出版社,1998。
8. [俄]布尔加科夫著,《大师和玛格丽特》,钱诚译,人民文学出版社,2004。
9. [俄]布尔加科夫著,《狗心》,戴骢、曹国维译,浙江文艺出版社,2010。
10. [俄]布尔加科夫著,《撒旦起舞》,寒青译,作家出版社,1998。
11. [意]但丁著,《神曲》,田德望译,人民文学出版社,1994。
12. [德]歌德著,《浮士德》,董问樵译,复旦大学出版社,1982。
13. [德]歌德著,《浮士德》,绿原译,人民文学出版社,1994。
14. [法]加缪著,《西西弗的神话》,杜小真译,北京三联书店,1987。
15. [希腊]尼克斯·卡赞斯基著,《基督的最后诱惑》,董乐山、傅惟慈译,译林出版社,2007。
16. [俄]帕斯捷尔纳克著,《日瓦戈医生》,蓝英年、张秉衡译,外国文学出版社，1987。

17. [俄]陀思妥耶夫斯基著，《白痴》，臧仲伦译，译林出版社，2000。
18. [俄]陀思妥耶夫斯基著，《卡拉马佐夫兄弟》，耿济之译，人民文学出版社，1981。

中文译著

19. [俄]符·维·阿格诺索夫主编，《20世纪俄罗斯文学》，凌建侯等译，中国人民大学出版社，2001。
20. [美]奥尔森著，《基督教神学思想史》，吴瑞诚等译，北京大学出版社，2003。
21. [俄]巴赫金著，《巴赫金全集》(6卷本)，钱中文主编，白春仁、顾亚铃、李兆林、夏忠宪等译，河北教育出版社，1998。
22. [俄]巴赫金著，《拉伯雷研究》，李兆林等译，河北教育出版社，1998。
23. 泰德·彼得斯、江丕盛、格蒙·本纳德编，《桥：科学与宗教》，中国社会科学出版社，2002。
24. [俄]别尔嘉耶夫著，《俄罗斯思想》，雷永生、邱守娟译，北京三联书店，2004。
25. [俄]别尔嘉耶夫著，《末世论形而上学》，张百春译，中国城市出版社，2003。
26. [俄]别尔嘉耶夫著，《陀思妥耶夫斯基的世界观》，耿海英译，广西师范大学出版社，2008。
27. [俄]别尔嘉耶夫著，《自由的哲学》，董友译，学林出版社，1999。
28. [古希腊]柏拉图著，《文艺对话集·会饮篇》，朱光潜译，人民文学出版社，1963。
29. [英]伯罗著，《中世纪作家和作品：中古英语文学及其背景(1100—1500)》(修订版)，沈弘译，北京大学出版社，2007。
30. [俄]勃洛克著，《知识分子与革命》，林精华译，东方出版社，2000。
31. [俄]C.布尔加科夫著，《东正教——教会学说概要》，徐凤林译，商务印书馆，2001。
32. [俄]C.布尔加科夫著，《亘古不灭之光》，王志耕、李春青译，云南人民出版社，1999。
33. [德]布尔特曼著，《耶稣基督与神话学》，李哲汇等译，选自《生存神学与末世论》，上海三联书店，1995。
34. [英]德里克·帕克、朱丽亚·帕克著，《魔法的故事》，孙雪晶、冯超、郝铁译，陕西师范大学出版社，2003。

35. [俄]费奥多洛夫著,《共同事业的哲学(全二册)》,范一译,辽宁教育出版社,2001。
36. [加]诺斯洛普·弗莱著,《伟大的代码——圣经与文学》,郝振益、樊振帼、何成洲译,北京大学出版社,1998。
37. [奥]弗洛伊德著,《释梦》,车文博译,长春出版社,2004。
38. [英]大卫·哈维著,《希望的空间》,胡大平译,南京大学出版社,2006。
39. [瑞]赫尔曼·海塞等著,《陀思妥耶夫斯基的上帝》,斯人等译,社会科学文献出版社,1999。
40. [德]约翰·哥特弗雷德·赫尔德著,《反纯粹理性——论宗教、语言和历史文选》,张晓梅译,商务印书馆,2010。
41. [英]特伦斯·霍克斯著,《结构主义和符号学》,瞿铁鹏译,上海译文出版社,1987。
42. [美]迈克尔·基恩著,《耶稣》,李瑞萍译,北京大学出版社,2005。
43. [英]爱德华·吉本著,《罗马帝国衰亡史》(第五卷),席代岳译,台北联经出版事业股份有限公司,2006。
44. [法]约翰·加尔文著,《基督教要义》,钱曜诚等译,北京三联书店,2010。
45. [意]卡尔维诺著,《为什么读经典》,黄灿然译,译林出版社,2006。
46. [德]赖因哈德·劳特著,《陀思妥耶夫斯基哲学》,沈真等译,东方出版社,1996。
47. [法]欧内斯特·勒南著,《耶稣的一生》,梁工译,商务印书馆,1999。
48. 刘新利选编,《纪念苏格拉底:哈曼文选》,刘新利、经敏华译,华夏出版社,2009。
49. [德]马丁·路德著,《马丁·路德文选》,马丁·路德翻译小组译,中国社会科学出版社,2003。
50. [俄] H. O. 洛斯基著,《俄国哲学史》,贾泽林等译,浙江人民出版社,1999。
51. [俄]罗赞诺夫著,《陀思妥耶夫斯基的“大法官”》,张百春译,华夏出版社,2002。
52. [英]约翰·麦克曼勒斯主编,《牛津基督教史》,张景龙等译,贵州人民出版社,1995。
53. [美]保罗·梅尔编译《约瑟夫著作精选》,王志勇译,北京大学出版社,2004。
54. [英]莱斯莉·米尔恩著,《布尔加科夫评传》,杜文娟、李越峰译,华夏出版社，2001。
55. [英]玛格丽特·穆礼著，《女巫与巫术》，黄建人译，漓江出版社，1992。
56. [美]帕利坎著，《历代耶稣形象》，杨德友译，上海三联书店，1999。
57. [德]施太格缪勒著，《当代哲学主流》(上卷)，王丙文、燕宏远、张金言等译，商务印书馆，2000。
58. [德]大卫·弗里德里希·施特劳斯著，《耶稣传》，吴永泉译，商务印书馆，2010。
59. [美]爱德华·苏贾著，《后现代地理学——重申批判社会理论中的空间》，王文斌译，商务印书馆，2004。
60. [俄]索洛维约夫著，《爱拯救个性》，方珊等选编，山东友谊出版社，2005。
61. [俄]弗·谢·索洛维约夫等著，《精神领袖》，徐振亚等译，上海译文出版社，2009。
62. [英]A. E. 泰勒著，《柏拉图——生平及其著作》，谢随知等译，山东人民出版社，1996。
63. [俄]安娜·陀思妥耶夫斯卡娅著，《陀思妥耶夫斯基夫人回忆录》，李明滨译，北京大学出版社，1987。
64. 汪剑钊编选《别尔嘉耶夫集》，上海远东出版社，1999。
65. [德]卡尔·雅斯贝尔斯著，《大哲学家》，李雪涛主译，社会科学文献出版社，2005。
66. [俄]叶夫多基莫夫著，《俄罗斯思想中的基督》，杨德友译，学林出版社，1999。
67. 于忠纶编译《马丁路德"关乎基督之神性与人性的辩论"》，香港真理书房有限公司，2006。
68. [英]约翰逊著，《文艺复兴时期的艺术》，李建群译，外语教学与研究出版社，2008。

中文著作

69. 安启念著，《俄罗斯向何处去——苏联解体后的俄罗斯哲学》，中国人民大学出版社，2003。
70. 包亚明主编，《后现代性与地理学的政治》，上海教育出版社，2001。
71. 蒋梓骅、范茂震、杨德玲编，《鬼神学词典》，陕西人民出版社，1992。
72. 康澄著，《文化及其生存与发展的空间——洛特曼文化符号学理论研究》，河海大学出版社，2006。

73. 李志强著，《索洛古勃小说创作中的宗教神话主题》，四川大学出版社，2010。
74. 梁坤主编，《新编外国文学史——外国文学名著批评经典》，中国人民大学出版社，2008。
75. 林精华主编，《西方视野中的白银时代》(上)，东方出版社，2001。
76. 刘琨著，《东正教精神与俄罗斯文学》，人民文学出版社，2009。
77. 邱晓枫著，《欧洲音乐的发展与交响作品欣赏》，清华大学出版社，2005。
78. 任光宣等著，《俄罗斯文学的神性传统——20世纪俄罗斯文学与基督教》，北京大学出版社，2010。
79. 王建刚著，《狂欢化诗学——巴赫金文学思想研究》，学林出版社，2001。
80. 王萍丽著，《营造上帝之城：中世纪的幽暗与冷艳》，北京大学出版社，2005。
81. 温玉霞著，《布尔加科夫创作论》，复旦大学出版社，2008。
82. 肖明翰著，《英语文学传统之形成：中世纪英语文学研究》，社会科学文献出版社，2009。
83. 谢周著，《滑稽面具下的文学骑士》，重庆出版社，2009。
84. 徐凤林著，《俄罗斯宗教哲学》，北京大学出版社，2006。
85. 徐凤林著，《费奥多洛夫》，台北东大图书公司，1998。
86. 杨民望著，《世界名曲欣赏·俄罗斯部分》，上海文艺出版社，1986。
87. 乐峰著，《东正教史》，社会科学出版社，1999。
88. 张冬梅著，《俄罗斯民族世界图景中的文化观念“家园”和“道路”》，黑龙江人民出版社，2009。
89. 张百春著，《当代东正教神学思想》，上海三联书店，2000。
90. 张欣著，《耶稣作为明镜：20世纪欧美耶稣小说》，宗教文化出版社，2010。
91. 赵桂莲著，《漂泊的灵魂——陀思妥耶夫斯基与俄罗斯传统文化》，北京大学出版社，2002。

中文论文

92. 陈蕾蕾《西方文学中母亲杀婴母题和母性的重构》，载《华南师范大学学报》(社会科学版)2003年第6期。
93. 陈铭《另一种感人至深，恶魔的悲剧——初探弗鲁贝尔的恶魔形象与俄罗斯文学传统的联姻》，载《美术广角》2011年第5期。
94. 刘莉萍《俄罗斯绘画巨匠弗鲁贝尔的油画世界》，载《大众文艺》2010年第

8期。

95. 王永《永恒的忧伤和困惑——诗人莱蒙托夫和画家弗鲁别利笔下的〈恶魔〉》，载《社科纵横》(新理论版)2009年第4期。

96. 谢明琪《魔王沃兰德随从的宗教神话溯源——浅析圣经、伪经、次经及神秘传说在〈大师和玛格丽特〉中的体现》，载《俄罗斯文艺》2009年第4期。

97. 余华《布尔加科夫与〈大师和玛格丽特〉》，载《读书》1996年第11期。

98. 邹佳默《音乐小品大师里亚多夫》，载《音乐生活》2005年第4期。

俄文论著

99. Белобровцева И.З. *Роман М. Булгакова "Мастер и Маргарита": Конструктивные принципы организации текста*. Дисс. … докт. филол. н. Тарту, 1997.

100. Белобровцева И.З. Кульюс С. *Роман М. Булгакова "Мастер и Маргарита". Комментарий*. М.: "Книжный клуб 36,6", 2007.

101. Бердяев Н.А. *Pro et contra*. Кн. 1. СПб. 1994.

102. Бердяев Н.А. *Судьба России*. М.-Харьков, 1998.

103. Бердяев Н.А. *Судьба России. Кризис искусства*. М., 2004.

104. Бердяев. Н.А. *Собрание сочинений*. Т. 2. Париж: Синтаксис. 1991.

105. Булгаков М. *Собрание сочинений. В 5-ти т. Т.* 1. М.: 1989.

106. Булгаков М. *Собрание сочинений, том* 10. *Письма*. М.: Голос. 2000.

107. Булгаков М. *Мастер и Маргарита*. М.: АСТ, Олимп, 2001.

108. Булгаков С.Н. *Свет невечерний: Созерцания и умозрения*. М.: Республика, 1994.

109. Булгаков С.Н. *Труды о Троичности*. М., 2001.

110. Булгаков С.Н. *Утешитель*. Paris: YMCA-PRESS. 1936.

111. Бэлза И.Ф. Партитура Михаила Булгакова // *Вопросы литературы*. 1991. № 8.

112. Вулис. А. Что может отразиться в зеркале? // *Вопросы литературы*. 1987. № 1.

113. Вышеславцев Б.П. *Этика преображенного Эроса*. М., 1994.

114. Гайденко П.П. *Владимир Соловьев и культура Серебряного века*. М.: Наука. 2005.

115. Галинская И.Л. *Загадки известных книг*. М. : Наука. 1986.

116. Галинская И.Л. *Наследие Михаила Булгакова в современных толкованиях*. М. : ИНИОН РАН, 2003.

117. Гаспаров Б.М. *Литературные лейтмотивы, Очерки по русской литературе XX века*. М. : Наука, 1994.

118. Гудкова В.В. *Время и театр М. Булгакова*. М. , 1988.

119. Даль В.И. *Толковый словарь живого великорусского языка: В 4 т.* Т. 1. М. 1998.

120. Джеффри Бартон Рассел. *Дьявол. Восприятие зла с древнейших времен до раннего христианства*. СПб. : Издательская группа Евразия, 2001.

121. Достоевский Ф.М. *Полное собрание сочинений.*, Т. 20. Ленинград: Наука. 1980.

122. Дунаев М.М. Истина в том, что болит голова // *Златоуст*. 1991. № 1.

123. Дунаев М.М. *Православие и русская литература. VI*, М. : Христианская литература, 2000.

124. Зеркалов А. *Этики Михаила Булгакова*. М. : Текст, 2004. 240 с.

125. Зеркалов А. *Евангелие Михаила Булгакова*. Ардис, Ann Arbor, 1984.

126. Золотуский И. *Исповедь Зоила*. М. , 1989.

127. Ильин И.А. Без любви (Письмо к сыну), В кн. : *Поющее сердце. Книга тихих созерцаний*. Мюнхен, 1958.

128. Лакшин В.Я. *Вторая встреча: Вспоминания, портреты, статьи*. М. , 1984.

129. Лакшин В.Я. Мир Михаила Булгакова // *Литературное обозрение*. 1989. № 10.

130. Лесскис Г.А. Мастер и Маргарита (манера повествования, жанр, макрокомпозиция) // *Известия АН СССР*. Сер. Литературы и языка. Т. 38. № 1. 1979.

131. Лосский Н.О. *История русской философии*. М. : Высшая школа, 1991.

132. Лосский Н.О. *Условия абсолютного добра*. М. : Политическая литература, 1991.

133. Лотман Ю. *Изб. Статьи: В 3 т.* Т. 1. Таллинн, 1992—1993.

134. Мережковский Д.С. *Атлатида-Европа: тайна запада*. М., 1992

135. Мережковский Д.С. *Иисус Неизвестный*. Белград, 1932.

136. Минуа Жорж. *Дьявол*. пер. с фр. Лебедевой Н.М.: Аст-Астрель. 2004.

137. Немцев В.И. *Михаил Булгаков: становление романиста*. Самара: Изд. Саратовского уни-та. Самарский филиал, 1991.

138. Палюс. *Практическая магия*. Т. 2. М., 1992.

139. Петелин В. *Родные судьбы*. М., 1976.

140. Попов Константин Дмитриевич. Тертуллиан, его теории христианского знания и основные начала его богословия. Киев, 1880, магист. диссертация.

141. Проза С.В.М. Булгакова в оценке польской критики // *Вестник Московского ун-та*. Сер. Филология. 1989. № 10.

142. Рассел Джеффри Бартон. *Дьявол. Восприятие зла с древнейших времен до раннего христианства*. СПб.: Издательская группа Евразия, 2001.

143. Рашковский Е.Б. Владимир Соловьев: Учение о природе философского знания // *Вопросы философии*, М., 1982, № 6.

144. Розанов В.В. *Уединенное*. СПб., 1922.

145. Рыбаков Б.А. *Язычество древних славян*. Москва: Наука, 1981.

146. Рябов О.В. *Русская философия женственности (XI - XX века)*. Иваново, 1999. Соловьев Вл. *л*. 7-е изд., доп. М.: Советский писатель, 1921.

147. Сдобнов В.В. *Русская литературная демонология: этапы развизия и творческого осмысления*. Тверь: Золотая буква, 2004.

148. Семенова Светлана. Всю ночь читал я твой завет// *Новый мир*, 1989 № 11.

149. Слободнюк С.Л. *Дьявол Серебряного века*. 1996

150. Слободнюк С. Л. *Идущие путям зла…: древний гностицизм и русская литература* 1880—1930 *гг*. СПб.: Алетейя, 1998.

151. Соколов Б. *Булгаковская энциклопедия*. М.: Локид-Миф, 1998.

152. Соколов Б. *Роман М. Булгакова《Мастер и Маргарита》: Очерки творчекой истории*. М.: Наука, 1991.

153. Соловьев Вл. *Полное собрание сочинений и писем: В* 20 *т. Т*. 2. М., 2000.

154. Соловьев Вл. *Русский Эрос или Философия любви в России*. М.: Прогресс.

1991.

155. Соловьев Вл. *Собр. соч.* 2-е изд. , Т. 7. СПб. , 1912.

156. Соловьев Вл. *Философия исккуства и литературная критика*, М. : Республика. 1996.

157. Соловьев Вл. *Философские начала цельного знания - сочинение в 2-х т.* Т. 2. С. , М. , 1988.

158. Трубецкой Е.Н. *Смысл жизни*. М. , 1918.

159. Трубецкой Е.Н. *Смысл жизни*. М. : Республика, 1994.

160. Флоренский П.А. *Сочинения*. Том 1(1). М. , 1990.

161. Хоружий С.С. *О старом и новом*, СПб. : Алетейя, 2000.

162. Шахматов А. А. *Повесть временных лет*. Петроград: Археогр. комис. , 1916.

163. Юркевич П.Д. Сердце и его значение в духовной жизни человека по учению Слова Божии //Юркевич. П.Д. *Философские произвидения*. М. , 1900.

164. Яблоков Е.А. *Мотивы прозы М. Булгакова*. М. , 1997.

165. Яблоков Е. А. *Художественный мир Михаила Булгакова*. М. : Языки славянской культуры, 2001.

166. Якушева Г.В. *Фауст в искушениях XX века*. М. : Наука, 2005.

167. Яновская Л. *Записки о Михаиле Булгакове*. М. : Паралл ели, 2002.

168. Яновская Л. *Творческий путь Михаила Булгакова*. М. : Сов. писатель, 1983.

俄文论文集、回忆录、工具书、网站

169. *В мире фантастики*: Сб. *Литературно-критических статей и очерков*. М. : Мол. гвардия: 1989.

170. *Воспоминания о Михаиле Булгакове* / Состав. Булгакова Е.С. Ляндрес С. А. М. : Советский писатель, 1988.

171. *Гностицизм. Философский энциклопедический словарь*. М. , 1983.

172. *Михаил Булгаков: современные толкования. К 100-летию со дня рождения* 1891—1991. М. : АН СССР. 1991.

173. *Мифы народов мира*: *Энциклопедия* в 2-х т. ,/Гл. ред. Токарев С. А. Москва: Большая Российская энциклопедия, 1998. Т. 2.

174. *Михаил Булгаков: современные толкования. К* 100-*летию со дня рождения*. 1891—1991. Сб. обзоров / Отв. ред. Т.Н. Красавченко; М.: АН СССР ИНИОН. 1991.

175. *М.А. Булгаков - драматург и художественная культура его времени* / Сост. А.А. Нинов. М., 1988.

176. *Новый путь*. 1903. №1.

177. *Творчество Михаила Булгакова в литературно-художественном контексте: Тезисы докладов Всесоюзной научн. конф.* Самара, 1991.

178. *Русский Эрос или Философия любви в России* / Сост. и авт. вступ. ст. В. П. Шестакав. М.: Прогресс. 1991.

179. *Словарь русского языка: В* 4 *т*. М., 1985. Т. 1.

180. *Энциклопедия мистических терминов* / Авторы-составители С. Васильев, Дмитрий Гайдук, Валерий Нугатов. М.: Локид-Миф. 2001.

181. *Энциклопедический словарь. Т.* 10. / Изд. Брокгауз Ф.А. Ефрон И.А. СПб., 1891.

182. http://levhudoi.blogspot.ru/2011/12/blog-post.html, 2013-3-3.

英文论著

183. Alice Birney, *The Literary Lives of Jesus: An International Bibliography of Poetry, Drama Fiction and Criticism*. New York: Garland, 1989.

184. Bart D. Ehrman, *The New Testament: A Historical Introduction to the Early Christian Writings*, New York: Oxford University Press, 2000.

185. Benedetto Croce, "Ogni storia e la storia contemporanea", *Teoria storia e Della storiografia*, Laterza, an - Bari, 1976.

186. Clinton Bennett, *In Search of Jesus: Insider and Outsider Images*, London: Biddles Ltd, 2001.

187. Edward W Soja, *Third Space: Journeys to Los Angeles and Other Real-and-Imagined Places*, Oxford: Blackwell, 1996.

188. Gerald Bray, *Creed, Councils and Christ*, Leicester, U. K and Downers Grove, Ⅲ: Intervarsity Press, 1984.

189. Harcourt Religion Publishers, *Journey through the New Testament*, Harcourt Religion Publishers, 2002.

190. John Ditsky, *The Onstage Christ: Studies in the Persistence of a Theme*, Printed in Great Britain by Redwood Burn Limited Trowbridge & Esher Typeset by Chromoset Ltd, Shepperton, Middlesex. 1980.

191. Michel Foucault, *Of Other Places*, *Visual Culture Reader*, edited by Nicholas Mirzoeff , Routledge, 1998.

192. Paula Fredriksen. *From Jesus to Christ: the New Origins of the New Testament Image of Jesus*, New York: Yale University Press, 1988.

193. Schweitzer Albert, *The Quest of the Historical Jesus: A Critical Study of its Progress from Reimarus to Wrede*. Translated by W. Montgomery. New York; MacMillan, 1968.